[美] S. J. 金凯德（S. J. Kincaid）著 王小亮 译

天地出版社 | TIANDI PRESS

图书在版编目（CIP）数据

烽火游戏. Ⅲ, 战争终曲 /（美）S.J.金凯德著；王小亮译. —成都：天地出版社, 2019.1
ISBN 978-7-5455-3625-6

Ⅰ. ①烽… Ⅱ. ①S… ②王… Ⅲ. ①科学幻想小说—美国—现代 Ⅳ. ①I712.45

中国版本图书馆CIP数据核字（2018）第039124号

著作权登记号 图字：21-2018-550

烽火游戏Ⅲ：战争终曲

FENGHUO YOUXI Ⅲ：ZHANZHENG ZHONGQU

出品人	杨 政
著 者	［美］S. J. 金凯德
译 者	王小亮
责任编辑	杨 露
封面设计	肖安云 李笑冰
内文排版	海星创造
责任印制	葛红梅
出版发行	天地出版社 （成都市槐树街2号 邮政编码：610014）
网 址	http://www.tiandiph.com http://www.天地出版社.com
电子邮箱	tiandicbs@vip.163.com
经 销	新华文轩出版传媒股份有限公司
印 刷	河北鹏润印刷有限公司
版 次	2019年1月第1版
印 次	2019年1月第1次印刷
成品尺寸	145mm×210mm 1/32
印 张	12
字 数	320千
定 价	38.00元
书 号	ISBN 978-7-5455-3625-6

咨询电话：（028）87734639（总编室）
购书热线：（010）67693207（市场部）

献给罗布

谢谢你的所有建议

你一直是我最棒的大哥

我们有能力重塑整个世界。

——托马斯·潘恩[①]《常识》

① 托马斯·潘恩（1737—1809），英裔美国思想家、作家。美国独立战争期间，他撰写了广为流传的小册子《常识》，极大地鼓舞了北美民众的独立情绪。他被广泛视为美国开国元勋之一。

跨国公司联盟势力分布

海洋同盟：

欧洲一澳大利亚集团

大洋洲集团

北美联盟

中非

跨国公司（与其赞助的战斗员）：

道明·阿格拉公司

赞助的战斗员：卡尔·“征服者”·马斯特斯（成吉思汗学院）

诺布瑞迪斯公司

赞助的战斗员：埃利奥特·“阿瑞斯”·拉米雷斯（拿破仑学院）

卡登斯·“蜂刺”·格雷（亚历山大学院）

布莱特·“公牛”·施迈泽（拿破仑学院）

温德姆·哈克斯公司

赞助的战斗员：海瑟·“谜”·埃克隆（马基雅维利学院）

尤素福·“飞箭”·赛义德（成吉思汗学院）

斯沃登·“新人”·盖尼（拿破仑学院）

玛切特·雷迪公司

赞助的战斗员：莱阿·“烈焰”·斯泰伦（汉尼拔学院）
梅森·“幽灵”·梅金斯（汉尼拔学院）

汇聚点工业

赞助的战斗员：埃摩法·“极星”·奥斯特利（亚历山大学院）
阿列克·“秃鹰”·塔尔苏斯（亚历山大学院）
拉尔夫·“角斗士”·贝茨（汉尼拔学院）

黑曜石集团

赞助的战斗员：无

大陆同盟：

南美联邦

北欧集团

非洲属国

加盟跨国公司（其赞助的战斗员名单未知）：

先声公司

莱克辛肯移动公司

LM 莱默舰队公司

克罗努斯便携设备公司

强力能源公司

卓越通信

第一章

在拉斯维加斯住奢华高层套房也有不好的地方，那就是价格太高。尼尔·雷恩斯最近手气很好，所以很乐意用奢华套房在即将来访的儿子面前吹嘘一番。

问题是，这间套房的位置距离好几个同层 VIP 客户的房间很近，每次汤姆·雷恩斯和他的父亲回房，都得通过走廊里那群私人保镖的安检。

截至目前，汤姆每次通过时都得稍稍采取点手段。

今天，还没走到金属探测器和人体扫描仪跟前，他就感觉情况有些不对。

“那帮自以为是的家伙。”走近那些人时，尼尔突然对汤姆说，他的眼中有一丝挑战的意味，反应一如既往，说话的声音也很大，因为他很希望所谓的 VIP 也能听到，“说到底，他们也只是一群躲在雇来的暴徒后面的胆小鬼而已。”

私人保镖们皱起了眉头，他们都听到了。

“咱们可以在其他地方再找个房间。”汤姆低声说，“我已经受够了。我宁愿咱们去找个更便宜的地方，然后你把剩下的钱——我不知道——存起来？”

“存起来？”尼尔哼了一声，“行，好，把我辛辛苦苦挣来的钱塞给那些流氓银行家，好让他们通过‘存款税’再捞一笔？没门儿。”他拍了拍汤姆的后背，“我宁愿好好招待我家小子一次。”

说完，尼尔举起双臂，不怀好意地看了看围上来的保镖，准备让他们安检。汤姆稍稍后退了几步，在口袋里翻找着军队为太阳系部队学员出具的医学豁免证明，那玩意儿就是为这一类安检扫描准备的——扫描设备会扫出他们头骨内的神经处理器。

尼尔还在抱怨着，汤姆又想起了上次和父亲见面时的情景。他们大吵了一架，他不理解尼尔对文格洛夫的恐惧，而尼尔又拒绝解释。后来，汤姆才明白过来——那已经是文格洛夫把他锁在屋外，扔在南极洲的冰原上差点冻死之后的事了。几万亿美元的财富就能让人获得生杀予夺的权力，这一点尼尔在汤姆之前就意识到了。

汤姆不知道该跟父亲说什么才能修补好两人间的关系。不过看来，他什么也不需要说。尼尔也是一副急于装出什么事都没有发生的样子。也许尼尔也想要弥补一点什么吧，豪华套房，高档赌场，就连尼尔的起床时间都变早了——这样在他晚上出去之前，他们还来得及一起吃个晚饭。听说汤姆升为高级生，他高兴极了。同时，他也非常急于要告诉汤姆那个机器中的幽灵炸毁所有天空广告牌的事。

“你在尖塔里听到的应该不多吧，哈？”尼尔举着酒杯笑道，“就在你回来前发生的。”

汤姆使劲咽了口唾沫，“嗯，是啊，听说的不多。”

“真是太神了，汤米[①]。天空一片闪亮，我抬头一看，天上的每一块广告牌上都显示着同一条信息‘机器里的幽灵在看着看监控的人’。你知道‘看监控的人’指的是谁吗？肯定是国土安全部的那帮家伙。也许

① 汤姆的昵称。

还有黑曜石集团。接着，广告牌就爆炸了。一块都不剩。”说着，他庆祝胜利般地猛喝了一口，“当时你要是在就好了。”

听到这儿，汤姆忍不住骄傲地笑了起来。显然，幽灵让他的父亲印象深刻，这真是太棒了，因为汤姆就是那个机器里的幽灵。是他炸掉了那些天空广告牌。

尼尔俯身凑近汤姆说：“告诉你，可卡因进口公司为了找到这家伙肯定已经快疯了。但愿他不会被找到。”

“嗯，祝他不要被找出来。”汤姆举起了手中的苏打水。

“一旦被抓住，你就等着瞧吧——等到人们发现他时，他的后脑勺上肯定已经中了两枪，而且最后还被判定为自杀。”

汤姆的笑容消退了一些，这话听着可不那么让人安心。

而且他忐忑不安地走近那些保镖，想要找出谁是头儿，好出示豁免证明以便迅速通过。他的豁免证明上说，他需要避免接受扫描，因为他的脑内植入了治疗癫痫用的神经刺激器。

每次在父亲身旁出示证明，他都非常小心。得在尼尔正忙着接受检查的时候把证明递给负责的保镖，然后在尼尔转过身前把证明拿回来。通常他都会提前和父亲分开，分别回房，但今天尼尔一直和他在一起，他找不到这么做的机会。

如果尼尔知道汤姆有医学豁免证明，他肯定会坚持要看。接着他就会发现汤姆接受过脑部手术。癫痫不是他不能接受脑部扫描的真正原因——神经处理器才是——但仅仅是汤姆接受脑部手术这种事也肯定会让尼尔火冒三丈。

那样可不好。

今天尼尔通过安检所用的时间非常短，在他回头看的时候，汤姆正准备递出自己的证明。汤姆犹豫了。这一犹豫的代价十分惨重——一只大手抓着他的肩膀，把他拉到了金属探测器前。

机器响了。

汤姆浑身一僵。尼尔眯着眼睛，抱着胳膊，不耐烦地看着两个保镖走过来，其中一个一脸无聊的女人手里拿着手持式金属探测器。

“有什么东西忘记掏出来了吗？”她皱着眉头，边问边将探测器指向汤姆的脑袋。探测器叫了起来。

汤姆心里一惊，敏锐地意识到父亲正在看自己，“哦，不。”

女人已经开始用手指检查汤姆的头发了。

“你看，我有……”他一边说一边转身背对尼尔，急切地想要掏出口袋里的医学豁免证明。

“手从口袋里拿出来！”第二个保镖命令道。

“不是武器。”汤姆着急地低声说，“是……”

“怎么回事？”说着，尼尔朝这边走了过来，“怎么这么慢？”

第三个保镖走过来警告尼尔退后，汤姆再次试图掏出他的医学证明，但他的电子手指又触发了警报，女保镖命令他把手举起来。

就在这时，情况突然发生了变化。

旁边的电脑处传来一阵骚动，与此同时，整整一队持枪保镖冲了出来，将汤姆围到了中间。

“我们检索了他的生物特征数据，退后！”其中一个保镖叫道。

女保镖迅速远离了汤姆。看到眼前荷枪实弹的保镖，汤姆立刻明白了是怎么一回事——尼尔给他们惹了麻烦，于是他们检索了两个人的生物特征数据，发现了汤姆的身份。

以及汤姆被列在恐怖分子名单上的事实。

汤姆闭上了眼睛，*哦，得了吧。*

“举起手来！”其中一个保镖对汤姆叫道。

汤姆举起双手，心脏狂跳了起来，不知道下一步该怎么做。

“太荒唐了！”尼尔吼了起来，几个持枪的保镖立刻转向了尼尔的方向。“我儿子看起来像恐怖分子吗？”

“他得跟我们走。”领头的保镖说。

“爸，别把事情闹大了。我和他们去，一会儿就来，好吧？”汤姆恳求道，他觉得私下里应该有办法把话说清楚。一个电话就能搞定。

只要不在父亲跟前，他就能解释。但就在这时，那个重新拿起金属探测器对他进行检查的女保镖尖叫着跳了起来，汤姆的一根电子手指被她不小心给碰掉了。

汤姆僵住了。

尼尔看着掉在地上的手指，也僵住了。

“这是什么？”所有的枪口都指向了汤姆的脑袋，“某种武器吗？”

“是手指头！”汤姆叫了起来，“你们看，我的手指头都是假的，明白了吗？你们看。”说着，他又拔下了几个，“都是机械的，所以金属探测器才会响。”

他没有理会一脸震惊的尼尔。后者正瞪大了眼睛看着儿子，好像在看着一个陌生人似的。

汤姆没有告诉尼尔自己因为冻伤而失去手指的事，尽管理论上，在他做重大手术之前，军方应该通知他的父亲。手指截肢应该算得上是重大手术。

让尼尔发现自己的这一部分是机械的，总比发现其他部分要强。

“汤米……”尼尔低声说。

“我们走吧，我跟你们说明。爸，你在这儿等着。”汤姆坚决地说。

尼尔已经惊呆了，下意识地接受了汤姆的决定。这个时候，汤姆仍然有机会利用尼尔的震惊，和保镖走到一边，私下里把事情解释清楚。

尼尔可能会伤心，但手指截肢和秘密进行的脑外科手术外加神经处理器完全不是一个级别的事。

但是，之前女保镖检查他的头时弄乱了他的头发，后颈上的人造皮肤补丁也有点歪了。就在他转身急着离开的时候，尼尔叫了起来："那是什么？"他大步向前，伸手抓住汤姆的肩膀，按住汤姆的脑袋。汤姆抽身躲避，但在此之前尼尔已经看到了他的神经端口。

汤姆的突然发作让那些保镖以为发生了恐怖事件。叫喊声此起彼伏，保镖忽然从各个方向冲了过来，一把将汤姆按倒在地。

汤姆的脸紧贴着地毯，被压得喘不过气来。尼尔在怒吼，保镖在高声呼叫着后援，而那张该死的医疗豁免证明还在汤姆的口袋里。

"让我起来，我可以解释。"汤姆被按在地上，保镖正在用便携扫描仪检查他的脑袋里是否有植入式爆炸物。

"哦，天啊，看这个。"一个保镖一边检查一边对另一个保镖说。汤姆知道他们看到了什么：他的头骨里有蜘蛛网一般的一大团金属。

与此同时，另一个保镖翻出了汤姆口袋里的医学豁免证明，"嗯，上面说他做过脑部手术，不过你看这个像神经刺激器吗？"

汤姆翻着眼珠，看着不远处同样被按在地毯上的尼尔。他的父亲已经忘记反抗，只是盯着扫描仪上保镖看着的图像，大张着嘴，脸色惨白。

汤姆闭上眼睛轻声笑了起来，还能糟到什么地步呢？他的麻烦大了，他和他老爹都是。

没过多久，政府特工就来了，将他们都羁押了起来——汤姆、尼尔以及所有保镖。那些特工不是五角尖塔的人，他们都来自国家安全局。

汤姆向三名调查员分别复述了事情的整个经过，然后又独自在监牢里待了好几天，等待官方的正式决定。他的时间都花在了揣测上，担心接下来会发生什么，担心这件事的后果，担心尼尔会怎么说……他已经错过了五角尖塔高级生头几天的课程，其他人这时候早已回去了。

只要能回去和他们在一起，做什么他都愿意。

终于，决定性的那一天到来了。他将与负责这个案子的国安局特工正式见面，获知父亲面临的裁判。

看着眼前这位苗条、专横的女士，汤姆的神经在皮肤下轻跳了起来。这位女士看起来四十多岁，浅色的头发挽成一个发髻，颧骨突出，薄薄的嘴唇抿成一条红线。

“雷恩斯先生。”女士干脆利落地说，“很高兴见到你，我有几个问题要问。”

她的档案资料出现在汤姆的眼前：

姓名：涉密

军衔：涉密

安保权限：绝密 14 级

“我的名字叫艾琳·弗雷恩，我们得谈谈你的父亲，请坐。”

汤姆坐了下来，远处的灯光射入了他的眼睛，他得眨眨眼才能看清女特工的脸。

见到一个真正的国安局特工让他感觉非常不安。他知道国安局有这个国家每个公民的档案资料，而且许多黑曜石集团的保镖都是全职的国安局特工。和黑曜石集团的端口交互时，他曾不小心进入国安局的一个数据中心，他们无所不在的耳目令他赞叹不已。他确信，就连他上过的每一个令人尴尬的网站的网址弗雷恩都知道。

弗雷恩棱角分明的脸上一副不耐烦的表情，她递给汤姆一个金属装置，看起来像一个小型的门把手，“我需要你把这个插入你的脑干端口。”

“这是什么？”汤姆警惕地问。

“进行讯问的人是我，雷恩斯先生。插进去，现在。”

想到要连接一个未知装置，汤姆感觉有些隐隐不安，但他别无选择。他把那装置翻了过来，看了看连接端口的插头，然后将装置插在了后颈上。他想在椅子上坐好，但插了那个装置后脑袋就不能舒服地靠在椅背上了。他只能别扭地坐着，脑袋向前耷拉，肩膀不一会儿就僵硬了。

与此同时，弗雷恩查看着手中的平板电脑，而且看得出她的手指甲修剪得非常整齐。

“你的全名。”

“托马斯[①]·安德鲁·雷恩斯。”

“你是五角尖塔的学员吗，雷恩斯先生？”

“是的，当然。”

“你有没有为了摆脱麻烦而撒过谎？”

这个问题让他紧张了起来。这该怎么回答？每个人在某种程度上不都那么做过嘛。“等一下。”他有些慌了，“你是说现在吗？”

弗雷恩仍然盯着屏幕，嘴唇上闪过一丝微弱的笑，“这个答案已经够了。现在，我们继续。”她点击着屏幕，浅色的眼睛来回查看屏幕上的东西，随后，她又抬起头看了看汤姆，“我知道神经处理器可以让你过目不忘。如果我觉得你隐瞒了任何细节，或者没有完全说实话，我们将不得不用普查器检查你的记忆，明白吗？”

汤姆感觉自己的脸上一下子失去了血色，额头和手掌上都渗出了汗珠。他一下子明白了那个平板和插在后颈上的设备的作用：弗雷恩问了两个没必要撒谎的问题，然后又问了一个故意引起他惊慌的问题。那是

---

① 汤姆是托马斯的昵称。

个测谎仪。也许比测谎仪更复杂，因为他脑子里的神经处理器直接连接着大脑的某些部分。汤姆真希望自己也能看到屏幕上显示的东西。

“我理解。”

弗雷恩放下平板，双手十指交叉，“正如你所想的，我们得谈谈你父亲。”

“听着，”汤姆想要争辩，“我父亲……”

“非常自以为是。”弗雷恩打断了他的话，“由于之前的情况，迫不得已，我们只能把实情告诉他。他已经知道神经处理器的事了。不用说，他很不高兴。这会不会影响到你的情绪？”

“会。”汤姆的语气很确定，他注意到弗雷恩正在看平板，验证他的说辞。

当然会影响他的情绪了。他一直都不想让尼尔知道。他知道，在发现自己被国安局拘留后，父亲一定会来一通他那反体制、反政府的咆哮；在知道安装神经处理器的前因后果后，他肯定还会对那些特工大放厥词一番。

“他这人就是喜欢过嘴瘾，但是他从来都不会把那些话付诸行动的。”汤姆为父亲辩护道，“他不会做暴力的事，你们不需要为此担心。”

“他能让儿子加入太阳系部队倒是挺让我吃惊的。”弗雷恩的嘴唇抿成了一条红色的直线，“不过话说回来，你也不是那种模式化的太阳系战斗员，对不对，雷恩斯先生？我们的组织里就有个前学员，我相信你应该认识他，他叫尼格尔……”

“尼格尔·哈里森。”汤姆赶紧说，他很高兴能有机会纠正弗雷恩对他的既有印象，“对，他就是那个想要把五角尖塔炸掉的家伙。希望你不要拿他和我比，我可没参与那件事。在他想要袭击己方的时候，力挽狂澜的是我。看看你的测谎仪你就知道了，我说的是真话。”

弗雷恩的眼中闪过一道寒光。汤姆立刻就后悔了，虽然已经猜出那东西是测谎仪，但真不应该说出来。弗雷恩冷冷地打量了汤姆一番，然后说："我们很清楚哈里森先生的过去。你放心，他现在已经接受了充分的调教。"

汤姆感觉自己的头皮有些发麻。是，他知道尼格尔是怎么被"调教"的。他们肯定已经对他进行了重编程，好让他符合他们的需求。他们需要的只是个脑子里有台电脑的家伙而已，不是尼格尔这个人。道尔顿·普雷斯特维克曾用这一前景嘲弄过汤姆，那时汤姆几乎无望晋升到战斗级。

如果被不好的人编程，神经处理器就是个非常可怕的玩意儿。

弗雷恩抱着胳膊，靠在椅背上，微微抬着下巴，"哈里森先生是我们了解五角尖塔内部运作的宝贵资源。此前我们的特工对这个机构内部的一手资料知之甚少。考虑到最近另一名原本要加入我们的学员——海瑟·埃克隆——也失踪了，我们希望改变这一状况。"

她也会被充分调教吗？汤姆不无讽刺地想。也许就是因为这个，海瑟才拒绝让步，坚持要毁掉汤姆和布莱克伯恩吧。她知道自己面对的是怎样的未来。她知道自己已经没有什么好失去的了。

不过，一想到那个被布莱克伯恩杀掉的姑娘，汤姆还是忍不住浑身一冷。

弗雷恩查看着平板，"国防部给了我查看你的档案的完整权限。这是你的第二次重大泄密。第一次是你未经授权就和大陆同盟的战斗员美杜莎私下会面。"

"那个我承认，不过我已经在国会国防委员会上说清楚了，已经没事了。"

"你还犯下了针对另一名跨国企业联盟高管的信用卡欺诈罪，涉案金额接近五万美元。"

汤姆一愣，他们居然连这个都知道。还是下级生的时候，他和维克把道尔顿·普雷斯特维克的信用卡刷爆了。那是为了报复——毕竟，那个家伙对汤姆重编程了。

“那不算欺诈。那张卡是在我名下的。再说……”汤姆想要找个好听些的借口，很快他就找到了，“再说，我花那些钱也是为了刺激内需嘛。”

弗雷恩瞪了他一眼，眼神中满是“你这个低能儿”的意味。

汤姆的借口在弗雷恩的目光中破碎了，“他睡了我妈。”

“你母亲。”弗雷恩看了看平板，“啊，蒂莱拉·奈兰德，舞女。”

“舞女？”汤姆反问道。他从没有听说过妈妈的事，只知道妈妈在十四岁时离家出走，和父亲相遇在拉斯维加斯。他们俩并没有真正结婚，汤姆出生后也没有。“等一下，什么样的舞女？”

汤姆想起了小时候，有十多次，尼尔故意摆出一副随意的样子，递给他一沓票子，让他自己去虚拟现实厅玩一会儿。他想起了那时挽着父亲手臂的各色女子。

忽然，他不想再知道有关母亲的事了，“还是算了吧，别告诉我了，就当我没问过。”

弗雷恩看了看他，“看起来，你的童年生活极不稳定，雷恩斯先生。你的家族性反社会倾向应该可以解释你在五角尖塔的表现。”

“我可不是疯子。”

“尽管如此，你确实是国际刑警组织监控名单上最年轻的恐怖分子。没有几个十六岁的少年能达到国际恐怖威胁的级别。”

“我在那上面是低级别恐怖分子，连危险都算不上。这事儿应该和发生在某家俱乐部洗手间的恶作剧有关，那些家伙把事情看得太严重了，肯定有人动用关系把我给整了。你不会是要逮捕我吧？”

“我非常清楚，‘恐怖分子’这个标签现在已经被——可以这么说——

用滥了。所以，雷恩斯先生，我不打算逮捕你。不过我还是得说，麻烦似乎与你形影不离啊。最近的这次事件就是其中之一。”弗雷恩用纤长的手指摸了一下下巴，打量着汤姆，“知道你父亲今天会面临什么惩罚吗？无限期监禁。”

“他不危险，他只是……”

“不太谨慎。”弗雷恩眯起了眼睛，“知道你的神经处理器的事之后，你父亲就成了高度机密、高度敏感情报的知情人。我们已经和其他那些未经授权获知你的神经处理器情况的人达成了谅解，但像你父亲这样有过反社会行为的人就是另一回事了。我们没办法信任他。”

汤姆很清楚尼尔的事迹：拒捕、扰乱治安、妨碍执法、酗酒、行为不检……他确信，自从被拘捕以来，尼尔肯定已经用他那直言不讳的政治观点把解救自己的机会都毁了。他恨弗雷恩这样的人，称他们是“企业盗贼统治集团的走狗”。

“好吧，就算我父亲到处乱说——”汤姆摊开双手，“可是又有谁会信他呢？他是个没工作的酒鬼，连上完高中的钱都没有，充其量就是个阴谋论者。他的话别人一个字也不会信的。”

“万一有人信呢。现在可是神经技术发展的敏感时期。万一你父亲将神经处理器的情况公之于众，我们就会陷入大麻烦。你知道《国防授权法》吗，雷恩斯先生？”

汤姆靠在椅背上，挠着头，努力回忆着，“好像知道吧，和恐怖分子有关的？”

“那部法案的条文很空泛。”弗雷恩说，“那是故意的，好给做我这种工作的人更多自由度。我很容易就能把你父亲定义为——直接引用法律条文——‘支持或在实质上支持……与合众国或其企业联盟盟友敌对之势力’。他有公然煽动反政府、反对我们的企业联盟盟友的案底。

把他作为国内恐怖分子逮捕的理由非常充分。他将失去聘请律师或由陪审团审议的权利。他将直接消失，而这一切都是合法的——除非你能用什么方法让我放心，证明他不会做出什么出格的事。”

汤姆坐直了身子，弗雷恩递出的救命稻草让他心跳加速，“让我和他谈谈，我会找到法子的，我会让他闭嘴的。”

弗雷恩点了点头，“我不信任他，当然也不信任你，雷恩斯先生，不过我还是会给你这个机会。”她站了起来，一眼不眨地将汤姆上下打量了一番，眼神冰冷，“无论如何，给我看看你的本事吧。”

第二章

汤姆被带到了讯问室，只见尼尔斜坐在桌后，单手支撑着额头。

自从同意安装神经处理器起，汤姆就一直在等待这一天的到来。但一想到父亲已经全都知道了，他的心还是不由得一沉。汤姆必须要说服国安局，让他们相信尼尔不会对这个项目的秘密构成威胁。这是他唯一的机会。

“嗨，老爸。”

他的父亲在桌前微微站起来，语气中充满了乞求，“汤米，告诉我这不是真的。那个……神经处理器什么的玩意儿，那是骗人的吧？”

汤姆感觉心头一沉，嘴唇干得要死，“是真的。只有通过脑子里的电脑我才能控制太空中的那些无人机。加入太阳系部队必须要有那东西才行。”

“也就是说你一离开我就弄上了那东西……”尼尔不停地摇着头，声音低了下去，“我早该知道的。你有点不一样，你的脸，我还以为是你长大了，我没想到……”他捂着头，“轮盘赌，那次轮盘赌！怪不得你会知道那些数字！”

“是的。”汤姆承认道，“那就是原因。”

尼尔注视着汤姆，目光一下子锐利起来，“约瑟夫·文格洛夫知道，对不对？他当时就是在暗示这个。”尼尔大步走到汤姆跟前，“他和这事是不是有关系？”他唾液横飞，“是不是？那个冷血的波尔雅鬼子，我要……”

“他和这事无关。只不过这种技术是他为军队设计的。决定是我自己做的。我同意他们不告诉你的。”

尼尔使劲摇着头，“我不相信。你不该让他们这么做的，你没那么蠢。”

一股热流直冲汤姆的脑门，“有没有人告诉你有了神经处理器后我能做什么？你知不知道我能说三十种语言？我懂物理，懂微积分。国会山峰会上获胜的是我！我在睡觉的时候都能记住一本书的内容。”

尼尔看着他，“你连说话都不像我儿子了。”

“因为我不是过去的我了！”汤姆急切地想让父亲明白。他后退了几步，远离尼尔，心中一阵懊恼，“以前的我什么都没有，一无所有！又丑又笨，彻头彻尾的失败者。除了玩电子游戏我什么都做不来。现在一切都不同了。在电脑的帮助下，我的进步可不止一点，那是翻天覆地的变化。所以，对，我已经不是以前的那个小子了。我更强了。比以前强得多，老爸。我现在想做什么都能做到。”

尼尔失神地看着汤姆，刺眼的灯光印出了他脸上的每一道皱纹，“我从不知道你如此憎恨过去的自己。”

汤姆呻吟了一声，“这不是重点。”

“这就是。”尼尔叫了起来，“你一定会后悔自己这么说的。我告诉你，你的这些话让我很伤心，汤姆，真的，因为你是个好孩子，一直都是。”

汤姆也火了起来，“你真以为我在罗斯伍德感化院留级的时候更好吗？你真以为我这辈子只能继续玩游戏才更好吗？这个东西——”他指了指自己的太阳穴，“它给了我我想要的一切，为我打开了整个世界。”

“你以前有选择权。”尼尔咆哮道，“现在没有了！你就不明白吗？你是他们的了！这个世界上没有人能担保你一辈子都能使用脑子里的那种技术。你以前可以选择的，但你把选择的权利抛弃了！”

“那根本不是选择！显然你根本就不明白，但我只能这么做。”

“只能？你放弃了自己的意志，放弃了你自己！”尼尔喘着气，眼中燃烧着怒火，“但我是不会放弃你的。”

“你什么意思？”

尼尔步伐坚定地走到最近的监控摄像头前，“听着，弗雷恩！你想让我闭嘴吗？我会的，我会签署保密协议，你让我签什么我都签。你的人怎么操纵这些可怜孩子的大脑我一个字都不会提，我只要我自己的孩子！”

汤姆看着父亲的背影，猜到了他的意图，“不。”

“我不能把你脑子里的电脑弄出来。”尼尔愤怒地说，“但我能把你从这个该死的项目里弄走。”

汤姆站直了身子，盯着尼尔，心跳剧烈到自己都能听到，“你不能这么做，他们是不会容许的。”

“该死的，怎么不能？我是你爸！”尼尔吼了回去，“你还没到十八岁呢，留在他们那里必须经过我的许可，所以我现在要撤回许可。如果他们敢阻止我——以上帝的名义起誓，我一定会把这事儿宣扬得世人皆知。我会掀起他们压不下去的滔天巨浪。”

“我安装了神经处理器，不能退出项目，而且神经处理器也拿不出来。我的大脑对它有依赖，爸，你就不明白吗？你给他们找麻烦他们也不会让我退出的——他们只会把你关起来！”

“我倒要试试看！”

汤姆明白了：尼尔已经钻进了牛角尖，他的人生就是一场和整个世界的长期战争，而现在，他有了深挖战壕的绝佳理由。他是赢不了的，但他根本不在乎。尼尔会在为自己孩子抗争的过程中骄傲地战死，即使获胜的概率微乎其微。

汤姆绝不容许他这么做。

“外面也有脑科大夫。”尼尔狂热地嘟囔着，“其他人也懂大脑。取不出来？我们走着瞧。走着瞧。不过他们是夺不走你的。我不会让他们得逞。”

汤姆对着摄像头竖起一根指头，示意弗雷恩再给他一点时间做尼尔的工作。他感觉自己很镇静，因为他忽然意识到：他能阻止父亲毁掉自己的生活，只有他能做得到。

只要消除那些让父亲不肯善罢甘休的原因就好。

汤姆感觉周围的一切都静止了，耳朵中充斥着脉搏的跳动声，他几乎都听不到自己说话的声音。“爸，如果你告诉别人神经处理器的事，或者打算把我从尖塔里带走，那么我就去儿童福利署，告诉他们我父亲是一个找不到工作的酒鬼，这样我以后就不需要你的监护了。”

这话让尼尔猛地转了过来，他的脸上写满了震惊，就好像被汤姆从背后捅了一刀。

“到时候——”汤姆继续道，感觉自己的声音好像是从很远的地方传来的，“我会告诉他们，我的父亲连固定住所都没有，或者说你连保证我连续上几天学都做不到。这绝对够得上疏于教养，甚至可能还违反了几条法律。”这都是真的，于是汤姆又往尼尔的心口上补了一刀，“如果这还不够，那么我会再给他们点新东西……哦，我不知道，说你打我怎么样？”

尼尔一脸的震惊，“我从没有伤害过你，汤米，你知道我一个手指头都没有……”

“我知道。”汤姆承认道，心里镇静得出奇，“不过还是面对现实吧，其他那些都是真的，所以我被父亲揍过听起来也错不到哪里去吧？老妈抛弃了我们——这个看上去也不太好——而你因为吵架斗殴被拘留过无数次，那就是红色警报了，老爸。从档案上看，你就是个精神病。所以，就看你怎么选择了：如果你要给我制造麻烦，那么我就给你制造个更大的麻烦，我发誓说到做到。你是赢不了的，只会失去一切。”

“我这都是为了你好。”尼尔失神地说，“你就不明白吗？”

“现在才为了我好？”

尼尔看着汤姆，就好像是在看一个陌生人，汤姆毫不回避他的目光，他的心在胸口狂跳，脉搏声敲打着耳膜。

“也许你说得对。”尼尔终于开口道，“你已经不再是我的小子了。那个电脑对你的脑子做了可怕的事，我知道我家小子是绝不会这么威胁我的。”

汤姆一句话也说不出来。他只能在心里提醒自己，这是好事，他就需要尼尔做出这样的反应。干净利落，这样尼尔就不会为了他而大动干戈，进而毁掉他的生活了。

“看来我们达成了一致：我不是你儿子。”汤姆朝门口走去，就像一个机器人在木然地前进，完全感觉不到自己双腿的运动。

“又来了。”尼尔弱弱地低语着，“真的又来了。”

汤姆心里一沉，他又要离开自己的父亲了。但这一次，他很清楚，他再也不会回来了。

他走出了门。

事后，汤姆的脑袋昏昏沉沉的，感觉就好像经历了一场大战，历尽千辛万苦终于获胜一样。他坐在自己的囚室中，抱着胳膊，看着天花板，对于时间的流逝只有模模糊糊的感觉。

这都是为了他好。汤姆一遍又一遍地告诉自己，但父亲那张因震惊而扭曲的脸在他的脑海里挥之不去。汤姆想通过想其他事情来回到正常状态，却一点效果也没有。他的眼前出现的是被他用电脑病毒击中的美杜莎的脸。那么做也是有很正当的理由的。文格洛夫怀疑美杜莎就是机器里的幽灵，汤姆得证明她不是——先用文格洛夫的病毒使美杜莎丧失行为能力，然后自己去炸掉天空广告牌，撇清美杜莎的嫌疑。

但这并不能改变他的记忆。记忆里，美杜莎那因为背叛而受伤的表情挥之不去。对于自己关心的人，却不得不伤害他们，好让他们安全，真想知道这尺度怎么把握才好。

汤姆听到了开门的声音，一头金发、身材苗条的弗雷恩走了进来，“嗯，不得不说，你让我吃了一惊，雷恩斯先生。”

“是吗？”

弗雷恩把双手放在汤姆对面椅子的椅背上，但并没有要坐下的意思，“我会让你的父亲恢复自由，他的言谈将会受到监控，他本人也将被密切关注，也许有时候会被人跟踪。我们将告知他本人这点，以帮他收敛自己的行为……不过，我想你说的那些话已经足够达到这一目的了。”

汤姆轻轻笑了笑，感觉有些苦涩。这是拐着弯儿说他已经让父亲伤心透顶，再也不想要他回来了，更别提为他去找军方的麻烦。

弗雷恩用手按着耳朵，头微微扭向一侧。汤姆知道，她是在听上级的指示。她用冰冷的目光看了看汤姆，“五角尖塔派来护送你的军官已经到了。你可以走了。”

汤姆站了起来，疲惫不堪。“那个，”他说，“真有必要监视我父亲吗？他只是个小人物，干不出什么大事的。相信我，你很清楚他是不会引起什么麻烦的。”

“如果你父亲没有什么好隐藏的，那么他也就没必要担心被监视。”弗雷恩说，“就这么简单。”

汤姆叹了口气，最后一点希望也没有了。对于艾琳·弗雷恩这样的人，他实在不知道还有什么好说的。

回五角尖塔的路似乎怎么也走不到头，尽管真空管列车在以每小时五千英里的速度穿越整个国家。刚才看到等在列车旁的是詹姆斯·布莱克伯恩中尉，汤姆吓了一跳。布莱克伯恩有一头剪得很短的深色头发，双臂抱着宽阔的胸膛，布满疤痕的脸绷得紧紧的。

汤姆以机器里的幽灵的名义摧毁西半球的每一块天空广告牌之后，他们还没见过面。一看到布莱克伯恩那紧绷的脸，汤姆就知道，他已经查到了自己身上。

也许这就是他亲自前来的原因。

和布莱克伯恩一起待在狭小的真空管列车车厢中，即使只有几分钟，汤姆也不想。汤姆坐到了布莱克伯恩对面，列车在漆黑的管道中飞速前进，空气中的紧张气氛渐渐加剧。布莱克伯恩看着汤姆，表情非常令人不安，就好像要把他吓破胆一样。汤姆挑衅似的迎上他的目光，牙关咬得紧紧的。

终于，布莱克伯恩开口道：“非要我主动问你为什么吗？”不过他的语调经过了刻意的控制。

“什么为什么？”

“你知道是什么。你为什么愚蠢到在假期前公开做出如此惊人的举动？那就好比是竖起一面红旗，生怕文格洛夫找不到你。你把你的能力暴露在了整个世界面前，这是为什么，雷恩斯？”

汤姆叹了口气，“好吧，首先，文格洛夫已经知道外面有像我这样的人了。这是我在黑曜石集团的时候发现的。”

布莱克伯恩看着他，“所以你就在自己身上竖个靶子帮他确定目标吗？”

“是这样，我很抱歉又让你帮我擦屁股了。”汤姆疲惫地看着布莱克伯恩，他知道让布莱克伯恩不满的还有其他原因。他目睹了布莱克伯恩谋杀海瑟·埃克隆，尽管布莱克伯恩并不知道他也在那儿。布莱克伯恩自己就有一个烂摊子要收拾。“我想我们是一根绳子上的蚂蚱。”

“不错。”布莱克伯恩说，“因为你的这个秘密，我们俩被绑到了一起。而我做了个决定：我不能让事情就这么一直发展下去。你一次又一次地搞砸，一次又一次地误判形势，我信不过你——就这么简单。”

这就是汤姆收到的警告。

一行字从他的眼前闪过：*会话过期，瘫痪程序启动*。

“嘿！”汤姆叫了一声，从椅子滑落在了地上，胸部以下的感觉都消失了。布莱克伯恩大步流星地走过来，有条不紊地敲打着前臂键盘。

汤姆只知道他必须要保护自己。他撸起袖子，脑子疯狂地扫描着战争游戏后仍然储存在处理器里的程序，但布莱克伯恩一脚将他的胳膊踩在地上，扒下他的前臂键盘扔到了一边。

“你已经成了我最大的负担，我受够了。你挖坑，我填土，你再挖坑，我再填土——这种游戏我不会再玩下去了。”

汤姆想要激活思维交互界面来向布莱克伯恩发射病毒，但他的眼前只出现了一行字：*功能不可用*。简直让人抓狂。

“自从知道你的能力后，我就一直在思考这个问题。”布莱克伯恩从制服前兜里掏出一根神经导线，“天空广告牌的事让我下定了决心，那是压垮骆驼的最后一根稻草。”

“你要干什么？”汤姆叫道。

布莱克伯恩摇了摇头，取出一个神经芯片，连接在导线一端，“相信你能小心行事简直是愚蠢至极，因此我只能这么做。”

他弯下腰。汤姆知道，自己一定不能让他得手。

“不！”他抓住布莱克伯恩的手腕，想要推开他的双手。绝望给了他力量，但布莱克伯恩能够全身用力，汤姆却不能。布莱克伯恩将汤姆的两只手按住，然后又压下了他的头。

他就这么按住汤姆，然后将导线插入汤姆的脑干神经端口。

“放开我！走开！”汤姆大叫着，视线模糊起来，代码源源不断地涌入他的神经处理器。

“已经太迟了，放松。”布莱克伯恩坐在汤姆旁边的座位上。要不是失去了力量，汤姆一定会挥拳的。“我本来打算把这个掺在五角尖塔你的作业订阅源里，不过现在情况变了，我只能这么做。”

汤姆不敢相信眼前发生的一切。他又要被重编程了。“你会后悔的！”汤姆咒骂道，尽管无法想象这话要如何实现。他的声音在颤抖，“你不能……给我……重编程……”

“我没打算给你重编程，雷恩斯。”

汤姆不由得睁开了眼睛。

“我在我们俩的神经处理器间建立了连接。”布莱克伯恩指了指自己的太阳穴，又指了指汤姆的，“只要念头一动，我就能进入你的感官接收器。只要愿意，我随时都能看到你在干什么。”

“就这样？”

“就这样。我就和国安局一样，只不过我是从里面看，而不是从外面。”

“好，我每次上厕所的时候你也要看吗？”

“不。”布莱克伯恩说，“我不会一天二十四小时监视你，只在我想看的时候。就好比打开电视，转到特定的频道，我有随时这么做的权力，但并不意味着我每时每刻都会看。”

汤姆看了看眼前的代码。现在完全是布莱克伯恩说了算，布莱克伯恩不需要获得他的好感，也没必要骗他。就算布莱克伯恩想像道尔顿那样给他重编程，他也做不了什么。他觉得布莱克伯恩说的应该是实话。

但这并没让他的感觉好多少。

“这个神经连接可以让我通过你的眼睛来看，通过你的耳朵来听，任何时候我都可以知道你在干什么。我对日常监控没兴趣，汤姆，但考虑到你的行为，这是完全必要的。这样你就再也没办法让我大吃一惊了。下一次你再想搞天空广告牌那种事，我就能看到你在干什么并进行干涉。坦白地说，考虑到你给我制造的麻烦，我只采取这么点措施你应该谢天谢地才对。”

汤姆忽然感觉一冷，他想起了候车室抽真空时海瑟的表情。比建立神经连接更可怕的手段，布莱克伯恩那里多的是。

汤姆深吸了口气，想要镇静下来，“你不会想要杀我吧？”

布莱克伯恩有些吃惊地看了汤姆一眼，“当然不会。”

汤姆紧盯着布莱克伯恩的前臂键盘，他全身的肌肉都在因为焦虑而发抖，“现在呢？你要干什么？”

“现在，我要清除你这段时间的记忆，然后循环播放我们刚上车的头五分钟。这样你就会幸福而无知地生活下去了。”

“不，不！等一下，不要。等一下，求你了。我不会告诉别人的，行吗？我们可以达成一致的。也许这个连接是个好事，我不会想办法去除的。”汤姆竭尽全力地撒着谎。只要能阻止布莱克伯恩清除他的记忆，说什么他都愿意。

“你说得对，你是不会想办法去除的，因为你根本就不会记得有这东西。”

怒火在汤姆体内燃烧起来，真希望这怒火能在他心里烙下布莱克伯恩永远也抹不掉的印记，提醒他自己小心。如果他的愤怒能达到这种程度，那下次看到布莱克伯恩时，他一定会感觉到有什么东西不对。

一定会有办法的。他会记住的。他会记住……他不会忘掉的，他不会忘……

汤姆发现自己正坐在真空管列车中，感觉有点怪，好像忘记了什么。他看了看布莱克伯恩，布莱克伯恩也正在对面的座位上紧盯着他。

“怎么了？”汤姆问。

布莱克伯恩摇了摇头，观察着他的表情，“没什么。有问题吗？”

“没有。”汤姆感觉有些奇怪。他扭过头看着一边，他的生理反应让他自己感觉怪怪的——心跳十分剧烈，似乎肾上腺素正在他的血液中涌动。

也许是因为布莱克伯恩一直那么狠狠地盯着自己吧。真奇怪，布莱克伯恩一句话都没和他说，连天空广告牌的事也没提。他低下头，发觉自己的前臂键盘已经滑了下来，掉在了地上。哈，肯定是没固定好。他捡起键盘，安在胳膊上。

“你还没问我天空广告牌的事。”汤姆终于开口道，他实在是忍不住了，“为什么不问？”

布莱克伯恩揉了揉鼻子，过了一会儿，才睁开眼睛说，“好吧。雷恩斯，为什么你会愚蠢到在假期前公开做出如此惊人的举动？”

也许是他的想象吧，但听起来布莱克伯恩似乎一点也不关心他的回答。

第三章

下午的课间休息时汤姆才回到尖塔，这让人感觉有些不舒服。因为假期里的那个意外，汤姆错过了作为高级生至关重要的第一周课程。

此时的五角尖塔已经不是他离开时的那个模样了。

刚和布莱克伯恩分手，进入电梯间，他就注意到了不同。电梯间里只有沃尔顿·考夫纳一个人。看到汤姆来了，沃尔顿立刻立正。

汤姆朝他点了下头，“嘿，沃尔顿。”

“向我报告，雷恩斯。”

汤姆愣了愣，看了看他，“什么？”

沃尔顿用深色的眼睛注视着汤姆，压低声音说：“你得向我敬礼，叫我长官，然后向我报告。”

“你的级别不比我高，我们都是高级生。”

“我是在你之前晋升的。抱歉，伙计，你得向我报告，向我敬礼。”

“我们不应该敬礼的，我们都是平民。”汤姆狐疑地打量着沃尔顿，后者经常拿他开涮，“你又在糊弄我吗？”

“真可惜，不是。”沃尔顿叹了口气，“有时候，幽默和一个人的生存环境是不能共存的，雷恩斯。至少，安东尼·J. 马兹洛是这么说的。”

神经处理器告诉汤姆，马兹洛是一名四星上将，“马兹洛将军怎么了？”

“马什走了，现在负责尖塔的是马兹洛。我们的普通课程都保留了下来，但增加了行军、演习、训练的内容。”

“不会吧？为什么？”汤姆叫道，这一切听起来真可怕。

“因为埃克隆和拉米雷斯擅离职守。很显然，我们都存在作风问题，需要通过受折磨来纠正。”

电梯来了。

“快点来吧。”沃尔顿催促道，他敬了个礼，“报告情况。”

汤姆有些迷惑地扔下行李袋，立正敬礼，沃尔顿回礼。“学员汤姆·雷恩斯依命令向学员沃尔顿·考夫纳报告。”

“呃——我们现在都是候补军官了。”沃尔顿低声说。

“什么？”

“马兹洛将军让我们互称候补军官。他认为这会帮我们在心中树立军队意识，你就照做吧。”

“候补军官汤姆·雷恩斯依命令向候补军官沃尔顿·考夫纳报告。”报告时，一名军人正从电梯里走出来，神经处理器告诉汤姆，那是海军陆战队的迈尔斯·埃利斯少尉。

根据沃尔顿的提示，汤姆又向站定在他面前的埃利斯少尉敬了礼。这一切都让他困惑，因为通常情况下，负责整个机构运行的军官都不会理会学员。毕竟，学员都是平民，并不是军队的一部分。他们只是处在军方的监护之下，表面上得遵从若干规定而已。但埃利斯少尉却转向沃尔顿，命令道：“背诵电码字母表[①]，开始！”

“是，长官。”沃尔顿叫道，他的眼神非常不安，少尉距离他非常

---

① 指军方口报字母时为了避免混淆而采用的念法。Alfa 表示 A，Bravo 表示 B，以此类推。

近，几乎鼻尖都能碰到一起。沃尔顿开始大声背诵：“Alfa，Bravo，Charlie，Delta，Echo ……”

汤姆看着眼前的一切，保持着立正的姿势，感觉非常不真实，就好像误入了另一个世界，而自己根本不懂他们的语言。背诵的整个过程中，少尉一直在斥责沃尔顿没有看他，斥责他身体后仰，斥责他的任何一点迟疑。

“看墙干什么？墙上有好玩的东西吗，学员？为什么不看我？”

沃尔顿终于背完了，“Xray，Yankee，Zulu。完毕，长官。”

埃利斯少尉这才算满意，但立刻转向了汤姆，“你没穿制服！”

“我刚回来……”汤姆开口道。

“我没问你问题，你没有权利说话！”埃利斯少尉的声音听起来非常愤怒。

“我只是在解释我的情况。”

“从现在起，只有问到你的时候你才能回答。”

汤姆不敢相信地看了看沃尔顿，“真是这样？”

埃利斯少尉一下把脸挨近汤姆，直勾勾地盯着他，嘴里还散发着大蒜的味道，“不要问他，有什么话和我说。你的名字，候补军官？”

“汤姆·雷恩斯。”

“全名，候补军官！”

“托马斯·安德鲁·雷恩斯，长官。”

埃利斯少尉的脸距离汤姆非常近，汤姆都能看清他的鼻孔和鼻子两侧的皱纹。和一个成年人的脸距离如此之近，大蒜的气味扑面而来，而那个成年人的要求也越来越离谱，这可真是……真是……

汤姆咬紧嘴唇，但嘴角却忍不住弯了起来。笑声眼看就要从他的嗓子眼儿里涌出。

埃利斯少尉紧盯着汤姆的眼睛，“你的嘴角弯上去了，候补军官。你这是憋着笑吗？”

“不是，长官。”

这时候，汤姆发誓，他看到埃利斯少尉的嘴角也微微弯了一下——他发誓自己真的看到了。这成了最后一根稻草。汤姆的自控力崩溃了，笑声从嘴里喷涌而出。沃尔顿瞪大了眼睛，汤姆知道自己犯了个大错。他笑得更响了，整个身体都剧烈摇晃了起来，埃利斯少尉的每一声怒吼都让他笑得更加起劲。

体育课还没开始，汤姆就全身酸痛了。埃利斯少尉命令汤姆背诵一篇行为守则，而汤姆连那是什么都不知道，所以他被罚做俯卧撑，增加了处罚时间，还被罚在楼梯上跑上跑下，直到他感到这毫无乐趣可言。

不过，体育课本身也比以前麻烦了，主要是因为再也没有虚拟的敌人来分散注意力，让锻炼变得有趣——学员只能跑过一排排轮胎，爬过铁丝网，攀到墙上，在完成各种疯狂训练的过程中被各种训练官咒骂。

刚追上其他高级生，汤姆就被陆军中士达纳·欧斯金盯上了。两英里跑外加两百个俯卧撑和仰卧起坐之后，汤姆终于气喘吁吁地站到了维克旁边，排队等待到拉力器似的东西前测试耐力。

“这一周都是这样？”汤姆喘着气问维克。

*嘿，汤姆。*维克通过思维交互界面将文字传给汤姆。*我们不应该说话，欧斯金会罚你再去做俯卧撑的。*

汤姆讨厌思维交互界面，所以他只是目视前方，低声问：“这么说马什彻底走人了？”他的嘴唇几乎都没张。

维克叹了口气。*他还挂着“顾问”的职衔，不过掌权的已经完全是马兹洛了。马兹洛是那种老派的人，认为我们有作风问题，所以给我们*

增加了行军、演习等课程，还有纪律要求。你小子消失了一周真是幸运。说到这个，你没事吧？维克微微抬了抬眉毛，结果很不幸地引起了欧斯金中士的注意，两个人各被罚了五十个俯卧撑。

“好吧。我们晚饭再聊。”做完后，汤姆对站在身旁的维克低声说。

不行。晚饭也不能说话。

“什么？”汤姆叫出了声，又一次引起了欧斯金中士的注意。看到中士走了过来，他急切地问：“为什么晚饭也不能说话？”

没过多久他就知道为什么了。

体育课后，海军陆战队下士杰伊·布拉姆就赶着他们去洗澡，并监视他们每一个人。每个敢在洗澡时说话或者洗得不够快的人都被他狠狠教训了一顿。

晚餐前，候补军官们首先在门口集中列队，就像每次早餐前一样，但这一次每桌都有一名军官。他们那桌的军官空军少尉卢·哈斯连珠炮似的提着问题：

“五角尖塔有多少灯？”

“五角尖塔服务器的内存容量有多大？”

“候补军官的食物容许嚼几下？”

原来他们每口得嚼六下，而且得所有人同时。先是因为咽得太快，后是因为只嚼了四下，汤姆的处罚时间又增加了几个小时。晚餐结束后，他的处罚时间已经累积到了六十个小时。这一天过得非常超现实，让他感觉自己好像是进入了别人的生活。

汤姆还不太清楚处罚时间到底是什么，而且很显然，只要有军官在，候补军官就不许互相说话，也不能用键盘发送信息。以前在尖塔里，对不良行为的处罚是禁足——周末期间不许离开尖塔，外加限制通信和网络权限。更严厉的处罚是负责日常勤务，打扫尖塔卫生之类的。

汤姆很快就明白为什么这几项惩罚都被取消了。

晚餐后，他的新夜间任务就到了。神经处理器闪出一条命令，让他去地下层的洗衣房报到。原来，以前的日常勤务全部都被改到了夜间。

来到洗衣房，汤姆发现朱塞佩·尼科尔斯和华耶·恩斯洛已经在里面干活了。他没有理会朱塞佩，而是跨过装满制服的袋子径直走到华耶面前，这可是他回到尖塔后第一次没有人从旁监视。

“汤姆！”华耶叫道，看起来两个人见到彼此都非常高兴。汤姆给了华耶一个大大的拥抱。华耶的回应有些僵硬，她友善地拍了拍汤姆的后背，但汤姆感觉挺疼的。

汤姆松开华耶，看了看她那狂热而急切的表情，“最近怎么样？”

“糟透了。我有五个小时的处罚时间了。”华耶悲伤地说，“真不敢相信我已经有五个小时了。”

“我正想找个人问问呢。”汤姆说，“我有六十个小时。”

华耶睁大了眼睛，“你可是刚回来啊，怎么可能就有六十个小时了？”

汤姆抬了抬眉毛，“你真觉得奇怪吗？”

华耶想了想，“仔细想想，还真不觉得。”

“是啊，我想也是。你的是怎么回事？”汤姆很疑惑，华耶平常是很少惹麻烦的。

华耶扳着手指头，“第一个小时是因为我和尤里复合后手拉手，一人一小时。”

“真的？因为拉手受罚？”

“马兹洛将军的新政策不允许亲密交往。”

“等一下。”汤姆叫道，“等一下，我们不能亲密交往了？”

华耶摇了摇头，“不能，在尖塔里不行。问题是，马兹洛基本上已经无限期禁止我们离开尖塔了，就连未经监控打电话到外面也不行。在我们转变作风前，他想要把我们一直封闭起来。”

“那网络呢？”

“也没有了。”

汤姆大惊失色，没有网络？没有网络大家可怎么活？

“尤里和我因为拉手被罚一小时的时候，我们还不知道有这个新规定呢。”华耶继续道，“然后是我的第二个小时，因为在每周发型检查上被发现有几缕头发长过了制服衣领。”

“每周发型检查？”

“发型和靴子检查。”华耶澄清道，就好像这个说法没有之前那个听起来那么荒谬一样，“第三小时是因为我把有关尖塔的信息放进了非军事课程的作业源里。马兹洛将军希望每个人都记住尖塔里有多少盏灯，多少扇窗户，多少级台阶，这一类的东西——用自己的大脑记忆。但在神经处理器的帮助下，我们都有过目不忘的记忆力，看一眼建筑图纸就都能记住。他甚至还去询问了技术人员，让他们干扰我们的记忆，让我们只能用大脑来记。他好像不明白，神经处理器会让大脑萎缩。如果关闭处理器的记忆功能，那么有些在这里待了几年的人就根本什么都记不住了。”

“等一下，等一下……什么技术人员？”

布莱克伯恩是个控制狂，五角尖塔里所有的软件编写工作他都不会放过，这一点汤姆很清楚。他可不会容忍所谓的技术人员太长时间。比起相信其他人的加密算法，他宁愿自己每天只睡两小时。

呃，确切地说，是除了华耶外的其他人。

“黑曜石集团新来的承包商。马兹洛将军雇他们给学员写软件。他想把布莱克伯恩中尉的工作局限于为尖塔维护防火墙。就连编程课他也不让布莱克伯恩中尉教了。现在那段课时由体育课填补。”

汤姆想起了真空管列车上布莱克伯恩那一脸阴郁的表情，原来让他心情不好的不仅仅是自己。“布莱克伯恩肯定不喜欢那样。”

“奇怪的是，他并没有表现出来。他表现得和其他军官一样。因为到地下层问他有没有什么我可以做的事，他又罚了我一个小时。他被分配到了那里的一个工作基站，以后我们就再也不能在尖塔里自由会面了。”

汤姆并不吃惊。尽管华耶是布莱克伯恩心仪的学生，但现在掌管这里的是个新头儿，他的地位也和以前不同了。马什将军不能失去布莱克伯恩，因为他的事业和把布莱克伯恩带回尖塔紧密联系在一起。这个马兹洛将军则丝毫没有留他的理由。想要留下来，就得小心行事。

“新来的技术人员对他们的工作一窍不通。”华耶低声说，“但他们不让我帮忙，也把布莱克伯恩中尉拒之门外。下载源里的错误多得吓人，马兹洛将军也暂停了虚拟实景，要等他们把这里的系统吃透了再继续。哦，我的第五个小时就是这么来的——我在他们研究系统的时候提出要帮忙，在没有被直接问到的时候说了话。”

“这也太惨了。”

“维克说他们想把我们和军队的其他部分合并起来。”华耶坐到一台大洗衣机上对汤姆说。屋顶上的荧光灯在她的眼底投下了阴影，“一开始，他还觉得这很棒，不过现在就连他也改主意了。如今每个人都在欺负比自己级别低的人，有人已经对权力上瘾了。格洛弗·斯台普顿今天对我吼了整整五分钟。”

汤姆想了想格洛弗·斯台普顿，他是亚历山大学院的一名高级生，来自马萨诸塞州的安多弗。因为小时候在德州住过三个月，就一口假冒的南方腔，还要别人都叫他克林特。在去年的对战训练中，汤姆杀过他好几次——这对汤姆来说自然是乐趣多多，但对克林特来说就不是了。

和许多人一样，克林特打心眼儿里不喜欢汤姆。

“你和克林特同时晋升高级生。”汤姆对华耶说，“他没有权力对你吼。他的级别不比你高。”

华耶叹了口气，“他是班长。”

“啊？班长？那是什么玩意儿？”

“每个学院每个级别都有两个班长，一男一女。他是你的班长——他负责亚历山大学院高级生中的男生，所以他的级别比我们高。由班长来监督我们按时完成勤务工作。”

“真是棒极了。”汤姆说，他忽然想起了华耶之前的话，“等一下，他真的吼你了？为什么？”

“我的鞋带没系好。”华耶低头看了看自己的战地靴，哀声说。

“她差点都哭了。”朱塞佩帮腔道，“我看到了。”

“我没有哭。”华耶更正道，“我眼睛里进了东西。”

汤姆怒不可遏，“他那么对你，你揍他了吗？我希望你揍他了。”

华耶抱着细细的胳膊，“那么做于事无补。”

“尤里揍他了吗？”汤姆不能想象尤里会任由克林特那么吼华耶。

“没有，因为那是刚发生的事，尤里还不知道。而且他也不会知道。你不能告诉他。我们现在动不动就会陷入麻烦。我可不想增加他的处罚时间。”

“那我去揍克林特。”汤姆说。

“汤姆，不要。我也不想你惹上麻烦。你就别管了。”

“好吧，好吧。”说完，他们就和朱塞佩一起分拣起那堆衣服。

不一会儿，洗衣房的门打开了，靴子踏地的声音传了进来。“你们在干什么？”一个声音吼道，“消极怠工吗？这可不是你祖母家！加快速度！”

是克林特。

华耶脸上露出焦虑的表情。汤姆扭过头，看见后面站着一个一头棕色短发的小子，正拧着眉毛一脸狞笑。这就是他们的勤务监工了？

汤姆恶狠狠地一笑，弯腰解开了鞋带。“哦，不！”他故意大叫着吸引克林特的注意。

“你在干什么，雷恩斯？”克林特叫道。

“哦，天啊，我的鞋带没系好。”汤姆边说边故意将鞋带甩到一边，让克林特知道他是故意这么做的。

“系好。”克林特命令道。

“做不到啊，克林特。我想不起来该怎么系了。”

克林特涨红了脸，“这是命令！”

“命令？”汤姆故意伸出一条腿，让克林特看清鞋带还是松开的，然后又挠了挠头，“真有意思，想要发号施令就得有真本事，但我实在看不出你有什么办法能让我听你的，格洛弗。”他故意用真名而不是外号来称呼克林特，这让克林特的脸更红了。

“叫我克林特！”克林特叫道，“我会向马兹洛将军报告的。”

“哇哦，格洛弗，你真打算打小报告吗？你要来真的？太可悲了。”

克林特的脸都扭曲了，“我不用告发你，我会直接让你做，你……”他抓住了汤姆的领子，试图把他提起来，就在这时，汤姆一拳打在他的脸上，将他打倒在地，重重地摔在了几袋衣服上。

“抱歉。”汤姆毫不在乎地对躺在地上的克林特说，“这完全是个意外。哦，是我不小心……真是个意外，‘长官’。”他蹲了下来，直视着克林特，语调也变得低沉而充满威胁，“我向你保证，这个意外会一而再再而三地发生，也许会在短时间内连续多次。如果你再对华耶乱吼的话，下次还有靴子踩在你脸上。听清楚了吗，格洛弗？”

和绝大多数爱欺负人的家伙一样，克林特其实是个胆小鬼。他点了点头，汤姆后退了一步，克林特飞也似的逃出洗衣房，嘴里还念叨着要报复什么的。汤姆转向华耶，看到华耶正在摇头。

“你不应该这么做的。”但她的脸上泛起了一丝红晕，看起来还在忍着笑，“这么做只会适得其反。”

汤姆笑了起来，他知道尽管华耶嘴上不说，但心里还是挺欣赏刚才那一幕的。“也许吧。”汤姆说，“不过如果克林特还是不明白的话，我向你保证我会让他‘意外’几次。”

华耶抱住了汤姆，汤姆吃了一惊，但他还是轻轻笑了笑，也给了华耶一个拥抱。尽管五角尖塔已经变得面目全非，但他还是感觉，自己回到了家。

第四章

“托马斯·雷恩斯。”

安东尼·J. 马兹洛将军用厌恶的语气念出了这个名字，汤姆正立正在他的门口，那间办公室原来是马什将军的。马兹洛将军的面前摆放的正是克林特事件的报告。

“之前就有人向我提过你。看起来，作为一个不懂规矩、粗俗无礼的小无赖，你已经臭名昭著了。如果不是因为你脑子里的电脑，以及约瑟夫·文格洛夫在你的档案里留下的好话，我一定会一脚把你踢出去。如果有士兵是你这副德行，我一定把他立刻轰走。”

“我不是士兵，长官。”汤姆提醒道，“我们都不是。”

“闭嘴！”马兹洛吼道，“没让你说话。”

“对不起，长官。”

“没听到我刚才说什么吗？”

这次，汤姆没出声。

“那是个直接问你的问题，雷恩斯。从今往后，只有上级直接问你问题的时候才能回答。”

汤姆小心翼翼地看了马兹洛一眼，刚才那句可不是直接问题。

马兹洛靠在椅背上，用充满怒意的小眼睛上下打量着汤姆。马兹洛有一头稀疏的棕色头发，鼻子很宽，鼻孔在微微颤动。汤姆有些好奇是谁告了他的状，可能的人选实在是太多了。“我的前任相信，应该用对待小孩子的方式来对待你们。”马兹洛说，“你们的脑袋里有电脑。他说，你们不是服役一段时间就能离开的士兵——你们是一辈子都得和我们在一起的平民，所以我们应该对你们尽可能地宽容。他认为，不应该让你们觉得在这里你们是在牺牲奉献。但我不同意，我不觉得你们是平民。如果不能改变你们的正式身份，那至少我可以让你们的行为更像士兵。这个世界很危险，还有新的恐怖分子逍遥法外，那个机器里的幽灵……”

忍住，汤姆心想，*忍住，一定要忍住*……

“我们不能容许这个地方陷入混乱。倒戈、失踪……在我的管理之下绝不能发生这种事。有些人说什么太空战是战士个人的事，全靠个人机动性，要我说这都是胡诌。”

这是汤姆第一次听到有人用“胡诌”这个词。*绷住了，不能笑*。

“我打算从战斗员中挑人组成一个战队。个人主义……呵呵。世界上所有的军事学院都认为集体的力量大于个人，这个地方也不应该例外。”他又恶狠狠地看了汤姆一眼，然后又看了看桌上的报告，“我看过你在这里的记录，你似乎倾向于在战斗实景中单打独斗。我的前任喜欢这种风格，但我不喜欢。”

骄傲和愤怒一下子从汤姆体内涌了出来，“我的杀伤率是中级生中最高的，长官。”

“我有问你问题吗，雷恩斯？”

汤姆闭上了嘴。

“你不懂得吸取教训，这是我对你的另一个认识。哦，虽然你的档案里没有直接这么写，但这已经够明显了。你和敌军联络，自己被送上普查器。你在南极闲逛，指头给冻掉了。你惹祸的能力几乎是永无止境，这让我明白，想把你弄得像样些完全是浪费时间。那我该拿你怎么办呢，候补军官？”

汤姆狐疑地看着马兹洛将军，“长官，这是个直接问题吗，还是你在反问你自己？”

“注意你的态度！我会告诉你我要拿你怎么办的。我会给你分配下级生。”

下级生？

“听着，我要用最恶劣的手段来对付自认为叛逆的孩子。我要把你放到领导岗位上。”马兹洛眉毛一竖，“你将领导一队下级生，监督他们适应新规定。你将对他们的纪律负责，由你来调教他们。”

汤姆看着马兹洛将军。由他来负责下级生的纪律？他自己都不太清楚这里的新规矩呢，再说他又怎么知道如何才能让新兵守规矩？

“如果他们在你的监管下有什么出格行为，雷恩斯——”马兹洛补充道，汤姆惊骇的表情让他很满足，“那就要算到你的头上，是你的责任。不管他们发生什么事，你都要为此负责。如果你毁掉了这些孩子的未来，那么你这辈子都要背负这一罪责。听起来怎么样？”

汤姆盯着马兹洛将军，拿不准自己是不是听错了。

“我在问你问题。”

“听起来会很难，长官。”

“难就对了。具体细节你在周末前就会了解。”马兹洛转过身，仿佛看都不愿意再看他一眼，“解散。”

之后，神经处理器指示汤姆去体育场，到了那里，汤姆才终于明白了处罚时间到底是什么：他得加入一个“处罚队”，和其他积攒了处罚时间的候补军官一起，以每分钟至少一百二十步的速度列队来回行军。

老伙计们都到齐了，维克用网信高兴地对汤姆说，眼睛瞟了瞟左右，尤里和华耶正立正在他的两侧。

汤姆忍住笑，站到了他们旁边。19时整，所有人开始行军，走过来，走过去，走过来，走过去。就这么一直走下去。他们通过网信打发时间。中级生时的练习帮助汤姆提高了发送网信的精度——他已经不会再经常泄露令人尴尬的思维了——不过偶尔还是会。比如在伊曼·阿塔尔经过时，他就忍不住想：我喜欢大胸。

维克迅速笑了笑，您的思想还是一如既往地深邃啊，博士。

尴尬的停顿后，华耶的想法让情势变得更糟了：美杜莎的胸部是不是很可观？

汤姆和维克脚下的步子一下子都乱了，一脸无聊的卡登斯·格雷又罚了他们每人一小时，因为扰乱队列——顺便说一句，现在战斗级学员要被称作团长了。

这话真是她问的？汤姆、尤里和维克同时想道。

还不是因为你似乎特别迷恋大胸，而且也特别迷恋美杜莎嘛。我知道相关性不一定就意味着因果关系，但通常这表明两组数据存在某种联系。华耶想。

只有华耶能用这么有条理的思维来想胸部。汤姆感觉脑袋都大了一圈，他强忍住想笑的冲动——再笑的话，处罚时间肯定还会长。

我喜欢腿。想完，尤里的脸就红了。

机器人也有这么不纯洁的想法？趁卡登斯不注意，维克飞速对尤里笑了笑。

我反正是深感震惊。汤姆想。

腿啊……维克想要从尤里那里引出更多不纯洁的想法。

他们还这么想美杜莎，就好像她最近还和托马斯有联系一样，真奇怪。尤里突然想道，他没有落入维克的陷阱。

尤里的想法忽然从汤姆眼前消失了，是华耶切断了他的连接自己插了进来。

我把他的会话切了，因为我觉得这个话题会迅速转向不好的一面……多谢你，维克。华耶迅速地瞪了维克一眼。

嘿，那些不纯洁的想法是汤姆起的头。维克抗议道。

汤姆忍不住，汤姆就是这样。

嘿！汤姆抗议道，他们好像都觉得他是个迟钝的低能儿。

再说，华耶想，我们不能在尤里跟前想美杜莎之类的东西。我会和他私信一会儿，免得他怀疑。

尤里对受到文格洛夫攻击后的事情一无所知。汤姆承认还在和美杜莎联系时尤里并不在场。他不知道他们都去了南极洲，更不知道被文格洛夫围困后是美杜莎救了他们。

有些事，还是不知道的好。

在我离开前，华耶继续道，维克你也许应该跟汤姆说说……呃，是跟汤姆想想……

现在不行。维克想。

跟汤姆想什么？汤姆想。

没有人回答，汤姆迅速看了看左右，发觉维克和华耶交换了个眼神。这里还有事情他不知道。

尤里最先走到了墙边，然后向后转，朝汤姆走了过来。汤姆忽然后悔了，自己当初不该那么着急和维克、华耶达成共识，决定不让尤里知道那些事。很显然他们已经把这种做法反过来应用到了他自己头上……而汤姆最不喜欢的就是被蒙在鼓里。

21时整，疲惫的汤姆回到了自己在亚历山大学院的新宿舍。行军两小时真是件痛苦的事，然而他又不得不痛苦地意识到，要想处理掉剩下的五十八小时，他至少还得像这样在处罚队里再行军三十天。

那还是在处罚时间不继续增加的前提下。

而这基本上是不可能的。

新室友不在宿舍，汤姆换上T恤去盥洗室洗澡，脑子飞速运转。今天晚上，他应该就会得到五角尖塔的新版纪律手册，肯定会在他的作业订阅源里。尽管非常憎恶马兹洛的疯狂统治，但他也忍受不了处罚队里无聊透顶的行军——而且，显然他的朋友都将比他早结束受罚。

刷牙时，另一个念头闯入他的脑海。他在镜子前一下子睁大了眼睛——下级生。他还要负责下级生。

他哪有时间对付下级生呢？

新的宵禁时间是21时45分，到时候会有军官拿着笔记板挨个房间检查他们是否都在宿舍，是否都在床上，脑袋是否都连接在墙上的神经端口上。汤姆知道，这种严格的宵禁会让他发疯的，不过今晚，他走向自己的床铺，准备……

刚一走出盥洗室，他就看到克林特跪在床边，愤怒地指着汤姆的抽屉，“这可不行，伙计。”

汤姆先是一愣，然后笑了起来。新室友，太好了。

“你不能把东西就这么胡乱塞到抽屉里，关都关不上。”克林特盯着汤姆，眼睛周围还有被打后留下的黑眼圈，“我可不想因为你增加处罚时间，都收拾好。”

“咱们先把话说清楚。”汤姆缓缓穿过寝室，“尽管此时此刻，你可能级别比我高点，但在这里，你甭想给我下命令。”

克林特站直了身子。他的身材很魁梧，比汤姆高几英寸，肌肉可能也比汤姆发达。他看着汤姆，思考了会儿，然后微微一笑，“你个臭小子，之前打了我，肯定是因为这个他们才把你分给了我。”

“是啊。”汤姆兴高采烈地同意道，“我无缘无故揍了你一顿，这对你不公平。而现在我们要睡在一屋了，想想看，我还有很多无缘无故对你不公平的法子呢。我知道你在想什么，你也可以以牙还牙。但这会让你进退两难，格洛弗，你是班长，声誉无懈可击，在见面会上给联盟的首席执行官们留下了深刻的印象。如果有人能够一路顺利成为战斗员，那个人很可能就是你。而我呢，完全相反，我曾被控叛国，我总是因为各种原因而惹上麻烦，联盟的绝大多数首席执行官恨我恨得要死。”

“你到底想说什么？”

汤姆耸耸肩，“在我看来，我想怎么使坏就能怎么使坏，别人也不会对此有过多的想法，他们对我没有什么期望。就算我做出什么特别残忍的事，偷偷对室友下手，他们也不会特别吃惊。而你就不一样了……你如果对我做出同样的事情，损失就会比我大得多。你还有你的良好声誉要维护。所以在跟我捣乱前，你可得好好考虑清楚。”

克林特把头扭到一边，眼神闪烁。

臭名昭著也是有点好处的。汤姆“扑通”一声倒在床上，他还有事情要干。在确认克林特不会有什么出格的行为之前，他是不会冒肌肉瘫痪、现实感官衰退的风险连接神经端口的。但现在是时候了。他用神经导线连接上墙上的神经端口，假装开始睡觉。

其实他另有打算。

系统连接上他的神经处理器，睡眠指令还没下达，汤姆的意识就进入了尖塔的处理器。每次从五角尖塔的服务器去太庙都要经过同样的路线：从尖塔处理器到卫星，再到大陆同盟在水星钯矿场附近的卫星，然后回到太庙的系统。

自从用电脑病毒攻击美杜莎——耀兰后，汤姆就一直在跟踪美杜莎的情况。在医院病房一动不动地疗养了一周后，她又能活动了，但被隔离在个人病房，神经处理器没有连接太庙的系统。

每次透过病房拐角的摄像头观察时，美杜莎都是一个人，有时候在做俯卧撑，有时候只是呆坐在床前，盯着对面的墙，或者躺在床上，盯着天花板。

自从汤姆可以观察美杜莎以来，时间又过去好几周了，这都是拜假期里那次意料之外的安全事故所赐。现在，他又在窥视那间病房，却发现病房已经空了，床铺也都经过了收拾。汤姆不安起来，不断地切换监控摄像头，希望能再找到美杜莎……

找到了。美杜莎穿着制服，正在将头发梳成高马尾。那是一个六人间，其他女孩子都围在她身旁，汤姆这才意识到她又回去工作了。她恢复得不错，没事了。

汤姆退出摄像头，心情也平静下来。

如果真的对她造成了实质性的伤害，汤姆是永远都不会原谅自己的。

第五章

“那些被吓坏了的小东西是什么？”维克问。

“他们的眼睛好大。”听起来华耶已经被吓坏了，“但个头好小。”

“他们年纪都好小。”尤里疑惑地同意道，“在我昏迷前肯定没有年纪这么小的。”他摸了摸下巴，思索了一下道，“也许我还在昏迷中，只不过自己没有意识到。”

他们说的是站在汤姆面前的三名下级生。下级生的头发都剪得很短，露出了头皮。他们被吓得低下了头，因为这帮古怪的候补军官在谈论他们时就好像他们都不在场一样。

“伙计们，别再欺负下级生了。”汤姆命令道，“他们的 HGH[①] 还没起作用呢，仅此而已。都走吧！”他用大拇指指了指电梯的方向。

华耶赶紧点了下头，维克咕哝着什么笨蛋之类的东西跟了过去。走之前，尤里用同情的眼神看了看那三名下级生，安抚似的向他们笑了笑，好像是在说“我相信你们”一样。汤姆忽然想，尤里本应该是那个选中的人，显然他更擅长监督被吓坏了的十三岁小孩儿。

汤姆努力模仿了一下尤里那安慰的眼神，也向他的下级生们传达了

① 人体生长激素。

一个“我相信你们”的微笑，尽管在此之前他从没想过要那么做。

“抱歉，我的朋友们只是觉得由我来指导你们太扯淡了。我的伙计维克说他想在我对你们进行训练的前后都见见你们，好检查损坏度。”看到他们紧绷的表情，他赶紧补充了一句，“他在开玩笑。”

那三名下级生并没有笑。他们并排坐在下级生公共休息室的沙发上，齐齐看着汤姆，叫兰妮的女孩儿和叫里德的男孩儿今年十四岁，个头最小的名叫泽恩的男孩儿今年十三岁。三个人都是一副惊恐万分的表情。汤姆在心里为他们感到深深的遗憾：一个月前他们参观的那个五角尖塔和经过脑部手术适应神经处理器醒来后看到的这个五角尖塔区别可不是一般的大。

马什将军的新下级生接收程序一般都很慢，部分原因是神经处理器严重短缺——第一批参与测试的士兵死亡后留下的处理器就那么多。还有个原因是筛选太阳系部队学员的过程异常烦琐。所以看到自己一下子得到了三名下级生，汤姆感觉非常讶异。

马兹洛让汤姆来调教这三名下级生，让他们适应这里的规定。可汤姆自己对规定都还不适应呢。他不确定自己该怎么做，所以决定先唬住这帮下级生，让他们以为他很有信心。

“好啦。”他摩挲着双手，“啊，你叫里德·基斯曼，是吧？”

长着大鼻子、下巴紧缩的十四岁男孩儿对着他皱了皱眉，“显然啊。你有神经处理器，肯定知道我的名字。”

“嗯，这只是礼节性提问而已。别那么紧张，里德。”他又看了看那个姑娘，兰妮·奥戴尔，这个十四岁的姑娘长着一头红色短发，苍白的皮肤上布满雀斑，“你好啊，兰妮。还有你，泽恩。”

泽恩·布朗特十三岁，长着粗短的鼻子，绿色的眼睛有些突起。只有他在面对汤姆的微笑时才不是一副紧绷着脸、惊恐万状的表情。

“有什么问题吗？”汤姆问。

“还得多久我的头发才能长出来？”兰妮忽然问，“问哪个军官都没人回答我。”

“嗯，那是因为他们也不知道。会很快的。”汤姆安慰道，“现在生长率由处理器来控制了，这副秃头和尚的样子是持续不了多久的。”

兰妮的五官拧成了一团。

“我不是特指你，兰妮。我的意思是……”汤姆不知道该怎么说了。

“你是说我们所有人？”泽恩伤心了起来，“我们都像秃头和尚？”

里德也垂头丧气了起来，伤心地摸了摸刚长出的发楂。

汤姆忽然感觉到，这样根本起不到激发信任的作用。“嘿。”他又尝试道，“我有假手指。我的真手指在南极洲冻掉了。想不想看看？”

下级生们一下子来了精神，汤姆伸出手让他们看。

“我能摸摸吗？”兰妮问。

汤姆还在为叫她秃头和尚而感到不好意思，于是就点了点头，“行啊，没问题。”

兰妮和泽恩戳了戳他的电子手指，里德一脸闷闷不乐地看着他们，没有伸手去戳。

“感觉像是橡胶，不过更柔滑。”兰妮评论道。

“哈，是吗？”汤姆用手指摸了摸手腕，有点好奇地说。他还从没仔细考虑过这些手指的质感，因为他已经没有可以用来体验质感的真手指了。“知道吗，这是可拆卸的哦。有一次我把一根手指插到了我朋友维克的牙杯里，连走廊尽头都能听到他的尖叫。”这段回忆让他笑了起来。他拔下一根手指，让他们观察。只要一个念头，手指就会弯曲，“看到了吗，即使不连到手上也能动。有效距离大概是一百英尺。”

就连里德也伸长脖子来了兴趣。终于给这几个家伙留下了点深刻印象，汤姆感到一阵满足。当领导的感觉也不错嘛。

即使在马什的手下，汤姆、维克、华耶还有尤里也不是最完美、最守规矩的学员。每周除了星期天，他们都不能像以前那样在食堂交谈了，所以他们找到了碰头聊天的新方法：因为汤姆和华耶要去分发新洗好的衣服，维克要给地板吸尘，尤里要去擦洗墙壁，所以他们每天晚上都会在邻近的区域开展勤务。

自从发觉候补军官在用网信偷偷交流后，马兹洛就命令他的技术人员监督网信的内容——于是汤姆就和他的伙伴们在食堂里用眨眼发送莫尔斯代码。这么干了几天之后，他们还是决定不费这个劲儿了。

毕竟，那些技术人员连准备非军事课程的作业源、保证处理器正常运行都顾不过来。他们还没搞明白虚拟实景系统，更不可能有时间去监管候补军官们闲聊——尤其是在新政策出台后，所有候补军官故意用网信进行的无意义空谈呈几何级数增加，里面还加入了大量违禁的关键词，让那些技术人员疲于审查。

*我都快无聊死了，我宁愿扔颗炸弹炸了这里也不要再这么蹲着了。*维克在非军事课程上对他们想道。

汤姆回复：*是啊，只要能找到乐子，让我做什么都行——叛乱、革命、暴动、骚乱，哪怕只是抗议都行。*

*炭疽，*华耶想，*沙林毒气。*

*我想灭了天体物理学考试。*维克想。

*我正在对第三题发起圣战。*汤姆想。

*蓖麻毒素，*华耶想道，*天花武器。*她还没学会如何将敏感词加入连贯的会话中。

尤里正坐在隔壁的中级生课堂里。他们忘记了要告诉尤里敏感词的事，也没在处罚时间后将他从神经网络中断开——这时的尤里想道，**这对话好难理解。**

结果，候补军官们用这些需要马上审查的废话拖住了技术人员，真正的交谈内容反而都被放了过去。一项政策造成了意想不到的后果，结果却又引发了马兹洛的另一项新政：周日以外不许社交。

因为候补军官们只有那一天被容许成群结队地自由交谈，所以导致亲密活动大大增加，就好像被压抑了六天的能量都要在那一天的自由时间里迸发出来一样。第二周和第三周的周日，公共休息室、走廊、食堂，到处都是搂搂抱抱挤在一起的人，弄得华耶一到周日都不愿意从宿舍出来。不过汤姆对周日的喜爱却更胜从前了。就连平时监督他们的正规军官周日也都消失了，可能是怕眼红吧。

平常严厉控制，一周只放松一天——这条政策的另一个副作用就是，周日的自由会让人消受不了，甚至有些眩晕，尽管他们还是不能出去，也不能上网。汤姆会睡到很晚才起床，没有特别的原因，只是因为这一天他可以。然后还会顶着一头乱发，穿着一件破旧的衬衫慢慢晃到食堂——也是因为这一天他可以。

“博士，你这是干什么呢？”和维克一起一屁股坐到餐桌旁后，维克问。

“怎么了？”

“你看起来就像个无家可归的流浪汉。”

“我是无家可归了。”

“流连赌场不算是无家可归。”

汤姆耸耸肩，“像个流浪汉又怎么样？反正周末也不会增加处罚时间。”他穷极无聊地看着隔壁桌，那一对中级生的动作已经越来越激情了。

维克打了个响指吸引他的注意力，“我做了个决定。你该去找个女朋友了。”

“你为我做了个决定？”

“我确实为你做了个决定。看看周围这些享受放纵星期天的候补学员吧，你不想加入进去吗？找个人去约会吧。”

汤姆抬了抬眉毛，环顾四周，接着又想到了美杜莎——耀兰。美杜莎……真不清楚自己怎么会想到她。他从口袋里掏出一枚硬币，用电子手指翻动着，“嗯，被拒肯定很有趣。”

“听我的，魅力和自信才是关键，外表不是。很幸运我三者兼备。当然，就算缺少一两样，我也还是会赢得莱拉的芳心的。知道为什么吗？这是个秘密，但我可以告诉你。”

尽管不想问，但汤姆还是有些好奇，“为什么？”

维克放低了声音，“是我主动约她出去的。”

汤姆打了维克的胳膊一拳，还以为是多大的秘密呢。他看了看四周，确定没有人在注意他们后，用低得不能再低的声音对维克说：“还记得在非常冷的地方救过我们的那个人吗？”他意有所指地看了看维克，确定维克知道他指的是美杜莎后，汤姆继续道，“我们并没有真的分手，这么做不对。”

维克深色的眼睛里闪过一丝恼火的神情，“别误会，我很感激她，真的很感激，但你这就太不现实了。你又不是没见过那些新安的监控，还有新来的军官。时移世易，这你必须承认。”

“我知道，可是……”

“没有什么可是，汤姆。”维克一脸难得一见的严肃表情，“我和华耶聊过——嗯，我和恶妇还是能够严肃地讨论一些事情的。我和她一直在等待合适的时机告诉你，不过择日不如撞日。我们都觉得，别人发现你还在和那个姑娘联系只是迟早的事，到时候我们三个人就都得遭殃了。”

“我不会拖你们下水的。”汤姆继续翻动着手里的硬币，避开了维克的目光，“真不敢相信你觉得我会连累你们，而且你甚至都没考虑过，也许没有人会发现呢。”

他的朋友们不知道他的能力，不知道美杜莎的能力——他们可以与机器自由互动，意识直接进入机器，传统的方法根本无法跟踪到。汤姆唯一一次被发现还是因为进入了黑曜石集团的系统，而且约瑟夫·文格洛夫知道要找什么样的人。

“我知道你对她有感觉，我理解，但我们不能引起别人的注意。”维克越说越恼火，“我们是一起去那个冷得要死的地方的，而且也造成了相当大的破坏。倘若遭到惩罚，开除出尖塔都算轻的，搞不好会蹲监狱。”

汤姆握住硬币，看着维克，“听着，我和她最近并没有联系，这总能让你放心了吧。”他最近只通过监控摄像头查看过美杜莎的情况。

维克的肩膀放松了一些，“很好，这是个好的开始。是时候迎接新生活了。莫非你在害怕？我敢说你是在害怕。二十块钱，赌你不敢约那些女孩子出去。”

“我知道你在激我，热辣小天竺。没用的。”

维克夸张地做出擦眼泪的样子，“汤米是朵温室的花儿，受不了被拒绝。”

汤姆挠了挠头，“好，好，我去约个姑娘，不管接下来怎么样，你都不能再用这事儿来烦我。那二十块钱我拿定了。”

汤姆环顾四周，找了个自己认识的、距离最近的姑娘走了过去。那个女生正和朋友们坐在桌旁，汤姆知道他将在大庭广众之下被拒，但他决定长痛不如短痛，就像撕掉创可贴一样。

“嘿，伊曼。”他伸手撑住女生身旁的桌角说。

来自马基雅维利学院的伊曼·阿塔尔一脸惊讶地抬起头。她有着蓝绿色的眼睛，一头棕发，汤姆一直觉得她很漂亮。但他已经在一次虚拟实景里当着她的面出尽了丑，那次他们扮演的是穴居人，而他一直在向伊曼表示，自己是个合格的伴侣。最后伊曼用棍子狠狠地敲了他的头，说他长得丑，对于他的表白来说，这可不算是什么好的反应。

“跟我出去吧。”汤姆脱口而出道。

伊曼瞪大了眼睛，“约会？”

“就是这个意思。”汤姆注意到，伊曼身旁的朋友全都安静了下来，其中就有中级生詹妮弗·阮。

汤姆很了解詹妮弗。有一次，他曾听到詹妮弗嘲笑维克想要博取她欢心的举动——“热辣小天竺”的外号就是这么来的。但愿今天的举动不会给自己带来什么新外号。

“行啊。”伊曼说。

“行啊？”汤姆重复道。

伊曼点了点头，“是啊。”她确认道。

汤姆也点了点头，完全被搞晕了，“很好，就这么说定了。”

说完他就走了回去。事情就这么结了。

说实话，汤姆完全没有想到伊曼会答应。那天晚上，他又通过监控摄像头观察美杜莎，不知道自己该如何抉择。伊曼也算漂亮，而且不是敌方战斗人员，更不在地球的另一面，这让事情变得简单得多……

但汤姆的大脑、心脏、思维已经完全被另一个人给占据了，自从第一次看到那位现代阿喀琉斯在太空中驰骋翱翔，肆意蹂躏海洋同盟的飞船，这种感觉就在他心里扎下了根。

今天，美杜莎又做了件她经常会做的事，把汤姆杀了个措手不及。

“要知道——”她用英语对着虚空说，“一大早就偷看衣衫不整的姑娘可是非常变态的。”

汤姆呆住了，过了一会儿才意识到美杜莎说的是自己。她那黑色的眼珠正看着摄像头。

“对。”美杜莎说，“我知道你在那儿。我想了很长时间该跟你说什么，不过我现在已经想好了。回你自己的系统里去，我们在那里见，马上。”

汤姆退出了太庙的系统，但仍然连接着宿舍墙上的神经端口，数据不断流过他的大脑。不一会儿，美杜莎的意识就进入了他的系统。学员系统里的一个游戏被激活，汤姆发觉自己正面对着阿道夫·希特勒。

“美杜莎？”他试探道。

“就是我。”

作为希特勒的美杜莎一点儿也没有吸引力。他们正站在一列行进的列车车顶上，汤姆低头看了看自己，眼前的信息框显示，他是丘吉尔，英国首相，这个游戏的名字叫作“车顶对战”。

这是个粗制滥造的游戏，背景中的景色都是块状的。不知为何，汤姆一下子想到了沃尔顿·考夫纳。通常情况下，耀兰是不会一次选择两个没有吸引力的角色的，这可不是个好信号。

美杜莎抱着胳膊，“我知道你一直在进入我的系统，我知道你一直在观察我。”

“说实话，我从来没有在你……呃，你没穿衣服的时候我可从来都没看过你。”一个乐观的念头忽然闪过汤姆的脑海，“除非你想让我看。”

“不！”

“假设一下而已。”汤姆赶紧说，感觉有些失望，“我可不是变态偷窥狂。”

美杜莎看着他，一言不发。

“我不是故意那么说的。”汤姆补充道，他感觉很不自在。

“脸红可不适合丘吉尔。”美杜莎评论道。

“我没脸红，丘吉尔也没有。顺便问一下，为什么是丘吉尔？”

“那你来当希特勒？”

“为什么你是希特勒？”

“因为不知道为什么，你们系统里大部分的程序都用不了。”

“我们最近是有些技术问题。”汤姆承认道。

“而我们准备缔结互不侵犯条约了。”

“互……什么？”

“互不侵犯条约。”

“听着，耀兰。我知道我用病毒对付了你，但那绝不是为了伤害你。我之前一直没有找你，是因为你不能接入系统，我也没办法跟你解释。后来，过了一段时间，我又不知道该对你说什么好了。”

“我知道你为什么用病毒。”

汤姆眨了眨眼，“你……知道？”

“自从听说机器里的幽灵的事情之后我就知道了，很明显你是受到了误导想要保护我。”

“等一下，耀兰，你知道我是为了你才这么做的？”汤姆很不理解地问，“而且你还很不高兴？”

美杜莎上前几步，狠狠地打了汤姆一拳，这个实景里的痛觉感受器是全开的，痛感在汤姆的脸上炸开，震得他后退了几步。丘吉尔的腿脚不是很灵活，费了很大劲儿才恢复了平衡。

“当然了！”美杜莎叫道，“还有，别再叫我的名字了。我从没有告诉过你我的名字——你只是碰巧从其他地方听到了而已。”

汤姆举起双手，“好，美杜莎。”

“好多了。”说着，美杜莎又向他走了过去。

这次，汤姆一拳打了过去，希特勒在车顶上滚到了一边。“我不明白。我知道你会因为病毒的事情而生气，可你知道我是为什么这么做，那你到底还生什么气呢？”

美杜莎又站了起来，小胡子上还滴着血。她冲了过来，一拳狠狠地打在汤姆的肋部。汤姆差点儿滚下了车顶。“你未经我的许可就使用病毒，我可从没有要求你替我背黑锅。”

列车还在急速前进，汤姆在强风中紧抓着列车的边沿，双脚在飞速转动的车轮上方乱蹬，“你在南极洲救了我们，这是我欠你的。”

美杜莎向他伸出了手，汤姆犹豫了一下，然后也伸出了手，让美杜莎将他拉了起来，回到车顶。他们站在高处，地面的场景模糊不清，狂风撕扯着他们的头发。两个人互相注视着对方，汤姆感觉到自己心中一个难解的结正在缓缓解开。他一直害怕美杜莎以为他是为了获得晋升或者为了接近文格洛夫才这么做的。

他是为了美杜莎。

而美杜莎很清楚这一点。

但显然这样做并不好。

“你应该先问我的。”

汤姆抓紧了美杜莎想要抽回的手，“你不会同意我这么做的。”

美杜莎抽回了手，“当然不会了。我不想被人拯救，汤姆。从来都不想。这才是问题的所在。”她后退了一步，身体随着火车的震动微微颤动，“你想要的东西我无法给你。”

“美杜莎……”

“你想成为别人的英雄，助别人一臂之力，但我不需要借助别人的力量，而且我绝对不需要你的可怜。”

“我没有可怜你。”汤姆惊叫道。

“因为我的长相，我这辈子都在被人可怜。”美杜莎指了指自己的脸。自然，希特勒的脸并没有什么问题，但汤姆知道，美杜莎指的是她小时候受伤所留下的可怕疤痕，“没有被我吓跑的人总是会非常可怜我。这很让人心烦。我没那么脆弱，不需要别人帮助，更不需要被人拯救。”

“天啊，美杜莎，我真没有可怜你。你理解错了。”

“我理解错什么了？”美杜莎看着汤姆。

“我没有可怜你，你是我所认识的人中最强的一个，真的。我知道你不需要我保护。但我确实这么做了。只要是对我来说很重要的人，我就愿意保护。我宁愿让文格洛夫发现我，也不愿意让他发现你。”

美杜莎打量着汤姆，眼中闪过一道光芒，“那你就是严重心理失常了，莫德雷德。爱慕可不是要为了某个人而毁掉自己，我绝不希望有人为我那么做。”

“也许文格洛夫永远都不会发现我呢。”

“你一开始去黑曜石集团时不就是这样吗？为了救一个朋友而牺牲自己。”

“我所有的朋友都去了。”

“但这反映了你的行为模式，你的行为规律。”美杜莎眯起了眼睛，“你渴望被人需要。”

汤姆有些糊涂了，“我都不知道该说什么了。”

美杜莎顿了顿，“那就什么也别说。”她继续道，“听着就好，我不需要你，永远都不会需要你。”

汤姆愣在当场，一个字也说不出来。

“说到这儿，我们还是回到以前的模式吧。”美杜莎说，“你不进入我的服务器，我也不进入你的，除非发生紧急情况。”她抬手准备结束程序，然后又犹豫了一下，“哦，忘了件事。”

“什么？”汤姆失神地问。

美杜莎露出一个灿烂而狰狞的微笑，“谢谢你的病毒。”

一行文字闪过汤姆的眼前：数据流收到，程序“祝你能向你们的技术员解释清楚你是从哪儿中的病毒”启动。

汤姆赶紧拔出神经导线。一开始，什么也没发生。

接着，“祝你能向你们的技术员解释清楚你是从哪儿中的病毒”程序发作了，感觉就像被人狠狠地一脚踢在裆部。汤姆蜷缩着身子，尖叫着滚下了床，喘息不止。

汤姆躺在地上，忍住想吐的感觉。剧痛和恶心慢慢消退，他终于站了起来，摇了摇头，感觉居然有些好笑，毕竟，美杜莎是可以下更狠的手的。美杜莎很不高兴，但并没有想要杀他。

剧痛像一个明确的信号，告诉汤姆，他们之间的关系终于就这么结束了。这次和以前不同，以前每次美杜莎生气的时候，汤姆都有办法对付。美杜莎会平静下来，会说他们之间有不可逾越的鸿沟之类的话，会说他不知道……

病毒又发作了起来。

第六章

每隔三分钟，那种被人一脚狠狠踢在裆部的感觉就会重复出现，而且每一次都疼得要命。来到华耶在汉尼拔学院的宿舍时，汤姆想死的心都有了，还好华耶那时候在宿舍。唯一的问题就是，宿舍里还有其他人。

“我得和你谈谈。”汤姆脱口而出，“私下里。”

“什么？”华耶的金发娇小室友伊芙琳·海姆斯问。

华耶站了起来，“怎么了，汤姆？”

“我能和华耶单独谈谈吗？”汤姆问伊芙琳。

“不能，这是我的宿舍。”伊芙琳梳了梳那头金色的秀发，“你们可以去其他地方谈。”

但汤姆没有什么地方可去，下一次发作的时间眼看就要到了。恐惧淹没了汤姆。还有一分钟时间。

“求你了，伊芙琳，我给你……”汤姆掏着口袋，“二十块。只要几分钟就行。”

“我说了，不行。”

“先给二十，事后再付你十块。只要你离开一会儿，就能得到三十块。”

“天啊，你们就不能去其他地方谈吗？”

汤姆干脆破罐子破摔了起来，“好，那你留下，想看你就看吧。我不介意有观众。”他递给华耶一个抱歉的眼神，然后一把搂住华耶的腰，“你今天看起来美极了，华耶。”说着，就猛地低下头，给了华耶一个深深的吻。

华耶的整个身子都僵硬了。*之后可别狠揍我啊*……汤姆心想。但愿伊芙琳识趣。一开始的感觉非常奇怪，华耶的脸颊冰凉，嘴唇紧压着他的嘴。华耶的头发闻起来有一股薰衣草的味道，大大的棕色眼睛看起来似乎填满了整个世界。

接着，情况似乎发生了变化。华耶的身体放松了，嘴唇也微微张开。尽管不愿意这么想，但一种奇特的兴奋感穿过了汤姆的身体。他感觉华耶的双手轻轻滑过他的胸口，她苗条的身体似乎充满了魅力，吸引着他的手。汤姆抓住床栏，好让自己不到处乱摸。他抓得非常紧，手指头都麻了。

“哦，好吧！”伊芙琳边叫边站起身走了出去，“这间屋子归你们了！”说着狠狠地关上了门。

汤姆后退了一步，松开床栏，他不知道该怎么跟华耶解释，也不知道该把手放在哪儿。那感觉就好像脑子都融化了，整个身体都被电僵了一般。华耶看他的眼神就像个吓坏了的洋娃娃。

视野中心的倒计时还在继续，0:05…… 0:04 …… 0:03……

哦，不。

到时间了，无形的大脚又踹上了他的腹股沟，汤姆哀鸣一声，蜷缩着身子在地上打起了滚。他无意识地咒骂着，残酷的现实击穿了他，剧痛扰乱了他的心智。

这也是自己活该。

“汤姆？”

华耶的声音听起来尖厉刺耳。她蹲在汤姆身旁，双手悬在半空，好像不知道是不是该伸手帮忙。汤姆一脸痛苦地摆了摆手，想要表示自己没事。

“热辣小维。”华耶自语道。

“热辣小维？”汤姆重复道。

“这是我设的暗号，可以让宿舍里的监控录像失灵十分钟，以防万一我们需要讨论什么紧急事项。”

华耶当然会这么做了。她考虑问题一向周全。那种想吐的感觉难受极了，但汤姆还是忍了下去，“我没事。是电脑病毒。我需要你的帮助，所以才让你的室友出去。”

华耶一动不动。

“很疼啊，真的很疼。”汤姆喘息道，“是美杜莎放在我身上的，每三分钟就发作一次。我不能告诉技术人员我是怎么染上病毒的，也不能在伊芙琳面前说。你能帮我搞定吗？求你了？”

“美杜莎给你的？”

“我能解释，不过得过一会儿。这东西快把我给弄死了。不是字面上的意思，不过你应该明白的！”

华耶一言不发地走到床前，从床下的抽屉里取出她偶尔扫描神经处理器用的诊断扫描仪。汤姆看着华耶，她肩膀僵硬，动作粗野。

“抱歉刚才让你吃了一惊。”汤姆说，“不过你明白的吧？我得把她弄出去，不能让别人知道，因为事关美杜莎，而且……我已经提前给你使眼色了……”

“好计。非常管用。”华耶的声音尖厉而颤抖。她取出神经导线，快步走回汤姆身旁，一把将导线插在汤姆的脖子上，动作很使劲，手指头都戳到了汤姆的脖子。

做完这一切之后，华耶一屁股坐到了床边的地板上，抱着她疲惫不堪的双腿开始进行扫描。

汤姆坐直了一些，尽量不去想自己的嘴唇压着华耶嘴唇的感觉，不去想华耶的臀部压在自己手上的感觉。这可是华耶啊，是华耶，华耶。对她有非分之想绝对是大错特错。

“尤里会把我给揍死的。”汤姆咕哝道。

“很有可能。”华耶在前臂键盘上敲击着，汤姆的倒计时又快到头了，他的心揪了起来。就在他鼓起勇气准备在五十秒后迎接剧痛的时候，一行代码从他的眼前闪过。

“好了，病毒没了。” 华耶淡淡地说。

“真是太谢谢你了，算我欠你的。我……”看到华耶冰冷的眼神，汤姆闭上了嘴。

“你今天和美杜莎联系了？”

汤姆叹了口气，是他自己说出来的，“嗯，不过……”

“你怎么能这么做，汤姆？如果被别人发现你还在和她联系，那该怎么办？”

“维克已经和我说过了，我知道你们谈过……”

“维克和你说过了，然后呢，你一扭头就忘了？还是说，你不在乎我们会怎么样？”

“不是的！”汤姆争辩道，“我没办法解释，但是请你相信我，我和美杜莎的联系方式是不会被发现的。谁也发现不了。”

华耶看着他，“你连自己神经处理器里的漏洞都处理不了，怎么可能会有别人都发现不了的联系方式？”

“我以前做过。”

“你以前也被抓住过！”

*今天这是怎么了？*汤姆感觉所有人都在生自己的气，“我没办法跟

你解释，但是你一定得相信我。我是不会被抓住的，而且……看在美杜莎救过我们命的分上……”

“你还记得她是在哪里救的我们吗？你还记得我们当时在干什么吗？如果被人发现你还在和她联系，我们都会面临怎样的后果？这事可不仅仅和你有关。”

“我知道，可我也知道我是不会被抓住的，因为……嗯，美杜莎和我，我们……”他没办法跟华耶解释，他们和美杜莎是完全不同的一种人，“我们的联系方式我没办法和你解释，你理解不了的。”

华耶的脸都白了，整个表情乌云密布。

汤姆想了想自己说的话，“呃……嗯，我知道这听起来有些……”

“居高临下？”华耶打断了汤姆，抱着胳膊继续道，“怎么，就因为我交朋友有困难，你就觉得我不懂……不懂爱慕，不懂人与人间的感情……”

“我真的不是这个意思。你完全理解错了。”

华耶狠狠地一把将神经导线从汤姆的端口上拽下来，在手里胡乱绕成一团，“你对我完全没感觉。对你来说，我只是个怪胎而已。”

汤姆完全没想到华耶会这么说。他盯着华耶看了半天，然后才蠢蠢地丢出了一句：“哈？”

华耶的声音颤抖起来，“对你来说，我只是个能帮你弄程序的人，只是个有用的工具。你根本不关心我的感受。”

“我关心的，真的。你为什么这么在意呢？很抱歉我又和她联系了，但我用的方法是不会被发现的——不然我是不会做的。我绝不会拿你和维克来冒险，绝不会，因为我真的很在乎你们。我只是——我得看看她的情况……原因我真的不能告诉你，只是我必须要这么做。”

“你可真是个……”华耶喘息着，不知道该用什么词来形容汤姆，“你可真是个混蛋！”

“好吧，好。”对于华耶恶毒的咒骂，汤姆立刻回以一个讨好的微笑，并安抚地答道，“好，就算我是个混蛋、小人，可你总得让我弥补一下吧？我不知道该怎么说，我也不知道到底是什么让你不高兴。你看，今天已经有两个女孩子生我的气了。你就告诉我原因吧，好让我知道自己到底错在哪儿了。”

华耶抱着胳膊，别过头，呼吸急促。

“嘿，美杜莎的事情应该不会再发生了。”汤姆又想起了美杜莎那冰冷的声音，“她让我以后都别烦她。我们完了，彻底完了。所以你不需要再为这个担心了。”

刚一说出口，汤姆就意识到这都是事实，空虚感立刻占据了他的身体。

华耶低声咕哝道：“你和她真的结束了？”

“对。”汤姆耸耸肩，“你也看到她的病毒了。一点也不友好。”

华耶紧紧地盯着汤姆，好像是要从他的表情中看出点什么。她还紧紧地抱着胳膊。今天连续伤害了两个姑娘，汤姆感觉自己真是个烂人。

他忽然灵光一闪，想到了该如何让华耶放心，“其实，这个时机还挺有意思的。我刚刚约了伊曼·阿塔尔，她答应跟我约会了。那个姑娘可不是美杜莎，这应该算是个好消息吧，哈？”

这几句话并没有带来汤姆预期的效果。他本以为华耶听到这些会感到高兴，松一口气。但是华耶立刻暴怒起来，大叫道：“给我滚出去！”

“什么？”汤姆迷惑了起来。难道这不是她想要听到的吗？“这不是我编的，我真的约伊曼了。”

“快消失！滚蛋，汤姆！出去！”华耶一把抓起床上的枕头朝汤姆扔了过去，枕头从他的胳膊上弹开，但信息很明确，汤姆赶紧退出了华耶的宿舍。

汤姆觉得，如果自己再继续和华耶争论的话，现实版的美杜莎病毒就要落在他身上了。

第七章

第二天一早，汤姆一个人站在电梯里，准备下到餐厅参加早餐会。就在这时，尤里从中级生的那层进入了电梯。

看到尤里绷紧的嘴唇，汤姆立刻就明白了过来——尤里肯定已经知道昨天他和华耶之间发生的事了。“去你宿舍聊？”汤姆提议道。

“好主意。”

刚一来到尤里的宿舍，汤姆就转身面向尤里，准备解释，“听着，我可以解释。”

“华耶都告诉我了。”尤里抱着胳膊，肱二头肌隆起。自打从昏迷中醒过来后，他的肌肉块儿又变大了不少，“我理解你这么做的理由。某种程度上我也很同情你，腹股沟上被狠踢一脚的疼痛我可以想象……”

汤姆点了点头，尤里知道那是什么感觉。

“不过无论如何，你的行为都是不可接受的。华耶非常沮丧，我也是。你不能随便就亲我女朋友，所以我必须要揍你一顿才行。”

汤姆叹了口气，“我就知道你要打我。”

至少，尤里考虑得很周全，“你觉得打哪边脸比较好？”

“这倒把我给问住了。”

“那就抱歉了，托马斯。”说完，尤里一拳打在了汤姆的下巴上。尽管不是太狠，但汤姆还是一屁股坐在了地上，感觉天旋地转。他靠在床沿上，坐直了一些，挠了挠头。

尤里蹲在他的旁边，“你还好吧？”

“嗯，我们没事了？”

“不许你再亲华耶。”尤里竖起食指晃了晃，算是警告汤姆，“除非我和她分手，只有在那种情况下你才可以亲她，不过到时候我仍然会感觉很不高兴的。”

“我不会再亲她了，伙计，我保证。”说完，汤姆忍不住又补充道，“不过要是……我是假设啊，假设有一天华耶和我被杀手追杀，把脸挡住隐藏起来的唯一方法就是……那样可不可以？”

尤里想了想，“也许吧，但只有在用其他方法都摆脱不了杀手，而且杀手很强大的情况下才行。”尤里站了起来，伸出手，汤姆抓住他的手，让他把自己拉了起来。“快走吧，早餐会要迟到了。”

“我们真没事了？”跑过走廊时汤姆又问。

“华耶对你还是很生气。我必须要表示出不满，直到华耶消气为止。在那之后，托马斯，我们才会没事。”

“我该怎么弥补和她的关系呢？”汤姆忽然想到了个好主意，“嘿，让她也揍我一顿的话，她会不会感觉好些？”

尤里打开通向楼梯间的门，“我建议你少招惹她就行了。”

高级生的实景训练需要在太空战的实景中进行分组对抗，并由各位候补军官轮流担任领导。虚拟实景系统终于弄好了。今天的情况很不寻常：所有候补军官都将进入整个尖塔一起参与的实景训练。

马什当头儿的时候，不同级别的候补军官是分开训练的——下级生与下级生一起，中级生与中级生一起，并由一名战斗员监督。不管今天这个命令出于什么理由做出来，汤姆都感觉兴奋异常。但愿今天会有超爽的经历。

他的下级生从来没有参加过任何类型的实景训练，所以在今天的训练开始前，汤姆先去看了看他们的情况。

“我肯定烂透了。”里德·基斯曼说。

里德不是个乐观主义者，泽恩·布朗特却兴奋得坐立不安，还给了汤姆一个满怀期待的大笑脸。汤姆不由得又注意到，这些新来的下级生可真小。他们的 HGH 还没有起作用，这让汤姆感觉有些奇怪。

每当新来的下级生聚集到一起的时候，站在候补军官当中的他们就显得十分显眼，其他人的个子都比他们高出不少。很多老资格的候补军官，如维克、沃尔顿之类的都管他们叫“矮人旅”，这让汤姆觉得非常好笑，但尤里一脸责备地告诉他，这个称呼非常冒犯人。于是，感到愧疚的汤姆又到处威胁其他候补军官不许这么称呼他的下级生，他做到了——至少当着他的面时其他人不这么叫了。

话说回来，新来的技术人员干得真是不怎么样。如果那些可怜的孩子现在还不能疯长一下，他们就再也长不起来了——神经处理器会取代大脑多个部分的功能——控制生长类激素分泌的部分也会萎缩。他们不会像正常人那样有四年的时间慢慢成长。汤姆觉得，自己得尽快找相关人员谈谈这事儿。

汤姆走进一间训练室，尤里、维克、华耶和莱拉都在里面。

维克已经沉浸在和莱拉的争论中了，“不是的，我没说你的发型不好……”

“你说我和平时没什么区别，然后你又说我看起来像吉娃娃。”

“那是赞美的话啊。”维克挽回道。

“你说和平时一样。我平时都像个吉娃娃吗？”

维克笑了起来，莱拉脸上的愤怒越攒越多，维克赶紧辩白了起来，“我不是那个意思，我是因为同情才笑的，不是嘲笑……啊！”他捂着胳膊被打的地方，“这可是家庭暴力啊。而且，你的小拳头也是你魅力的一部分。我可不是说笑的，所以打我也算不上是反击。”

“闭嘴，维克。”

“这个也不算。”

“给我闭嘴，维克！”

“这个也不……啊！”

汤姆不再看他们吵架了，而是看了看华耶。华耶正死死地盯着她的床位，尤里正站在她的旁边。尤里建议汤姆别招惹华耶，但汤姆觉得什么都不说是不对的，就算在被刻意无视的情况下也是如此。

“尤里那天打我了。”他说，“你问他。”

华耶含糊地哼了一声。汤姆尴尬地挪动着身子，不知道接下来该说什么。其他候补军官陆续走进房间，找到了自己的床位。

“嘿。”汤姆又叫道，“要不你也打我一顿？”

华耶看也不看他一眼。

“如果你想打我，我完全没意见。我不介意的。”

华耶抱着膝盖坐在床上，“我不会打你的。”

汤姆很失望。他真希望华耶能像莱拉那样，打他而不是无视他。

房门打开了，卡尔·马斯特斯走了进来。卡尔看了汤姆一眼，脸上显现出厌恶的神色。

想起之前怎样解决了卡尔的问题，汤姆友好地挥了挥手，“嘿，卡尔，今天你负责？真不错。”

“闭嘴，大黄！”

卡尔的语调里有种歇斯底里的成分。不知为何，汤姆的友好举动好像会让他寒毛直竖，汤姆觉得这很好玩。

卡尔扫视了所有人，然后大声说："听着，我接到的命令是，所有候补军官今天一起接入实景。我不知道是哪种实景，具体细节我一概不知。事实上，我也要像个下级生一样和你们一起接入系统接受评估。所以不要问我任何问题，因为我知道的并不比你们多。"说完，他坐到空床位上，接好了自己的神经导线。

汤姆在床上躺好，握着神经导线，看着神经处理器里的倒计时，等待着。到时间了，他插好导线，意识模糊起来，所有的感觉都远离了身体。

就在实景在他周围成形之前，连接中断了。汤姆猛地睁开眼睛，一条消息浮现在他眼前：

错误：服务器连接重置。实景终止。

汤姆拔下神经导线，看了看四周，训练室的其他人也都坐了起来，疑惑地面面相觑。

卡尔也坐了起来，来回插拔了几下导线。他的浓眉拧成了一团，看起来就像个穴居人一样。

室内的灯光忽然暗了一下，然后又亮了。汤姆坐起来，环顾四周。在他的记忆里，五角尖塔的电力供应从来都没有发生过异常。毕竟，他们的脚下就有一个裂变－聚变反应堆。

卡尔也站了起来，看了看天花板，"恩斯洛，给技术员发个网信，看看出了什么事。"

"我敢说他们一定知道。"华耶用讽刺的语调自言自语着，然后在前臂键盘上敲击了起来。她抬起头，一脸疑惑地说，"连接堵塞了。"

"堵塞？"卡尔重复道。

灯光又闪动了一下，寒意爬上汤姆的脊背。

卡尔用肥厚的手指指了指其他人，“你们，待在这儿别动，我去楼下看看出了什么事。”

卡尔离开了，汤姆感觉自己好像听到了什么，声音非常轻，就好像五角尖塔内平常的背景噪音拼成了几个字。

“这就是实景。”

汤姆吃了一惊，他环顾四周，但其他人似乎都没有听到，是自己的想象吗？他竖起了耳朵，但这次什么也没有听到。

不过……

一种不真实的感觉在心中扩散开来，好像周围的一切都变得虚假了。无法摆脱这种感觉的汤姆也下了床。

“反正都是要等，我也出去看看吧。”汤姆对自己说，然后就朝明亮的走廊走了过去。

走廊里，他看到卡尔正在朝楼梯间走去。大部分训练室都是满的，不过汤姆想到了十二楼的神经端口。他可以直接下楼去，到那里接入，然后通过监控摄像头看看是不是发生了什么紧急事件。

楼梯间的门忽然打开了，佩枪的士兵大叫着冲了出来，包围了卡尔。

在那一瞬间，汤姆看清了所有人的脸，那些人他都认识。达纳·欧斯金、约翰·保罗·拉佩特、沃尔夫冈·卢泊斯伯格、迈尔斯·埃利斯，还有其他几个人，都是尖塔里的军人，他们自己的军人。埃利斯一枪托砸在了卡尔的脸上，将卡尔打倒在地。

汤姆想都没想就钻进了最近的一扇门，那是一个老式铰链门储物柜。汤姆轻轻关上门，透过门缝观察外面的军人，想搞清楚他们要干什么。他藏得非常及时，又有一些学员从训练室走了出来，军人立刻用枪指着他们，让他们把手放在墙上，面对墙站好。

汤姆不敢相信自己看到的一切。候补军官都得听军人的命令，只要命令他们下楼来，他们都会照做，根本没有必要使用暴力。

肯定是出大事了。

汤姆后退了一步，看到荷枪实弹的军人将训练室里的候补军官们都赶了出来，让他们把手放在头上站好。汤姆的肾上腺素骤然上升，心跳也越来越快。他从军人中认出了更多的人，他们都是常驻尖塔的士兵。军人朝他的藏身处靠近，汤姆小心地慢慢关上了门。关门前，他最后看了眼训练室的方向，他的朋友们都还在里面，不清楚外面到底发生了什么。他没有办法跑，就算有办法跑出去警告他们又有什么用？他们肯定会立刻被那些军人围起来。

尽管极不情愿，但他只能紧紧关上了门，退到储物柜深处，用所能找到的各种东西——碎布、窗帘、光学迷彩——将自己遮盖起来。

他静静地等待着。军人们没有向候补军官开枪，只是将他们围了起来。于是他准备等到走廊里没人之后再出来搞清楚到底出了什么事，并决定接下来该做什么。

汤姆蜷缩在墙角，连呼吸都不敢大声。几分钟后，门忽然被打开了，外面传来了沉重的脚步声，有人走到距汤姆仅仅几英尺的地方，朝里张望。汤姆闭上了眼睛，他什么也做不了。

搜查一定进行得十分草率，因为门马上就又被关上了。

一直等到周围一点声音都没有了之后，他才敢打开门，探出头。拉佩特少尉正在走廊的一头草草搜索训练室，显然是在查看有没有漏掉什么人。一直等到拉佩特消失在房间里，汤姆才长出了一口气，他迅速溜进走廊，然后钻进了一个已经被检查过的房间，那里有床位和没有收起来的神经导线。

汤姆的心在狂跳，他靠在门边的墙上，将导线插入端口。他要进入监控系统，看看到底出了什么事，看看他们将其他候补军官都带到哪里去了。他的肾上腺素还很高，让他时刻保持着警惕，以防万一军人又回来重新搜查。在这种情况下，他很难将注意力都集中在神经处理器的信号上——过了一会儿，汤姆的意识终于穿过实景系统，进入了五角尖塔的主处理器。他接通了监控系统，穿梭于一个个摄像头之间。

军官层传来的画面让他疑惑起来。为什么军人都聚集在休息室，一边聊天一边在吃东西？他认得那些人。他们怎么那么快就回去了？刚才他们不是还在围堵候补军官吗？

他穿过一个又一个摄像头，更多的画面传了过来，所有军人都在无所事事地消磨时光。看到那一张张自己刚才还见过的脸，汤姆简直不敢相信。其中一个摄像头里，奥莉维亚·奥萨雷正在办公室整理电脑中的文件。另一个摄像头里显示的是食堂，看起来也没有什么特别的。

汤姆在摄像头里根本看不到其他候补军官，他们既没有被赶下楼，也没有被集中在食堂。不可能就这么消失的呀。

他忽然灵光一闪，几乎都要笑了出来，因为这也太离谱了，不可能的吧……

他接入了各个训练室内的摄像头，所有候补军官们都在，都躺在自己的床位上，接入实景中，心电仪上显示着他们的心电图。

汤姆回到自己的身体——他真正的、非虚拟的身体——躺在床位上，感觉冰凉而遥远，然后又回到了虚拟实景中，拔下墙上的导线。他不需要接入端口来和系统互动，因为在真实的世界中，他已经连接在端口上了。他可以通过真实世界实景训练室里连接在自己端口上的导线和系统互动。

他们用假消息欺骗了所有候补军官：错误：服务器连接重置。实景终止。

汤姆站在那儿，忍住笑，看着周围这间虚拟出的训练室。干得不错嘛。看来马兹洛新弄来的技术人员还是有两把刷子的。

他们都被骗了，以为这个虚拟实景是真的。显然，他们运行这个实景是有目的的，要观察他们的反应中某些至关重要的东西。汤姆拿不定主意，自己是该下去和其他学员一起被抓做人质呢，还是应该继续单独行动。

他会知道的。也许现在他们就在评估实景中他们的表现。如果能知道正在观察他们的都是些什么人，他就能想出对策。他闭上眼睛，又和系统互动了起来，他的意识脱离了身体，找到了从实景中流出的数据流，进入了马兹洛将军办公室的电脑。他又退了回来，进入马兹洛办公室的监控系统，好用自己的眼睛看外面的情况。

眼前的画面让汤姆大吃一惊。

马兹洛在办公室……旁边还有艾琳·弗雷恩。

*她在这儿干什么？*汤姆想道。

这位金发碧眼的国安局特工正坐在马兹洛的对面，一副冷眼旁观的表情。屏幕上的画面正按照字母表的顺序在各个学员间来回切换。汤姆看到沃尔顿·考夫纳出现在画面中，知道自己得赶在轮到“雷恩斯”之前回到虚拟的身体内。

但他忍不住想要听听弗雷恩在跟马兹洛说什么。“……谢谢你的合作，我知道因为这次人事调整，你们最近有一些技术上的问题。”

“很荣幸能得到这次机会，弗雷恩女士。我可不想在我的治下再发生拉米雷斯或者埃克隆那种事。”马兹洛语气生硬地说，“将这些战斗员赶到聚光灯下之前，我想先确认他们的忠诚度。”

“你会感到满意的。”弗雷恩说，“这个实景可是我们精心设计的，动用的都是我们的精英，目的就是为了发现学员和战斗员中的叛逆倾向。随着实景的继续，我们会得到更多的数据。”她一边看着屏幕，一边在桌子上敲击着手指，“必须说，很高兴你对我们的友好姿态做出了反应，你的前任……”

“马什。”马兹洛哼了一声。

“嗯，我们向马什将军提出这个建议时，他的反应一点儿也不积极。我们为确保在各个岗位上工作的人的忠诚度付出了大量努力，而他却说我们是在搞迫害。”

“我从来都不喜欢马什在这里的行事风格。”马兹洛不高兴地说，“他把他们都当作孩子，当作国家安全的宝贵财富。他把这里当作学校一样管理。”马兹洛看着屏幕，屏幕上现在显示的是拿破仑学院的奥利·杜根。“我有个问题要问你：假设这些孩子中的一些没有通过测试，我知道，在我这方面，我就不会提升他们。那么在你那边呢？”

“这取决于他们的具体表现。至少，我们会搞清楚哪些人需要进一步观察。这些学员年纪都还小，如果有什么值得怀疑的情况，一般都可以追溯到他们的父母。”

“所以你也会调查他们的父母。”

“那是当然。”

汤姆回到实景中的自己体内。原来这是个忠诚度测试。也就是说，不论如何他都得通过测试才行。

不一会儿，情况就又明确了一些。尖塔的内部通信系统中传来了新来的马文·乌特军士长的声音。汤姆站直了身子。能听到些新消息真让人高兴。

“所有在五角尖塔内服役的人请注意：你们可能已经注意到了，我们已经控制了这里。所有出入口已被控制，太阳系部队的候补军官都被控制在食堂，整座建筑已被封闭。”

汤姆不耐烦地挥了挥手，希望能听到些实质性的内容，告诉他如何做才能“符合”这个实景中的要求。

“请你们相信，我们不是你们的敌人。”乌特继续道，“我们只采取了最低限度的强力措施，以确保你们不会以暴抗暴。我们不希望伤害你们。我们都是现役军人，发誓要捍卫合众国宪法，反对国内外的一切敌人。但我们没有向跨国企业联盟宣誓。长久以来，那些未经选举产生的企业精英一直在利用我们，侵犯合众国人民的天赋权利。根据《国防授权法》，不经任何正当程序，我们的同胞就能被解除武装、限制自由……”

想起弗雷恩曾引用这个法案来证明关押尼尔的正当性，汤姆感到一阵不安。他咬紧牙关，下巴都要麻木了。忽然间，他明白了弗雷恩的目的。

“这个国家的人民经常遭受无证搜查和扣押，以至于他们对这种事已经习以为常。私人财产被权贵没收，用的却是公众利益的名义。言论自由被消灭，和平集会和寻求救济的权利被政府剥夺，用的都是国家安全的名义。政府正在像对待占领区一样对待自己的国家，这是我们不能接受的。我们要让这场针对合众国人民的战争终结。五角尖塔就是我们发出声音的平台。”

汤姆越听越愤怒，他们说的每一句话对他来说都是有道理的，每一句都是。如果不知道这只是个实景，就算不立刻加入他们，他也可能会说出一些使自己受到牵连的话。

其他学员也可能会那么做。如果弗雷恩说的是实话，那么承担后果的将会是他们的家人，而他们自己则会被蒙在鼓里。

汤姆的眼前浮现出弗雷恩的那张脸。她狡猾地挖了一个识别煽动倾向的陷阱，想到这里，汤姆不由得握紧了拳头。她还把叛军都做成大家已经很熟悉的军人形象，这更容易诱使学员们坠入陷阱。

“你们不是俘虏。”乌特继续道，“我们打算占领五角尖塔，直到政府承认它撕毁了与人民的契约，并按照人民的意志交回权利。我们不需要你们投降，我们也不会威胁你们，我们只希望你们不要干涉我们的行动。”

当然他们会这么要求。弗雷恩需要给学员更为充足的理由，让他们相信这些人并不是敌人——任何错误的情绪都会出卖他们，就连坐以待毙也会。接下来的这句简直是“引蛇出洞”的点睛之笔：

“不过，如果你们同意我们的观点，如果你们相信自由，相信民有、民治、民享的代议制政府，那么请加入我们，和我们一起行动，为我们的共和国奋斗，为我们的宪法奋斗。天佑合众国，天佑合众国人民。”

通话结束。

“真不敢相信。”汤姆咕哝道。

一种炙热的感觉流过他的血管。汤姆的眼前浮现出一幅画面：枪口指着毫不知情的学员，其中一些可能会因为害怕而被迫合作，而不是因为他们真的具有叛逆思想。汤姆想到了他的朋友，他们都是这个残酷的忠诚度测试的受害者。随着时间的流逝，学员们采取错误行动被弗雷恩注意到的可能性正变得越来越大。

这是个卑鄙的圈套。弗雷恩的冷笑又出现在汤姆的脑中，让他下定了决心：哪怕只剩下一口气，他也不能让弗雷恩的诡计得逞。

第八章

终结这个实景的第一步就是到楼下的军械库去。

他有神经导线，但他还是想先去储物柜里看看还有没有什么能用上的东西。他又探出了头，拉佩特少尉正在走廊的另一端来回巡逻。

刚一钻进储物柜关上门，汤姆就听到了黑暗中细微的动作声和一声细小的惊叫。汤姆走上前，一把抓住那个正想要藏起来的人，用手捂住他的嘴，阻止他因为害怕而叫出声。

"是我，汤姆·雷恩斯！"低声说完后，汤姆松开了手，"你是谁？"

"汤……汤……汤姆？"

"泽恩？"

"是我。"

"你在这儿多久了？"汤姆问，他想要知道泽恩是不是已经和那些军人合作了，已经变成了叛徒，"其他人呢？他们让你出来的，还是……"

汤姆手下这个不论年龄还是个头都是最小的下级生摇着头说："我藏到了一张床后面。他们重新检查房间的时候，我就跑到这儿了。就剩下我们了吗？"

"我觉得是。"汤姆说。

“我们该怎么办？”泽恩的声音在颤抖，他已经被吓坏了。

汤姆对马兹洛和弗雷恩气不打一处来。对于那些已经在这里待了很久，在各种各样的实景中基本适应了暴力情景的学员，一下子把他们扔进这里用枪指着脑袋还好说，可是下级生就不一样了，尤其是这几个新来的下级生，他们一个真正的实景都没经历过。

汤姆不能告诉他这里没有真正的危险。“首先，我需要你镇静下来，能做到吗？”

“能……能。”

“先深呼吸一下，现在就做。”

泽恩坐在地上，做起了深呼吸。有汤姆在，他抖得似乎没那么厉害了。

“我们得先去——”汤姆打住话头。他忽然想到，军械库在下级生的神经处理器里还是禁地，他们都不知道那个地方的存在，“先去体育场。”

“为……为什么？”

“泽恩，我的级别比你高，你得听我指挥。我自有道理，对你来说这就足够了。”

“是，长官。”

“那些士兵不会伤害我们，所以不用担心。”

“是，长官。”

“但我们也不想要他们抓住我们。我们得先打倒走廊里那个家伙。不能冒险乘电梯，得走楼梯。”汤姆看着泽恩，心里纠结着到底要不要拉他入伙。对汤姆来说，泽恩是他手下的下级生，而且年纪实在是太小了，因此应该被保护好。但他知道，这一切都不是真的，这小子是不可能死在这里的。

“听着。”汤姆低声说，“你还小。”

“但我能帮上忙！”

“我的意思不是说因为你小就不让你参与。我是说，你还小，我们可以利用这一点。进入尖塔前我也是个小虾米，小的好处多了去了，知道吗？别人会把你当成一个好捏的柿子，而且不会觉得你是个威胁，明白吗？如果遇见你，没有人会太警惕的。懂我的意思了吗？”

一看到泽恩，拉佩特少尉立刻举起了枪。泽恩赶紧举起手，声音颤抖着说：“别开枪，求你了，别开枪，我什么都不知道。我好害怕！其他人都到哪儿去了？”

拉佩特上下打量着泽恩。汤姆正藏在走廊的转角处，他可以感觉到，阿佩特并没有把这个小孩子当作什么威胁。

“还有其他人吗？”拉佩特问。

“走廊那边还有。”泽恩小声说。

拉佩特似乎有些吃惊，“好，你带路。”

泽恩带着拉佩特走了过来。汤姆紧贴在墙上，拉佩特刚一到跟前，汤姆就将导线缠在了他的脖子上。拉佩特惊叫一声，举起了枪，但汤姆已经将他的脑袋撞在了墙上，泽恩一把将枪夺了过来。

拉佩特起身反抗，汤姆一脚踹在他的膝盖窝上，将他踢倒在地。汤姆倾尽全身重量压在拉佩特的肚子上，将拉佩特按倒在地，然后一掌击在拉佩特的颈部，打得拉佩特头晕眼花。这招很管用，就像上次布莱克伯恩用在他身上时一样。汤姆用膝盖顶住拉佩特的后背，使劲勒紧导线，他非常用力，肱二头肌都有些疼了。拉佩特的体重很大一部分都悬在了导线上。

不一会儿，打斗就结束了，拉佩特的身子软了下去。

汤姆松了口气，站了起来，准备扒下拉佩特的制服。就算不能骗过实景中拉佩特的同谋，伪装也能帮他赢得一点时间——只要能让他们在开枪前迟疑一下就行。他看了一眼泽恩手中的枪。通常在实景中，他都会对被打倒的人一枪爆头，以绝后患……

但泽恩并不知道这只是个实景，而且汤姆也不能告诉他，万一马兹洛正在看他们这边的信号源就麻烦了。开枪击毙昏迷的士兵只会让泽恩更加相信，身边的这人是个嗜血的疯子。

“过来。”汤姆叹了口气，“我们把他捆起来。”

他们用神经导线把他绑在了训练室里的一张床上，然后关好门，朝楼梯间走去。

泽恩简直就是个人肉扫雷器。汤姆让他先走，两人间隔一层半的距离。一听到有人大叫着让泽恩举起手，汤姆就知道前面又有人了。泽恩按照指示立刻用尖细的声音说：“别开枪！我什么都不知道。求你了，我好害怕。”

迪内希·伯金斯士官的声音传了过来：“还有人和你一起吗？”

泽恩带着伯金斯进入汤姆所在的那层的走廊——汤姆就在那里等着，他用枪托将伯金斯打倒在地，然后又补了好几下，最后将伯金斯的枪拔了出来，插在自己的腰带上。

第三个人，列兵布雷迪·崔克并没有上当。他命令泽恩也到楼下去，并且让泽恩走在前面，自己一路上都端着枪。汤姆得另想法子。

他尽可能紧地跟在他们后面，和他们保持一致的步伐，眼睛紧盯着楼梯井的栏杆。时机得算好。他把枪都放在了楼梯上，在泽恩面前还不能开枪，而且万一被当兵的抢走也很麻烦。

“……在楼梯间发现一个孩子，我正带他到楼下集合。”崔克对着对讲机说，“他说三楼还有一个。”

汤姆仔细听着他们的脚步声，一个声音较轻，一个声音较重。较重的脚步声走到正下方时，他翻过栏杆在半空中一转，手抓栏杆摆向吓了一跳的崔克，一脚踹飞了列兵崔克手中的枪。

汤姆松开栏杆，落在了台阶上，但角度非常不好。他忽然意识到自己根本站不稳，于是一把抓住崔克，和崔克一起滚了下去。他们一路翻滚下楼梯，汤姆加快了神经处理器的运转速度，好给自己时间进行计算。左转四十度好让下一次撞击撞在崔克身上……右转三十度好让崔克的脑袋撞在下一级水泥台阶上……

他们滚到了楼梯底部。汤姆将神经处理器的运转速度调回正常，用比崔克更快的速度起身，然后一掌击中崔克的脸，将他的鼻软骨压入了他的脑部，鲜血从他的鼻孔流了出来。

听到泽恩下来查看情况的急切脚步声，汤姆赶紧将崔克的脸转向靠墙的方向，好不让泽恩发觉他已经死了。“很顺利。”汤姆指了指向上的楼梯，喘着气，“去把枪拿来。”

泽恩取回了那两把枪。汤姆将崔克枪里的子弹都卸了出来，装在身上，然后把枪扔到了一边。剩下的两把枪一把别在腰带上，一把握在手中。

幸亏手里有枪。一个声音忽然在楼下叫道：“你们俩，不许动！”是个女人的声音。

汤姆用眼角余光瞥见女人手中的枪。平时的训练让他下意识地开始了行动——比对方更快地举起枪射击。枪声在楼梯间里回荡，玛丽·乔·希尔德布兰德少尉的脑浆溅了一墙。泽恩尖叫了起来，汤姆抓住他，狠狠摇晃了几下。

“冷静！闭嘴，冷静下来！”

“你把她给杀了！”泽恩尖叫着，嗓音刺耳，“你把她给杀了！”

“她有枪。不杀她她就会开枪的。”

“她没打算开枪打我们。她不会的！她在餐厅和下级生坐一桌。她人很好。”说着，泽恩大哭了起来。

汤姆在心里咒骂着马兹洛他们。是他们设计了这个把学员们熟悉的军人当作敌人的实景。如果是陌生人的话就容易多了。汤姆做了个深呼吸，“有些事情有时候是不得不做的，泽恩。抱歉，但你以后会明白的。听着，我们这就去军械库，拿一些光学迷彩，到时候就不会再有这种事了。”

泽恩一边抽泣，一边用袖子擦了擦鼻涕，“到……到……到时候你……你打……打算怎么办？”

“我要去救其他候补军官，仅此而已。”

确实是这样，汤姆打算杀光所有的虚拟军人，迫使他们终止这个实景，这样就能救出其他候补军官了。

泽恩还没有从惊吓中恢复过来，于是汤姆只能从后面抓着他的脖子，带着他走出楼梯间。他低着头，以防被人看到自己的脸。站在最前面的叛军是列兵卡里克·爱德曼，汤姆立刻将泽恩推了出去。

“在楼梯间里发现的。”

所有士兵的注意力都转移到了泽恩身上，汤姆趁机直接穿过了走廊，不给别人看清他长相的机会。等到其他人意识到他是谁的时候，汤姆已经大步朝体育场的方向跑了过去。他一把抓住距离最近的泰勒·弗雷斯中士，把枪对准他的脑袋。

“退后！”汤姆命令那些准备冲过来的士兵。

他之前从没有劫持过人质，这种事情他只在电影里见过，所以一开始，拽着一个成人后退的步伐有些紊乱，但不一会儿他就掌握了诀窍，一路退到了体育场附近。

接近军械库时，他一枪射穿了泰勒的脑袋，将尸体推向距离最近的士兵，好阻止他们开枪。他跑进军械库，关上门，身后传来一连串枪声。

“里面什么也没有，雷恩斯！”喊话的声音汤姆认识，是布莱克伯恩中尉，“所有武器都没有装弹！”

汤姆差点笑了起来。真正的布莱克伯恩肯定知道，汤姆看上的东西比枪可厉害多了：他要找的是强化机甲。

汤姆翻上存放强化机甲的平台，套上钢铝合金的外骨骼。外骨骼包裹在他的肢体上，将他的体力提升到普通人的四十二倍。汤姆知道，自己已经胜券在握了。他穿上防弹装甲背心，套上光学迷彩，又找了一把离心钳，然后击穿军械库的房顶跳了出去。隐形的汤姆就像空气中的一道闪影，还没等到吓了一跳的军人开枪，他就纵身一跃，用离心钳把自己固定在了天花板上。

汤姆知道，只有在运动的时候，光学迷彩才容易被发现，静止不动的时候则很难被察觉。天花板上灯光很强，军人们只能眯起眼睛，但无法看清头顶上光学迷彩微弱的闪动。汤姆小心地慢慢地在天花板上移动。他们始终没有发现他，直到他从光学迷彩下掏出枪——一掏出枪，他就在神经处理器的辅助下精确射击，每枪都直接爆头。第一枪击毙的就是假冒的布莱克伯恩，他是尖塔里唯一具有神经处理器的叛军，这样可以防止实景程序命令他也接入强化机甲。汤姆可不想进行什么公平对决。

所有军人都寻找掩护躲藏了起来，还击的子弹击碎了汤姆之前藏身的那一片天花板，但在此之前，他已经凭借强化机甲的力量猛地一跃，固定在附近的墙上。激烈的枪声掩盖了离心钳抓住墙壁的声音。直到汤姆再次开枪射击，军人们才发现他的位置。等到子弹再次射到他所在的方向时，他已经再次跃上了天花板。

汤姆调快了神经处理器的运行速度，以便获得更敏捷的思维，而强化机甲也让他的体能大幅超出了那些军人的水平。

一枪毙命，移动位置，一枪毙命，移动位置……汤姆就像狙击手一样耐心。他会用头顶的灯光来干扰他们，有时候也故意朝地面放两枪，激起尘埃，干扰他们的视线。体育场很空旷，没有什么好躲避的地方，而他的速度又比那些军人快得多。因为调快了神经处理器，在他看来，那些军人的动作就像在糖浆里一样缓慢。

有时候，他会落在他们当中，挥舞胳膊砸碎最近的人的脑袋，吓得附近的人既想朝他刚才站着的地方开枪，又怕伤到自己的同伴。每次他们开枪时，汤姆早就不在原地了。光学迷彩并非完美无缺，但足以增加他们锁定他所在位置的时间——用这一点点时间他就能将这些人置于死地。只有一枪击中了汤姆——那颗子弹嵌在了防弹装甲背心里。

汤姆就像守在网上的蜘蛛一样。静止时如同死神一般，一旦出击就是一击必杀。除非稳操胜券，否则绝不出手。子弹用完后，他落到地上，又偷了把枪。那些军人的动作根本来不及阻止他。

更多的士兵拥入了体育场。他们绕过尸体，躲在体育场的障碍物之后，但这一点用也没有。只需几步跳跃，汤姆就能到达体育场的任何地方。尽管有三层，但对他来说，跳上去一点力气也不费。三个人正藏在攀岩墙后，汤姆一跃而起，用强化机甲一脚踢在了墙上，两吨重的混凝土就倒在了他们身上。

接着，士兵们朝半空中射击了起来，打碎了大部分的灯，好让他们在朝上看的时候不会感觉晃眼。汤姆的对策是把剩下的灯也全部打碎。周围一下子黑了下来，神经处理器控制他的瞳孔立刻放大，而士兵们还需要时间适应，而且都没有戴夜视镜。唯一的光亮就是枪口的闪光，而只有汤姆能够看清该朝哪里射击。

绝望中，士兵们拉出了泽恩，这位汤姆的同谋，“不投降我们就杀了他！”

汤姆飞落在抓住泽恩的军人身旁，用强化机甲的手一把捏碎了那人的脖子。他抓住泽恩，跃入军械库，子弹徒劳地击中了他之前所在的地方。

进入安全地带后，汤姆一把脱下头上的光学迷彩，好让泽恩看到他，“待在这儿别动。”

泽恩环顾四周，惊恐地睁大了眼睛，“我不能在这儿！”

“没事的，等一会儿就行。”

“这违反规定，下级生不能在这儿。”

“你怎么知道的？”汤姆问。

“我刚才才知道。神经处理器告诉我禁止这样，说下级生不能来这儿。我不能在这儿，这么做违反规定！”

“这可是紧急状况，你不觉得吗？”汤姆一边听着外面的动静一边说，“现在没时间关心什么规定了。”

“我不能在这儿，我得出去。”泽恩朝门口走去。

汤姆一把抓住他的外套后襟，将他拽了回来，“不行，他们会打死你的。待在这儿，你个小蠢货！”

泽恩看着汤姆，一脸的紧张和绝望，就像是个落入陷阱的小动物。他在汤姆的手中挣扎着，抓着头。不知为何，汤姆忽然产生了一种奇怪的感觉——有些事情不对，他的下级生歇斯底里得有些不自然。

最后，汤姆忽然笑了起来。他自己也觉得这情景有些荒谬，“泽恩，出去就会被射死，你想死吗？那是你的选择。”说完就松开了手。

他以为自己已经说得够清楚了，但显然，泽恩还是不明白——泽恩立刻朝门口冲了过去，汤姆根本来不及伸手再抓住他。一连串子弹射来，泽恩倒在了地上。

汤姆有些不知所措。他重新套上光学迷彩头套，跃上军械库的天花板，准备杀死剩下的军人。

守卫食堂的军人越来越少，候补军官们也意识到有情况正在发生，是时候行动了。等到军人们打算封闭体育场，充入催泪瓦斯的时候，汤姆已经溜了出来，接着在走廊里又是一场屠杀。

一直等到遇上几个举着枪冲出楼梯间的候补军官，汤姆才意识到他们已经获得了自由，于是他一把扯下光学迷彩头套。穿着强化机甲一次次地跳跃让他关节生疼，但他抑制不住自己的兴奋，感觉就像通了电一样。在人群中，他看到了维克、华耶还有尤里，并向他们露出了一个大大的笑。

"嘿，各位！这里所有人都死了。来吧，穿上强化机甲，我们去其他楼层把他们扫清！"

可是所有人都盯着他，华耶的眼睛更是瞪得像铜铃一样。维克一个劲儿地摇着头，好像不敢相信眼前的一切。尤里看了看满地的尸体，又看了看汤姆，完全不知所措。

"怎么了？"汤姆问。他环顾四周，看了看大屠杀的现场，这才明白过来，"哦，那些死人啊，嗯，看起来……呃……"

所有人都一言不发，汤姆忽然意识到，他们都以为这一切都是真的，而且在他们看来，他也应该以为这一切都是真的。即使等到实景结束，他们的脑中也会留下这样的印象：汤姆是个血腥屠杀——他的神经处理器迅速算出了人数——六十三人的恶魔……

"等一下。"汤姆叫道，"我知道这看起来像什么，但是相信我，我不是疯子。"

没有人说话。

"好吧，好吧。"他又想了个更好的借口，指了指周围的那一堆尸体，"这算自卫总行了吧？"

几分钟后，实景结束了，最后残余的敌人也都消失了。汤姆在训练室睁开眼睛，周围响起了一片惊呼。他懒洋洋地坐了起来，其他人都在疯狂地查看自己的身体，仔细观察四周，想要搞清楚自己是在哪儿——显然，就连卡尔也没发现之前的一切都是实景，因为他正呆坐在那儿，大张着嘴。

“那是实景。”维克喘息道。

“错误提示也是假的，原来如此。”华耶摸着额头，“我怎么没想到？整个场景一点道理都没有！”

达纳·欧斯金中士走了进来，好多人都一脸愕然地跳了起来，因为这个曾经在体育场吼了他们几个星期并在叛乱中死亡的军人又活了过来。

“你们可能已经发现了，”她说，“你们刚才所经历的一切都是一个实景。这其实是一场忠诚度测试。”

汤姆看到其他候补军官都惊讶地面面相觑，“测试？”咕哝声此起彼伏。

坐在旁边床位的华耶脸色苍白，瞪大了眼睛，“那么怎样才算是通过呢，长官？”

“我不熟悉这个实景的情况，所以这个问题我不能回答，候补军官。”欧斯金说，“事实上，马兹洛将军已经下令，除非被授权负责测试的人员直接提问，否则任何人都不能讨论这个实景。”

汤姆讽刺地看了她一眼。也许弗雷恩和马兹洛也不想让驻守尖塔的军人意识到，杀死他们也是“忠诚度”测试的一部分。

“你们当中的一些人可能会被叫到马兹洛将军处回答有关你们在测试中的表现的问题。如果负责督导本次测试的人员有进一步的要求，那么你们还需要坐在普查器下，所以与你们这次测试有关的所有记忆都可能会被提取出来以供检验。”

汤姆可没有料到还有这一步。如果他们查看他的全部记忆，那么他和系统交互的事就会被发现。他下意识地看了看华耶，不知道是否有办法说服华耶帮他修改记忆，同时又不透露真实的原因——而华耶也正看着他，眉毛都拧成了一团。

这是他们吵翻之后华耶第一次主动跟他说话。华耶微微靠过来了一些，轻声说：“你怎么知道这是实景的，汤姆？”

这个问题让汤姆有些措手不及，过了好几秒钟他才回答道：“我不知道。”

“不，你知道。”维克在另一边轻声说，“所以你才把那些人都杀了。”

“我真的不知道。”汤姆反驳道。

“不要撒谎，我们又不是别人。”华耶低声说。

“我没撒谎。”汤姆撒谎道。

维克轻笑了一声，“你就是在撒谎，否则你也不可能搞出那种大屠杀。”

“他们没有直接威胁到你。”华耶对汤姆说，“我们还没制订出计划，你就已经在到处杀人了。”

“华耶，得了吧。”汤姆环顾四周。他很清楚，屋子里还有很多其他人，“能不能别再问我这个了？也许你并不像你以为的那么了解我。”

这话让华耶闭上了嘴，也把他的其他几个朋友都说蒙了。

“也许我们是不了解你。”华耶冷冷地说完这句，立刻把头扭到了一边。

不知为何，这句话让汤姆感到一阵刺痛。

第九章

其他人都离开后，汤姆来到了泽恩所在的实景训练室，发现泽恩正独自坐在床上。他不由得想起了他的朋友斯蒂芬·比默。比默死在了特洛伊战争实景里，因为系统遭到了入侵，一切感觉都非常接近真实，比默遭受了巨大的心理创伤。

汤姆有些不安地走到泽恩身旁，坐到了旁边的床上。

“我有个朋友，有一次，他进入了一个发生了错误的实景。”汤姆说，“那时候我们都还是下级生，系统的痛觉感受器被开到了最大。他在实景中被刺穿了，然后我割下了他的头——顺便说一句，那是为了他好——但那种感觉和真的一样。他被吓坏了。我也被吓坏了。嗯，你没事吧？”

“我没事。”

“泽恩，你为什么那么想跑出军械库？我告诉过你他们会射死你的。你那样基本上就是自杀。”

“我也不知道自己为什么会那么做。我也不想的。”

汤姆看了看天花板，他不想在提问的时候让泽恩感觉太尴尬，“嗯，你是不是太害怕了？”

泽恩没有回答。

“你要是害怕了也没事。说出来，没关系的。如果你有自杀倾向，我会更担心的。我们都会害怕。你之前从没有进过任何实景，没有习惯射击或者虐杀。尽管经历过无数实景，但这次我也被糊弄住了，我们都不知道那是假的。所以我只是希望你能说实话。”

“我也不知道我为什么会那样。”泽恩结结巴巴地说，“我只是……必须那样。我破坏了规矩，这让我觉得……”他举起双手，放在脑袋附近，“只要违反规定我就会有这种感觉。就连想一想都会感觉很难受，就好像有人在挤压我的脑袋。”

汤姆一下子睁大了眼睛，心里一沉，*不是吧*。

“必须那样，”泽恩继续道，“没有选择。我知道违反规矩不对。”

不是吧，不是吧，不是吧。汤姆想，他很清楚这是怎么一回事。道尔顿·普雷斯特维克曾经对还是下级生的汤姆进行过重编程，以便让汤姆无法违抗道尔顿。一有那种想法，他都会感觉有人在挤自己的脑袋。这种事情第二次发生的时候，他居然没有察觉。那次文格洛夫重编程了尤里，强迫尤里留在尖塔当他的奸细，而汤姆当时明白两件事之间的关联。但这一次他终于意识到了——很显然，这是一种典型的黑曜石集团风格的条件反射操作性算法。

汤姆咬了咬牙，“有没有人对你的神经处理器动过手脚？你记不记得？比方说，在尖塔外见过不在这里工作的人，他们给你发过什么程序？”

“没有，我一次都没离开过尖塔。”

“好吧，可能你已经不记得了。”汤姆挠了挠头，又想了想，“我们换个方法。泽恩，你必须遵守命令，这你知道的吧？”

泽恩眨了眨眼，“是啊。”

“如果我给你下了条命令，而你没有遵守，那就是违反规定。这你清楚吧？”

"清楚，长官。"

汤姆点点头，严肃地看着泽恩，"我命令你去军官所在的那一层。"

军官层是限制区，候补军官不得进入，规定上说得很明白。泽恩瞪大了眼睛，"我不能啊，我不能，这……"

"违反了规定？"汤姆看着他，"不遵守我的命令是违反规定，去军官层也是违反规定。"

泽恩瞪大了眼睛，一脸痛苦地挠着头。

汤姆抓住他的胳膊，捏了捏他那瘦弱的肱二头肌，"有感觉吗？"他觉得自己的声音听起来有些邪恶，"难受吗？"

"难受！"

"好，别管那个命令了，你不用去军官层了。"

泽恩一脸如释重负的表情，放下了双手。汤姆感觉怒不可遏——看来，这就是马兹洛治下对付下级生的新法子。显然，对候补军官日常生活的全面控制对他来说还不够，这种控制已经延伸到了他们脑中的电脑里。

那天晚上，汤姆被叫进了马兹洛将军的办公室。看到弗雷恩也在，他装出一副很夸张的吃惊的样子。不过，这位国安局特工对他的表演似乎并没有什么反应。

"马兹洛将军，由我来提问，你不介意吧？"弗雷恩问。

马兹洛坐在椅子上点了点头，示意她可以开始询问。弗雷恩转身面向汤姆。

"我来五角尖塔是有原因的，雷恩斯先生。正如你所知，我之前的几个调查也和五角尖塔有关——你父亲的案子、海瑟·埃克隆的失踪，还有埃利奥特·拉米雷斯的叛变——所以我很希望能有机会亲眼看看这个地方。而到这儿之后，我决定亲自监督实施今天的忠诚度测试。"

“是你啊？”汤姆假装惊讶道，“好，我希望你明白，如果以后在进行实景的过程中再发生什么紧急情况，没有人会再把它当回事的。”

弗雷恩和马兹洛互相看了看对方，“我明白其中的风险。所以这种忠诚度测试我们只能进行一次。不幸的是，实景结束得太快，我们还没来得及评估任何学员——除了你。”

“是吗？对此我感到非常遗憾。”汤姆装出真心实意的语调，“我的本意并非破坏你们的测试。”

“至少我们可以谈一谈你自己的表现。”

弗雷恩的语气中透露出一种让汤姆不安的东西。他的视线在弗雷恩和马兹洛之间来回移动，“怎么？别告诉我我没通过测试，我可是杀了六十三个人呢，不过……”他不说话了。屠杀可算不上什么道德，这他知道，但他确信，他们的道德标准和他的应该不一样，“我那么做也符合道德要求，是不是？”

弗雷恩狠狠地瞪了眼汤姆，“你通过了，雷恩斯。不过这就是问题所在。你不但通过了，而且成绩异常优异。”

“我不明白这有什么问题。”

“我的问题是，你对这个实景的反应和我们对你的心理评估一点也不相符。我很难相信，面对那种程度的威胁，你会在极短的时间内做出极富进攻性的反应。”

“很遗憾你这么认为，夫人。”

“我只想知道，雷恩斯先生，有没有人提前警告过你，你将面对一场忠诚度测试。”她从口袋里掏出一个汤姆很熟悉的装置——测谎仪，“戴上。”

汤姆看了看那东西，心里一沉。

“戴上，雷恩斯。”马兹洛命令道。

汤姆知道自己没有选择，只能将装置连接在神经端口上。他看着弗雷恩打开平板，动作精准而干练。

程序和上一次一样，汤姆说出自己的名字，真话，回答了一个故意让他说谎的问题。这一次，弗雷恩问了几个从他的上网记录中找到的网站，都是那种他不愿意在女性面前承认自己去过的令人尴尬的网站，马兹洛也探着脑袋看着眼前的一切，一副将要爆发的表情。

弗雷恩交叠着修长的手指，“有没有人在忠诚度测试前告诉过你你将进入一个实景？”

“没有。”汤姆回答。

“有没有人在实景进行的过程中告诉过你，你正在被测试？”

“没有。”确实没有——至少不是直接的。他是因为偷窥到弗雷恩而发现的。

嗯，还有那声低语。是实景中的什么人说的吗？汤姆绞尽脑汁，但还是想不出那是怎么回事。也许是自己想象的？

弗雷恩又靠近了一些，“你有没有在测试前侵入电脑，事先得知自己将进入实景？”

汤姆直视着弗雷恩的眼睛，“没有。”

弗雷恩在屏幕上仔细搜索着谎言的痕迹。接下来的几个问题都没有发现什么线索。没有，汤姆在忠诚度测试前没有听到任何军人事先透露的消息。是的，汤姆在实景中杀死叛变的士兵完全是出于对国家的职责——这一点汤姆很同意，因为他觉得，从毫无必要的调查中拯救出其他学员就是货真价实地为国家服务。弗雷恩的每个问题关注的都是外部因素——可能有人事先提醒过汤姆这个实景可能不是真实的。她根本没有问汤姆是不是自己发现了其中的问题。

最后，弗雷恩只能接受现实，“我对他的回答很满意，将军。”

“很好，雷恩斯。”马兹洛点了点头，“看来约瑟夫·文格洛夫对你的赞赏不是毫无根据的。”

“谢谢你，长官。”汤姆边说边捏了捏拳头，然后拔出测谎仪，递还给弗雷恩。

弗雷恩看了看他，“我还需要用普查器确认一下他在实景中的记忆。”

汤姆心里一沉。

“会交给你的。”马兹洛保证道。

马兹洛送弗雷恩出去。汤姆坐在椅子上，大脑飞速思考着对策。弗雷恩离开了，马兹洛回到座位上，打量着汤姆。

“我不认为你作了弊。你处理这个实景的方式正是我期望所有学员都能做到的。这个世界已经变了，雷恩斯。我需要确认，在这里我能指望上谁。”

汤姆直视着他的眼睛。尽管瞧不起马兹洛，但汤姆还是说：“您可以相信我，长官。”

“你处理下级生的方式也让我印象深刻。”

汤姆忽然灵光一闪，显然马兹洛此时对他的印象好得不得了。这是个非常好的机会。

“我能说句心里话吗，长官？”汤姆把重音放到了最后。他知道，在这种时候，要想得到他想要的结果，表现出尊敬是极其重要的。任何不敬的表示都会招来马兹洛的消极反应。

马兹洛严肃地点了点头，“可以。”

“长官，那些下级生都是好孩子，但我对他们的程序有点小小的看法。他们都太瘦小了，还没有开始迅速生长。通常进入尖塔后的第一周他们就应该开始长了。您看，我刚来时只有五英尺两英寸，一周后我就长高了七英寸。可是不知道为什么，他们并没有开始长。还有件事——”

汤姆微微俯身向前，“将军，我觉得这些下级生的处理器里有条件反射操作性算法，至少其中一个下级生有，应该是和遵守规则有关的。这里面可能有点问题。我的一个学员在实景里反应迟缓，我觉得原因就是这些算法。”

“明白了。”马兹洛说。

听起来有些不置可否。“长官，我明白规则的重要性，不过我觉得，我们可以教会他们遵守规则，不需要强迫。如果有更大的行动自由，他们会表现得更好，尤其是在现实生活中遇到这种紧急情况的时候。”

马兹洛摇了摇头，“我不能这么简单地大笔一挥，就让技术人员重写他们的算法，雷恩斯。那是直接储存在他们新神经处理器基底层里的东西。”

汤姆一下子忘记了假装尊敬，“新神经处理器？”

马兹洛一脸严肃地看了看他。

“长官。”汤姆赶紧补救道。

“这件事还没有公开，雷恩斯先生，我希望你也不要到处乱说。不过，你负责的那些下级生确实使用了新型神经处理器——黑曜石集团的质朴级处理器。因为黑曜石集团愿意免费提供硬件和服务，我们省下了一大笔钱，条件只是需要我们参加他们的新产品测试。你的下级生就是第一批受试人员。这一轮测试结束后，黑曜石集团就会在成年士兵身上展开测试。”

汤姆吃了一惊，“可是成年人不能——”

“不能适应你那种处理器，雷恩斯先生。你用的是早期产品，警戒级。警戒级处理器会强迫大脑来适应它们，成人的大脑没有那个能力。质朴级处理器和警戒级的不一样，不具有后者的全部功能，不过等到它可以全民应用的那天，这也不是什么大问题了。”

“全民？”汤姆脱口而出。看到马兹洛的目光，他赶紧又补充了一句，“长官。”

“你以为这种技术的未来是什么？”马兹洛转动座椅，看着窗外，眼中闪烁着满意的神情，“看好你的下级生，他们可是人类历史新篇章的先驱。等到黑曜石集团完成质朴级处理器的测试，完善比脑外科手术侵入性小得多的接入技术后，嗯……人类就会进入新的时代。犯罪、野蛮、无序都将被一劳永逸地根除。想象一下，等到地球上所有人都遵守同样的规则的时候，我们将取得何等的成就。”

“同样的规则。”

“同样的规则，雷恩斯。每个人都将遵纪守法，每个人都将必须如此。”

除了为他们编程的人。

汤姆不知道该说什么好。他满脑子想的都是约瑟夫·文格洛夫。那些都是他的处理器，如果全民应用的话……

那么，他们都将会遵守他的规则。文格洛夫还有联盟里的其他权贵肯定会花大价钱控制那些制定规则的人。如果他拥有了迫使别人主动遵守规则的能力，那么他就拥有了控制所有人的手段。

马兹洛误解了汤姆的表情，“非常了不起，是不是？就像我跟你说过的，整个世界正在发生变化。有些人不会喜欢我们前进的方向。不过幸运的是，有些人我们可以指望，确保未来会是我们希望的样子。”他用粗笨的大手拍了拍汤姆的肩膀，“这些人中就包括你。”

第十章

汤姆本以为自己有机会制定应对普查器的策略，以为自己能在弗雷恩过来检查他的记忆前想出法子。

但他没能做到。

第二天，就在上非军事课程的时候，一条消息闪现在了他的眼前：

立刻去奥莉维亚·奥萨雷的办公室报到。

上课中途被叫出来，这可真奇怪，但他还是起身朝奥莉维亚·奥萨雷的办公室走去。

不过，在办公室门口等他的却不是那位社工，而是艾琳·弗雷恩以及两名全副武装的海军陆战队员。

“雷恩斯先生。”弗雷恩说，“谢谢你能过来。我们可以开始记忆提取了，由我亲自进行。”

汤姆有些迟疑地透过玻璃门看了看奥萨雷的办公室。

“奥萨雷女士不在。”弗雷恩说。她直视着汤姆的眼睛。汤姆知道，她肯定已经看了汤姆上一次被强迫进行记忆提取时的录像，那次汤姆跑到了奥莉维亚·奥萨雷这里寻求帮助。弗雷恩已经提前一步下手，确保他无法反抗，无法阻止这次记忆提取的进行。

汤姆尽量摆出一副冷漠的表情，脉搏却跳得飞快。

“你是自愿配合呢，还是由我们来强制执行？如果愿意的话，我们可以顺道去趟医务室。”

汤姆轻笑了一声，看了看四周，“不用了，我会配合的。早弄早完事儿。”他在心中疯狂地搜索着可能的选择，但直到走进电梯，他都没想出应对方法。怎么想都没有办法逃脱。如果让弗雷恩看到自己在实景中的记忆，那么自己就有许多事情需要好好解释了。显然弗雷恩是不会善罢甘休的。人人都知道，国安局里有相当数量的特工在为黑曜石集团工作。

汤姆知道，他是无法抵抗普查器的。那东西只会毁了他。

就快到了。

快到了。

所有秘密都保不住了。不知道他们会拿他做什么样的研究。如果他主动招供，也许还能保护美杜莎。如果被他们提取了全部记忆，那么美杜莎就会暴露了。

他们通过走廊，来到阴暗的普查室。

汤姆忽然看到里面有个人。他从没想到，看到这个人自己会如此高兴。

“你们两位，请在这里等着，我和这位候补军官……”弗雷恩的声音低了下去，她也看到了汤姆看到的那个人，“布莱克伯恩中尉。”

布莱克伯恩从电脑前抬起头，他皮肤上的疤痕在闪烁的屏幕下清晰可见，“弗雷恩女士。你要用普查器吗？我来帮你。”

“谢谢了，中尉，不过没这个必要。你可以走了。”说完，弗雷恩侧身让开了路。

但布莱克伯恩并没有动，“别客气了。我很乐意帮忙。”

弗雷恩冷冷地说：“我对这项技术的原理相当精通，你可以放心，我完全不需要额外的帮助。”

布莱克伯恩懒懒地一笑，目光却十分坚定，“很好，不过我不能走。也许你不会同意，但普查器是一种破坏性极大的工具，只有我才能在学员——抱歉——候补军官们身上使用，其他人绝不可以。”

就在他说话的时候，一行字出现在了汤姆的眼前，是布莱克伯恩通过网信发过来的。**有什么需要隐瞒的吗？**

汤姆赶紧回复道：**有！**

什么时间？

汤姆迅速检索出了不想让弗雷恩看到的那个时间段。与此同时，弗雷恩说：“按照合众国《社区安全法》的授权，我有合法的权力来进行这种操作，中尉。我有权命令你离开，而你，必须让到一边，将仪器的控制权交给我。”

布莱克伯恩差点笑了起来，“当真？你是在引用《社区安全法》的第四条第五款吗？”

弗雷恩眨了眨眼。

“是吗？如果是的话，我建议你去看看第二条第二款第三项，不巧的是，那一条的优先级别更高。”

弗雷恩的嘴唇泛白了，“我对那一条不熟。”

布莱克伯恩眨了眨眼，“是吗？你没看过那部法律吗？”

“我只听同事简单介绍过。”

布莱克伯恩点了点头，“啊，你那位秘密机构的同事有没有真正看过那部法律？”

“当然没有！”

“当然没有。”布莱克伯恩津津有味地回味着这句话，“怎么可能有人全看过呢？整部法律有三千多页，而且充斥着法律术语，改动一个词整个意思就都变了。我猜，真正看过这部法律，哪怕只看了一部分的，也只有黑曜石集团替贝尔托里尼参议员撰写法律草案的那帮人而已，那还是在他正式提出这部能用技术手段将他的选民终身监禁的法案之前。要想熟悉这部法案，真的需要超人的能力，更别提与之相关的几千部国防法案了。所以，你不熟悉条款我一点儿也不奇怪。”

“不管我有没有看过条款，法律就是法律。”

“不，法律就是一堆矛盾纠结的规则，这样才能把请不起豪华律师团的人都困在里面。我向你保证，我能找出几百条被你违反过的法律。你抛出的任何条款，我几乎都能找到优先级更高的矛盾条款。这就是我和你不一样的地方：我确实看过那部法律。”布莱克伯恩用大拇指指了指前额，“我有超人的大脑，弗雷恩女士。我可以下载任何一部法律，并理解它的每个细节。可别再像个棒槌一样用法律条文来搪塞我了，你是没有优势的，这只会让你自己蒙羞，就像今天这样。”

弗雷恩的嘴唇抿成了一条细线，她的目光锐利得像刀子一样，“我可以让米尔格兰姆总统立刻下令。”

“也许吧，不过在我们的三军统帅下达那条可爱的命令前，你没有权力指挥我，只有我才能对雷恩斯使用普查器。”布莱克伯恩说，“而在这个过程中，让不让你待在屋子里，全看我的心情。不过我今天心情很好，所以，你愿意观看整个记忆提取的过程吗，弗雷恩女士？”

弗雷恩身体紧绷，脸颊泛白，但最后还是点了下头。汤姆赶紧把头扭到了一边，好掩饰自己的笑意。弗雷恩一直站在旁边，看着布莱克伯恩在操作台上操作。她肩膀僵硬，想必非常愤怒。

汤姆坐在普查器的金属爪之下，准备让布莱克伯恩开始操作。他从没想过，自己坐在这东西下面时居然也可以不紧张。担忧已经消退，取而代之的是一种令人难以置信的轻松与惊讶。真不知道自己交上了什么好运，正好在关键时刻遇到了布莱克伯恩。

记忆提取开始，屏幕上映出了汤姆的记忆：一开始是被新实景吓了一跳的汤姆，然后是惊慌失措的学员，再然后就是涌入的士兵和被袭击了的卡尔。

接着就是汤姆通过网信发给布莱克伯恩的时间段——那段侵入系统的危险记忆，布莱克伯恩把整段记忆都用黑屏覆盖了。

“你闭眼睛了？”布莱克伯恩问，汤姆立刻领会了过来。

他点了点头，“对。”

“他闭眼了？”弗雷恩怀疑地重复道。

“闭上了。”汤姆再次确认。那段黑屏持续了将近五分钟，汤姆才重新“睁开”眼，从虚拟的训练室中走出来，开始屠杀军人。

“你睡着了吗？”弗雷恩讽刺道。

“没有。”汤姆尽量装出一副无辜的样子，“我当时怕极了，以为这一切都是真的，我藏了起来，闭上眼睛，因为我非常害怕。后来我才意识到没有人会来救我，我得自救。那时候我才决定要……你知道的，杀掉他们。”

“而且你做得不错，年轻人。”布莱克伯恩说，语气非常和蔼。

“谢谢，长官。”说出“长官”两个字时，汤姆感觉罕有地爽快。

弗雷恩肯定是气极了，因为她根本没有看后面的部分就直接起身离开了房间。汤姆又在普查器的光束下坐了一会儿。“应该够了。”说完，布莱克伯恩就关上了机器。

汤姆回头看了他一眼，“能和你谈谈吗？”

“你现在就正在谈。”

“真真正正地谈谈。”汤姆不知道，下次有机会和布莱克伯恩谈将是什么时候。

布莱克伯恩在前臂键盘上敲了几下，“现在很安全。”

汤姆扭了扭身子，“马兹洛将军昨天告诉了我一件事，有些新下级生被……”

“不用说了，我都知道。”

“你不知道！”说完，汤姆又想了想，“你知道？”

“放心，你要告诉我的事情里没有什么是我不知道的。”不知为何，他的脸上流露出一种不祥的表情，“几年之前，黑曜石集团就打算在五角尖塔内测试质朴级处理器。看起来他们终于如愿以偿了，而这都多亏了你。”

“因为我让马什被炒了鱿鱼？”汤姆冷冷地说。

“不，因为炸毁天空广告牌吓到了某些位高权重的人。”

这句话中隐藏的信息令汤姆悚然心惊。他看了看屏幕中暂停的画面，里奇·曼昆中尉的脑袋即将被汤姆的子弹击碎。因为他对联盟、对国家安全的公然蔑视，统治者们都忙不迭地将希望寄托在可以钳制每个人自由意志的新神经技术上。

一股寒意爬上汤姆的脊背，他忽然明白了弗雷恩和马兹洛进行这次忠诚度测试的目的。他们在筛查太阳系部队候补军官——他们现有的可编程人肉武器——以便在将来军队里有人反抗质朴级处理器的应用时调兵进行镇压。

“外面世界里的人是不会轻易同意在自己脑袋里安机器的。”汤姆半是自言自语地说，“有些人可能愿意，但绝大多数人不会同意。他们会拒绝，肯定会有人反抗。”

布莱克伯恩两肘撑着电脑控制台。屋顶的灯光照在他那布满疤痕的脸上，让他看起来就像一只秃鹫。“汤姆，大众是不会意识到他们要安装神经处理器的，等到明白过来时就已经太迟了。医务室里有几百瓶纳米机器，准备给新来的下级生用。”

“什么意思，纳米机器？”

“质朴级处理器不需要颅脑手术植入，不像我们的处理器。”布莱克伯恩指了指自己的脑袋，“下级生还要进行手术，只是为了安装能让他们接入尖塔系统的设备。公众并不需要这些装置。只需几十亿个纳米机器进入他们的身体，占领他们的脑皮层，他们就会被置于联盟的控制之下。让他们服用纳米机器可是件非常容易的事。据我所知，黑曜石集团正在设计可以直接由消化道进入血液系统的设备。一旦穿过血脑屏障，一切就都完了。”

汤姆感到一阵寒意，他又想到了道尔顿给他重编程的事。要想操纵神经处理器简直太容易了。如果人人都有神经处理器，那么黑曜石集团就能控制全世界。整个世界都会按照某个人的意愿发展。没有自由意志，只有强迫服从。

“不能让这种事发生！”汤姆脱口而出。

“那么你打算如何阻止呢？”布莱克伯恩的语气里充满了愤怒，“打算再在公众面前制造轰动性事件，把更多的国安局特工招到尖塔里吗？”

“那又不全是我的错。”

汤姆知道，海瑟之死也是吸引弗雷恩注意力的事件之一。她本来要加入国安局的，后来却失踪了。但汤姆不能告诉布莱克伯恩，他知道海瑟已经被布莱克伯恩给杀了。

“那是……那是……别管了。你看，我有办法，不一样的办法。”

布莱克伯恩摇了摇头，“在天空广告牌上发信息，破坏公共财产可不会有作用。不会有太大作用。如果没有暴力的威胁作为后盾，言辞和行动都是毫无效力可言的。你打算去杀掉几个联盟高管吗？那样也许会有效果，否则就别想了。”

“还有其他办法。”汤姆坚持道，“比如……比如如果所有人都知道了联盟的阴谋，那么他们就会进监狱。”

布莱克伯恩笑了起来，“掌握司法系统的可不是虚无缥缈的‘所有人’，雷恩斯。整个体制都掌握在联盟的手里。他们是不会蹲监狱的。法律就是他们写的。决定法律对谁适用的可都是他们的下属。”

“那就泄密。”汤姆想起了自己在尖塔历史课上下载到的资料，“把所有信息都发到网上，让人们上街抗议，非暴力不合作。会有用的。”

“啊，成功的非暴力运动，”布莱克伯恩的话语中充满了讽刺，“还有无上的王权，这可是我最喜欢的神话。就说甘地吧，他希望大英帝国退出印度，但你知道吗，许多暴力的人也这么希望。就在甘地逆来顺受的时候，是谁在进行暴力抵抗？在把英国人赶出印度的过程中，巴格特·辛格的作用不比甘地小，但他不符合公共叙事的需要，所以我很确定，你根本就没听过他的名字。”

汤姆确实没听过，但他并不同意布莱克伯恩的观点，“好，就算也有暴力反抗，但那并没有改变甘地的功绩。”

“那改变了一切。”布莱克伯恩纠正道，“英国人刚打完‘二战’，他们对战争已经厌倦至极。他们不希望为了控制印度而和更多暴力的人战斗，所以他们才离开了那个国家。当然，他们会选择和甘地那个平和的家伙交涉，而不是那些想要杀死他们的可怕的人，所以荣誉都归了甘地。面对现实吧，非暴力运动的成功只是神话。什么应当接受统治者的暴力，好刺激他们改变自己的方式，都是骗人的鬼话。如果人人都相信这一套，那统治者就捡大便宜了。这样他们就可以放心施暴，因为没有人会还击。每个马丁·路德·金那样成功的非暴力活动人士背后，都有个马尔克姆·X[①]那样的暴力推手来帮助他达到目的。”

① 马尔克姆·X（1925—1965），合众国黑人民权运动领导人之一。

“难道就你是对的，其他人都错了？”汤姆说，“我们就应该一直自相残杀？总统竞选应该也改成生死决斗，别管什么投票？”

“雷恩斯，单独作为一种手段的非暴力运动在某些条件下也是有一定作用的，我不是说它没有用。合众国还是个真正的共和国的时候，人民大众还可以通过投票来改变政府政策的时候，非暴力运动对于博得公众同情确实很有用处。”

“我们现在也还是共和国。”

“不，现在的国家是企业寡头政体，我们只能投票在联盟预先选定的候选人之间选择，用的还是黑曜石集团编程的投票机。所谓选民有选择权，就好比是我在问你，是该一枪打死你还是该把你开膛破肚——横竖都是死，这点你是没法选的。当你选择被击毙的时候，我可以宣称这是你自己的选择，但这并不是真正的选择。对于死与不死，你没有权力决定。选民不再有权利决定由谁来治理国家。不管选谁，他都是由联盟资助并控制的。”

汤姆忽然意识到，布莱克伯恩说的和小时候尼尔告诉他的其实是一回事，只不过布莱克伯恩的用词更文明，语句也更清晰。

“所以说，用非暴力运动来赢得公众的同情是毫无意义的。因为公众没有丝毫权利。”

汤姆的心跳不由自主地变快了。尽管知道布莱克伯恩已经关闭了这间屋子的监控摄像头，但他还是忍不住压低了声音，说出了那句最最危险的话：“你的意思是，我们只能走暴力革命这一条路？你觉得，只有这样才能阻止质朴级处理器的大规模应用？”

布莱克伯恩哼了一声，“别扯了，我当然不是那个意思。”

“可是你说……”

“即使如今这种布满监控的警察国家能够发生革命——我觉得不会

发生——在革命中死亡的也只会是平民、警察、军人以及弗雷恩那样的人——那些需要靠工作来养家糊口的人。”

汤姆举起双手，“那这一切还有什么意义？什么法子你都觉得不行！”

布莱克伯恩向后一靠，看着远处，“其实，这个世界上真正掌权的只是少数人，雷恩斯。别管艾琳·弗雷恩了，她只是个听从命令的雇员而已，距离金字塔的顶端还远着呢。真正掌权的人最多不到一千，如果你能跟踪那些不正常的大规模金钱流动，那么你就能搞清楚那些人到底是谁。就算爆发了你说的那种革命，那些真正掌权的人——那些真正的大麻烦——他们只需要坐上飞机等局势平稳下来就好了。所以说，要对付他们，只能尽量低调，牵涉的人要尽可能地少——可能的话，一个人最好。”

“好吧，那么我就这么做。我已经准备好对付他们了。”汤姆宣布道。

布莱克伯恩的脸上闪过一丝恼怒的神色，似乎是因为这个话题说了这么久让他感觉非常不爽。“天啊，雷恩斯，我说过了，‘尽量低调’，而你刚刚在忠诚度测试中杀掉了六十三人。自从十四岁来到这里以来，你就一直在到处树敌。你现在‘低调’得像个核弹。你的任何行为都可能会让情况进一步恶化。”

“我怎么可能会让情况恶化？”汤姆反驳道，“这已经是全球奴役了。”

“如果说我在过去的几年里学到了什么的话，那就是，只要有你搅和，即使是还算可以的局面也会迅速变糟。”布莱克伯恩抓住汤姆的脖子，把他推到门口，“别再瞎掺和了，也别再提问。给我立刻消失！你只有一件事可以做：当个正常的十六岁少年。”

第十一章

所有中级生都将参加联盟高管举办的见面会，但高级生将在更为私密的聚会上和各位高管联络感情，谈论生意。

去年，大家都知道汤姆拿不到弥尔顿庄园聚会的邀请。毕竟，就是他放水淹掉了贝灵格俱乐部，然后又在一天时间里在几个欢迎会上惹毛了所有五大战斗员赞助商。

但是，因为用病毒击倒了美杜莎，他获得了约瑟夫·文格洛夫的青睐。而且很显然，汤姆在忠诚度测试中的卓越表现也已经传扬开来。面对反政府极端分子敢于大开杀戒，这种让高管们觉得可靠的候补军官可没有几个。鉴于单个武装人员单挑大批平民的时代即将到来，汤姆表面上的反社会人格绝对是一个大大的加分点。

所有人都穿着礼服，并得到了一个远程接入传输器，以防出现系统需要远程修复的情况。整个过程中，他们的一举一动都非常重要——最糟糕的莫过于在会见各位高管的时候发生什么软件或硬件故障。

“太神奇了。”华耶趴在地上，鼻子顶着全透明的地板，下面不到十英尺处就是飞驰的大瀑布。

此时正值约塞米蒂谷的上午。上周刚下过雨，庄园下方的河水流量很大，正适合举办聚会，但汤姆却没什么心思观看韦纳尔瀑布。他的视线不由自主地飘向了华耶的大腿。华耶鼻子贴着玻璃地板，懒懒地在半空中晃着双腿，脚尖上挂着高跟鞋。她的裙子掀起来了一点，露出了一截长腿。

这可是华耶，汤姆提醒自己，*这可是华耶，这可是华耶*……

“这景象可真惊人。”尤里坐在华耶身旁高兴地说。尤里并没有获得邀请，他只是华耶的男伴。汤姆的运气还不错，尤里正在惊叹大瀑布的景象，没有注意到汤姆正在对自己的女朋友想入非非。

前两次来约塞米蒂谷时，雄伟的高山和参天的古树都让汤姆愤怒不已，因为这些美景都是西格德尔·维托从公众手中偷来的。这里原来是个国家公园，如今却成了西格德尔·维托的后花园。

“知道怎样才能让这景象更好看吗？”汤姆说，“没有这所房子，然后大家都像西格德尔接手这里之前那样看瀑布。”

华耶皱了皱眉，“你再这么说话的话，很快就会再上黑名单的。”

“我会闭嘴的。”汤姆双手抄兜，无聊地回头看了看身后人群最密集的地方。他的目光遇上了光头投资银行家汉克·布鲁姆波利那充满厌恶和怒火的目光，后者正站在一张西格德尔·维托和米尔格兰姆总统握手的巨幅画像下。汉克是玛切特·雷迪公司的一名高管，去年，汤姆曾用无人机狠狠地整过他，还把他弄进了监狱。不过他也是活该。汤姆对着汉克灿烂地一笑，很享受汉克那一脸愤怒的表情。

当然，汤姆已经学会小心谨慎了。但有时候，这要看他是否觉得值。

汤姆看到那些高管就像帝王一样威严地点着头，而战斗员则一脸崇拜，急切地拍着他们的马屁，想让他们记住自己的样子和名字。维克也在其中，汤姆的女伴伊曼·阿塔尔也是。

来这儿的路上，在真空管列车里他们坐在一起。伊曼兴奋得要死，不停地问汤姆问题，比如："你以前的中学是什么样子？"

"我不知道。我不常去。"汤姆回答。

"哦。"

"也没什么可惜的。只不过是个在线感化院而已。"

"你有没有什么喜欢的乐队？"伊曼又问。

"没有。"

两个人都沉默了下来。

"喜欢什么运动吗？"

"虚拟实景运动！"

"不，真正的运动。"伊曼扳着手指，"我会打曲棍球和冰球，独木舟我也很喜欢，不过没多少机会玩。"

汤姆看了看她，第一次意识到，和其他大多数青少年比起来，他和他的朋友们真是太不正常了，"我只玩虚拟实景游戏，真的。"

"这么说，你唯一的爱好就是电子游戏了。"

"差不多。"

"你只玩这个？"

"哦，以前是。不过后来我的手指头都没了，我就不玩了。"

这一次，没有人再打破沉默了。

聚会上，汤姆任由伊曼离开他去和其他人聊天。伊曼笑得很开心，看起来她和汇聚点工业的阿拉娜·劳伦斯聊得不错。但愿他们不会聊到伊曼是和谁一起来的，也别聊到汤姆去年曾说过，应该有人去把靠囚犯来牟取暴利的汇聚点工业高管们都炸飞。

一位男管家走了过来，拍了拍汤姆的肩膀，把他吓了一跳。"雷恩斯先生，下面的会客区有人想见你，请走这边的楼梯。"

汤姆跟着他走过一排机械警卫。这种曾在黑曜石集团袭击过他的机器还是会让他产生一丝焦虑，不过和差点死在南极洲的那次相比，机械警卫看起来似乎没有那么可怕，也许是因为今天它们主要行使的是第二项功能——充当衣服架吧。

走下楼梯，汤姆来到了一间巨大的游戏室，发现了想要见他的首席执行官到底是谁。站在台球桌的另一端正在专心打球的正是约瑟夫·文格洛夫。

“啊，雷恩斯先生，很高兴见到你。”

自从升级后，汤姆还没见过这位波尔雅寡头。上次见面时，文格洛夫正在自己名下的一家酒店里，汤姆向他展示了自己用病毒攻击美杜莎的证据。文格洛夫转向汤姆，他的身形看起来就像一尊石像，淡金色的头发，眼神空洞。所有这一切都表明，他是一个非常自制的人。除了汤姆、布莱克伯恩和美杜莎，没有人知道他的脑子里也有一台神经处理器。

“见到雷恩斯先生，我们不都很高兴吗？”文格洛夫高声说。

另一个人出现在了游戏室边的吧台旁，看到抹着发胶、一身笔挺西服、一脸奸笑、端着酒杯缓缓走来的道尔顿·普雷斯特维克，汤姆感到一阵恶心。

“见到你真高兴，小子。”道尔顿说，“我正打算带你妈去阿鲁巴过新年呢，我会告诉她你在这里干得不错的。”

汤姆咬了咬牙，“好极了。”没有什么比自己憎恨的人总打“我在睡你老妈”这张牌更可恨的了。

“你肯定很想知道，为什么我要把你从聚会上叫出来。”文格洛夫说。

“不是为了问个好吗？”汤姆说。文格洛夫俯身趴在桌上，一杆三球进洞。要不是知道他的脑子里有神经处理器，汤姆肯定会大吃一惊。

文格洛夫的目光在道尔顿的身上停留了很久，然后他才又很随意地击了一杆，这次是故意失球的。文格洛夫站起身，等到道尔顿走到台球桌边，他才继续对汤姆说话。

“黑曜石集团正计划进入一个全新的领域，我们终于要对一种消费品进行大规模生产了。”

“什么消费品？”汤姆假装毫不知情。

“一种新型的神经处理器，专为平民设计，你应该已经见过了。我在五角尖塔里的测试组就是由你来照顾的。”

汤姆尽量装出一副惊讶的样子，“我的下级生安装的是新型的神经处理器？”

“对。”文格洛夫的脑袋转向汤姆，感觉就像一台警戒中的机械警卫，“听到这些你还能装出一副惊讶的样子，真奇怪。我已经从马兹洛将军那里了解到，他把新处理器的事情都告诉你了。”

汤姆不说话了，感觉被打了个措手不及。他已经习惯了说谎，刚才的一切都是下意识的举动。“我只是想为将军遮掩一下。”汤姆赶紧说，“我以为……以为……我以为他本来不应该告诉我这些，我不想让别人惹上麻烦。”

文格洛夫似乎是接受了他的说辞，“你可真是深思熟虑。不许再对我撒谎了。”

“我发誓。”汤姆撒谎道。

“我很欣赏你对将军的忠诚。事实上……”他又看了看道尔顿，后者正握着球杆，一脸不高兴，“我很想你能为我效力。”

汤姆糊涂了，“我不明白……”

“托马斯·雷恩斯。”文格洛夫说，“我现在正式表示，愿意资助你成为战斗员。你愿意为黑曜石集团飞行吗？”

这可完全出乎汤姆的意料。黑曜石集团从没有资助过战斗员，至少以前从没有过。而且从没有哪个高级生这么早就收到赞助。汤姆几乎还没有接受过高级生的训练。

“自然，”文格洛夫说，“你也要向公司提供其他服务，就像其他战斗员那样。不过对我们来说，这种服务不涉及公开宣传和广告投放。”

汤姆终于恢复了说话的能力，“你想让我做什么？”

“和你在忠诚度测试里做的差不多。”文格洛夫在球杆上敲击着手指，“我们预计，一旦质朴级处理器被公众所知，某些角落一定会出现反抗。那时候，像你这样的有用个体就是宝贵资产了。我很希望能进一步地了解你。”

汤姆感觉自己心里一沉。有用个体。文格洛夫一定会大失所望的。

“我觉得我们已经建立了不错的工作关系。”文格洛夫说，“这只不过是在我们已经铺就的道路上再前进一步而已。”

汤姆知道自己必须小心。他得想办法委婉拒绝。“我得……我还要……”

“考虑一下？”道尔顿笑了起来，“有人能想到你已经是你的运气了！”

文格洛夫冷冷地看了道尔顿一眼，“道尔顿，到外面等着。”

道尔顿依照命令出去，关上了门。

文格洛夫在手里掂量着球杆，“别介意刚才的打扰，雷恩斯先生。我知道你们俩的关系不够和睦。”

“可以这么说。”

“道尔顿·普雷斯特维克把我当作爬上高位的阶梯，也许我确实可以充当这个角色。他最大的缺陷就是，无法掩饰自己利用所有可用之人的欲望。”

汤姆可以想出一大堆道尔顿·普雷斯特维克的致命缺陷。

“不过从长远来看，这对他也许是有利的。如果想在这个世界上有所成就，那就必须要有点缺陷和恶习，雷恩斯先生。”文格洛夫盯着汤姆，“如果想要成大器，那么你就需要像我这样的人的关照，而我只关照那些存在严重缺陷的男女，因为他们总是会记住自己欠恩主的情。就算没记住，经过提醒也会想起来。”

在汤姆的面前，文格洛夫毫不掩饰自己打进剩余的球有多容易。汤姆想起了这些年来因为变态、娈童、盗窃或其他罪名而被抓现行的那些政客。有缺陷的人。也许正是那些缺陷让他们变得容易被文格洛夫这样的人操纵，也更容易被废掉。

相反，无懈可击的政治领袖是很难被操控的。

“既然你提出要资助我，那么我的缺陷是什么？”汤姆好奇地问。

文格洛夫直起了身子，“你的手根本够不到你要拿的东西，而你似乎还没有意识到。你不能把目标定得比我还高，这你似乎也没意识到。”

“我比看上去要高多了。”汤姆故意曲解了他的话。

文格洛夫看了他一眼，就像一只不会眨眼的爬行动物的眼神，“但还不够聪明，不然你肯定已经接受我的提议了。你可以离开了，去好好考虑一下吧。”

那感觉就好像皇帝在说“你可以退下了”……而且还是个刚刚批评他笨的皇帝。汤姆很生气，但还是尽量装出一副冷漠的表情，朝门口走去。他已经足够聪明，知道不该随意表露自己的真实感受了。

尤里正在弹奏一架三角钢琴，维克和华耶正懒洋洋地躺在钢琴旁边巨大的玻璃地板上。神经处理器告诉汤姆，那首曲子是《月光奏鸣曲》。汤姆也能弹。这首曲子一开始就被安装在他们的神经处理器里。在神经处理器失常的时候，他们就会被要求哼这首曲子，或者弹奏其中的音节，以确定处理器是否恢复正常。

汤姆感觉好像快要窒息了，他扯了扯衣领，又看了看周围那些盛装出席的高管。如果文格洛夫要资助他，那么唯一不让文格洛夫感到羞辱的拒绝办法就是：再找到一个资助人。

这意味着需要到处闲聊。

而且肯定不会令人愉快。

就在这时，汤姆听到了一声模糊的低语。

“看看四周。”

他吓得跳了起来，猛地转过身，不知道刚才那句话是谁说的。附近一个人也没有，他又看了看那群高管。一股寒意爬上他脊背。这次肯定不是自己的想象，肯定是有人说话了！ 就在这时，窗外一道金属反光吸引了他的注意。

汤姆忽然发现，一个机器正在刺目的阳光下静静升起。汤姆的神经处理器告诉他，那台呈三角形的长条状机器是国土安全部的科黛 -93 攻击型无人机。那种机器比公文箱大不了多少，看上去人畜无害，实际上却非常致命。

“看！”汤姆抓住维克的胳膊，指了指那架无人机。

维克顺着汤姆指的方向看了过去，科黛 -93 正无声地从窗外划过，朝大厅聚满社交达人的那一头飞去。

又是两道闪光，另外两架科黛 -93 飞了出来。汤姆不禁担忧。他穿过房间，朝外望去，三架无人机组成了队列。

不祥的感觉油然而生。

第一架科黛 -93 开火了。

高管还没反应过来，候补军官就展开了行动，多年的训练使他们能够对各种威胁迅速做出反应。汤姆朝门口奔去，华耶、维克和尤里迅速躲到钢琴后，巨大的落地玻璃窗顷刻间变成了一堆碎片。

三架科黛 -93 穿过碎落的玻璃。汤姆抬起头，赶紧看了眼机械警卫——它们的传感器都被厚厚的衣服盖住了。还没来得及行动，三台机械警卫就被炸成了碎片。

周围响起一片尖叫，身着华丽服饰的男男女女就像发狂的动物一样四散奔逃，三架无人机则飞到了他们的头顶上方，这一切在汤姆看来非常超现实。

“哦，不。”汤姆听到维克低声说。

三架科黛 -93 发出道道强光——是非常细的激光，却非常刺眼，汤姆不得不抬起手遮住眼睛，因而错过了汉克 · 布鲁姆波利被切成碎片的画面。不过等他抬起头时，诺布瑞迪斯公司的高管戈登 · 李维金正好被切成了两半。伴随着一道刺目的白光，汤姆看到汇聚点工业的阿拉娜 · 劳伦斯倒在地上，变成了一具尸体。西格德尔 · 维托惊恐地尖叫着冲出人群，朝汤姆和朋友们所在的落满碎玻璃的地方跑来。

汤姆知道，他必须赶在朋友们惨遭毒手前阻止这一切。他从口袋里摸出远程接入传输器，插在后颈部的端口上。他本打算立刻开始交互，找到连接无人机的通路，接管控制，但维克一把抓住他，把他拉到了一边。

西格德尔 · 维托从他们面前跑了过去，两架科黛 -93 紧随其后。西格德尔脚下一滑，摔倒在玻璃地板上，下方正是壮观的大瀑布。

就在那一瞬间，汤姆的目光接触到了这位世界媒体大亨的目光——那双深蓝色的眼睛里充满了恐惧。当年，西格德尔的父亲买下了全球五大传媒公司，早在联盟接管整个世界之前很久，他们家族的报纸和网站就肩负起了给公众洗脑的任务。

科黛 -93 又开火了，地板在他的脚下变成了碎片。

碎片如雨点般飞溅，西格德尔 · 维托也跌入了瀑布之中。弥尔顿庄园的残骸被汹涌的水流冲向悬崖边。西格德尔沿着瀑布跌落了下去，在下方几千英尺处迎来了他的死亡，汤姆只来得及瞥见他的金发和挥舞的手臂。

汤姆发觉尤里正在踢最近的机械警卫的手臂。他立刻明白过来，赶紧抓住那支机械臂，以便尤里把它弄下来。华耶疯狂地折腾着机械臂上的导线，想把机械臂变成可以开火的武器。她成功了，一道激光将最近的无人机撕成了两半。但另一架无人机一枪将机械臂打出了她的手。他们害怕极了，生怕自己变成下一个目标，但无人机并没有理会他们。无人机对所有的候补军官都视而不见。一枪接着一枪，每一下瞄准的都是那些高管。

就在这时，约瑟夫·文格洛夫出现在下方的楼梯间。剩下的两架无人机立刻改变航线。汤姆激动起来，马上就能看到文格洛夫的死相了。

但那两架科黛 -93 只是绕着他飞，却不开火，文格洛夫冷冷地看了看那两架无人机，微微点了下头。“你杀不了我的。”他轻柔的语气中带着一丝挑衅。

他说得很对，剩余的两架科黛 -93 掉转航向，飞出窗外，只留下一地碎玻璃、九具联盟高管的尸体，以及机械警卫不断抽搐、冒着火星的残骸。

所有人都呆立在屋子里——候补军官毫发无伤，高管则眼睁睁地看着自己人一个个死在眼前——约瑟夫·文格洛夫注视着地上那架无人机的残骸，它还在地上不断地打着转。

文格洛夫走上前，伸手一把抓住了那架科黛 -93，动作就像一条蛇在出击。那种反应能力一看就是神经处理器加强后的产物，但他似乎并不在意。他看了看还在他手中来回扭动的飞机残骸，然后干净利落地拔出了其中一根导线，飞机立刻熄火了。

汤姆用眼角余光瞥见道尔顿·普雷斯特维克正在楼梯间的门口张望，

根本不敢进来。注意到了他的莱拉·马丁叫道:“它们走了,你可以出来了,勇气船长。”

道尔顿赶紧跑到文格洛夫身旁,“您真是太神了,一点都不怕它们。”

文格洛夫冷冷地看了他一眼,一脸的不耐烦,“那都是我的机器。我当然不会害怕自己的机器。它们永远都不会威胁到我。”文格洛夫又看了看汤姆,脸上带着奇怪的表情。汤姆这才意识到自己脖子上还插着远程接入传输器,赶紧一把拔了下来。他刚准备编造个合理的理由,文格洛夫就把目光移到了一边,好像对刚才的一切并不介意。

道尔顿忽然叫了一声,吸引了所有人的注意力,他用颤抖的手指着走廊的墙壁,无人机在墙壁上烧出了一条信息:

机器里的幽灵

在瞄准

看监控的人

弥尔顿庄园里一片寂静,玻璃地面破碎不堪,上面还躺着高管的尸体,他们的鲜血在身后的墙上飞溅得到处都是。

汤姆手脚冰凉,感觉就好像被一把刀插入了眼睛。

汤姆和他的朋友们站在破碎的屋顶下,午后的阳光照得周围一片惨白。一群高管静悄悄地聚集到了一片破碎的地板四周,西格德尔·维托就是从那里坠落瀑布的。

所有人都同意,对于西格德尔来说,这还算是个不错的死法。他非常喜欢这个公园,甚至不惜将其据为己有;他对韦纳尔瀑布青眼有加,甚至将自己的庄园都建在了瀑布上。对他来说,这个死法还挺适合。

第十二章

受到无人机袭击的不仅仅是西格德尔·维托的聚会。在天竺，汇聚点工业的高塔也被一群微型无人机袭击了。那些无人机一开始藏在墙壁里，后来就钻进了高管们的皮肤下。汇聚点工业的首席执行官潘蒂娜·拉姆法和其他几名高管死于非命。

伦敦城内，道明·阿格拉公司的主要股东罗奇家族也经历了他们自己无人机的大屠杀。受害者还包括先声公司的首席执行官布恩·布拉贝克，他们的公司控制着全球的饮用水。

不到十分钟时间，机器里的幽灵就将他们斩尽杀绝。

傍晚时分，所有涉案的科黛 -93 都被制造商黑曜石集团召回。通过对软件的研究，他们发布了一项惊人的声明：某个不知名的黑客用恶意程序接管了无人机，对无人机进行了遥控。没有人知道代码是何时植入的。在不被发现的情况下侵入这么多架无人机，这简直是不可能的事情——除非代码是通过政府的服务器植入的，或者在黑曜石集团出厂时就已经被植入了。

几个候补军官无视宵禁，挤在汤姆和克林特的宿舍，他们都是事件的亲历者。随着宿舍内的女生越来越多，克林特的英勇事迹也越传越神。

伊曼·阿塔尔坐在汤姆身旁，温暖的手臂紧靠着汤姆的手臂。她不断追问被汤姆的朋友打下来的那架无人机的事，路上那些尴尬的对话似乎已经被她忘得一干二净。

汤姆尽量回答着她的问题，同时脑子里还在想着另一个幽灵的事，越想越惊恐。他创造机器里的幽灵这个角色只是为了传递一条信息：藐视文格洛夫，藐视警察国家，藐视整个联盟。

但有人利用他所创造的角色发出了完全不同的信息。

又有几个高管死了。

诺布瑞迪斯公司的首席执行官韩雷德·阿布哈曼王子与他的财务官李·韦尔奇死在了他们乘坐的亚轨道飞机上，舱门忽然打开，两个人都被喷进了真空。太平洋上，合众国发射架上的福克斯自动制导导弹忽然发射。没有人按下发射钮，它们是自己发射出去的，军方也无法追踪导弹的轨迹。没人知道导弹去了哪里，直到它们击中了寇特·卡尼的座驾和伊娜·伊拉利奥诺娃的豪宅，这两个人分别是莱克辛肯移动和强力能源的首席执行官。

甚至还有一枚导弹击中了鲁本·劳埃德的游艇。讽刺的是，为了躲避机器里的幽灵，鲁本专门驾驶游艇躲到了海上。他的死令其他高管震惊不已，因为幽灵锁定了游艇在大洋中的位置。他们所有人都有游艇，都曾计划在幽灵的威胁太过严重时撤退到游艇上。如今，他们的撤退方案都得重新制订了。

整个互联网上，那条战书到处都是：

机器里的幽灵

在瞄准

看监控的人

黑曜石集团不得不召回了过去几年中售出的全部福克斯导弹。但新闻里，尖塔的走廊中，质疑声正变得越来越大。

“黑曜石集团的硬件出了什么问题？为什么那么容易就被黑了？”

随着死亡人数的上升，汤姆变得越来越多疑。首席执行官和高级管理人员正在以非常快的速度死亡。而其中一些受害者直到被幽灵杀掉之前都小心地掩藏着自己的身份——除了他们资助的政客，没有人知道他们其实是这个世界上最具权势的玩家。

每次听到别人谈论机器里的幽灵，汤姆都有一种受到监视的感觉，这让他很难集中注意力做任何事情。他的非军事课程挂科了，那是十一年级的标准课程，因为他坐立不安，根本没有好好消化头天晚上下载的内容。

绝望的汤姆试图遵循布莱克伯恩的建议，“当个正常的十六岁少年”。自从忠诚度测试后，马兹洛就放松了对候补军官的控制。汤姆终于和伊曼真正出去了一次。不过事实证明，大屠杀博物馆不是个适合初次约会的地方。

“我一直在想那些被杀掉的孩子。”走在冷风阵阵的街道上，伊曼·阿塔尔说，“集中营的孩子们的小鞋子在我的脑海里挥之不去。他们可真是太小了。”

“要去吃点汉堡什么的吗？”汤姆问。

“看过那些之后，我什么都不想吃，汤姆。”

汤姆忽然意识到自己刚才听起来有多铁石心肠。考虑到自己在忠诚度测试实景后新获得的精神变态称号，他觉得自己必须要纠正一下。

“你可别误会。”汤姆说，“我可不是在参观过奥斯维辛后还有好胃口。很早之前我就想吃汉堡了，来之前就想。”

伊曼看了看他。

“呃，我可没有一直都在想吃汉堡。当然了，”汤姆赶紧说，“大多数时候我也在想那些死掉的孩子，就和你一样。还有那些成年人。所有死掉的人，我是说。我觉得成年人和孩子应该已经包括所有人了，不过还是……总之太让人伤心了。”他想讲些恰如其分的话，结果最后只是说，“我觉得屠杀是不对的，非常不对。”

伊曼皱了皱眉，“哦。”

“我说的都是废话，是吧？”

“嗯。”伊曼有些迟疑地答道，“有点儿。”

汤姆不说话了。他看着前方，意识到事情的进展不如人意。当天早些时候，汤姆和华耶、维克、尤里坐在餐桌旁，陶醉于他们重新获得的在食堂聚会的自由之中。马兹洛现在对候补军官的纪律已经比较满意了，所以放松了一些控制。

尤里建议汤姆和伊曼去五角购物中心约会，这让汤姆的脑子里立刻浮现出自己等在旁边看伊曼试鞋的恐怖画面。维克建议汤姆使用所谓的“眉毛诱惑法”，对伊曼轮流抬起左右两侧的眉毛，然后在伊曼的宿舍共度良宵。汤姆不会抬起单侧的眉毛，而且他也不想挨打，所以这个建议被排除了。

“大屠杀博物馆怎么样？”华耶建议道，“至少应该去一次。”

汤姆还没有去过，所以他觉得这个主意还不错。再说，如果带伊曼去博物馆，伊曼也许会觉得他聪明博学。

现在，汤姆知道自己失算了。就算在进入大屠杀博物馆前有点什么浪漫气氛，现在也消失殆尽了。

两个人一言不发地在外面走着，风吹拂着他们的头发。他们顺着阶梯走到倒影池边，那里的景色很美，汤姆希望伊曼会因此而高兴起来——他们走到池尾，又走上通往林肯纪念堂的台阶。两个人都看着坐在椅子里的亚伯拉罕·林肯的雕像。

亚伯拉罕·林肯一副庄重严肃的表情。

“他看起来很悲伤。”伊曼评论道，她自己看起来也很悲伤。

“他是总统。”汤姆说，“他赢得了战争，还要戴大礼帽之类的。很酷的。”

“他被暗杀了，汤姆。”

“嗯，这部分不怎么酷。”汤姆承认道。他在脑子里回忆着历史上其他那些被暗杀的名人，感觉又有些焦躁分神。这一切都不管用，他就是忍不住要去想那个机器里的幽灵，忍不住为此而担心。

绝望之中，汤姆调出了维克通过网信发来的东西。是一个程序。离开前，维克狡诈地笑着对他说：“这可是急救用品，仅供感觉尴尬焦虑时使用，明白，博士？先用一次，看看有没有用，如果没有，你可以再用一次，不过每次至少得间隔二十分钟——就这样。好运，伙计！”

汤姆在脑子里打量着这个未解压的神秘程序，心里充满了好奇，但又有些怀疑。通常情况下，维克的建议要么就是非常有用，要么就是会造成灾难性的后果，从来都没有介于两者之间的结果。

反正这次约会再糟也糟不到哪儿去了。

“认识我的朋友维克吗？”汤姆忽然说。伊曼点了点头，汤姆继续道，“他知道这是我们第一次出来约会，所以给我发来了个程序。他不肯说这是什么，只是说如果情况变糟了或者出了问题就可以用。”

伊曼皱起了眉头，“你要真那么讨厌和我在一起，那么随便……”

“不是的！我不是这个意思。我只是……我不擅长和女孩子说话。

我老是说错话。我知道。嗯，但我不想就这么结束。那东西应该会有意思的。”

伊曼抬了抬眉毛，“你说哪个程序？”

“我也不知道。”汤姆说，“说实话，肯定是什么非常吓人而且令人尴尬的东西。”

“发给我一份，我们看看。”

汤姆用思维界面打开了网信，将程序转发给她。两个人一起坐在倒影池边，检查程序代码。

“我编程烂得很。”伊曼承认道，“根本看不懂这是什么玩意儿。”

“嗯，我也是。真的，写着写着就忽然写出一个死循环。”

“哦，还有，费了好大劲儿写了那么一大堆，最后却忽然出现个‘无效’，就因为某个地方少了个小小的标点，这种事最讨厌了。”

“嗯，是啊，然后布莱克伯恩还会说：‘真用心的话你就能弄懂，雷恩斯。你就是不好好学。’切，我要是有华耶·恩斯洛的脑子我肯定能弄懂，可惜我没有。”

“你有在学吗？”伊曼问。

汤姆笑了起来，“没，从来都没有。你呢？”

“没怎么学。不过有一件事我确实学会了，关掉你的防火墙。”

汤姆照做了，心中充满了好奇。

伊曼眼中闪过一丝捉弄的笑意。她肯定是激活了思维界面，因为一行字从汤姆的眼前闪了过去：**数据流收到：惊人魅力程序启动**。

“嘿，别发维克的程序！”汤姆叫道，伊曼笑了起来。汤姆想要激活自己的思维界面，把病毒再发回去，伊曼咯吱起了他，但这么做也无济于事。最后，他终于成功地将惊人魅力发射给了伊曼，两个人都紧张地笑着，不知道病毒会有什么效果。

焦急等待。

“我没觉得我现在有惊人的魅力。”汤姆说，“我有吗？”

伊曼咯咯地笑着摇了摇头，“我呢？”

“有啊。”说着，汤姆笑了笑，并用手拨开伊曼脸颊上的头发。

伊曼在他的胳膊上打了一拳，“骗人。看来你得去告诉维克，他的程序是个哑弹。”伊曼拉着他的手向前走去。汤姆就这么跟了上去，伊曼的头发随风飘舞。“还饿吗？找个地方吃东西吧。”

“我以为你没心情吃呢。”

“为了你，我可以找个地方吃点东西。你请客，是吧？”

汤姆笑了起来，“你可真是高尚而又富有牺牲精神啊。谢谢你，伊曼。”

看着伊曼的笑脸，汤姆感到极大的满足，就好像自己真说了什么具有惊人魅力的话一样。直到来到餐厅面对面坐在餐桌前之后，汤姆才意识到，不管他说什么，伊曼都会觉得非常有趣。

也许他确实变得具有惊人的魅力了。尽管他觉得自己并没有什么变化，但伊曼似乎一下子变得自在了起来。伊曼告诉汤姆，这个程序让她感觉自己呆萌呆萌的，但汤姆一点也没觉得自己有多萌。

“我是男的。男人是不会萌的。”汤姆说，“我们只会说笑打趣而已。”

“再试试那个程序。”

“好，不过我要是也变得呆萌呆萌的了，你可不能告诉别人。”汤姆又在自己身上用了一次程序。他们等啊等啊，但他一点变化也没有感觉到。他又试了第三遍，接着是第四遍，忽然，那种感觉来了。

一种傻傻的感觉笼罩全身。食物端上来后，那种感觉变得更加明显了。伊曼嘬了一口苏打水，汤姆看着她的动作。他没有感觉到呆，相反，一种以前从未有过的专注感占据了他的内心。伊曼似乎……看起来非常……迷人。他的目光简直无法从伊曼身上移开。

“你的眼睛美极了。”汤姆说，“简直就像埃及艳后。”

“看来是我妆画得太浓了。”

伊曼贪婪地咬了一口手中的汉堡。这个动作汤姆也喜欢。

狼吞虎咽完，汤姆漫不经心地将钞票扔在桌上，然后挽住了伊曼的腰，尽管这顿饭对他来说非常之贵。伊曼并没有将他推开，两个人朝街上走去。惬意的感觉充斥了汤姆的全身，整个世界似乎都变得不一样了，似乎罩上了一层温暖的光晕，一切被赋予了一种不同的意义，一种不同的深刻感。汤姆抬头看了看街边的树木，看了看路灯，又看了看自己挽着的姑娘，希望自己能够记住这种感觉，并在需要的时候回味——整个世界应该就是这种感觉。他希望自己一直都能有这种感觉。

他现在什么都不担心，一点儿也不担心。什么机器里的另一个幽灵，什么文格洛夫，什么死掉的公司高管，什么都不用担心。

为了不让这种感觉消退，汤姆又在自己身上用了两次那个程序，伊曼也又用了一次。再一次看到倒影池时，汤姆有了个想法，“我们应该下去。你和我。”

“被逮捕了怎么办？”

汤姆笑了起来，“那就假装我在追你，而你为了逃命跑到了水里，因为我不会游泳。”

“那水一点也不深。”

“我知道。告诉警察，这就是你的逃命计划没有成功的原因。”

“啊，这样被逮捕的就是你了，我会没事。你可真高尚。”

“我一直在这么告诉别人，可是没人信啊。”汤姆承认道。两个人脱掉鞋，走进水中，街灯在水面上投下他们的倒影。汤姆的胆子越来越大，他一把搂住伊曼温热的后颈，将自己的嘴贴在了伊曼的唇上。脚下，林肯纪念堂大理石柱的倒影在水中摇曳。一个警卫在冲着他们大叫，两个人奔上台阶，抓起鞋子，打着赤脚，大笑着跑远了。

一起乘上地铁后，伊曼的脸颊还是红红的，她的眼睛也还在放光。汤姆有种奇怪的感觉，感觉自信心爆棚，就好像自己真的具有了惊人的魅力。他一把将伊曼拉到身旁，两个人的嘴唇紧贴在了一起。他的手臂环绕着伊曼的身体，一股暖暖的占有感穿透了他的全身。

和美杜莎有关的一切都太复杂了。但同伊曼在一起的感觉很简单，很轻松。伊曼又不在世界的另一端，她就在身旁，就在这儿。汤姆又亲了伊曼一下，尽管身处车厢拥挤的人群之中，但两人都毫不介意。

第十三章

维克不在宿舍，于是汤姆去找了华耶。他一屁股坐在华耶的床尾，华耶从书本上抬起头，一脸疑惑。

“眉毛诱惑法管用了。”汤姆咕哝道，伸手做出胜利的V字手势，“我成功了，伊曼让我进了她的宿舍，过去几个小时我都在那儿。”

“你这是什么毛病？”华耶问。

“我现在有惊人的魅力。”

“一点都没有，你看上去好像中风了一样。”

汤姆迷惑地摸了摸脸，两侧都还能动。也许她那么说只是因为还在生自己的气。“你为什么那么生我的气？”

“我没有。”华耶说。

华耶的眼睛变成了四只。汤姆不知道为什么自己会看到重影。他赶紧集中精神，对好眼睛的焦点。

“你说我只是利用你编程。”汤姆说，“那不是事实。你知道那不是真的。你三个月没和我说话，而且绝对是一个程序都没有给过我，但我还是在你身边，因为我们是朋友。朋友就该这样。所以，我？是朋友。”

“我只能听懂不到一半，你说话怎么含混不清？”

“程序，史上最伟大的。”

“什么程序？”

汤姆伸手去摸前臂键盘，然后又想起自己并没有带。他想不起怎么用思维界面来通过网信转发文件，于是只得双手一摊，说：“维克的。”

“哦，不。”华耶从床下的抽屉里拿出一个东西，“我要扫描一下你的处理器，看看到底是什么情况。”

“我要和你说话呢。”说着，汤姆伸手按住华耶的肩膀，让她也坐了下来。

华耶推开汤姆的手，“边扫描边说。”她抓住汤姆，将汤姆的脑袋摆正，然后将神经导线插入了他的端口。

“啊……”过了好几秒钟，汤姆才叫了一声，因为华耶刚才拽了他的头发。他已经想不起来自己之前想要说什么了。他看了看华耶，华耶的眼睛又变成四只了，但那严肃的表情还是清晰可见。汤姆心头一紧，他不喜欢华耶生他的气。这让他感觉非常孤独，也非常悲伤。

华耶看着连接在神经导线另一端的显示屏，手指飞速敲打着前臂键盘，“‘惊人魅力’……那程序叫这个名字？”

“我亲了你，真的很对不起。”汤姆说，他忽然想到了描述这一事实的正确说法，“我性骚扰了你。”

“肯定就是‘惊人魅力’。一听就是维克的风格。他最好现在就过来把你抬回宿舍去。”华耶从前臂键盘的上方严肃地看着汤姆，眉毛都拧成了一团，“汤姆，你这种状态不能驾驶重型机器。”

汤姆傻傻地笑了起来，“嗯，那我把我的重型机器都收起来。拖拉机啊、卡车啊。”

华耶打量着汤姆，“估计到明天这一切你就都不记得了。”

“我不知道……”

华耶一把抓住汤姆的肩膀，将自己的嘴唇贴在了汤姆的嘴唇上。汤姆的脑子有些慢，过了好久才反应过来，华耶正在亲他。等到他笨手笨脚地想要搂住华耶的时候，华耶已经退后闪开了，上下打量着汤姆。

“不一样。”华耶低声说，“没有上次的感觉。”

“这是什么情况？”汤姆感觉自己好像错过了什么事情。

“抱歉，汤姆。”华耶低着头，“我占了你的便宜，这么做不对，这种事不会再发生了。”

“我不明白。”汤姆说。

“就是……”华耶深吸了一口气，好像是要完成什么艰巨的任务。她盯着汤姆的眼睛说，“以前我经常会想到你，汤姆，尤其是在还是下级生的时候。但去年有一次，我知道你对我并没有感觉。从来都没有。第一次听说美杜莎的事，我就知道我一点机会也没有，真的。”

汤姆揉了揉脸，“华耶，你说什么？”

“我现在和尤里在一起了，这真的很不错。”华耶说，“我终于感觉安稳了，不再担心这担心那。我一直觉得自己配不上他。某种程度上而言，在你身边要容易得多，因为我们都是……都是不完美的。你知道我是什么样的人，而且对此并不介意。我觉得，尤里眼中的我比真实的我要完美得多，而我永远也达不到那种程度。总有一天，他会知道真正的我是什么样子，到时候他一定会失望的。”

汤姆的脑子乱成了一锅粥。华耶语速太快，他压根儿没跟上，“哈？”

“尽管经过了这么多事，但我心里仍然不时会冒出这样的念头：如果当初对你说过什么，哪怕只有一次，情况会不会变得更好……比如那天在史密森学会外。以前我心里总是会冒出各种‘假如’的情景，但最近没有了。直到你亲我的时候，那些念头、那些怀疑才又都冒了出来。”她别过头，声音里充满了疑惑，“不过都已经过去了，我知道自己想要什么，我想要的是尤里。”

汤姆完全糊涂了，“这样好吗？”

“好，非常好，好极了。”华耶忽然搂住了汤姆，“谢谢，汤姆。真的谢谢你。”

汤姆疑惑地看着华耶紧贴在他胸口的脸颊，感觉自己似乎是做了一件好事，尽管他并不清楚自己到底做了什么。他拍了拍华耶的后背，“很好，华耶，很好。”

华耶后退了一步，摸了摸汤姆的脸颊，“你已经完全喝醉了，汤姆。维克的程序就是这个作用。我让他来帮你。我们马上就会让你清醒过来的。”

“清什么？”汤姆迷惑极了。他坐在床下，看着华耶撤销那个程序。他还不太明白究竟发生了什么，但他有种感觉，他们刚刚和好了，“我们又是好朋友？”

华耶笑着对他说：“我们是最好的朋友。”

汤姆虽然很迷惑，但感觉很高兴。他竖起了拇指，然后就人事不省了。

他只模模糊糊地听到维克进屋的声音，以及华耶对维克说：“……你的蠢程序！”

“好，好。我带他溜回我们学院。”这是维克的声音。脚步声越来越近，“哦，天啊，真不是开玩笑，他已经失去意识了。”

“我是叫不醒他了。”

“我把他侧过来，万一想吐，窒息了就不好了。啊，你说吐出来的话他会不会觉得好点？或者喝点水？”

“他什么都没喝，不可能通过呕吐把什么东西排出体外。他也不会脱水，所以喝水对他什么作用也没有。我在撤销这个程序，但是等他的

GABA[①] 和多巴胺水平回到正常水平还要很长时间。看你干的好事。”

“嘿，我告诉过他只用一次，最多两次。我可没让他滥用到昏迷。”

有只手在拍汤姆的脸，还拍个不停。真烦，汤姆挥手把它推开。

“好啦，他有点意识了。”维克的声音有点紧张，“啊，不要这样子看我嘛。得了吧，恶妇！又不是我把他钉在墙上然后一遍又一遍在他身上用程序的。汤姆显然是高估自己了。你又不是不知道，他这人就这样。”

字符不断从汤姆闭着的眼睛前闪过。他想要抱怨，但根本张不开嘴，恼人的字符不断地从他那糨糊一般的脑子里闪过。

维克叹了口气，“呃，从好的方面来说，汤姆肯定非常喜欢我的程序。”

华耶的声音里充满了讽刺，“你可真是他的好朋友。”

“我确实是啊。非常好的朋友。关键词是‘朋友’，不是‘老爹’。汤姆已经是个大人了，可以自己做决定。他经常自己做决定，比方说，如何单枪匹马地终结了那个忠诚度测试。”

一阵安静后——“热辣小维。”

“你不能这么叫，恶妇！”

“我是在关闭监控。听着，你不觉得这很奇怪吗，我是说他在那个测试里的表现？”

“什么？你是说单打独斗吗？他在实景里经常那样啊。”

“不是，我的意思是……”华耶的声音低了下去，“他把那些人都打死了。那不是汤姆的风格。他不会就那样杀人的。他肯定事先就知道那是个实景。”

“确实挺怪的，可是我们问过他呀。他说他不知道。如果知道的话，他肯定会告诉我们的。”

---

① 伽马氨基丁酸，哺乳动物中枢神经系统抑制性递质。当人体内 GABA 缺乏时，会产生焦虑、不安、疲倦、忧虑等情绪。

“不，他不会的。”

维克笑了起来，“那可是汤姆。如果他事先就想明白了，而我没有，他肯定会当面笑话死我的。我也会这么做。我们俩就是这样。”

“说得好像他对我们知无不言一样。还记得美杜莎吗？”

“好吧，就算汤姆没有告诉我们他曾同美杜莎搅在一起——两次——但那并不等于说……”

“三次。他们又联系上了。就最近。”

“什么？我告诉过他——”

“离美杜莎远远儿的？”

维克的声音里充满了愤怒，“他说他会的。”

“他撒谎，维克。他经常撒谎。很显然你并没有注意到。每次你问他赌场之类的事情的时候，他都骗你说他小时候过得很开心——”华耶停了下来，“我忽然意识到，我比你更了解他。”

维克笑了出来，“不，不可能，你开玩笑吧？”

“我说真的，我确实比你更了解他。”

“汤姆的一切我都了解。得了吧，赌场的事都是真的。他教过我怎样算牌。每种牌戏他都懂。而且，我还碰到过他——”

“不是赌场那部分，那部分是真的。我是说……嗯，你不会懂的。我看过普查器录像里他的记忆……他就像是两个人。一个是他表现出的样子，一个是他真正的样子。如果你知道我知道的那些，肯定不会给他那个程序的。”

维克坐在地上，好像备受打击一样。他叹了口气，“好吧，我不知道你说的是什么事，但我要告诉你几点。有些事情对不上，我注意到了，我又没瞎。比方说，他是怎么升级的？汤姆可是上了所有联盟企业黑名单的人，这我们都知道。他根本没可能升到高级。但他确实升上来了，成了高级生。忽然间，他就升级了。这是怎么一回事？他从来都没解释过。这一点儿也说不通。”

“有些事情我也觉得很奇怪。”华耶忽然急切地插嘴道，“汤姆是如何阻断贝灵格俱乐部那些人的电话的？我知道那已经是很久之前的事了，但我一直都想不明白。”

“电话？”

“汤姆把他们都困在里面，所有人在里面待了一夜。除非他故意阻断了那些人的电话，否则他们怎么可能不打电话求助？可他是怎么做到的？我能想到的唯一方式就是阻断卫星通信，但那也不可能。”

“汤姆曾经提到过一次卫星的事……”维克的声音低了下去，“呃，算了吧。我也没听明白他说的是什么。可你也知道，说到汤姆撒谎，被困在南极洲的荒野那么久到底是怎么一回事，他也从没告诉过我们。我就觉得奇怪，为什么他对我们撒了这么久的谎？什么找洗手间走错了，都是扯淡。他没告诉我们是文格洛夫把他弄出去的。为什么不告诉我们？”

华耶的声音压得非常低，“还记得在黑曜石集团的时候吗？他怎么知道警报就要响了？他知道约瑟夫·文格洛夫发现了我们。他警告我们，还特别说明是约瑟夫·文格洛夫知道了，几分钟后，约瑟夫·文格洛夫就通过内部通信系统对我们喊起了话。汤姆知道是文格洛夫在亲自处理，这怎么可能？”

维克打了个响指，“说起这个，还记得美杜莎的飞船出现在军火库的时候吗？汤姆没和我们在一起，他在外面，记得吗？”

华耶倒吸了一口凉气，“说得对，他确实在外面。军火库烧起来的时候，你抓着我，而我们找不到他，接着他就忽然跑进来帮助我们了——他从外面跑了进来。”

“我看到他的表情了，美杜莎出现的时候他和我们一样吃惊，所以他并不是出去等美杜莎来救我们……如果不是出去等美杜莎，那他出去做什么？”

“我不知道。既然知道自己出去肯定会冻死，那么为什么还要出去？”

维克笑了起来，“恩斯洛，你也不了解他。我们都不了解。一点也不。他肯定还过着某种隐秘生活。”他摇了摇汤姆的肩膀，“你是中情局的吗，汤姆？”

“我们应该去和尤里谈谈，他肯定也察觉到了异样。”

“我们以前怎么没有互相说过这些事？”

“你叫我‘男人手’，还在我宿舍里弄了些奇怪的模板。这可不是适合谈话的好环境。”

“首先，‘男人手’已经是很多年前的事了。自从十五岁后我就没那么叫过你……再说，你也不能当真嘛。我有三个姐姐呢。阿斯旺家的人从小就学会了一件事：不嘲笑别人就只有被嘲笑的份。我嘲笑别人，但都是出于爱。汤姆就明白，你也应该明白的。”

“你就不嘲笑尤里。”

“机器人比较麻烦。我该拿他的什么开玩笑呢？轮廓分明的外形还是八块腹肌？还是他十一岁就爬上了安纳布尔纳峰？不，不管用的。你男朋友是正常人里最接近超人的了，没什么好嘲笑的。”

“那么……那么你觉得我们应该拿汤姆的事怎么办？”

“不省人事的事还是有隐秘生活的事？”

“后者。直接问他他肯定又会撒谎。”

“肯定有办法解释的，恩斯洛。我们应该调查一下。”

“调查汤姆？”

“不行吗？”维克“嗖”地一下站了起来，“我也不清楚该从哪儿下手，不过……”

“我知道。之前他告诉我，他有办法既能联系到美杜莎又不会被发现，但他不告诉我具体是什么办法。一开始我觉得他是在骗人，后来我又想了想，之前他联系美杜莎的时候确实好长时间都没有人发现。他很确信自己不会被抓住。不知道是什么原因。”

“也许确实有原因。”

“也许吧。”

一阵安静后，维克说：“你知道他现在可能听得到我们在说什么吧？就算他的海马体罢工了，神经处理器也还在工作啊。等他醒来后，我们说了什么他肯定都会知道的。是不是啊，蠢头？”他伸手戳了戳汤姆。

“那我就把这段时间从他的处理器里清除掉。”华耶在键盘上忙了起来。

“等一下，恶妇，你真要……”

第十四章

“起床啦，蠢头博士。”

汤姆睁开眼睛，发觉自己已经回到了宿舍，维克正俯身看着他。他的内计时器告诉他，现在是 6 时 45 分。维克正在轻轻地摇他。

“嗯，我就知道你到时间肯定醒不来。不想再增加处罚时间就赶紧起来吧。”

汤姆迷迷糊糊地坐了起来，感觉非常难受，“维克？”

维克摇了摇头，“昨晚你没听我的话是吧？我说了，只能用一次，最多两次，中间还要间隔时间，而且只能是在第一次没有起作用的情况下。我可没说能用九次，更别提十次了，而你用了十一次。汤姆，十一次！华耶是这么告诉我的，你是疯子吗？”

“只是个蠢货而已。”汤姆说，他的脑子还木木的，嘴里也感觉很干。最让他感觉困扰的是，摇摇晃晃进入华耶宿舍之后的事情他都不记得了。就连神经处理器也无法调出那段时间的记忆。

“我怎么回来的？”汤姆看了看自己的宿舍，“出什么事了？”

“你昏倒在了华耶的宿舍里，人事不省。我好不容易才把你偷偷弄了回来，然后还付了克林特二十块钱，才让他闭嘴。顺便说一句，你欠我二十。”

汤姆继续浏览着其他记忆——傻笑的伊曼、走入倒影池、接吻，以及所有一切都在他们周围熠熠生辉的样子。汤姆反复查看那段记忆，真奇怪，一个程序居然会让那一晚变得如此神奇。

一切似乎都变得简单了。所有的尴尬都消失了，取而代之的是这种神奇的感觉，而且他当时真的觉得，自己真是极富魅力。

“那个程序真是神了，维克。”汤姆咕哝道。尽管全身的关节都在疼，但他还是想一直处在那种感觉里，那种好像发现了真理，就连自己以前想都没想过的问题也统统知晓答案的感觉。“真的，伙计，太谢谢了。你让一切都变得简单了。我们一起度过的时光非常美好。”

维克看了他一眼，“呃，好吧，你可别上瘾了。下一次，你就得靠自己的惊人魅力来搞定了，不然你永远也学不会如何在她面前表现。”

“我可没有什么惊人魅力，伙计，所以只能靠你了。我大概……嗯，用了五次就感觉到了，所以下次我保证一定不会超过五次。”

“不行，博士！不能滥用酒精模拟器。”

汤姆的笑容消失了，他感觉胃里一沉，“那是酒精模拟器？”

“你以为呢？”

汤姆忽然感觉想吐，真的想吐。

“你看起来糟透了。”维克开心地拍了拍他的后背，“一个好消息一个坏消息。坏消息是，这种感觉大概会持续一整天。”

“好消息呢？”

“好消息是，在你忍受这一整天痛苦的时候，我可以嘲笑你不听老人言。”说完，维克就离开了，只留下汤姆一个人呆坐在床上。

整整一天，汤姆都过得索然无味，连周围的颜色似乎都变得没有那么鲜明了。就连洗完澡的克林特咕哝什么汤姆晕倒了需要“被他的男朋友抬进来”，也只是让汤姆半心半意地威胁说要伤害克林特的肉体。

汤姆的内心深处一直都存在着对父亲的怨恨，怨恨尼尔总是喝酒，怨恨尼尔总是控制不住自己。站在淋浴喷头那持续不断的水流下，他又想到了尼尔。对于尼尔来说，这个世界的每一扇门都是关闭的，什么都不能指望，只有不公在等着他。一个大男人，只能带着一个自己可能从来都不想要而且几乎永远都不知道该怎样抚养的孩子，而那个孩子极有可能最后只落得和他一样的下场。

汤姆有生以来第一次认识到，有些东西的诱惑可以抹去所有怀疑、所有不安，可以让人以为自己拥有并不存在的权利和自信。他终于明白为什么尼尔会酒不离手，天天如此了。

而最后一次见到尼尔的时候，汤姆把自己全部的鄙视和怨恨都发泄了出来。尽管他这么做是为了尼尔好，但那种感觉是真实的。不管接下来会怎么样，该说的不该说的都已经说了，覆水难收。

程序的正面功效只是暂时的。醒来时，汤姆的脑子里充满了对伊曼·阿塔尔的迷恋，可是早上两个人刚一见面汤姆就意识到，没有维克的程序，所有吸引他们在一起的魔力都已不复存在。

就连之前那种“比和美杜莎在一起要容易多了”的令人陶醉的感觉不知为何也消失了。忽然间，接近伊曼变成了一件很尴尬的事。汤姆和朋友们坐在一起，伊曼也和她的朋友们坐在一起，尽管现在午餐时间已经不要求固定座位，他们想怎么坐都可以。

汤姆看到伊曼在前臂键盘上敲了几下，一条信息闪现在汤姆的眼前。

我很担心你对我有错误的想法。

汤姆抬了抬眉毛，透过人群疑惑地看着伊曼，“什么意思？”他用唇语问。

我觉得我们进展太快了。

汤姆感觉有些糊涂，他回复道：我们可以慢下来呀，只要你愿意。

伊曼皱了皱眉，我不觉得这是个好主意，我们俩可能不合适。

汤姆有些吃惊。伊曼要把他给甩了？这么快？这是怎么回事？不过汤姆还是决定不要表现得太过。好，那就让我们都忘了吧。

伊曼的脸上闪过一丝受伤的神色。她扭过头，对詹妮弗·阮说了句什么。詹妮弗抚摸着伊曼的后背，狠狠地瞪了汤姆一眼，就好像被甩的是伊曼不是汤姆一样。

汤姆摇了摇头，他真是搞不懂姑娘们。于是，他又专心去看朋友们正在干什么。华耶正忙着向尤里介绍自己最近几周和艾琳·弗雷恩一起做的工作。这位国安局特工几乎每天都在五角尖塔待到很晚。她在依靠华耶的帮助来追踪机器里的幽灵。

“她觉得幽灵受过军事训练。尖塔的服务器是国内最强的服务器，所以她决定从这里入手来追踪。”华耶对他们说，“而她需要我来帮她熟悉这里的服务器。”华耶正因为能给某人帮上忙而兴奋不已，“弗雷恩女士昨天跟我说：‘你非常聪明，华耶。’”

尤里眨了下眼，然后笑着说：“你确实非常聪明，华耶。”

汤姆和维克交换了一下目光。

“怎么啦？”华耶注意到了他们的反应。

维克叹了口气，用胳膊肘支着桌子说：“我得告诉你一件事，恩斯洛，外面的天是蓝的。”

“华耶，你得清楚——”汤姆指了指桌子，“这个叫桌子。”

维克拿起叉子，“我手里拿的这个叫叉子。”

“维克在用叉子吃东西。”汤姆解释道，维克用叉子叉了一块食物放进了嘴里。汤姆装出一副看到某人用叉子吃东西很吃惊的样子。

“这么做可不好。”尤里责备道。

“没事，尤里。我知道。”华耶的脸有些泛红，但她明白他们的意思：弗雷恩说华耶“聪明”只是在指出一件显而易见的事情而已。“只不过听上去挺舒服的，仅此而已。尤其是在……”她在指间飞快地转着盐瓶，“我知道布莱克伯恩中尉现在已经不管软件维护了，我们也不能一起工作。我开始觉得，他应该再也不会信任我了——我是说发生了那些事之后。”

所有人都安静了下来，华耶根本不需要指明到底是什么事。她去掉了干扰尤里大脑的软件，然后又向布莱克伯恩撒了谎。这可不是他们俩之间那脆弱的信任第一次被破坏。

“不过我不在乎。”华耶顿了顿，咬了咬牙，“该教的他都已经教我了，现在我可以帮弗雷恩女士。”

“我怎么从来都没见过这个女人？”维克问。

汤姆难以置信地看了看他，“你瞎了吗？她可是天天都在的，伙计。”

“因为她用了隐身模式。”华耶说。

“哈？”汤姆和维克同时问。

“隐身模式。”华耶解释道，“你们知道我们在成为中级生前尖塔里的有些部分是看不到的吧？”

“我现在都能看到了。”尤里开心地说，接着他又有些怀疑地补充了一句，“是都看到了吧？”

汤姆耸了耸肩。根据他的理解，他们现在都能看到了。

“我的意思是，马什将军说过，有些敏感人物在我们的处理器中被屏蔽了，还记得吗？”

“我就能看到弗雷恩。”汤姆说。

“那当然了，她早就知道你了嘛。你们俩之前就有过交往。她之前给过授权，所以你能看到她——也许后来一直没有抽出时间来取消授权吧。”

“这里还有其他我们看不到的人吗？”尤里在华耶耳边小声问。

“没了，据我所知没有了。只有她。”华耶说，“我觉得是。”

汤姆决定晚上侵入监控系统里看看，确认一下。

“这里有个隐形的女人在走来走去。”维克缓缓地说，好像是在努力理解这个概念，“她为什么要这么做啊？感觉好诡异。”

“她不想候补军官烦她。”华耶说。

维克“当”的一声放下叉子，“我觉得不是这样。知道她为什么要这么用隐身模式走来走去吗？我敢打赌，她是想看我们的裸体。”

“你真这么想？”汤姆好奇地问。

“不可能！”华耶叫道，“她不是那样的人。”

“她不是为了某项任务而隐身的。”维克说，“她也没用可能会被发现的光学迷彩。她想要完全隐身——更重要的是，对我们隐身。知道为什么吗？因为她想看到某些候补军官的裸体。嗯，等着瞧吧。我会让她如愿以偿的。只要她受得了，多少裸体小天竺都有得看。”

“千万别。”华耶说，“她只是个需要赚钱养家的普通人而已。你不该这么对她。”

维克想了想，“我依稀觉得受到了侮辱。”

“你想用隐身模式去看别人的裸体并不代表其他人也会这么做。”华耶说。

“我就会。”汤姆塞着满嘴的食物说。

华耶皱了皱眉，“你和汤姆会这么做并不代表其他人也会这样。”

三个人齐刷刷地看着尤里。

“我要保持中立。”尤里宣布道，所有人脸上都是一副失望的表情。

“那说说美腿吧……”维克说。尤里皱了皱眉，在桌子下踢了他一脚。

汤姆下意识地扫视着食堂，心里想的还是弗雷恩——她正利用尖塔的服务器搜索幽灵。那个使用幽灵之名行动的家伙肯定会给他带来越来越多的麻烦，除非针对高管们的杀戮已经完结。但这可能吗？

第二天一早，汤姆就发现杀戮仍在继续。卓越通信的首席执行官被自己公司的机械警卫杀死在了办公室里。莱克辛肯移动的主要股东英格瓦·哈蒂也在自己的私人机械警卫面前遭遇了同样的命运。联盟内高管被灭的企业已经达到了十家。

一时间谣言四起。不管到哪儿，汤姆都会听到人们在议论，为什么黑曜石集团和LM莱默舰队公司的高管没有被杀。大家都觉得，每起谋杀都和这两家公司有关。

就在这时，惊人的消息泄露了出来：有人在网上贴满了证据，证明黑曜石集团和LM莱默舰队公司都在约瑟夫·文格洛夫的控制之下。

消息爆出来那天，汤姆看了看食堂另一头的布莱克伯恩。前一年的欢迎会上，汤姆就从黑曜石集团的服务器获知了这一消息。自从那次拜访之后，布莱克伯恩就知道了这个情况。现在，消息泄露了。

布莱克伯恩正和其他军人站在一起，看着电视上参议院激烈的辩论。汤姆看得出，他那布满疤痕的脸上带着一丝冷冷的满足。黑曜石集团赞助的政客正和其他联盟企业赞助的政客吵得不可开交，因为其他公司的高管已经对约瑟夫·文格洛夫有了意见——文格洛夫手下的各位高管一个遭到袭击的都没有，发动袭击的又是他们公司的机器，而且他们直到如今才发现，文格洛夫向他们隐瞒了自己和敌方公司的联系。

系列暗杀行动破坏了黑曜石集团的声誉，而且用一种残酷而高效的方式达成了其他方式都无法达成的目的：新处理器的测试被取消了。大批带有质朴级处理器的下级生被遣送出了尖塔。

汤姆追上了刚刚被护送出尖塔的泽恩。那小子穿着平民服饰，一副怅然若失的表情。

“泽恩！”

泽恩看了看他，一脸疑惑。汤姆知道，肯定是受到了不小的外部压力，质朴级处理器的推广计划才被强制暂停了。约瑟夫·文格洛夫遗憾地撤回了对汤姆的赞助，因为黑曜石集团现在面临大量的诉讼，无暇顾及讨好公众。

知道纳米机器的命运终结，汤姆打心底里松了一口气。随着黑曜石集团声誉的破灭，其他公司对由约瑟夫·文格洛夫来控制几十亿人变得不放心起来。汤姆对此深感欣慰。

但自己下级生的命运却让他感觉非常难受。

“等一下。”汤姆看着泽恩，不理会护送泽恩的士兵那不耐烦的表情，“别往心里去，好吗？不管到哪儿你都会成功的。”

泽恩看了看他，“你是谁？”

“什么？”

“我不太清楚你是谁，我们认识吗？”

“你不知道我是谁？”

“你是战斗员？”

“我是……”汤姆停了下来，叹了口气。解释自己是帮他训练的人一点意义都没有。很显然，泽恩已经失去了所有在尖塔中的记忆。汤姆摇了摇头，“没事。”

说完，他后退了几步，看着自己最后的下级生离开了五角尖塔。

第十五章

马什将军管事时，高级生都在战役实景中进行训练，很少真正连接到太空中的飞船上。比起马什将军来，马兹洛将军更急于培养上战场的军人，并且觉得没有凭一己之力改变战争的进程全是自己的责任。因此，高级生们开始使用真正的飞船进行训练。

汤姆喜欢在太空中控制无人机。有时候，他会忘记自己只是在几百万英里外的地方控制电子系统，大脑连接着飞船的传感器，而不是真的在飞船上。他们绕着巨大的蓝色星球海王星飞行，练习了级联编队。接着，他们又试了试如何在炽区利用太阳的引力进行加速，同时躲避太阳耀斑。之后，他们还会通过精细的操作穿过普罗米修斯阵列——就是那些在近日轨道上绕着太阳运行的太阳能电池板，它们可以将太阳能传送到远离地球的飞船上。

靠近水星与太阳间的区域时，刺目的阳光似乎总是要把他们都包裹起来。这天，在靠近太阳时，他们遇到了不属于己方的普罗米修斯阵列，全都是等待激活的敌方装备。

华耶试了试，想要侵入阵列重新编程一下，只让阵列接受海洋同盟的命令。但不一会儿，五角大楼就传来了命令：别管重编程了，直接摧毁。

搞破坏的感觉非常爽。平常练习时，他们很少有机会给敌方造成实在的损失。

虚拟实景根本没法跟实际操控飞船相比。汤姆喜欢在小行星间穿梭飞行。地球轨道上有很多被地球重力捕获的特洛伊小行星，很容易接近。高级生有时候会捕捉小行星玩儿。他们会分成几个编队，用导弹把小石头推来推去。哪一队的阵线先被其他队用石头突破，那一队就输了。

通常情况下，每次训练每个人只能发射三枚导弹，有时候还更少，这取决于当日训练的赞助经费有多少。汤姆发明了一种不用导弹就能操纵小行星的方法——把飞船开到距离小行星非常近的地方，然后用引擎的尾气推动。有些人想要学他的方法，但在莱拉·马丁不小心毁掉了自己的飞船后，这种玩法就被禁止了。飞船太贵了，伤不起。

十一月的一天，高级生们又在练习级联编队，通过互相加速飞向目标。这次的目标是克鲁特尼 3753，一颗被称作“地球的第二月亮”的小行星。它位于中立区边缘，经常被用于装卸需要穿过防区的货物，防区里是可以自由开火的。战争的早期，在确认东亚联合体不会放弃真正的战略高地——月球后，合众国就宣布了对克鲁特尼的占有权。

他们先按平常那样组成级联编队，排成一列，用彼此的能量来提高最前端飞船的动量。不过今天发生了一件奇怪的事。他们到达了目的地所在的位置，克鲁特尼 3753 却不在那里。

汤姆检查了好几遍传感器。每次在数学或科学上遇到让他迷惑的事他都会采取同样的解决办法：通过思维界面向华耶求助。我们是不是把坐标弄错了？

没有。

华耶负责整个团队的运算工作，所有人都很信任她的判断力。

更多的念头通过思维交互中继器进入汤姆的脑袋。练习期间所有人都连接了中继器。

恩斯洛算错了。克林特想。

恶妇算错了？维克想。

我没算错！华耶生气地想。

那你看到克鲁特尼在哪儿了？克林特想。

我没看到，但我也没算错。

好啦，镇静、镇静。沃尔顿·考夫纳对她想，也许是设备故障。

这说不通，华耶对所有人想，有情况，出发前设备检查都没问题，坐标也没问题，轨道稳定的五公里宽的小行星是不可能凭空消失的。

汤姆觉得，整个状况有点太过离奇。他操纵飞船划过一条大大的弧线，想看看能不能在附近找到那颗本该存在的小行星。其他候补军官也采取了同样的策略，飞起了大圈。

克鲁特尼发现莱拉·马丁要来，吓跑了。成吉思汗学院的高级生希普利·卡曼斯基想。

过会儿有你好瞧的，卡曼斯基。莱拉想。

我也是，卡曼斯基。你就等着我过会儿收拾你吧！维克对他想。

啊，维克，这会儿我真有些喜欢你了。莱拉想。

啊，你是说你终于愿意……

别用思维界面想这些！

是，对不起。

顺便说一句，莱拉想，不行。

该死，又搞砸了。维克想。

与此同时，华耶的念头一直像背景噪声一样在思维交互中继器里响个不停：这说不通，有些不对，有些不对，非常不对……我先下了，得找人谈谈。

华耶的名字从团队中继器上消失了。她的消失让汤姆有种奇怪的感觉。他打了个激灵，扫描了一遍周围的太空，忽然感到一阵害怕。中继器里的其他念头消失了。其他人也察觉到了情况诡异。

距离地球这么近的地方，一颗五公里宽的小行星消失了。

他们已经在同一个地方待了很久，一条来自地球的命令都没有接到。通常，他们都要不断地改变移动轨迹，以防被传感器或卫星发现。今天，谁都没有那么做。

不一会儿，后果就来了。

汤姆的传感器首先发现了情况，他的心狂跳了起来。

来了！汤姆通过中继器想道，其他几个高级生同样的念头几乎同时传了过来。

大陆同盟的飞船如冰雹般迅速驶近，激光扫过太空，机动火炮也开火了。高级生们都还在练习全员应战，根本没有做好迎接真正敌人的准备。不一会儿，大部分飞船就都被摧毁了。

汤姆避开了火力最集中的地方，扫描敌方的飞船，想要找出自己熟悉的对手。不一会儿，他就锁定了美杜莎的飞船，那艘飞船一出场就三炮轰掉了三艘海洋同盟的飞船……

这时，美杜莎的火力减小了，飞船也减慢了速度。汤姆知道，她也注意到五公里宽的小行星消失了。一个接一个地，大陆同盟的飞船都停止了开火，少数没有反应过来的候补军官想趁机反击，但都被迅速干掉了。汤姆估计，他们应该也在等候己方的指示。

尽管不在同一间屋子，甚至分处地球的两端，在心理上的距离就更远了，但那种意识到某种奇怪的事情正在发生的冰冷而诡异的感觉还是笼罩了所有人。毕竟，他们都是生活在同一颗星球的人类——而现在，一颗巨大的小行星就在他们共同的家门口消失了。

忽然，华耶的思维出现在了中继器上。

他们发现小行星了，快下线。

汤姆拔出神经导线，在双螺旋内的床位上醒了过来。所有人都迅速爬起来。汤姆的心在狂跳，他和其他候补军官迅速朝华耶的方向跑去。他看到华耶正坐在床边，脸色铁青。

“他们在哪儿发现的？”维克问。不过看到华耶的脸色，所有人就差不多都明白了。

“在中立区。我们的卫星发现的。距离很近，肯定有什么东西把它射离了轨道，正在朝我们的方向飞。”

听到这话，所有人都沉默了。

五公里宽的小行星。

正在飞向地球。

汤姆慢慢理解着这句话的含义。这么大的小行星造成的损害肯定是物种大灭绝级的。人类的反小行星技术根本无法阻止离地球如此之近的小行星。这种情况本该提前十年、二十年就被预测到，好给他们足够的时间逐渐改变小行星的轨道。他们经常使用普罗米修斯阵列来进行这项工作，情况严重的时候，战斗员会亲自用核弹轰击小行星，改变它的轨道。不过，这种作业一般总是在距离地球很远的地方进行，从来都没有这么近过。

“什么意思？”克林特说，“我们该怎么办？”

“我们会死，克林特。”莱拉说，“这种级别的冲撞，我们是活不了的。”

“我们该怎么办？”汤姆问华耶，“命令怎么说？”

“没有命令。”华耶摇了摇头，“他们派战斗员去操纵轨道上的飞船了，但附近的轨道上没多少设备了。大陆同盟在动员防御，波尔雅防空部队正在起飞，东亚联合体人也正在启动月球上的普罗米修斯阵列，月球一准备好就立即着手轰炸。我就知道这么多。”

“还有多长时间？”维克轻声问。

华耶撇了撇嘴，“再过三十七分钟击中太平洋。”

三十七分钟！这几个字闪过汤姆的脑海。他还在消化这条消息。还有不到一个小时的时间，五公里宽的小行星就要击中地球了。

所有人都会死。

“我们就这么等着？”维克问。

华耶喘着气，汤姆呆坐着，看着华耶卷起袖子，在前臂键盘上输入了起来。

“你在干什么？”汤姆问。他觉得，华耶可能会有办法，神奇地拯救世界。

“我要告诉尤里，他应该知道。”华耶说，眼中充满了泪水，“我要让他上来，他得知道。”

汤姆感觉说不出来的怪。他艰难地咽着唾沫，就好像嗓子眼里塞着个拳头一样。真不敢相信会发生这种事，普普通通的一天这么快就发生了翻天覆地的变化。

他环顾四周，周围安静得可怕，安静得不像是真的。

不。

一个念头击碎了他的麻木感。

不对，华耶肯定错了，一定是这样。这不可能。不应该就这么结束，毫无预兆，毫无铺垫——经过几百万年的进化和几千年的科技进步，人类的历史就剩下三十七分钟了。还有像文格洛夫那样的坏人等着被打倒呢，还有那么多好人在为各自的生活奔走挣扎，而汤姆最不能接受的就是，人类的所有冲突焦虑都将在短短几分钟内被全部终结。生命不应该仅仅如此，世界也不应该仅仅如此。如果就要这么终结，那一切还有什么意思？

不，他躺回到床上，插上了神经导线。

没有人问他在干什么。维克和莱拉正抱在一起，华耶在床位上缩成一团，瑟瑟发抖，等着尤里。其他人也都吓得不轻。

汤姆的意识进入了尖塔的系统。

被他进入的摄像头里显示的画面很分裂——听说了目前形势的人要么在一起议论纷纷，疯狂地想要做点什么改变现状，要么就是意识到自己什么都做不了，忙着打可视电话。

他看到将军们在讨论对小行星实施核打击的可能性。

“总统需要明白，核弹在太空中的威力和在地上是不同的。”马兹洛将军在电话里说，“你需要大气层，而等到克鲁特尼进入大气层时就太迟了。知道我们的核弹库上有多少重保险吗？而且还得在射程内。”

系统内1和0闪烁个不停，汤姆在听马兹洛向其他人解释时机为什么不对：等到足够多的核弹升空时，他们已经死了半个多小时了。

时隔一年，在五角尖塔内的监控摄像头里再次看到马什将军时，汤姆终于感到了一丝真实。

接着，布莱克伯恩也走了进来。

“詹姆斯。”马什没有使用正式礼节，声音听起来很苍老，整个人看上去也很苍老。马什疲倦地笑了笑，“看来我们把担心的对象弄错了。”

布莱克伯恩也没有行礼，他把双手撑在桌子上，说：“我们在那个小行星上有那么多设备，居然没有一个提前报告小行星脱轨了？你知道这不是事故，不可能是。”

马什捏了捏鼻梁，“已经无所谓了。”

“他现在肯定正在某个避难所里逍遥……”

马什一下子站了起来，“我们还有几分钟时间。就这些，几分钟，我要给我女儿打个电话，告诉我的外孙我爱他。”

“可是……”

“够了！我知道这么长时间以来你都在干什么，中尉。”

这话让布莱克伯恩吃了一惊，“你知道？”

“我一直有这种感觉，现在你帮我确认了。我本可以告诉你我的想法，但我却让你自己去摸索。但现在都无所谓了。你没时间了。我们都没时间了。这是你人生的最后时刻。安下心来好好珍惜吧。看看你孩子的照片，给你母亲打个电话，做点更有意义的事。”

布莱克伯恩好半天都不知道该怎么回答。他下意识地摸着下巴上的疤，“没有其他事可做了，将军？”

“很遗憾，詹姆斯。”

马什那平静的表情将汤姆从麻木中拽了出来。看到马什和布莱克伯恩这么交代后事，他感觉不安极了。不，不行，不能就这么结束。他得让他们知道！他退出监控摄像头，穿过电缆，下定了决心。

不能让这种事发生，一定有什么解决办法。他有超能力，得好好利用。

一切都还没结束呢。

克鲁特尼是一块形状不规则的大石头。时不时地，灯光会扫过小行星表面上留下的设备建筑，这些设备建筑很陈旧，是小行星作为一个小站时的产物了，现在早已停用。

汤姆透过一颗卫星的电子眼观察，想到自己正在看可能会导致自己死亡——导致全人类灭亡的元凶，他就有一种奇怪的感觉。

小行星飞过时，他让卫星喷射出气流，改变了方向。就在这时，他看到了地球。

那感觉让他的整个大脑都震动了一下。

地球，明亮璀璨，充满生命，与周围的黑暗形成了鲜明的对比，而小行星正在直奔地球而去。汤姆从没意识到，环绕这颗星球的那层大气是多么脆弱。一旦小行星落下，整个海洋都将蒸发，大气燃烧，所有他所爱的人……

他所爱的人……

汤姆在轨道上的设备之间飞速穿梭，想找到什么可用的东西。克鲁特尼是突然脱离轨道的。他还有几分钟。他要把轨道上所有的东西抛过去。

他操纵着一排卫星冲了过去，卫星太小了，但他只找到了这些。卫星在小行星表面爆炸，小行星毫发无伤。显然，大陆同盟的军队也有同样的想法，月球刚从地球的另一边露出头，表面的全部普罗米修斯阵列就都朝克鲁特尼发射出了明亮的激光。汤姆透过另一颗卫星观察着，打心底里期望小行星会偏离轨道，哪怕只有一点点。又一颗核弹击中了小行星，太空中没有冲击波，但在星球表面引爆的力量应该可以推动它。爆炸产生的强光摧毁了附近所有卫星的摄像头，汤姆又花了几分钟时间才找到一颗能用的卫星，但他的心又沉了下去，小行星还在轨道上。

只有进入大气层，核武器的效果才会更加明显。

不一会儿，飞船飞了过来，海洋同盟和大陆同盟的都有。飞船沿着地球的曲线飞来，更多的火力射向小行星。持续的火力撕裂了小行星，大块的碎片被射向太空，但还不够，远远不够。

飞船射完了弹药，直接撞上小行星。汤姆看得出来，小行星的轨道改变了一些，不再直接对着地球，但是按照处理器的计算，还是会撞到地球上，大气层不可能把它都烧掉。

跳跃到另一颗卫星上时，汤姆遇到了她的意识。

美杜莎！

穿过一连串电子信号，他感觉到了美杜莎，就在那里，和他在一起。

忽然间，混合着焦虑与希望的感觉蒙蔽了他的双眼。他们都要死了，都要死了，而他不知道该如何避免。不过如果说有谁有办法的话，那就是美杜莎了。而美杜莎的反应似乎印证了汤姆的想法。

谢谢你的信任，我说真的。汤姆，我们还没完蛋呢。

我们该怎么办？汤姆问。

地球的表面有很多核弹，我接入了每个国家的导弹防御系统。没有哪个防火墙和安全措施能挡住我。只要进入大气层，我就能把这个小行星炸成碎片。

不会有用的，汤姆想，我听到了我们将军的谈话，美杜莎，他们的操纵速度不够快。

他们的操纵速度不够快，但我可以。我知道导弹在哪儿，我也能接入系统，瞄准目标，并让全世界的导弹近乎同时发射。我够快。我会把它炸成碎片，让它在大气层里烧掉。

我来帮忙！

告诉你导弹在哪儿怎么操作太费时间，你得相信我。对我来说这也是生死攸关。

汤姆知道，美杜莎与系统交互的经验比他多好几年。在他还不明所以的时候，美杜莎就已经把系统都研究遍了。她做得到。她相信她做得到。如果她这么认为，那么汤姆就应该相信她。

汤姆在心里飞快地估算着这么做的后果。系列高空核爆还是会造成几百万人的死亡，也许数十亿人。小碎片还是可能会撞到地面，还是会造成撞击区的人员伤亡——当然不会都死。不会都死。如果碎片够碎，就会被大气层烧掉，这样他们还有可能逃过灾难。

他们还是有可能会死，这取决于小行星的轨道。汤姆的大脑在飞转，耀兰，我……

汤姆，如果在你或我待的地方发生了撞击，我想让你知道，我不会因为你所做的事恨你。只有你曾经试图为了我做那种事，谢谢。

一股伤感忽然充满了汤姆的内心。真希望我们还有时间，真希望你能更近些。真希望我能握着你的手，是真人，而不是替身……

别说了，汤姆。

时机不对，我知道，我知道。

是啊，你越说越轻浮了。面对这个关键时刻，我们应该更严肃一些。很高兴能认识你。

我也非常高兴能认识你。汤姆感觉没那么惊恐了，他甚至感觉有些惬意。只能这样了。美杜莎退出了卫星。汤姆知道，自己已经没有什么可做的了。他拔出神经导线，站了起来，接下来的几分钟将决定一切，而他只能等待。

他神情恍惚地走了几步。尤里已经来了，正和华耶拥抱在一起。维克和莱拉已经不知道干什么去了。

“托马斯。”尤里说，“待在一起吧，我们三个。”

“嗯。”汤姆木然道。

三个人一起走上十四楼，这里，可以通过战斗员层的落地大窗户观看世界的末日。

不一会儿，维克也气喘吁吁地跑了过来。

“莱拉呢？”汤姆问。

“在给她父母打电话。我觉得我应该过来，还记得我们打的那个赌吗？”

汤姆想了起来，“你们俩……”

维克嘲弄地笑道：“我打败你啦。”

这个幸运的混蛋，“利用小行星撞击是作弊。”

“是莱拉主动的。”

面临世界末日的人总是会做出平时不会做的事，这也正常，“过几个小时付钱给你。”汤姆咕哝道。

“再过几个小时就都死绝了。”维克抱怨道。

“我就是这个意思。”

“你们俩都是坏人。”华耶说，接着她忽然想了起来，“我父母！”她急切地看了尤里一眼，尤里捏了捏她的肩膀，“我忘记给他们打电话了。”

“一说到‘坏人’你就想到你的父母了？”维克问。

“我打的时候没打通。”尤里说。

“我给父母打的时候也打不通。通信阻塞。”维克说，“这里的所有人都在给家里打电话，军人也是。莱拉还在试，不过我已经不抱什么希望了。”

想到尼尔，汤姆忽然猛地感觉有些恶心。就算可以，他也不会去打电话的。他爱尼尔，想要告诉尼尔，但是他不想让尼尔看到他脸上恐惧的表情。最好不要让父亲知道灾难即将来临。

一想到和父亲的最后一面是在激烈的争执中度过的，汤姆就觉得痛不欲生。

“既然我们马上就要死了。”尤里说，“那么我想知道一件事。”

所有人都看着他。

尤里用他的蓝眼珠认真地看着所有人，“是你们三个烧毁黑曜石集团、毁掉传输器的吗？你们是不是为我才那么做的？”

汤姆、维克和华耶看了看彼此，已经没什么说谎的必要了。

“嗯，是我们做的。”维克说。

尤里的目光模糊了，“你们为我甘冒生命危险。”他把华耶搂得更紧了，“我没让你们这么做过，但我也不能就这么简单地只说谢谢。真希望还有更多的时间来表达我的感激。”

“下辈子吧，伙计。”维克说。所有人都看着他，但维克只是耸了耸肩，“好吧，你们都知道了，我相信来生。一直都相信。这对我来说很合理——物质能量不灭，只是在相互转化，对不对？只是不知道以后地球上都没有生命了，我们还能转世成什么。”

“外星人？”华耶说。

维克轻笑了起来，“你不会相信有外星人吧。”

“当然有外星人了。这又不是宇宙的终结。宇宙中的其他地方没有进化出复杂生命的观点太可笑了。”华耶点了点头，好像是在说服自己，“就算我们都死了，我们的无线电波也会传到别的地方去，被别人收到，也许得经过几十年。或许几个世纪之后，有人会发现‘旅行者’系列探测器，知道我们曾经存在过。”说着，她低下了头，“我是这么希望的。宇宙中有八十八亿颗和地球类似的行星，真不敢相信我们一颗都没上去过。我们为什么没有努力发明超光速技术？我们全都待在一颗星球上，太短视了。现在所有人都得死在一起。”

维克伸了伸腿，“往好的方面想……”

“还有好的方面？”华耶问。

“事已至此，我也不怕被嘲笑了。告诉你吧，第一次来这儿时，我就对你一见钟情了。”

他这转移注意力的方法立刻就奏效了，华耶扭过头盯着他，“你说什么？”

“你说什么？”尤里也问。

“你老拿我开玩笑。你还叫我男人手！”华耶说。

“得了吧，你不知道那是我逗人的方法吗？”维克笑着说，“你太招人烦了，数学天才不说，还啥事儿都当真。你生气的样子让我想起一种……一种过度活跃的松鼠。哦，还有，尤里，别担心，伙计，我发誓不会把人生的最后几分钟花在追求你女朋友上的。”

“那样的话，我也把最后几分钟花在像揍汤姆一样揍你上。”

汤姆笑了起来。

“你说什么？”维克叫道，“你为什么揍汤姆？”

“我亲了华耶。”汤姆说。

“太尴尬了。”华耶笑着说。

“什么？为什么？怎么回事？”维克连珠炮似的发问。

“说来话长。”汤姆回答。他们现在没有时间长篇大论了。

维克大笑着拍了拍汤姆的后背，“叛徒！居然都没人告诉我。想想看我该有多少种方法来嘲笑你们两个啊，而现在还有几分钟我们就都要死了。为什么？天啊，为什么啊？这可真是天底下最不公平的事儿了。”

汤姆和华耶同时用胳膊肘戳了维克一下，维克哀鸣了起来。

“我不相信来生。”尤里忽然说，若有所思地凝视着窗外，“我相信这就是我们仅有的了，这几分钟，就在这里。”

所有人都安静了下来。汤姆根本无法集中注意力思考生命和死亡这种复杂的命题。他不想就这么去死。

“我已经没有遗憾了。”尤里紧紧地抱住华耶。他低下头，用手抚摸着华耶的头发，“很高兴此生已经经历了这么多。这几分钟，我们所拥有的这最后几分钟，对我来说意义非凡。而且，这辈子我还有幸坠入了爱河。”

华耶睁大了眼睛，尤里凝视着她，用双手捧住她的脸颊，“你知道我爱你的吧？”

华耶使劲点了点头，“嗯，尤里，我……”她说不出来了。此刻的华耶似乎什么都不会做了，她只是紧紧地抱住尤里，就好像要和尤里合二为一。

“还有这些朋友。”尤里说，他的视线移向了汤姆和维克，“能认识你们是我的荣幸，你们是我最好的朋友。”

“我也爱你，伙计。”维克搂住了汤姆，“我爱你们所有人。”

轮到汤姆了。他感觉自己的血液全部都涌到了脸上，对于这种事他从没习惯过。“我也是，伙计们。我的意思是……呃，我……你们知道的。”其他几个人的视线好像要把他给烧煳了，“你们都是我的家人，好吗？”他笑了起来，就是忍不住，“如果能活下来的话，我们刚才的话会是一个大写的尴尬吧。”

尤里和华耶面面相觑。

“托马斯，你知道我们活不下来的。”尤里轻声说，眼中充满了同情。

“不可能的，伙计。”维克说，搂着汤姆肩膀的胳膊又使了点劲儿，“这就玩儿完了。我们星球上的防卫力量是阻止不了那么大的小行星的。发射几颗核弹，也就这样了。毁灭恐龙的就是这种玩意儿。我的意思是，确实，某些重要人士可能会在他们的避难所里活下来，不过我们其他人……”

汤姆看着这几个人，所有人脸上都有一种不自然的平静，他们都接受了自己无法阻止的死亡。他还没告诉他们自己知道的事。会不会死还不一定。他知道，机会渺茫，但美杜莎会成功的——但愿她能把小行星制伏。汤姆忽然觉得自己不能再保密了。

“我看到他们在太空中是怎么干的了。”汤姆坚定地说，“相信我，他们已经破坏了不少了。他们正在把小行星打成更小的碎片。那个小行星上都是冰，陨铁很少。不管是什么把它撞离了轨道，那东西都没有给它带来多少动量。进入大气层后还能烧掉更多……”

“还不够。”华耶说。

“嗯，但美杜莎会用我们所有的力量把它打碎。每个能操纵的导弹她都会发射。肯定还会有燃烧未尽的碎块，但美杜莎有办法在它坠地前把它炸毁。她的操作速度比所有人都快。”

“等一下，你说什么？”维克摇了摇头。

“汤姆，你怎么……”华耶说。

汤姆决定不再保密，他已经没有什么好失去的了，“我知道你们会觉得我是编的，但我说的都是真的。我有种能力，伙计们，能……嗯，不是超能力那种。我觉得可能和我的处理器有关，我能进到机器里，控制它们，就好像它们都是专为神经处理器设计的一样。简单说，只要是连接在网络上、带宽足够的机器都行。”

其他三人都看着他。自从知道即将面临世界末日以来，恐惧头一次从他们脸上消失了。汤姆有一种奇怪的眩晕感，他身上的重担消失了，尽管这一切马上就都会失去意义。

“美杜莎也能，所以我才能和她联系上。我们都能进入对方的系统，别人发现不了。就是那种直接地进入，穿过防火墙。所以我才敢跟你们说，克鲁特尼有可能被阻止，我当时就在卫星里，我看到了，而且我也跟美杜莎说了话，她有个计划。”

所有人都看着汤姆。

汤姆有些歇斯底里地笑了起来，“既然都说实话了，那我也告诉你们吧，是我炸掉了天空广告牌。我就是机器里的幽灵，是我。”

三个人紧盯着他。小行星明亮的碎片滑过天空时，没有一个人看窗外。碎片在击中地面前发出阵阵巨响，几个人紧紧抱在了一起，害怕地闭上了眼睛。

轰鸣声渐渐减小，最后只剩下他们的喘息声和胳膊紧搂着彼此的感觉——还有从窗外清亮的天空中射下的阳光。

世界末日没有到。

没有漫天的灰尘，也没有滔天的巨浪横扫地球。

世界末日过去了。

但并非没有代价。

那天傍晚，惊吓过后的候补军官聚集在食堂，还没缓过神来的军人也在。墙上的应急显示屏都开着，所有的新闻中放的都是各地的巨大陨石坑，还一遍又一遍地播着在美杜莎的努力下地球被拯救的现场报道。高空核爆一个接一个，光芒照亮了整个天空。

大多数碎片都烧毁在了大气层中，有些击中了地面，有些在差一点击中时被摧毁，但还是给地表造成了损害。整个地球都受到了损伤，污染到处都是。

但人类幸存了下来。

约瑟夫·文格洛夫出现在了新闻上，宣称对核攻击负责。

没有任何仇恨能够与汤姆对食堂里屏幕上这个男人的仇恨相比，尽管其他所有人都在为这个据说是拯救了地球的寡头热烈鼓掌。

汤姆真想用拳头砸碎所有映着文格洛夫笑脸的屏幕。那个混蛋知道，他就算这么抢功也不会暴露，因为机器里的幽灵不可能跳出来说这件事是自己做的。所以，这位之前声誉受损的首席执行官正一脸微笑客客气气地回答着问题，眼中闪烁着静静的挑衅，好像是正在心里嘲笑着真正拯救世界的人。

第十六章

整整一天，电视上播放的都是陨石撞击事件的新闻。

看到灾后芝加哥的现场画面，卡尔·马斯特斯的脸白得就像一张纸。莱拉·马丁抱了抱他，轻轻拍了拍他的肩膀。看到马里兰州的视频片段时，所有人又是一阵骚动，之前他们都在尖塔里听到了陨石撞毁那几个沿海社区时发出的声音。詹妮弗·阮尖叫了起来，屏幕上的画面换成了安南，伊曼一把将她搂在怀中，带她离开了食堂。

汤姆也在仔细地观看着，每条新闻都在加深着他的焦虑，他不知道父亲现在在哪儿，更不知道父亲是不是也受到了影响。科罗拉多也发生了撞击，墨西哥湾的撞击引发了海啸。一块小碎片击中了新墨西哥，方圆三十英里内的一切都被夷为了平地。

这条新闻最让汤姆担心。尼尔有时候会去那里。每次一想到这点，一想到父亲可能生死未卜，汤姆就感觉想吐，他只能尽量忍着。

高空核爆的效果就像电磁脉冲弹一样，造成了各个国家大范围的停电。核电站随时都有崩溃的危险，有些地方已经燃烧了起来。世界各地的飞行员驾驶着飞行器到处搜寻幸存者，并向重灾区送去人道主义援助。

这么多年来，合众国用于公共基础设施建设的政府资金一直在下降，道路、医院、救灾部门统统进行了私有化。如今，合众国人终于尝到了苦果，常年失修的道路根本承担不起急救车辆疏散民众的压力。大火不受控制地烧毁了多座城市，因为接受过专业消防训练的人实在是太少了，而且用于监控和驱散集会人群的无人机根本不适合人道主义救援。各地自来水公司都存在设备老化的现象，管线在压力之下纷纷爆裂。拥有道路的公司第一反应就是强制收取通行费，先声公司在水费上也是毫不退让，直到愤怒的人群开始冲进各家公司的总部，吓坏了公司高管，他们才以开展救援的名义实行了免费。

一开始，大量人道主义救援用的飞机和直升机塞满了天空，而那三千万架无人机也还在天上，导致了不少危险状况——绝大多数无人机设计出来都是用来监控的，只有少数在救灾中能派上用场。经过多次碰撞，无人机不得不都降落下来，愤怒的人群让它们不得不这么做。

巨大的灾难面前，联盟公司的高管受到了愤怒的公众的极大冲击。只有一家公司的高管毫发无伤，名声也没有受到损害，那家公司就是黑曜石集团。

只有汤姆和他的朋友们知道，文格洛夫抢了美杜莎的功劳。

因为"拯救"了整个地球，文格洛夫所有的罪恶一夜之间似乎都消失了。因为所谓的"机械故障"和只有黑曜石集团高管幸免的暗杀，联盟各公司之前不断攻击他，但现在都公开为他唱起了赞歌。他们不得不这么做。在一次大范围的公开讲话中，文格洛夫站在废墟里，周围满是救援人员，宣称他的公司将致力于确保此类事件不再发生。演讲结束时，文格洛夫举起了一面旗帜——是跨国企业联盟的旗帜。

他选择的这一版旗帜意义深远，因为那不是通常使用的只有海洋同盟企业标志的旗帜，而是第三次世界大战前更早的原始版本，上面挤满了各种标志——中心是联合国，内圈是世贸组织、世界银行、国际货币基金组织，外圈是十二家企业——它们合在一起共同统治世界。

忽然之间，人们就原谅了文格洛夫在黑曜石集团和 LM 莱默舰队公司问题上的欺骗。向两边贩卖同样的技术又怎样？秘密从冲突双方赚钱又怎样？他把自己当作世界公民，不是哪个特定国家的人。人们应该感到荣幸，因为他们之中有像文格洛夫这样的人，对于这样的人来说，根本就没有所谓的叛国罪。在两边都有公司，他自然会为两边说话，为两边办事。

文格洛夫不是发战争财的奸商，而是人道主义者，他相信世界大同。

尖塔内所有十六岁以上的候补军官都被招募参加搜救任务。毕竟，他们可是能派上大用场的，一晚上就能下载掌握全部医疗救护知识，一晚上就能学会驾驶几乎各种飞行器。而且高强度工作时几乎不用睡觉。他们当中有些人通宵进行医疗救护，另一些人则像汤姆一样担任飞行员。所有旧的非自动化飞行器都被重新投入了使用，需要有人来驾驶。

体格更强壮的候补军官加入了消防队和搜救队。汤姆负责把他们运送到需要的地方。所有的命令都在处理器里，所以对于汤姆来说，执行命令根本不用费心，感觉就像做梦一样。

这天早上，看到在印第安纳废墟中升起的太阳，汤姆又产生了一种奇怪的恍惚感。他正坐在直升机上，手握推杆，脚踩踏板。所有年长到可以参与救援的候补军官都匆匆忙忙地穿上了军装，在各个检伤分类中心与红十字会的工作人员一起临时肩负起了运送伤员、救助幸存者的任务。

看到卡尔·马斯特斯穿过停机坪登上直升机坐到自己的旁边，汤姆的心里只是微微地吃了一惊。卡尔揉着眼睛，嘟囔着说自己需要搭飞机前往下一个救援点。通常，只要汤姆和卡尔遇到一起，敌意就会在两人之间形成，偶尔还会有暴力事件发生。最近一段时间以来，汤姆改变策略，开始文明地对待卡尔，但这只是一种单方面的文明礼貌，还称不上是友谊。

今天，一切都不同了。过去的一切一下子都不重要了。那个曾经命令汤姆学狗叫的卡尔和那个曾经把卡尔困在臭水里的汤姆似乎都洗心革面了。从世界末日中幸存下来后，他们之间的所有敌意似乎都已变得无足轻重。

“你来飞？”汤姆问。对他来说，这是个慷慨的提议，因为汤姆向来喜欢自己掌握控制权。

卡尔揉了揉眼睛，“你要是累了的话就我来吧。”

汤姆并不累。他打开风门，操作操纵杆，踩下左踏板，飞机飞了起来。卡尔瘫坐在座位中，目光凄然地看着下面的情景。

“嘿。”过了一会儿，汤姆忽然用盖过螺旋桨轰鸣的声音说，“芝加哥的事，我很遗憾。”

卡尔在座位里不安地挪了挪，“我妹妹在那边，在洛约拉。”

“很抱歉。”

听到这句话，那个大个子男孩第一次正眼看着汤姆，“你呢？有家里人的消息吗？”

“只有我老爸。”汤姆感觉自己的胃里又翻腾起来，“什么消息都没有，不过这也是意料之中的。到处的电话都瘫痪了。西南部的消息不多，不过如果能有什么人逃脱的话，他一定是其中之一。”

“希望你能早日获得消息。”

“谢谢。”

卡尔看着加里附近的火灾遗迹，一拳打碎了仪表板，“距离这么近。”他咬着牙，“要是路没堵住的话，我就自己过去。”

汤姆知道他在说什么，“你就不能要求他们派你去芝加哥救援吗？”

“最近只能到这儿了。他们想要我好好干活。他们知道，我一到那肯定会立刻去找……”他不说话了。

汤姆看了看他，然后掉转直升机的方向，朝另一边飞了过去。卡尔睁大了眼睛，“你要干什么？”

“我不小心飞错航线了。”汤姆抬了抬眉毛，“所以，要是我因为飞错航线降落在了芝加哥而不是加里，那么应该不会有人责怪你顺便办点私事的。”

卡尔盯了汤姆好一会儿，然后才开口道：“你会被训的。”

“嗯，再多一次也没什么，死不了。”

卡尔在座位上坐好。不一会儿，高楼的废墟就映入了眼帘，湖边的道路上满是废弃的汽车，还有零星的建筑在燃烧。

“知道要去哪儿吗？”汤姆问。

“就在这儿把我放下吧，我会找到路的。你不是说你因为迷路才过来的吗？”

汤姆降落在湖边。卡尔打开舱门，在昏暗的晨光中看了看四周。

“雷恩斯。”他竖起大拇指，“你是个好人。”

汤姆点了下头。等卡尔下来后，他就又驾机朝另一个方向飞走了。

几周的时间过去了，死亡人数最终定格在了 7.72 亿。搜索的对象已经由被困在废墟中的幸存者转为尸体。过不了多久，汤姆和其他候补军官就都将结束临时增援行动了。

汤姆的生活非常忙碌，晚上一闭上眼睛，一天中的种种就不断浮现在眼前，就好像他的神经处理器也想努力把小行星失踪以来的事弄清楚一样。

有时，他会在检伤分类中心看到血迹斑斑、粉笔一样惨白的脸，还有数也数不清的尸体。一想到父亲可能就在什么地方，等着被他找到，盼着被他找到，汤姆就感到一阵心惊肉跳。尽管已经在现场连续工作了两天，但他仍然熬到很晚，不断地翻找着未整理的幸存者名单，查找监控录像——任何能找到的监控录像，直到眼前都有了重影。

就在这天，意想不到的事情发生了。

午餐时间，汤姆正坐在直升机舱门口，吃着三明治，等待下一个任务，一架新型的飞机－直升机混合机降落在他的面前。汤姆用手按住帽子，羡慕地看着那架飞行器流畅的线条。他还没有在实景之外驾驶过这种飞行器。就在这时，机舱门打开了，一个人从里面走了出来。

那人步履坚定地走向汤姆，是个身穿迷彩制服的小个子女人，制服上的标志汤姆不认识……很显然是其他国家过来救援的。

那个女人走近了一些，汤姆的心仿佛一下子停止了跳动。

他感觉自己整个人都被冻住了，全身的每个细胞都僵硬、瘫痪了，等待着大脑消化眼前看到的一切，这不可能是真的——

她。

是她！

汤姆跳下直升机，大步向前走去，一直走到距离对方只有几英尺的地方，然后仔细盯着这个他从没有见过真人的女孩儿。美杜莎的黑发在风中微微拂动，一双眼睛像黑色的新月般看着汤姆，左侧脸上的疤痕让她带上了紧张而又不满的表情。

“美杜莎。”汤姆低声说出这几个字，感觉难以置信。

美杜莎仔细打量了汤姆一番，“这么说你是真的了，不是我想象出来的。”

“这还用问吗？”

“自从克鲁特尼事件以来我就没睡过觉，所以一切都得打个问号。”

美杜莎回答。

她转身走向自己的飞行器，但汤姆一把抓住她的胳膊，“等一下！”

“别碰我。”美杜莎警告道。

汤姆松手放开了美杜莎。早晨天很冷，张嘴说话时还能看到白气。但汤姆一点都不觉得冷，那感觉就好像全身都触了电一样。她就在这儿，真的在这儿。自己刚刚摸了她的胳膊，她真正的胳膊。

“你怎么到这儿了？”

美杜莎看了看他，指了指身后的飞行器。

“嗯，这我知道，我是说——怎么？为什么？”

“我追踪了你的GPS信号。正好有点好奇，想看看你的真人。”说着，她看了看四周，“我该走了。”

“等一下，等一下！”

美杜莎看了看汤姆，不知道他要说什么。

汤姆终于缓过了劲，“你疯了吗？”

美杜莎也有GPS信号。东亚联合体军方肯定会知道她到合众国了，会以为她叛逃了。她根本没有来这里的理由。汤姆快步上前，一把抓住美杜莎那纤细的肩膀。这次美杜莎没有甩开他。

“美杜莎，你疯了吗？你飞这么大老远过来就是为了看我一眼？你会被判叛国罪的。他们会以为你叛逃了！你得马上回去！就说是系统故障之类的，随便找个理由，赶紧飞回去！”

美杜莎看着他，黑色的眼珠流露着奇怪的神色。汤姆忽然意识到，她过来并不单单是因为好奇，还有其他理由。

“怎么了？”汤姆追问道。

“没事。”

“你没听懂我的意思吗？你这么做冒的风险太大了。”

美杜莎紧紧地闭上了眼睛，“无所谓。”她的脸上有一种奇怪的淡然，汤姆只在监控摄像头里看到过，从未在实景中见过。这一点也不像她。“已经都无所谓了。”她环顾四周，视线却飘向了远方，“之前我在太庙，每个人几乎都有认识的人遇难了，而我却必须要假装……”

“假装什么？”汤姆追问道，“假装不是你拯救了地球吗？”

美杜莎揉了揉太阳穴，“我又重演了好几遍那个实景，重新计算了弹道。我本可以摧毁整个小行星的，汤姆。本可以做得更好的。只要再快两秒，那几亿人就都能存活下来。他们死了，都是因为我。”

汤姆看着她，“可你已经摧毁小行星了。”

“我看过网上的分析。他们都觉得是约瑟夫·文格洛夫干的。但他们都说，他本可以干得更好，如果……”

“别这样，过来。”汤姆不顾美杜莎的挣扎，一把将她拉了过来。他知道，那天，美杜莎必须在极短的时间里做出决定，发射核弹。受到影响的有数十亿人。美杜莎已经拼尽了全力，在这么大的压力下阻止了世界末日的到来。他不能让美杜莎这么自暴自弃。“你拯救了全世界，你还不明白吗？不然你以为文格洛夫为什么要抢这个风头？忘掉那些吹毛求疵的二货吧，他们都是白痴！”

“我可以做得更好的……”

“想这些都没用，时间不能倒流。也许你可以拯救更多的人，但是要知道，你拯救的人也可能会更少啊。这是肯定的，很有可能会发生这种情况。你可能会害怕，会被吓倒，你可能会恐慌，如果是这样的话，谁会活下来？只有那少数几个待在避难所里、有机器服侍，还有大批补给、等待核冬天过去的富人而已。你已经做得很好了，别怀疑自己。”

“没那么容易的。”美杜莎挣脱出来。汤姆本以为她会立刻离开，但她只是坐在地上，好像完全失去了活动的力气，“我感觉自己的脑子都木了。”

“嗯，几周不睡觉确实会有这种效果。”汤姆说。他忽然意识到这对美杜莎脑子的影响。美杜莎平常不是这样的，她的判断力要好得多。她现在已经迷糊了。

汤姆挠了挠头。好吧，他得想个替美杜莎打掩护的方法。一想到要在还不知道情况到底有多严重的情况下替一个人收拾残局，汤姆就感觉压力巨大。

他忽然理解了布莱克伯恩的感受——一遍又一遍被迫替他收拾残局。那么，布莱克伯恩会怎么办呢？他会怎么做？

“你的 GPS 信号。”汤姆说，“你有伪装 GPS 信号吗？”

“应该是有。”美杜莎说。她抱着膝盖，声音微弱。

“有还是没有，别模棱两可。”

美杜莎抬起头，黑眼珠中的怒火倒是让汤姆安心了一些，“有。”

汤姆看了看自己的飞行器，又看了看美杜莎的。他用神经处理器调出了真空管列车的图纸，忽然有了个主意。

美杜莎曾说过，他应该去找个真正需要他的人。而现在，需要他的人就是美杜莎。这是明摆着的事——只有他知道美杜莎干了什么，也只有他知道该怎么弥补。

他走向自己的飞行器，打开自动导航，然后又走了回来，“来吧，带你去个地方。”

美杜莎摇了摇头。

汤姆叹了口气，“好吧。那就这么办。”说完，他一把将美杜莎抱了起来。他本以为这动作很简单，而且很有男子汉气概，但抱起一个不愿意配合的活人比他想象的困难得多。于是，汤姆只得像扛一袋子土豆一样将美杜莎扛在肩上，上了她的飞机。

“你要干什么？”美杜莎叫道，“我自己能走。”

“小心头。”汤姆边说边将美杜莎扛进了机舱。

尽管已经十分小心，但是美杜莎的头还是撞在了门框上。美杜莎忽然用方言大声咒骂了起来。汤姆却忍不住笑出了声，因为这是自从美杜莎来到这里以来，汤姆听到的最令他安心的话了。

直到两个人都坐上飞行器后，汤姆才不由得心头一颤：这个女孩儿就在他的身旁，近到可以感觉到身体的热度……

这就是美杜莎，真人，就在这儿，真真正正的美杜莎。

新任务的命令出现在汤姆的眼前，他回复说自己的飞行器遇到了技术故障，需要延迟起飞。然后，他迅速修改路由，将自己的 GPS 信号固定在了中西部，也就是他该待的地方——他可以利用真空管列车返回那里。

接着，他驾驶美杜莎的飞机起飞。美杜莎就坐在他的旁边，睡着了。克鲁特尼事件以来欠下的睡眠如今都要补回来了。汤姆不住地打量着美杜莎，一遍又一遍，好像还不敢确定眼前的这个人就是美杜莎本人，她就在这儿。汤姆能看到美杜莎胸口的起伏，看到她那黑色的头发在眼前拂动，还有她一只眼睛上的疤痕以及另一只眼睛上的黑色睫毛。真不知道她到底是经历了什么，当时一定很疼。

着陆后又过了很久，美杜莎才醒了过来。汤姆打开舱门，外面是日落的美景，冷风通过舱门吹了进来。

“来吧。”说着，汤姆扶着美杜莎，下了飞行器。

走到地面上，美杜莎揉了揉眼睛，疑惑地看了看四周。周围是一片郁郁葱葱的树林，远处的大海波光粼粼。

“怎么样？漂亮吧，是不是？”汤姆问。

“为什么带我来这儿？”美杜莎问，“我可不是来看风景的。”

“你知道克鲁特尼本来会坠入太平洋的吧？”汤姆说，这些激励美杜莎的话他在路上已经演练过很多遍了。“一旦击中，滚烫的滔天巨浪就会摧毁这个地方。看看四周，好好想想吧，这一切都是因为你才幸存下来的。不仅仅是这里，在你摧毁克鲁特尼之前，本来会有更多人死去，比七亿人多得多。所以，这就是我要说的意思：向前看吧，别再纠结了。”

“向前看？”美杜莎重复道。

“对，向前看。你还不明白这有多荒谬吗，因为只救了一百五十亿人的命而折磨自己？你可是个英雄啊！准确地说，是英雌，但名字不重要。我自己还想当拯救世界的英雄呢。如果是我，下半辈子我都会为此骄傲的。只要有人愿意相信，我肯定会告诉他们是我拯救的世界，才不会去管隐藏自己能力的事呢。就算因为吹嘘是我拯救的世界而被文格洛夫盯上也值了。”

汤姆敢发誓，美杜莎笑了。

“你完全有权说是你拯救了世界。”汤姆赞美道，“要知道，如果我们都死了的话，什么机器里的幽灵，什么秘密，就都无所谓了。你拯救了世界，别再唧唧歪歪了，就接受你所取得的成就吧。好吧……就这些。我要说的就是这些。光想那些改变不了的人和事太蠢了，一点意义都没有。别再说什么可以做得更好了，要知道也可能会糟得多。这就是我带你来这里的目的，让你亲眼看看被你拯救的地方。”

美杜莎皱了皱眉，“给我看哪里都行，为什么非要来夏威夷？”

“我觉得这里离东亚联合体比较近，可以快点送你回去。”他笑了笑，“而且我也想找个借口到这里看看。”

美杜莎也笑了起来。

“不纠结了？”汤姆觉得美杜莎已经想开了。也许她需要的只是一点睡眠而已，也许她只是需要向别人倾吐自己的恐惧……但汤姆还是愿意相信，自己为她的笑容做出了贡献。

风吹拂着美杜莎的黑发，“真不敢相信，你专程带我来夏威夷就是为了说这些。这话几小时前就能说嘛。”

“嗯，但是你需要睡眠，美杜莎。不然我也不会搞这个惊喜之旅。”

美杜莎看了看汤姆，她的头发正好遮住了不想让汤姆看到的那部分脸，“你可以叫我耀兰。”

“耀兰。”汤姆轻声说。

美杜莎上前一步，汤姆毫不犹豫地一把搂住她，低下头，两个人的嘴唇紧紧贴在了一起。美杜莎的双手滑过汤姆的身体两侧，现实果然比虚拟强得多，汤姆不禁想。没有哪种虚拟实景能够模拟出这种搂着她身体的感觉。满足感充盈汤姆全身，就像终于达到了这么多年来一直想要达到却没有达到的某个地方。

尽管违背了直觉，尽管他身上每一个细胞、每一个毛孔、每一个分子都在抗议，但汤姆还是推开了美杜莎，用沙哑的声音问：“准备好回去了吗？”

美杜莎观察着汤姆的表情，“我做错什么了吗？”

“没有。一点都没有。”汤姆伸出手，拨开了美杜莎额前的头发。真奇怪，美杜莎一出现，他就感觉像喝醉了一样。似乎只要在她身旁，什么都有可能发生，自己的人生更有意义了，自己的存在也更有意义了。美杜莎没有闭眼，“我还想再见到你，不仅仅是因为我们差点儿都死了，也不仅仅是因为世界末日，不是因为那些。不过现在……如果再和你待一会儿，我就会做错事了。”

美杜莎依偎在汤姆的怀中，汤姆抚摸着她那丝绸般的黑发。不需要再说什么了。这么长时间以来，汤姆终于觉得，这个世界又正常了。

第十七章

回到五角尖塔后，汤姆的心都在歌唱，整个人都感觉容光焕发，这可是那悲惨的几周以来的头一次。汤姆得集中精神才能忍住不像个傻子一样笑出声。他满脑子都是美杜莎，只有美杜莎。

美杜莎肯定已经回东亚联合体了，但汤姆摸过她，抱过她。那可是他迷恋了多年的女孩儿啊，忽然间，汤姆感觉似乎一切都有可能了。自从失去手指以来，他已经很久都没有这种感觉了——就好像自己已经完全自由，不可战胜。尽管相隔着整个世界，但他感觉那都不是障碍，随便就可以超越。

要是明天就退役呢？

他以前从没有这么想过，但今天这个想法却在他的脑子里挥之不去，真是令人难以置信，因为他忽然意识到，即使没有在太阳系部队取得成功，外面也有其他的事情在等着他。如果不在尖塔的话，他想去哪儿就能去哪儿，想和谁说话就能和谁说话。即使是为联盟公司工作，他也能享有平民生活的自由。尽管战争正在太空中进行，但那阻止不了他去见美杜莎。

直到走到电梯口时，这种念头都还在他的脑子里旋转。电梯门打开，布莱克伯恩中尉就在里面。

汤姆还没反应过来，布莱克伯恩就一把抓住了他的领子。

“你傻了吗？脑子进水了？”

汤姆看了看布莱克伯恩，“怎么？”

“你知道是怎么回事。”

“我知道那事不能在这里说。”汤姆提醒道。

“哦，得了吧，你以为我会忘记屏蔽监控吗？”电梯猛地停了下来，“再问你一遍，你脑子有问题吗？”

他怎么这么快就知道了？GPS 信号被重置过，耀兰的信号也重置过。他连打掩护的故事都准备好了。

“燃料有点问题。是我不小心……”他想要从布莱克伯恩的手里挣脱出来，但布莱克伯恩抓得非常紧。

“告诉你，雷恩斯，偷溜出去见完敌方女友还想不被发现，门儿都没有！”

“是她来找的我，我把她送回去的！”

“中途经停夏威夷？”

“那地方在东亚联合体和这里之间，反正她回去也要经过的。她自怨自艾，因为她没有挽救更多的人的生命。我不能让她那样。是她救了我们。”

布莱克伯恩表情一僵，“是她干的？”

一时间，整个世界似乎都静止了，汤姆开始耳鸣。他忽然意识到，这等于是告诉了布莱克伯恩另一个机器里的幽灵是谁。从布莱克伯恩那僵硬的表情来看，他也意识到了这一点。

把他弄晕，擦除他的记忆……

汤姆还没来得及去摸前臂键盘，布莱克伯恩就把他给提了起来，一把顶在了墙上。

“我不会伤害她。”布莱克伯恩在汤姆的耳边厉声说道。

汤姆抓住布莱克伯恩的手腕，猛地转过身，用整个身体的重量打破布莱克伯恩的平衡，将其撞在墙上。年轻人超强的反应力战胜了布莱克伯恩在体型上的优势，忽然间就换成了他把布莱克伯恩按在墙上动弹不得，“你说得对。你不会伤害她！”

布莱克伯恩本可以将汤姆推开，但他并没有反抗，“听着，我是想帮你。她不需要感觉羞愧，你可以去告诉她。”

一时间，两个人都不说话了，能听到的只有急促的呼吸声。

“你是什么意思？”汤姆无奈地问。

布莱克伯恩看着汤姆，“下次联系她的时候，告诉她，克鲁特尼事件不是她的错。”

“我会告诉她的，不过……”

布莱克伯恩一把抓住汤姆的肩膀，灰色的眼珠死死盯着汤姆，“告诉她，对于拥有钱能买到最好的避难所和两家跨国公司，而且不在乎人命的人来说，把小行星撞离轨道非常容易。”

汤姆倒吸了一口凉气，抓住布莱克伯恩的手也不由得松开了，“不可能吧……这也太……对他来说也太……”

“太什么？”布莱克伯恩缓缓转过身，灰色的眼中闪烁着令人不安的光芒，“二十多岁刚当上LM莱默舰队公司首席执行官的时候，他就向非洲推销中子弹。那笔交易让他赚了个盆满钵满。如此轻视生命的人，你觉得他对两个阵营的人会厚此薄彼吗？反正，不管我们在哪个阵营，不管我们信仰什么，不管是在哪个国家，我们都只是文格洛夫这种人的玩具而已——过多的、可牺牲的人类。”

汤姆咽了口唾沫，布莱克伯恩说得对。能对另一个阵营犯下暴行的人，对自己阵营也绝不会心慈手软。

“克鲁特尼被撞出轨道的时候，他的那些设备根本就没有向我们发送信号。”布莱克伯恩继续道，“他对双方的军队都很了解，知道我们有能力击毁小行星，让事件以大规模伤亡的形式结束，而不是物种大灭绝。他能够访问军火库里的每一件武器。只要一条命令，黑曜石集团的普罗米修斯阵列就能击中目标，改变它的方向，或者用他们的百夫长级无人机投掷氢弹也行。”

“天啊……”汤姆喘了口气，惊讶万分。太可怕了，但又完全说得通。

“还有。”布莱克伯恩又说，“它也可以利用其他小行星，就像打台球一样，将克鲁特尼撞出轨道。无论如何，这都会是一场所谓的自然灾害，恰恰发生在全联盟的其他公司都在反对他的时候，正好可以分散别人对他的注意力，真是转移视线的妙计。如果还能顺带抓住机器里的幽灵，那就更是一石二鸟了。”

“我都没有想到要去掩盖踪迹。”

布莱克伯恩搓了搓手，“那么说不定他已经注意到了。”

汤姆又想到了文格洛夫在电视上得意扬扬地宣称是自己拯救了世界，抢了美杜莎的功劳。如今，这一切又有了新的意义，“他这么做是因为我们。”

他忽然愤怒了起来，一把抓住布莱克伯恩的衣领，声音因为愤怒而颤抖不已，“为什么你不杀掉他？他那么对待你，对待所有人……我知道你能，我知道是你杀了海瑟。”

布莱克伯恩一脸震惊。汤姆松开了手。

“嗯，我不会乱说的。”汤姆挥了挥手，“我也会保守秘密，我知道你为什么那么做，但我不明白为什么文格洛夫还活着。”

“因为我不能杀他。”布莱克伯恩说。

“什么？你良心发现了？”

布莱克伯恩靠近汤姆，一脸阴霾，“死都不足以惩罚他，雷恩斯。我不杀他不是因为良心。我们当中没有人能杀得了他。就好像是有某种保险，某种直接写在神经处理器基底层里的命令，禁止我们杀他。他的任何机器都不能伤害他，就连他的无人机也是。”

汤姆没有想到这一点，“你就不能侵入自己的神经处理器吗？你对机器那么擅长。就不能重新编程吗？”

“没那么简单。想要进入那些代码，就必须先找出其中的漏洞。就连黑曜石集团的人也不知道这种漏洞在哪儿，所以也没有给漏洞打补丁。这就给了我可乘之机，发动零日漏洞攻击。”

“太好了，那我们就去找这种零日漏洞，我也让华耶看看。”

布莱克伯恩发出一声尖笑，“上我的课的时候你根本没有听讲吧，雷恩斯？寻找零日漏洞就好像中彩票一样。它真正的价值就在于，没人意识到它的存在，就连黑曜石集团也不知道。如果发现，卖给政府或者安全公司的话，随便就可以卖几亿美元，因为这种东西非常稀有。让尖塔里最有能力的程序员全天候专门寻找也不一定找得出来。我们没有那么多的资源。”

他启动了电梯，汤姆没有阻止他。

“即使他倒台，那也不会是因为我们的直接攻击。”布莱克伯恩总结道，“我们得等到大家都忘了克鲁特尼，到时候联盟内的其他高管可能才会想起，当初他们为什么反对文格洛夫。”

汤姆不禁想，也许另一个机器里的幽灵也会帮助他们想起来。

那天晚上，汤姆连接上神经导线补觉。好像只过了一小会儿，他的导线就被维克拔了下来。汤姆睁开眼，发现他的三个朋友都聚集在旁边，脸色苍白。

意识启动。现在时间 1 时 45 分。

“我们得谈谈。”维克说。

他们悄无声息地穿过黑暗的公共休息室，来到华耶的宿舍。“热辣小维。”

“你就不能换个触发暗语吗？”维克一边抱怨，一边一屁股坐在华耶的床上。华耶的室友伊芙琳还睡在自己的床上。他们可以放心地大声说话，因为想要吵醒一个处理器连接在系统里的人基本上是不可能的。

“这个现在不是最重要的，维克。”华耶说。

尤里按住汤姆的肩膀，把他按在床上，“坐下。”

这是命令，汤姆也遵守了。

维克搂着汤姆的肩膀，“这么说……”

“这么说？”汤姆警惕地重复道。

华耶抱着胳膊，“机器里的幽灵。”

“怎么回事？”维克问。

“为什么？”尤里问。

“怎么回事？”维克又问。

“不可能是你。”华耶坚持道。

“说真的，怎么回事？”维克问。

“托马斯，这可真是太奇怪了。”尤里说。

“回答问题。”华耶说。

汤姆举起双手，打心底里为自己在“世界末日”前的告白感到后悔，“这么多半截子问题，有些还不是问题，我从哪里给你们答起呢？”

“从‘怎么回事’开始。”维克说，“我都问了好多遍了。看在我这么辛苦问了半天的分上，你也该先回答。”

“好吧。自从安上神经处理器之后，我就有了这种能力。真的，一开始就有。我能穿过防火墙，那感觉就像进入了机器与它们互动。比如在黑曜石集团上传搜索程序的时候，我就和系统互动，搜寻尤里的信号，以便节省时间。”

华耶和维克面面相觑，似乎觉得汤姆已经回答了一部分问题。

“你说的互动是什么意思？”华耶问，“我们都在互动啊。”

“对，但其他人只能和设计有神经交互界面的机器互动，而我不需要。”汤姆耸耸肩，“比如在贝灵格俱乐部的那次。维克，你跟我说的对付化粪池的法子不管用。”

“什么？可是你……”

“我和化粪池互动，给了它命令。反正结果都一样——污水泛滥，淹没了俱乐部，淋湿了高管们。那种感觉和普通的互动不一样，就好像……就好像自己就在网络里面自由穿梭。真不好解释。”

“而且美杜莎也会。”华耶半信半疑地看了看汤姆。

“嗯，只不过，我是在国会山峰会上才知道的。一开始我打算使用附近的卫星看看她在哪儿，好作弊，但她已经在卫星里了。我们俩的意识同时进入了同一个机器。”

维克看了看他，“你可以进入卫星进行观察。”

“它们也是机器，带宽足够，还联着网，所以，对，我能。布莱克伯恩中尉也知道。自从普查器的事情之后他就知道了。监控录像上抹掉的就是这个。”汤姆看了看华耶，“你不是发现那些普查室监控上有空白么，那是因为布莱克伯恩把那个时间段的监控都抹掉了，好掩藏我的能力。”

华耶坐在另一张床上，根本不理会人事不省的伊芙琳。伊芙琳的脑袋距离她非常之近。“为什么你能做到那种事？”

“不知道。”汤姆说。

“能演示一下吗？”尤里问，“我觉得挺难理解的。”

汤姆点了点头，“当然可以。看拐角的那个监控摄像头。”他接入了华耶的端口，进入了监控系统，然后让摄像头正对着他们，接着自己又退了出来。

他的几个朋友都睁大了眼睛看着他。这只是件不起眼的小事，但他们都知道他本该是没有办法做到的。说出真相后的汤姆有种如释重负的感觉，真是很奇怪。

但这种感觉迅速就消失了，因为维克正坐在另一头，抱着胳膊，眼神就像着魔了一样。

“哦，天啊，你们知道这意味着什么吗？”

汤姆不安地看了他一眼。

“意味着我是世界级要犯的同伙，意味着我和世界上最危险的恐怖分子一起炸毁了一栋楼！汤姆，看在上帝的分上，你就没意识到吗？如果你被抓住，我们所有人都会进监狱的。”

“我不会被抓住的。”汤姆坚定地说。

华耶蹲在汤姆的面前，“汤姆，你不能再去杀那些首席执行官和高管了。这已经不好玩了。”

“之前好玩吗？”维克说。

华耶转身靠近维克低声说：“当然不好玩，但汤姆可能会觉得好玩。”

汤姆还是听到了，他的耳朵很好，于是他立刻反驳道：“我不是精神病，华耶！”

几个朋友互相看了看彼此，眼神中的意思似乎是在说：可别再把这个精神病的病情给加重了。

“啊！”汤姆恼怒地叫道，“我真的不是杀人狂。那些首席执行官不是我杀的，不是我干的。”

“是机器里的幽灵做的。”华耶说，“你说你就是机器里的幽灵。”

“好好想想，机器里的幽灵的真实身份是保密的，任何人都可以宣称自己是机器里的幽灵。这就好比穿上蝙蝠侠的制服，明白了吗？声称自己是蝙蝠侠并不能证明他们就是蝙蝠侠。”

“怎么，你现在觉得你是蝙蝠侠了？”维克说。汤姆狠狠地瞪了他一眼，因为维克又把他当精神病了。“嗯，得了吧，汤姆，你可是让我冒着进监狱的风险呢。我这么好看，进监狱多可惜。”

尤里拍了拍维克的肩膀，半是安慰地说：“也许你并没有你以为的那么惹人爱。”

维克愁眉苦脸地摇了摇头，“不，我和我以为的一样惹人爱，一点也不差。别再用你那些善意的谎言安慰我了。”

华耶对着汤姆皱了皱眉，“好吧，还有其他幽灵，也就是说有两个具有这种能力的人。哦，等一下，不对，有三个，算上美杜莎的话。”

“不对。”汤姆说，“别的我不知道。我只知道我和美杜莎都没有参与这事。声称自己是幽灵的另有其人，而那个人也许并没有我和美杜莎这种能力。”

“但那个人能够进入机器，就好像防火墙不存在一样，还能神不知鬼不觉地把可怕的代码植入进去。还有谁有那种能力？”

“对啊。”尤里附和道，“就好比有人穿着蝙蝠侠的衣服，还有蝙蝠侠的能力，那别人当他是蝙蝠侠很正常啊。”

尽管聊的是这么严肃的话题，但汤姆和维克还是倒吸了一口凉气，他们俩都被尤里的话给吓了一跳。

“蝙蝠侠没有超能力。”维克一脸震惊地对尤里说。

“对啊，他只是非常聪明、非常有创造力而已。”汤姆目瞪口呆地解释道。

“而且非常有钱。”维克补充道，“你怎么连这个都不知道，尤里？你小时候住在山洞里吗？”

尤里耸了下宽阔的肩膀，“抱歉，维克。也许是因为我一直在忙着爬山，玩铁人三项，举你和汤姆两个人加一块儿都举不起来的哑铃，没有时间看漫画吧。”

维克叹了口气，摇了摇头，“恶妇，听到了吧？这就是我不嘲笑机器人的原因。”

华耶的唇边闪过一丝笑意，“我现在明白了。”

汤姆看了看他的朋友，他们现在全都知道了……全部都知道了。而且他们都还在，都在。当然，维克被吓坏了，华耶神经兮兮的，尤里……还是像平常一样超出常人的棒，但他们并没有生他的气，没有气冲冲地抛弃他。

看来，他并没有失去他们。

也许，他不会失去他们。

如释重负的感觉如同水坝崩溃一般席卷脑海，这时汤姆才意识到，自己之所以一直保密，不仅仅是因为告诉他们会给他们带来危险，更是因为害怕他们会离他而去。

他低下头，不让其他人看到自己的脸，不让他们看到他强忍不言的表情，就怕自己说出什么愚蠢、尴尬、感伤的话。毕竟，小行星并没有撞毁地球，还有的是时间。

但他还是松了一口气，心里充满了感激，真想狠狠地拥抱他们所有人，就像球队获胜后那样。

“要知道，我们早就觉得你不对劲了。”维克忽然说。

汤姆抬起头，“你们才没有呢。”

“是吗？等着瞧，蠢头。”他抬起前臂键盘对华耶说，“我们用那个程序恢复删除掉的记忆吧。”

“什么记忆？”汤姆忽然问。

华耶的脸一下子红了，“等一下，维克，也许……”

“哈，我们知道你有秘密。”维克笑着将程序发给了汤姆，汤姆有些好奇，立刻就运行了程序，忽然间，一切就都想起来了……

躺在地毯上，华耶和维克在讨论他有秘密……

“你们真的……”汤姆说。

华耶亲了他。

汤姆张大了嘴，想起华耶曾说自己喜欢他。

他扭头看着华耶，忽然感觉胸口都燃烧了起来，华耶看上去尴尬极了，汤姆不知道是不是该笑，但是忽然……

真空管列车里，布莱克伯恩，“我在我们俩的神经处理器间建立了连接。只要你念头一动，我就能进入你的感官接收器。只要愿意，我随时都能看到你在干什么。”

汤姆整个人都僵住了，“这是什么玩意儿？”

晚饭前回到高级生公共休息室的时候，汤姆还在怒火中烧。布莱克伯恩应该没有二十四小时地监视他，不然他现在应该已经冲过来准备再次删除记忆了。

布莱克伯恩只能时不时进来看一看，汤姆不知道他是如何做到的，也不知道他什么时候会看，所以他假装什么事也没有发生，也没有告诉他的朋友们。他不敢左顾右盼，每一步都只是盯着脚下。

在亚历山大学院门口撞到艾琳·弗雷恩时，汤姆差点儿跳了起来。

“你好啊，雷恩斯先生。”弗雷恩微微抬了抬嘴角，“我觉得我们得谈谈。”

汤姆瞪大了眼睛，“谈什么？”

“我现在是隐身模式，其他候补军官都看不到我，去你宿舍谈吧。”

汤姆点了点头，什么都没说。弗雷恩指了一下，让他带路回亚历山大学院。汤姆忽然想到，他曾经答应过维克，在这个“隐形女人”出现在他们学院的时候给维克警告。于是他小心地拉起袖子，给维克发了条网信。

一阵声响从走廊里传来，好像是某人正在狂奔。随着一声尖叫，克林特突然从浴室退了出来。“天啊，伙计，你这是要干什么？”

维克赤身裸体地出现在了走廊里，一脸的骄傲。

“早啊，汤姆。”维克边说边迈着轻快的步伐走了过去。汤姆强忍着才没有笑出来。

克林特也出现在了拐角处，大张着嘴，“阿斯旺，你干什么呢？伙计，没人想看你那个的。”他跟在维克的身后，“阿斯旺，阿斯旺！回来，听到我说什么了吗！”

弗雷恩狠狠地瞪了汤姆一眼，走进汤姆的宿舍，然后一把关上了门。

汤姆觉得，弗雷恩的这点反应还不够，不好给维克交代，于是他又说：“啊，我们这里平常也不常见到裸男走来走去的。”

“我有两个孩子，看得出来是不是有人想捉弄我。”弗雷恩冷冷地说，“把我出现在这里的事告诉其他候补军官，这我并不欣赏。你以后应该更慎重一些，明白我的话了吗？”

“对不起。”汤姆低声说。

弗雷恩脱下外套，看了看汤姆的床，又看了看克林特的，最后将衣服放在了克林特的床上，“我要问问你布莱克伯恩中尉的事。”

布莱克伯恩。这个人汤姆可不想谈。不知道布莱克伯恩是不是正在看他们，“啊，为什么？”

弗雷恩看了看汤姆，“机器里的幽灵听过吧？”

汤姆心里暗暗一惊，感觉有些口干舌燥。为什么要问这个？

“那个恐怖分子接连杀害了不少联盟高管。”弗雷恩说，“因为最近发生的事件，许多人都忽视了这个恐怖分子，但我觉得，当务之急正是拿下这个混乱之源。”

混乱之源。汤姆满脑子想的都是，这个词作为呼号[①]一定很棒。

“我有个想法。”弗雷恩说，“这个机器里的幽灵远在使用无人机之前很久就先把代码植入了进去——也许是在很多年以前。我不认为他一次就侵入了所有系统。幽灵应该是某个隐藏在五角尖塔，甚至是黑曜石集团内部的人，在机器连接在本地服务器上的时候就进入了机器。他早在事前很久就已经污染了那些机器，所以才能那么轻易地穿过我们的防火墙。”

也就是说，她不认为是某个具有操纵机器超能力的人干的，汤姆差点笑了出来。很好。如果认为幽灵是某个编程能力超强的人，那么肯定没有人会怀疑到汤姆的头上。

“我还觉得，凶手也有神经处理器。”弗雷恩说，“操控无人机的袭击者的技能，远远超出普通远程操控者的能力极限。处在幕后的，肯定是一个经过机器增强的大脑。所以我才让恩斯洛女士加入了搜查。”

汤姆暗暗吃了一惊，“为什么是华耶？你不会以为她是嫌疑人吧？这可是……”

“当然不会是十几岁的女孩子了。”弗雷恩淡淡地说。

“对，肯定不是，根本不可能是十几岁的人。”汤姆松了口气。

“不过，我个人对她很感兴趣。”

汤姆浑身一僵。

---

① 无线通信中使用的各种代号。

“我想从她那里弄到点信息，但她能告诉我的有关布莱克伯恩中尉的信息实在是太少了。”

汤姆看了看她，“布莱克伯恩？”

“他有那个能力，有接入系统的权限，最重要的是，考虑到他和军队、黑曜石集团的过往，他的动机也很充分。”

汤姆恍然大悟。就是布莱克伯恩，当然是布莱克伯恩了。肯定是！他和汤姆一样，也认为质朴级处理器的事必须被阻止，但他不相信非暴力活动会有用，就连革命，他也觉得不会有用……

布莱克伯恩是怎么说的？*就算爆发了你说的那种革命，那些真正掌权的人——那些真正的大麻烦——他们只需要坐上飞机等局势平稳下来就好了。所以说，要对付他们，只能尽量低调，牵涉的人要尽可能地少——可能的话，一个人最好。*

这是不需要革命的第三条道路：使用高管们用来保护他们不受公众伤害的技术来进行定点暗杀。布莱克伯恩不仅让高管们无处可逃，同时也毁掉了黑曜石集团的名誉——一箭双雕，设计得非常巧妙。

另一个机器里的幽灵就是布莱克伯恩。他知道汤姆是机器里的幽灵，也知道联盟害怕它，于是就故意利用这个伪装来达成自己的目的。

汤姆又想起了一件事——无人机开火前他听到的那个告诉他查看四周的声音。布莱克伯恩可以通过他的眼睛观察并控制科黛 -93 攻击型无人机。

布莱克伯恩在利用汤姆来攻击目标。既然能接入汤姆的所有感受器，那么他也一定能够让汤姆听到低语，就像忠诚度测试那次一样。警告他弗雷恩在注意他们的肯定是布莱克伯恩，就是布莱克伯恩。

“他是我的首要嫌疑人。”弗雷恩说，“但这只是我的直觉。质疑军人需要充分的证据。”

“和对待低微的平民不一样？”汤姆忽然说。

“雷恩斯先生，你就是我的耳目。”

汤姆差点哼了一声，弗雷恩的目的和布莱克伯恩是一样的。自从国会山峰会以来，汤姆就在假装顺从，似乎不被打倒的唯一方式就是阳奉阴违。他知道，明智的做法是同意充当间谍然后再去想应对的方法。但这次他不想再假装顺从了。尽管布莱克伯恩在刺探他的情况，尽管知道是布莱克伯恩杀了海瑟和那些高管，但汤姆忽然在心底产生了一种确信：当下，只有一人会站在自己这一边，而这个人绝不是艾琳·弗雷恩。

汤姆连阳奉阴违也不愿做了。

“不。”他告诉弗雷恩。

“你说什么？”弗雷恩一脸的惊讶。

“我是不会充当你的耳目的。”

弗雷恩上前一步，眯起了眼睛，“要知道，你父亲未来的自由就取决于你是否愿意合作。”

“哦，是吗？”汤姆看着弗雷恩的眼睛，心在狂跳，“我父亲在哪儿呢？”

他立刻注意到，弗雷恩的脸上闪过一丝犹疑的神色。

“他还活着吗？”汤姆追问道，感觉胸口很闷，“知道吗，自从小行星撞击后，我就没有听到过父亲的消息，一次也没有。那可不像我父亲会做的事。他是不会那样的。所以，我的问题就是，如果你一直在监视他，跟踪他，那么他现在在哪儿？我看不出还有什么理由能够让我跟你合作，尤其是你拿来威胁我的那个人已经不存在的时候。”

弗雷恩抱着胳膊，“雷恩斯先生，过去的这个月，我们的工作任务很重，所以才没有浪费人力跟踪只有中等重要性的……”

“哦，这么说，他还没有那么重要，是吧？”汤姆厉声道，“之前，他只是在做自己的事，你们却乐意到处跟踪他。如今，需要你们去找他了，你们反而派不上用场了？”汤姆冷笑了一声，“当然你们会派不上用场。你们肯定不会去保护像我父亲那样的人。他还得排在后面呢，只有那些高管的命才值钱。所以，有人想干掉那些大富豪又关我什么事？他们是你的主子，和我没关系。”

“你应该关心，雷恩斯先生，已经有人在模仿机器里的幽灵了。他们已经发动了新一轮暴力袭击。”

“新一轮暴力袭击？我怎么没有听说。”

“我们没有让媒体报道。现在我们最不需要的就是又多出一批从中获得灵感的国内恐怖分子。一个游说活动上，宴席筹办者给所有香槟杯都系上了沾有蓖麻毒素的丝带。一共有五十人中毒，其中还有两名合众国参议员。就在我们说话的时候，他们正在死亡边缘挣扎呢。还有一个单独行动的恐怖分子将培养好的脑膜炎细菌涂在了国会办公楼职员专用电梯的按钮上。机器里的幽灵威胁要破坏我们社会的权力结构……”

“那又怎么样？”汤姆抢白道。

“你说什么？”

“你的理由还不足以说服我。对，死人确实不好，但那些人可都不是什么好鸟。好的社会结构应该是能够支撑所有人的社会结构。可是那些人，他们拥有公园、公路、学校，而我父亲呢，他又有什么？因为公开发表反对他们的言论，他就被扔进了监狱，甚至有可能被判无限期监禁，只是因为你们这种人觉得他碍事。那些混蛋高管罪有应得，我却要为他们感到遗憾？也许捅自己一刀我才能流出点眼泪。也许。”

弗雷恩后退了几步，明显激动了起来，“这个社会有很多可以改变的地方。我们都希望生活在一个万事公平的乌托邦里，但这儿并不是乌托邦，永远也不会是，而且用暗杀富人的方式是永远也不会达到目的的。

这是一场慢速革命，我可以向你保证，任何革命的下场都是悲惨的。推翻统治阶级后，遇到罗伯斯庇尔或者希特勒的可能性要比遇到乔治·华盛顿的可能性大得多。我们生活在一个有氢弹和生化战争的时代，以我们现在的科技，任何一个疯子都有可能独自毁灭地球——只要他掌权。人类已经走到了这一步，经受不起折腾了。”

她似乎还没有意识到，已经有个疯子正在威胁地球，而那个人正是她所保护的人中的一个。她认为，只要顺从文格洛夫那种人，世界就会得救，这在汤姆看来简直荒谬绝伦。

汤姆看着窗外，思考着质朴级处理器，还有他们面临的未来。控制全人类的心智，换取所谓的“安全”。对于弗雷恩来说，被奴役是完全可以接受的，只要能阻止更糟糕的事情摧毁全人类。她认为人类社会永远不可能公平，所以直接就放弃了那种念头。对她来说，这就是现实主义。而对汤姆来说，这是绝望，是挫败，是懦弱。

汤姆不相信存在的目的是不择手段地活着。人类既然活着，就应该追求生活的意义和价值。美好的未来应该是可以争取到的。

他相信，只要向弗雷恩和文格洛夫以及他们的警察国家投降，美好的未来就会消失，他们就会坠入万劫不复的黑洞之中，永世不得超生。

“我知道忠诚度测试就是个实景。”汤姆对弗雷恩说。

弗雷恩的视线立刻移到了汤姆身上。

汤姆抬了抬眉毛，“别跟我说你很惊讶。当然，没人事先提醒过我，也没有人警告过我，我是自己发现的，然后自然是尽可能赢了，所以我才闭眼闭了那么久，我仔细思考了一番。事实是，如果真有当兵的起义，我肯定会让到一边，毫不掺和。如果他们想杀掉所有联盟首席执行官和国会成员，我才不管呢，随他们去。”

弗雷恩的声音在颤抖，“为什么现在坦白？”

“因为我不是你想的那种人。我对这个国家的掌权者毫无忠诚可言。为什么要呢？事实已经证明，他们对我和我们这种人毫无忠诚可言。派多少你这种人来都可以，别想吓唬到我。如果未来只有两种——要么放弃所有选择权以换取所谓的安全，要么只有很小的可能迎来更好的未来——那我会选后者。我不会像你这样低头认输——你站错边了，你在助纣为虐。这个世界之所以不会变成乌托邦，不会变公平，就是因为有像你这样的人在尽力让它保持原样。”

弗雷恩穿上外套，表情冷若冰霜，“很好，雷恩斯先生。看来我们该说的都说清楚了。”

汤姆转过身，丝毫不为弗雷恩声音里的威胁所动。她又能怎么样？拿汤姆的父亲出气吗？她连尼尔在哪儿都不知道。

弗雷恩在门口停下了脚步，“别的不说，汤姆，我确实希望你能找到你父亲。”

“你这句话我信。”汤姆看着窗外。毕竟，如果尼尔死了，弗雷恩的威胁就都没有作用了。

晚餐时汤姆来得比朋友们都早，于是就在他们通常坐的那张桌子旁等着。透过人群间隙，他发现军官桌上的布莱克伯恩正在看他。意识到拒绝帮助弗雷恩就相当于是和布莱克伯恩结了盟之后，汤姆心中闪过一丝疑虑——这可是那个曾经想在普查器下把他弄疯的人呀。

汤姆知道，布莱克伯恩所做的事情并不对，但他又看不出还有什么更好的选择。布莱克伯恩说得对——针对联盟高层权威的每一次反抗都被瓦解了。如果非暴力的手段行不通，那么选择就只剩下投降或暴力反抗。

汤姆在座位上不舒服地挪了挪，他知道谋杀不对，但如果谋杀的是阿道夫·希特勒呢？他可是给整个世界造成了巨大苦难的人。杀掉他应该不算错。事实上，如果能阻止某人进行大屠杀，那这么做就是值得的。

而现在，只有汤姆知道是布莱克伯恩杀了那些滥用财富、权力和恐怖机器来让全世界臣服的人。如果汤姆什么都不做，布莱克伯恩就会不断地用他们的那些机器保镖来对付他们。汤姆忽然想到，也许在未来的某一天，世界上最有权势的人会在机械警卫的轰鸣中畏缩在无人机之下。一旦警察国家变成他们自己最大的敌人，那一切就都不一样了。机器帮他们隔离了其他人——那些生活被他们毁掉的人——如果他们失去了对机器的信心，那么他们就会不再那么依赖机器，就会变得更加脆弱，和那些没钱没势的人一样。如果他们觉得别人会因为他们的劣迹而实施报复，那就会三思而后行。

如果汤姆阻止了布莱克伯恩，那些高管就会继续保持警察国家的高压态势，继续攫取这个国家的财富，毫不留情，绝不手软。当前，只有布莱克伯恩能够打击他们。如果汤姆阻止了布莱克伯恩，那就等于是让联盟高管将整个世界掐死在手中——这样产生的恶要远大于对布莱克伯恩的行为视而不见。

也许，“必要之恶”这种东西是确实存在的。

他看着布莱克伯恩的眼睛，忽然觉得，布莱克伯恩已经知道他动摇了。

“我们把话说清楚。”汤姆用手遮着嘴巴小声说，就算有人站在身旁也听不见。但他知道，如果布莱克伯恩这时连接着他的感受器，那么就一定能听到他说的话，“我知道神经连接的事了。我们定个规矩：第一，不许再清除我的记忆。第二，在我约会或者干诸如此类私事的时候不许接入。第三，如果我破坏的是那些无伤大雅的蠢规矩，不要因为在连接上看到了就来烦我。第四，如果我没有危险，也没有使你受到威胁，那么马上离开——最多给你一两秒时间。这些都能做到的话，我就继续替你打掩护，就像你替我打掩护一样。不过，一旦一切尘埃落定，你就必须立刻终止连接，明白？”

一开始，什么反应都没有，汤姆不禁怀疑这都是他的想象——也许布莱克伯恩并没有通过神经连接和他连在一起。

“明白？”他又试了一次。

布莱克伯恩微微地举起了玻璃杯，点了一下，算是表示了同意。汤姆的条件被接受了。

第十八章

实景应用对战的时候，美杜莎又拜访了汤姆，汤姆趁机将布莱克伯恩关于克鲁特尼事件的猜想告诉了美杜莎。听完后，美杜莎一言不发。

“你觉得呢？”汤姆终于忍不住问。他们正并肩坐在虚拟星舰的驾驶舱内。

“我觉得，如果这是真的，那我们就应该让文格洛夫付出代价。”美杜莎轻声说。

“没有证据，只是可能，说不定还是个大巧合呢。哦，布莱克伯恩发现了个什么‘看跌期权’。在克鲁特尼撞击前一周，文格洛夫就投钱赌一些容易受到撞击影响的公司股价会跌了。这个应该算证据。”

美杜莎看了看汤姆，“假如是文格洛夫干的，那么他的目的只是转移别人对他的公司的注意力？”

“嗯，差不多吧。”

美杜莎目光一闪，“那就让我们提醒一下他们，为什么黑曜石集团不值得信任吧。”

当然，他们不会一起去杀人的。文格洛夫还享受着地球拯救者的光环，但美杜莎和汤姆侵入了服务器，将文格洛夫的无人机滥杀无辜的录像材料散播开来，并侵入媒体从业人员的账号，用他们的名义重新提出黑曜石集团硬件安全性和文格洛夫诚信度的问题。

尽管一些记者进行了更正，有些还声明网上的内容与自己无关，不过通过煽动舆论，他们成功地让是否分拆黑曜石集团的问题再次进入公众视野。汤姆注意到，就连军队的正规士兵也在食堂里对着电视和网络订阅源上的新闻摇头，窃窃私语着大亨同时资助敌对双方的事。

汤姆需要的只是一点证据，证明克鲁特尼事件是由文格洛夫在背后操纵的证据。只要把这些证据摆在公众面前，文格洛夫就完蛋了。彻底完蛋。

圣诞假期将近，汤姆面临着两难抉择。父亲失踪了没处可去，但留在尖塔也无趣，因为马兹洛威胁要将所有假期留下不走的候补军官送去训练营。候补军官的身份都是保密的，所以他们也不能待在朋友家，比方说，华耶的父母就不应该知道汤姆的姓名。

汤姆只有一个选择了。他去找了奥莉维亚·奥萨雷，要求假期自己一个人过。

奥莉维亚叹着气摇了摇头，“汤姆，你还没有到十八岁呢。我不能批准你假期自己过。”

汤姆瘫坐在了椅子里。

“但我知道你能照顾好自己，也知道你自己存了一笔钱。所以只要处于父母一方的监护之下，我想你在假期里是可以自己在附近活动的。”

汤姆立刻感觉到了希望，“也就是说，如果纽约我妈那里……”

“你得先去找她，完成军方将监护权交给你父母的手续。”

汤姆探着身子，“如果她不在乎我去哪儿呢？”

“那是她作为你母亲的权利。”

“也就是说，即使我不是一直跟她在一起，那我也不会有麻烦？”

“有麻烦的会是她。”奥莉维亚指出，“你是未成年人，她是对你负责的成年人。你觉得呢？”

汤姆的嘴边闪过一丝笑意。他从来没有想过自己会这么说：“我觉得我会去我妈那里过圣诞节。”

蒂莱拉住在曼哈顿的一间公寓里，租金是道尔顿·普雷斯特维克付的。她是道尔顿的两个女朋友之一。自从九岁起，汤姆就再也没见过蒂莱拉，那时候尼尔还经常跟警察纠缠在一起，动不动就落得个入狱的下场。而母亲离开他的时候他还太小，没有记忆。但九岁那年他曾专门搭便车去看过她。

他一直以为，事情就是这样，直到布莱克伯恩将普查器用到他身上，帮助他记起了小时候的一些片段。但最奇怪的是，在那些片段里，母亲看起来还是很爱他的，比起九岁那年简直是天差地别。那次蒂莱拉打开门看到他，脸上根本没有表情，在他说出“我是你儿子汤姆”之后也是如此。

“哦。”蒂莱拉立刻回过头，叫道尔顿给他找个地方。他们雇了个女仆照顾他的起居，然后两个人就都躲出去了，直到他离开都没有回来。

以前，一想到这个，汤姆就觉得伤心。

这一次，汤姆去的时候根本没有提前打招呼。他也没打算住下。他会待在蒂莱拉家，给军方足够的时间确认他的GPS信号在哪儿，然后就离开，在纽约转转，开间房。如果他的母亲太过疏忽大意，懒得确认他的行踪，那可不是他或者军方的错。

房门打开了，汤姆一点期待也没有。蒂莱拉只是呆呆地瞪着他。

“还记得我吗？我是汤姆。”

蒂莱拉看着他，表情还和上一次一样，一脸的木然，就好像她根本不理解这个赖在她门前的生物到底是什么，“哦，我儿子啊。”

“嗯，我长大了。”他侧身进了公寓，“嗯，我爸……呃，不见了。我得在这儿待几个小时，好让人确认我的GPS信号，让他们以为我会在这儿过假期，然后我就会走。”

蒂莱拉没有阻止他，而是转身跟了过去。汤姆觉得，她也许是在想自己会不会偷她的东西吧。汤姆全身紧绷，等待着那种感觉的来临，那种被拒绝的痛苦，可怕的孤独感，就像九岁那年一样。但这一次他没有感觉到，什么也没有感觉到。

九岁时的汤姆会看着尼尔被警察带走，会在车站孤独地等候三天三夜才意识到尼尔不会再回来，会相信只要像其他孩子一样有个母亲，自己就再也不用睡在外面找东西吃、盼望父亲回来。但他已经不是那个九岁的孩子了。

即使母亲不再抱他，不再哄他睡觉，不再帮他准备便当，那也没有什么关系，因为他已经不会再欺骗自己了。经过了七年的时光，对那个曾经渴望母爱的自己，汤姆已经不再感到讨厌，反而觉得可怜。他不会再愚蠢地希望蒂莱拉会爱他。他已经长大了。

和记忆里的样子相比，蒂莱拉并没有变老多少。也许是因为生他时她只有十六岁，非常年轻吧。但她已经完全变了。那个记忆里在街上抱着汤姆旋转、一脸鲜活笑容的女孩儿已经完全不见了。

眼前的这个女人十分温顺，面无表情，就像一幅完美的图画，而且还十分镇静沉着。她的腰挺得笔直，眼睛有一种空灵的蓝色，如果表情再生动一些，那将会是一张非常美丽的脸。

“你应该在这儿吗？”蒂莱拉问。

“应该是法律规定吧，我得跟父母或者法定监护人在一起，如今符合条件的只有你了。不过我之前说的都是真的——我待一会儿就走。”

“明白了。”蒂莱拉顿了顿，“需要喝点什么吗？”

汤姆眨了眨眼，“呃，好啊。”

蒂莱拉修长的身影离开了。她的金发随着身体摆动，手臂的动作就像提线木偶一样生硬。汤姆看了看四周，所有的东西都放在该放的地方。墙上的装饰画就和旅馆里的一样——无人的海滩，雨雾缭绕的林中小桥，毫无个性可言。蒂莱拉在杯子里加了冰，汤姆转身去洗手间洗手。回来的路上，他无意间透过打开的房门瞥到了道尔顿书房桌上的一个小药瓶和旁边的纸条。他停下脚步，小心地看了母亲一眼，溜进了屋。

他拿起压在药瓶下的纸条，那是约瑟夫·文格洛夫亲手写给道尔顿·普雷斯特维克的。

这还只是原型机，不过深入了解一下准备推广的东西对我们都有好处。瓶子里的液体中悬浮的就是纳米机器，安全，高效，易于管理，只要口服就行，不管罗奇兄弟挑谁做实验都很方便。

尽管布莱克伯恩已经告诉了汤姆，质朴级处理器都是纳米机器，但真正见到实物时，汤姆还是感觉全身一冷。他拿起药瓶，拧开盖子，看了看里面浑浊的液体。

罗奇兄弟已经没法对质朴级处理器发表评论了，因为他们都已经死了。汤姆把药瓶放回道尔顿的桌子上。一想到文格洛夫推广这种处理器的计划已经失败，汤姆就感到一阵满足。他回到客厅，一屁股坐在沙发上。

蒂莱拉端来一杯饮料，放在他面前。汤姆说了声“谢谢”，喝了一大口。忽然间，火辣辣的感觉充斥他的喉咙。汤姆咳嗽着，酒精的刺激让他热泪盈眶。他盯着那杯饮料，一脸难以置信的表情，真不敢相信蒂莱拉会给他上酒。

“你知道我才十六岁吧？”汤姆忍不住笑了出来。

“你想喝点别的？”

“算了。”

房间另一头的电话闪了起来。蒂莱拉转身走向电话，用手掌摸了一下，就好像汤姆根本不在身边一样。

道尔顿·普雷斯特维克的脸出现在屏幕上，但这一次，汤姆没有在他那涂满发胶的棕发下看到讨厌的笑容。“蒂莱拉？”

他的声音中透着惊恐，淡褐色的眼睛在蒂莱拉身后搜索着。汤姆想要俯身向前，好让道尔顿看到他，受点刺激。不过，蒂莱拉似乎没有注意到道尔顿的不安，脸上依旧挂满明快的笑，“道尔顿，我爱你，很高兴你能打电话回来。你今天可真性感。”

道尔顿回答，“外围警报器响了。你让谁进来了？”

汤姆没有动，这对话让他感觉有些奇怪。

“托马斯。我儿子。”

“你……等一下……我马上回来。”视频电话中断了，蒂莱拉转过身看着汤姆。

汤姆也看着她，“外围警报？你是他的藏品吗？”

蒂莱拉微微侧着脑袋，好像正在试图理解他说的话，“他很爱我，我也爱他。他很帅，富有，又有魅力。”她的脸上又闪过了那种明快的笑，但眼神却还是那么冰冷，“他很聪明，知道如何让女人觉得自己是独一无二的。”

汤姆目瞪口呆，感觉好像是有人在拿他开涮。蒂莱拉说得太直白、太浅显了，脸上的表情也像个假人。哪有人是这副模样的。

汤姆的心里升起一种不祥的预感。他不由得开始在眼前重放蒂莱拉之前那生硬的动作，在脑中仔细观察蒂莱拉的表情。

绝望的九岁男孩儿会忽略很多事。那时候，他注意到的只是蒂莱拉的冷漠，感受到的只是自己的失望和沮丧。

那时的他什么都没有察觉到，包括蒂莱拉那空洞的眼神。

就连道尔顿的反应在如今的他看来也不一样了。小时候，他只注意到道尔顿对他的蔑视。如今，他听出了道尔顿声音里的焦虑，他还是孩子的时候根本没有注意到这种焦虑。真是个笨小孩，但他现在已经长大了。

汤姆站了起来，盯着蒂莱拉的脸，“为什么这里会有外围警报器，妈？”

“为了保护我。”

眨眼。间隔十五秒。眨眼。

汤姆继续盯着蒂莱拉，等待着下一次眨眼。血液涌上了他的脑袋。整个过程中，蒂莱拉都看着汤姆，她丝毫没有注意到汤姆奇怪的神色，也没有对汤姆一直盯着她看表现出任何的不适。这不是正常人的表现。

她又眨了下眼，间隔正好十五秒，每一次都是。

一直以来困扰着汤姆的一个问题得到了解答。他站在那儿，一动不动，震惊得大脑一片空白。

门开了，道尔顿·普雷斯特维克走了进来。

前所未有的愤怒充斥了汤姆的身体，整个人感觉都燃烧了起来。他扑上去一把抓住道尔顿，甚至没有感觉到道尔顿的肘部击中了他的脸。但道尔顿的反击对他来说微不足道。汤姆的眼前只有那张可憎的脸在晃动，拳头不断地打在那张脸上。他听到了鼻骨断裂的声音，感觉到了道尔顿的挣扎。道尔顿伸手想抓他的脸，将他推开。

汤姆一把抓住不断呻吟、脚底打滑的道尔顿，将他那张血糊糊的脸拉到自己的面前，“她怎么会有神经处理器？”

道尔顿咕哝着：“放开我，不然……”

“不然怎么样？”

他一把将道尔顿顶在墙上，拳头打在道尔顿的肚子上，然后把道尔顿扭过来，双手别到肩胛骨。道尔顿痛苦的尖叫在他听来十分悦耳。

“顺便提醒你一句。”汤姆在他耳边低声说，“我已经不是那个九岁的小孩子了，也不是被你重编程的那个十四岁孩子。我现在完全有能力打残你，正好缺个理由呢。回答我！”

在他身后，蒂莱拉评论道：“你应该停止这种骚扰行为，这不礼貌，而且还违法。”

“蒂莱拉，救……”道尔顿想要求救，汤姆一把掐住他的脖子，让他发不出声。

“别想叫她救你。没人救得了你。没人能够从我手里把你救出来。”汤姆掐着道尔顿的脖子，架着道尔顿的双手。看着眼前的蒂莱拉，汤姆愈加愤怒，简直想把道尔顿撕成两半。“天啊，这太变态了，变态。你在控制她。你这个恶心的变态！所以她才在这儿，所以她才会离开我们！这么些年来她都是你的奴隶！”

“不是这样的！”

“她有神经处理器！你给她编了程，让她对你言听计从……”

“不是这样！”道尔顿一边叫，一边痛苦地扭动着。他使劲扭过头看着汤姆，眼中充满了绝望，“要怪就怪你爸！”

汤姆一只手撑着道尔顿脸旁的墙，欣赏着眼前的画面，“我爸？不许提他！要是我爸知道，他会杀了你，把你干掉！”

道尔顿大笑了起来，“要是他知道？他知道！他一直都知道！就是他把蒂莱拉送进黑曜石的！”

一开始这些话汤姆并没有听进去。他使劲摇头，大叫着：“闭嘴！骗子！你这个骗子！”

“你爸把她给卖了。你爸当时急于摆脱她！我们接手她，你爸高兴都来不及！”

汤姆一把将道尔顿扔在了地上。他理解不了，就是无法理解，于是只能摇头。

“不对，你说得不对。”他终于开口道。

“他在高层赌博圈里认识了文格洛夫先生。以前他就给那些愿意付钱的人做教练，文格洛夫先生付了很多钱，是他的 VIP 客户。”道尔顿咕哝道，在地毯上蜷缩着身子，“你父亲知道文格洛夫先生的公司需要精神科的受试体。是他求我们把她给弄走的。”

汤姆不住地发抖起来，脑子里全是否定的念头，“撒谎！我爸不会那样的。他恨文格洛夫。他之前从没见过……”

汤姆不说话了，他想起了尼尔和文格洛夫在轮盘赌时的情景。

文格洛夫对尼尔笑了笑。

“你们俩认识？”汤姆问。

“不认识。”尼尔说。

过了一会儿，文格洛夫接受了尼尔的暗示，“不认识。”文格洛夫笑着说，因为他们心照不宣地撒了个谎。

他的父亲非常不愿意在轮盘赌下注，但最后还是下了，因为是文格洛夫让他做的，因为文格洛夫刚刚和他一起撒了个谎，说他们不认识……

他的父亲，谁都不怕的父亲，脸上却流露出噩梦成真的恐怖神色。

汤姆胃里一沉，感觉自己就要吐出来了。他捏紧了拳头，几乎没有意识到自己的指甲已经深深地嵌到了肉里。“这不是真的，你撒谎。”

道尔顿爬了起来，眼中闪烁着报复的神色，他的鼻子还在流血，“你妈有精神病，严重的妄想症。你父亲让她怀了孕。因为你的关系，他想和你妈结婚，但他很快就发现了你妈的毛病。他没有和你妈维持关系，因为他接受不了。他想摆脱你妈。那时候，我还是黑曜石集团的初级行政人员。他签署协议让出你妈的医疗监护权的时候，我就站在他旁边。你的医疗监护权也是。那是个一揽子协议，汤姆。”

“不会的。”汤姆只说得出这么一句。

“你父亲想过自己的生活，文格洛夫先生又很乐意得到两个新受试体。自从那些受试的合众国士兵疯了之后，我们一直没有机会再做测试，而这一次，一下子就是两个年龄组。都是不被这个社会需要的人。你还小，他想拿你当初始样本。你的大脑和你妈有同样的缺陷，所以他得先修复你的大脑——让你接受神经移植，植入电脑刺激生长的脑组织，弥补额叶的缺陷。”

汤姆的心在剧烈跳动，他都能听到自己的心跳声。

不。尼尔不可能抛弃他，不可能抛弃他。

“你母亲的年龄已经太大了。”道尔顿站了起来，用袖子擦着鼻子，“她的大脑排斥神经处理器。就像其他成年人一样，她开始抽搐。因为文格洛夫先生拥有她的医疗监护权，所以他开始尝试移除她大脑的不同部分，以阻止抽搐发生，同时保持基本功能。”

汤姆惊恐地看着蒂莱拉，看着那双空洞的眼。

“你母亲失去了整个额叶。她还能说话，还能接受命令，都多亏了神经处理器。”道尔顿说。听语气，他根本不认为这是可怕的，不认为这夺去了一个人作为人的全部要素。汤姆根本无法理解，感觉就好像是在噩梦中一样。“你父亲后来见过她，那时候才良心发现。所以他在给你安装神经处理器之前把你从医院偷了出来，并花钱让人抹掉了你的医疗记录。文格洛夫先生本可以强迫你父亲遵守合同规定，但他是个大度的人，就由着你父亲反悔了。你应该感谢他才对。”

“感谢文格洛夫？”汤姆吐了口唾沫，“他害了我妈！”

“但他救了你。正是因为他，你才没有变成你妈那样。要不是因为神经移植，你的大脑肯定不会是现在这个样子。”

汤姆又在脑中调出了尼尔轮盘赌那天的情景，重看了一遍文格洛夫出现时尼尔脸上的恐惧神色。文格洛夫知道他对汤姆隐瞒了多年的秘密，知道他曾经想摆脱汤姆，知道他摆脱掉了汤姆的母亲。

汤姆心乱如麻。尼尔天不怕地不怕，却怕文格洛夫，因为他害怕汤姆知道真相。

汤姆抱着头，**不对，不对，不对，不对**……他几乎没有发现道尔顿已经站了起来，在用袖子擦鼻血，也没有发现蒂莱拉正在生硬地抚摸着道尔顿的肩膀。

道尔顿整了整袖口，“你老爹那时候已经精疲力竭了，既要防止你妈闹出乱子，还要照顾你。你出生之后，为了照顾你们两个，他的运气、能力、控制力，他的一切几乎都没了。”

汤姆木然地看着蒂莱拉按摩道尔顿的肩膀。

“所以，小子，现在明白了吧，这么些年你对我有多不知感恩。我比你老爹可大度多了，尽管实验已经结束了，你妈对公司已经没用了，我还是在照看她。我肩负起了监护她的责任。以她的情况，这已经是最好的结果了。”

“你为什么要这么做？”汤姆的嗓子都哑了。

道尔顿眨了眨眼，“看看她，多精致啊。不然多可惜。”

汤姆看了看母亲——她是个漂亮的女人，只不过所有独立思考的能力都被电脑程序给代替了。

对于一个龌龊的企业高管，一个拥有一切的家伙来说，这是个多么完美的玩具啊。而现在，这个家伙正在期望别人赞赏他控制这具空壳的行为。

汤姆的愤怒消失了，取而代之的是巨大的空虚。他毁了父亲的人生。父亲和约瑟夫·文格洛夫毁了母亲的人生。所有人中最无辜的，居然是道尔顿·普雷斯特维克。他只不过是把被别人毁掉的女人当作玩具收藏了起来。

道尔顿又看了看蒂莱拉，脸上带着汤姆熟悉的自大微笑。汤姆看着他，一下子又想起了贝灵格俱乐部那天的情景。海顿按住他，将神经导线插入他的颈后。那时道尔顿抽着雪茄，笑着，他说的话还在汤姆的耳边回荡。

“你总是叫我‘道尔顿’，太缺乏尊重了，汤姆。从今往后，都要叫我‘普雷斯特维克先生’。”

“得了吧，小子，你真以为我要提供给你一个机会吗？真的吗？你就那么天真？”

“会让你走的，汤姆，很快。到时候你就是一个好孩子了。”

而那个时候，他的妈妈，那个安装着神经处理器的高级玩具，正等候在道尔顿的公寓里。难怪道尔顿做事情会不计后果，敢随心所欲地修改别人的思想。他对汤姆的妈妈已经这样做了好多年。

对他来说，其他人只不过是物件而已。他对人没有起码的尊重。他那样对待蒂莱拉，也那样对待汤姆。忽然间，汤姆急切地想要让他后悔，让他为所做过的事遭到报应。

汤姆想起了写字台上药瓶里的质朴级处理器。他朝写字台走去，隐约听到道尔顿在说：“你该走了，小子。”

“还没到时候呢。”

捏着装有数十亿纳米机器的瓶子，汤姆的手在颤抖。道尔顿在催促汤姆离开，威胁要叫警察，但那声音感觉似乎很遥远。汤姆满脑子想的都是道尔顿对文格洛夫的谄媚，他那得意的笑，那天雪茄的气味，以及道尔顿是多么罪有应得。

“嘿，道尔顿。”汤姆感觉自己的声音也很遥远，“想知道被重编程是什么感觉吗？”

第十九章

逼道尔顿吞下那些东西并不难。汤姆捏着他的鼻子，不一会儿他就投降了。现在，道尔顿正在歇斯底里地给约瑟夫·文格洛夫打电话，恳求文格洛夫帮自己把新型质朴级神经处理器弄掉。汤姆走进母亲的房间，翻出一个包，不知道母亲都需要些什么。

衣服、鞋、袜子……还有什么？

他不知道该把母亲带到哪儿，藏到哪儿。肯定有办法去除她脑子里的程序。道尔顿那歇斯底里的声音又从可视电话那边传了过来。

“我想办法吐出来……”

“哦，那没用的。按照设计，它们会直接进入你的血液系统，植入大脑皮层。”

一听到可视电话里传来的约瑟夫·文格洛夫那呆板的声音，汤姆就愤怒不已。

“我们得把你的大脑拆开才能移除处理器。你信任我的技术吧，道尔顿？”

“当然了，可是……”

“很好，那你应该很清楚，神经处理器是绝对不会伤害你的。冷静下来，想想神经处理器的好处。这个小事故不需要弥补。事实上，我觉得现在正是推荐你担任更高职位的绝佳时机。我对你有信心。我觉得，你完全适合取代戴蒙德·麦克希恩的位子，担任道明·阿格拉公司的首席执行官。”

“首席执行官？我？”道尔顿尖声说。

“当然啦。罗奇兄弟遇难之后，我认为没有人能够阻止我对道明·阿格拉主要股东施加影响。如果他们反对……”

“如果他们反对？”道尔顿屏住了呼吸。

“要是机器里的幽灵在他们的下一次股东大会上展开袭击，那我也不会吃惊的。”

汤姆浑身一僵。

“或者把整个董事会一锅端掉。这家公司已经称霸了两个世纪，眼红的人多了。我想应该没多少人会奇怪，为什么恐怖分子会特别盯上道明·阿格拉的高管。”

周围安静得可怕，汤姆在隔壁房间简直不敢相信自己的耳朵。文格洛夫的意思是不是就是汤姆想的那样呢？

“我敢说，你保证可以荣登宝座。”文格洛夫对道尔顿说。

“文格洛夫先生，我……文格洛夫先生。”汤姆微微探出头，看到道尔顿正急切地点着头，满脸堆笑，那副感激涕零的样子真让人觉得可悲。“我不会让您失望的，先生。这可真是个好消息，真是太好了。”他顿了顿，“等我去你那里取出质朴级处理器的时候，能和您再详谈一下吗？”

一阵安静后，文格洛夫那呆板的声音又传了过来：“我为什么要那么做呢？”

“你——你说过你相信我的。所以才让我当道明的头儿的呀，不是吗？你信任我。”

“是啊，我是信任你。”文格洛夫满意地说，“你的脑袋里有我的神经处理器，没有什么理由不信任你嘛。”

即将获得梦寐以求的权力的道尔顿露出了笑容，但那笑容立刻消退了——权力需要丧失自由来换取。

“那孩子还在吗？”

汤姆全身紧绷了起来。

“应该还在。”道尔顿轻声说。

“我们就快到了，先别让他走。”

汤姆起了一身的鸡皮疙瘩。刚才整理的母亲的东西都用不着了，那些东西随时都可以买。他赶紧跑到站在门口的妈妈身旁，一把抓住她的胳膊，“我们走。”

“我们去哪儿？”蒂莱拉用平板的语调问。

“别的地方。”汤姆回答。

汤姆听到身后道尔顿的脚步声，赶紧转身面向道尔顿。他举起拳头，好像要打道尔顿，道尔顿惊叫一声，条件反射地后退了一步。汤姆有种确定的感觉：道尔顿不会阻止他们。

“退后。”他对道尔顿说。

“别想走。”道尔顿对他说，“外围警报刚被触发，他就告诉我他会马上来见你。”

文格洛夫来肯定没有好事。很显然，他已经知道汤姆发现了蒂莱拉身上的秘密——他是来封口的。汤姆也绝不会把妈妈留给他们。

“敢追我就杀了你。”汤姆警告道，然后抓住蒂莱拉的胳膊跑了出去。

下行的电梯上，他不断用网信给维克、华耶、布莱克伯恩等所有能想到的人发送信息。

错误：频段不可用。信息未发送。

汤姆不知道布莱克伯恩的神经连接是如何工作的，他只能对着空中大喊，“布莱克伯恩中尉，你在哪儿？”

没有回应。

神经连接是单向的。显然，此时此刻布莱克伯恩并没有看他。

文格洛夫一定已经距离他们很近了，所以才能阻断他的无线信号。汤姆的心在狂跳，不知道文格洛夫为什么要来这儿，为什么要来见他。他不打算等文格洛夫来。如果必要，他会接入网络，找些机器来自卫。就在他往后颈插入远程接入传输器的时候，门被打开了，一群保镖冲了过来，“你！不许动！”

汤姆一拳打向最近的保镖，又一脚将他踢开，顺便将其他保镖都逼入了楼梯井。他隐约听到一声响动，于是退回电梯，按下按钮，整个大脑都在飞转。

再把手伸到脑后的时候，他才惊觉远程接入传输器已经被打掉了——掉在了大厅里，没办法召唤机器来自救了。

对面的蒂莱拉就像雕塑一样，静静地盯着他。她的这副样子让汤姆非常不安。汤姆忽然觉得，自己对蒂莱拉脑子里的运作一无所知。但他可以确定，文格洛夫正在利用蒂莱拉监视他。

“闭上眼睛。”他命令蒂莱拉。

蒂莱拉闭上了眼睛。

他们来到了顶楼。如果文格洛夫正在迫近，那么汤姆只能朝上走，想办法超出干扰器的作用范围，然后向尖塔里的人求助，或者召唤无人机来自卫，那样更好。

可是爬上楼顶再次发送信号时，同样的信息再次出现在眼前——**错误：频段不可用。信息未发送。**汤姆只得失望地大吼一声。

他叹了口气，转身面对母亲，绝望地观察着母亲。“睁开眼睛！”

蒂莱拉睁开了眼睛，蓝色的眼珠像清水一样清澈。

“你的自我意识肯定还有残存。你就一点也不记得我了吗？”

“你是托马斯。”蒂莱拉回答，“我的儿子。你是个小流氓，没有家教，不尊重师长。”

“是，是，我知道道尔顿的程序是这么写的。可是你是怎么想的？”

“我不明白。”

“妈！你肯定还有自我意识！”

蒂莱拉眨了眨眼。

汤姆抓着头发，不知道该怎么办。不能让道尔顿把她带走，必须得阻止他。不能让那个混蛋把她当作奴隶一样留在这儿。

道尔顿说蒂莱拉的大部分大脑都已经被移除，这是真的吗？汤姆睁开眼睛，看着蒂莱拉。没有了额叶，不知道她的脑子里还剩下什么。她真的还活着吗？还是说，只是神经处理器在维持她的心跳和呼吸？

该不该……

如果接入她的系统，关闭神经处理器，这对她来说算不算是一件好事？

汤姆不敢再想下去了。这像是谋杀。他不能这么做。他不知道该怎么办了。

与此同时，他也失去了选择权。

头顶传来一阵轰鸣，汤姆举起手，眯起了眼睛。一束探照灯光照着他，直升机缓缓降落在他身旁。汤姆上前一步，用身体挡住蒂莱拉。尽管不清楚该怎样阻止文格洛夫和道尔顿带走她，但他下定了决心，绝不能让他们得逞。

然而，出乎意料的是，约瑟夫·文格洛夫竟然跳下直升机径直向汤姆走来，他黑色的长风衣在寒风中沙沙作响。

“你好啊，雷恩斯先生。”

“你来干什么？”汤姆的声音在发抖。

“更准确的问题应该是：你在这里干什么？你带她走的目的是什么？”

“不许靠近她，给我退后。”一股热流涌进他的大脑，让他怒火中烧，“你对她做的那些事，对……”对汤姆的人生，对他的整个童年，对他的父亲，对一切的一切。罪魁祸首就是眼前这个可憎的寡头，这个把整个世界踩在脚下仍不满足的家伙。汤姆的心在狂跳，如果能杀掉他就再好不过了。文格洛夫想要对全世界做的那种事是无法原谅的。

“阻止我呀。”文格洛夫张开双臂，“来啊，出手啊。”

汤姆想要出手，非常非常想。但是，那感觉就像被一只铁拳攥住了一样，整个人都动不了，尽管他非常想冲上去狠揍文格洛夫。

当然，这是因为写在神经处理器硬件里的程序。这是约瑟夫·文格洛夫防止机器伤害他自己的保险装置，所有神经处理器里都有。

汤姆咬紧牙。他从没有这么愤怒过，从没有这么想杀死一个人，也从没有一个人像文格洛夫这样罪有应得。他看到道尔顿出现在楼梯间，无助的愤怒攥住了他的心，“我是不会让她跟你回去的！”

“你没得选。”直升机的探照灯照在文格洛夫苍白的头发和冰冷的面孔上，“她的命运已经注定了。你觉得你能怎么样？把她偷走吗？你母亲早就不在了。她早就不是人了。她的大脑还不如一只爬行动物。”

“都是因为你！是你干的好事！”

“事出有因。你母亲为全人类做出了巨大的贡献。”

“就像被你弄死的那几千名波尔雅士兵一样吗？”汤姆吼道，“还是说，像布莱克伯恩中尉和被你弄死的那另外三百名合众国士兵一样？”

“还有死在东亚联合体的两千人，天竺的三千人，非洲的一万人。他们都为测试我的处理器做出了巨大的贡献。他们并没有白白牺牲。看看你自己，你的处理器——在你之前就被各个受试体用过几十次——现在不是正在完美运行吗？”

“你这个怪物。”汤姆喘息道。

“问题不是出在我的机器工艺上。我一直都相信，给人类安装神经处理器是可行的，因为第一颗处理器就是我爸爸安装在我大脑里的。”

汤姆没有想到文格洛夫会承认这一点。

“我就是活生生的证据。不过后来我才发现，只有年轻的大脑才能接受处理器。”他点了点头，“听说我有处理器，你并没有觉得吃惊啊……就好像你早就知道一样。”

“什么处理器？”汤姆这才想起要装傻，“你有神经处理器？”

“别侮辱我的智商。我早就想和你谈一谈了——面对面地谈，在没有人能帮你挡驾的情况下谈。”

汤姆看着文格洛夫，事情的发展完全出乎他的意料。直到这时他才意识到，他正和差点把他冻死在南极洲的寡头在一起。

“我建议你还是先别想你的母亲了。”文格洛夫说，“今天你需要担心的是——”

“我自己吗？”汤姆高声道，“我不怕你。”

“是你父亲。”

汤姆僵住了，周围的整个世界似乎都静止了下来。

文格洛夫抬了抬眉毛，“你就没想过他吗？他失踪的事？”

汤姆张了张嘴，但震惊得一个字都说不出来。

“他在我的监护之下。”文格洛夫淡淡地说，“我的承包商在克鲁特尼事件之后帮了我个小忙，正好那时候他的失踪也不大可能被人怀疑。”

“你……你……为什么？”

文格洛夫对被晾在一边的道尔顿说：“来接你的小情人吧，接完就走。”

道尔顿伸手揽住蒂莱拉的腰，带她朝楼里走去。汤姆一点儿拦的意思都没有，他实在是太吃惊了。

尼尔在文格洛夫手里。他父亲还活着，但被文格洛夫抓住了。

文格洛夫很享受汤姆那惊呆了的样子。一直等到道尔顿走了之后，他才开口道：“我一直在等待和你交流的时机。自然，得按照合适的方式来。把你父亲监护起来有助于明确我们双方的立场，不是吗？我有几个问题要问，而你非常适合回答。”

“什……什么问题？”

“有个匿名的黑客，他的攻击一直让我深受困扰，我觉得你应该认识他——机器里的幽灵。”

汤姆感觉口干舌燥，一股寒意爬上脊背，“为什么我就该认识？”

文格洛夫笑了起来，“因为你确实知道。我是通过尤里·希瑟维奇的耳朵知道这个机器里的幽灵的，偷听你和詹姆斯·布莱克伯恩的对话。当然，在那之前很久我就对某些现象产生了怀疑。我注意到某些机器有异常行为，但没想到后面还有人在操纵。不知道是什么原因，那个人可以超越软件的限制，随意进入机器。我曾对这个人的身份做过猜想，而你帮我验证了这个猜想。”

汤姆知道，他说的是美杜莎。

“很可惜，我错了。天空广告牌的毁灭证明了我的错误。我迷惑了，你和詹姆斯·布莱克伯恩是我唯一的线索，所以我才会资助你，以便与你接触，从你那里获得更多有关机器里的幽灵的信息。然后，你一手导演了弥尔顿庄园的袭击。”

汤姆吃了一惊，“你什么意思，‘我’？”

“我看到你的远程接入传输器了，雷恩斯先生。非常大胆。”

“那不能……不能……”

“不能证明任何事？对，确实不能。我想，在克鲁特尼事件前后，五角尖塔服务器的奇怪行为也不能证明什么。不过你得承认，我有大量的间接证据全都指向同一个嫌疑人——你。这更让我相信，你与这一切有关。如果我的推测正确，如果你就是机器里的幽灵，那么，祝贺你拯救了世界。”

“不是我！”

文格洛夫的眼睛里闪过胜利的光芒，“当然不是。这全都是巧合而已。很奇怪，幽灵还泄露了只有你和詹姆斯·布莱克伯恩知道的信息。从听到的对话来看，我相信机器里的幽灵不是詹姆斯·布莱克伯恩。最近的一系列事件消耗了我的耐心，因此，我决心马上找出幽灵是谁。而你知道些什么呢，雷恩斯先生？”

“我什么都不知道！”

“那可就太不幸了。”文格洛夫轻声说，“如果你真的什么都不知道，而且你自己也不是幽灵，那你对我就没用处了。如果你对我没用，那么你父亲就也没什么用。”

汤姆全身发冷，“你不能，你……”他结巴了起来。

文格洛夫冷冷地掏出一个平板，扔给汤姆。汤姆心烦意乱，差点没有接住。他手脚冰凉，一看到屏幕上尼尔的图像，心都快跳了出来。尼尔看起来更瘦了，而且疲惫不堪，正看着那个拍摄他的人。

不，不，不。

“再问你一遍。”文格洛夫靠近汤姆，一边看着屏幕上的尼尔一边问，“你对机器里的幽灵有了解吗？”

汤姆不知道该怎么办了，感觉两腿发软。他从没想过自己会陷入这般境地，被人用尼尔来要挟。他的脑子乱成了一锅粥。

“我的耐心可是有限的哦。给你五秒钟。”文格洛夫说。

“这个可能是冒充的！”汤姆叫道，“万一他不在你手里呢。”

“四、三……”

“这个可能不是他！可能是冒充的！得了吧，这个可能是冒充的！”

文格洛夫看着尼尔，“你的质疑还算有点道理。有没有什么只有你父亲知道的事？”

汤姆脑子发胀，不知道该如何回答。

文格洛夫的灰眼睛紧盯着他，“雷恩斯先生，我们会问他一个问题，他会为你回答，这样你就能确定我是不是在骗你了。有什么要问你父亲的吗？”

汤姆视线模糊，全身颤抖，努力去想起点什么能证明文格洛夫骗人的东西，证明文格洛夫并没有把尼尔关起来，证明这一切都不是真的。

“嗯……”汤姆结巴着，“嗯……呃……”各种画面从他的脑海中闪过。尼尔带着他走在路边，给他演示怎样用易拉罐检验栅栏是否通电。他生病发冷时，尼尔给他披上大衣，并徒步走了三英里帮他买苏打水。这些年来，父亲一直在照顾他。他用汗湿的双手挠着头，“我生日，十五岁生日的时候他给我的东西。”

是一块金表，尼尔从玛切特·雷迪公司的汉克·布鲁姆波利那里赢来的。尼尔肯定记得——他们还遭到吸血鬼银行家雇来的警察的袭击，表也被抢走了。

文格洛夫点点头，对他的人重复了汤姆的问题。

然后，汤姆惊恐地看着屏幕前的人重复了这个问题。看来真的是直播。父亲抬起头看着摄像机，半张着嘴，“给我儿子的十五岁生日礼物？不知道。”

尽管尼尔没有说出答案，但这更糟。糟得多，因为尼尔那半张着嘴的表情和眼睛中的神色是做不了假的。很显然，他已经想明白了自己被抓的原因。他知道自己被当成了要挟儿子的人质。

他是绝不会帮助别人去要挟汤姆的。尽管他们现在不和，尽管他们几个月都没说过话，尽管汤姆对他说了谎，还故意气他，但尼尔还是看着摄像机，撒了个谎，希望汤姆没有被人抓住——这就是父亲，只要可能，他就会在背后支持汤姆。此时此刻，汤姆终于确定文格洛夫确实抓住了尼尔，而且尼尔也没有屈服。

“我要你保证会放他走。”汤姆的声音在颤抖，“你要是打算杀掉他的话，那我和你就没什么好合作的了。我要你保证！”

“我也可以直接把你父亲杀掉，然后把幽灵的身份从你脑子里榨出来。”

“不，你不会的！”

汤姆后退几步，爬上屋顶的围墙。文格洛夫站在墙下，歪着脑袋看着他，就好像是在观察动物园里奇怪的动物。

汤姆完全明白自己所处的高度，街道上车水马龙，只要掉下去必死无疑。“你要保证我父亲的安全，不然我不会告诉你。我会跳下去。你还没来得及用程序拷问我，我就已经死了，你什么也得不到。我向你保证，这样你绝不可能知道幽灵的身份。”

文格洛夫谨慎地靠近汤姆，眼睛一直紧盯着汤姆的眼睛，“之前我自作主张，先给你父亲安装了质朴级处理器。这样更容易控制他。如果你合作，我就让我的技术员抹除和这件事相关的记忆，然后给他自由。他对我没用，只有你有用。”

汤姆的心在狂跳。尼尔肯定不喜欢被抹除记忆，但他应该永远也不会知道自己经历了这种事。这总比死了强。

“接受我的条件吗？”文格洛夫问。

“接受。”汤姆轻声说。

“那么告诉我——”文格洛夫的眼睛里闪烁着饥渴的光芒，整张脸似乎都生动了起来，“机器里的幽灵到底是谁？”

汤姆没有选择了。他感觉头晕、恶心、害怕。尽管不想说，但他必须要说。

“你说的对，就是我。”

他的声音很轻，不知道文格洛夫听到了没有。

“是我。我就是机器里的幽灵。”他又大声了一些，“都是我干的。”

“就你一个人？”

汤姆知道，那个精确暗杀联盟重要高管的网络恐怖分子怎么看都不应该是个十六岁的孩子，但文格洛夫肯定会相信他。一定会。“布莱克伯恩为我打过掩护，但他就做了这么点。我不知道你还想知道什么。我说的都是实话。你也知道我爸爸是怎么看你们这些人的。我也有相同的看法。我想毁掉联盟。我要让他们都反对你，因为——因为你对尤里做的事，因为你让我失掉了手指。”

“是你亲手杀掉那些高管的？”

“嘿，我就在宴会上。我觉得这样会提供完美的不在场证据。我用了远程接入传输器。我发誓我能做到，我可以演示给你看。”汤姆忽然灵光一闪。他看着附近的飞船，想象着控制飞船需要多久——也许这是个翻盘的机会，“让你的人把我掉下的远程接入传输器给我，我表演给你——”

“啊，那怎么行？如果你说的是真的，这么做就太蠢了，不是吗？”文格洛夫伸手从口袋里掏出一小块金属，“你可以把这个插在神经端口上。”

文格洛夫把东西扔了过去，他的动作如机器般完美。汤姆也用机械般完美的动作轻松地接了过来。那东西是圆的，表面很平，上面有接入用的端子。

“这是个约束节点。”文格洛夫说。

汤姆起了一身鸡皮疙瘩。文格洛夫准备得真充分。

“如果你真的是机器里的幽灵，你就能和它互动，然后把它拔掉。如果你不是，那么它就会控制你的肌肉，让你无法去除。”

汤姆看着那个装置，感觉有点恶心。

“现在就来，要不就别想了，雷恩斯先生。”

汤姆把装置插入神经端口，“好了。看到了？插进去了。”他小心地转了转身，让文格洛夫看。

“举起双手。”文格洛夫说。

一股电流穿过汤姆的全身，他的双手不由自主地举了起来。

“很管用，很好。现在，试试把它拔掉。”文格洛夫说。

汤姆使了使劲，他的手指根本无法靠近颈后。汤姆觉得这么设计应该是有原因的——显然这种装置就是为了制约安装有神经处理器的人而设计的。插在脖子上后阻止你手去拔是应该的。

文格洛夫后退了几步，半闭着眼睛看着他，“现在，试试用幽灵的办法把它拿掉。”

汤姆的心狂跳了起来。尼尔的形象浮现在他的脑海里，他知道自己搞砸了。他有一种可怕的预感，但即使救父亲的希望只有那么渺茫的一点他也要试一试，这个机会不能放过。

于是，他让自己的意识进入连接在神经端口上的设备里。带着一丝恐惧和绝望，他让设备过载、坏掉，然后用麻木的手伸向约束节点，拔下来，给文格洛夫看了看，扔在了地上。

文格洛夫上前几步，将节点捡了起来，一脸好奇地查看着短路了的机器，“精彩极了。真是你。在黑曜石集团里和我的处理器互动的也是你。”他紧盯着汤姆的眼睛，“我感觉到了你的意识，就在我的……好几个月了，我们追查的人只是个小男孩，还是个不怎么聪明的男孩，真可笑啊。”

“放我父亲走。”汤姆说，“你信守承诺，我也信守承诺。不然我就从这里跳下去，这样你从我脑子里什么都得不到，我发誓。”

“我没有什么理由来破坏我们的协定。”文格洛夫用手指按了按耳机，“把他父亲放到你找到他的地方去，在此之前，先用代码抹除几段记忆。”

周围安静了下来。

“有关他儿子的记忆。把它们都抹掉。他已经不需要这些记忆了。”

绝望感淹没了汤姆。他就要从尼尔的心里消失了。但文格洛夫确实信守了承诺。

该轮到他了。如果他现在轻举妄动，文格洛夫肯定会改主意。

汤姆疲惫地走下屋顶。他最后看到的画面是文格洛夫那胜利的微笑和从口袋中掏出的电击枪。

第二十章

意识启动。现在时间××××时。几个字出现在汤姆眼前，他感觉晕乎乎的，有些不对劲，根本无法集中注意力思考。

“一次刺激大脑的一个部分。”文格洛夫的声音传了过来，“注意心电仪，我可不想他发病。”

迷迷糊糊的感觉还在继续。他不能动，不能说话，也不清楚自己在什么地方。他感觉浑身起了鸡皮疙瘩，就好像被泡进了冰水里。然后，炙热的感觉包裹了他。他看到了星星，看到了旋涡，看到了黑暗中的红光。他感觉眼泪流出了眼眶，又感觉自己的嘴里发出了笑声。一个接一个的刺激操纵着他的大脑。

就这样，他的大脑在被一点又一点地探索——直到不知哪一部分被刺激到，神经处理器的轰鸣立刻充满了他的耳朵，让他清清楚楚地感觉到了连接在神经端口上的设备。有一瞬间，汤姆甚至感觉到了心电仪的信号。接着那种感觉消失了。

“就是这里。”文格洛夫说。

不一会儿，轰鸣又占据了汤姆的脑海。汤姆感觉自己似乎被拽出了身体，进入了机器，接着那种感觉又消失了。

文格洛夫的声音里充满了喜悦："就是这儿。就在这里。眼窝前额皮质。"

"还需要我们取出神经处理器吗？"另一个声音问。

"没有必要了。"文格洛夫淡淡地说，"是这个区域。真有意思，就是他接受神经移植的地方，简直就是专为机器互动而生的。"

先是一阵沙沙声，然后是文格洛夫的声音，就在他的耳边。

"你可真走运，雷恩斯先生。看起来，我要使用你的能力的话，就只有依靠你。"

汤姆睁开眼睛，发觉自己正看着天花板，不知道自己是在哪家酒店，身子下面垫的居然是豪华床垫，而不是五角尖塔宿舍里的硬床垫。

然后，他就都想了起来。

汤姆一下子翻了起来，机警地环顾四周，但突然眼前一黑。

"小心。你已经躺了好几天了。"

文格洛夫那优雅的声音让他起了一身鸡皮疙瘩。这一次，他慢慢坐了起来，小心翼翼地看了一眼坐在卧室对面端着一杯酒的文格洛夫。

汤姆的神经处理器上插着东西。他伸手去够，但没办法摸到。看来是约束节点。他集中注意力，想让它短路。他渴望在文格洛夫的脸上狠狠地来一拳，反正尼尔已经不在他手里了……毕竟，这么做不算杀人。

但是什么也没有发生。

"你无法和这个互动。"文格洛夫说，浅色的眼睛紧盯着汤姆的眼睛，显然他猜到了汤姆的企图。"这可是专为你设计的。从今天起，只有在我认为时机合适的时候，你才能用你的能力操纵机器。真希望你能看到那个约束节点的样子，还挺高档的。"

"你想要怎样？"汤姆问，过去几天发生的事情在他脑子里还是模模糊糊的。

“我想要你的心，雷恩斯先生。”文格洛夫举了举手中的玻璃杯，“看起来，你操纵机器的能力来自你儿时移植的神经组织。电脑刺激生长的神经……那块脑组织是在机器的协助下生长起来的，然后被植入了正常脑组织中。”

汤姆屏住了呼吸。这么说他的能力就来源于那次神经移植。这也能解释美杜莎的情况。美杜莎告诉过他，她在事故之后也接受过神经移植。

“看起来——”文格洛夫说，“神经移植强化了你的大脑，给了你超越常人的与机器互动的能力。真可惜，神经移植只能在小时候进行。我原打算弄明白你的能力之源后自己利用呢。现在是不行了。”

“真可惜。”汤姆讽刺道。

“不用担心。”文格洛夫说，继续盯着汤姆的眼睛，“我只需要把你留在身边就行了。活的你，为我所用。”

“我是不会帮助你的。你还是杀了我吧，我觉得你就是个权欲旺盛的混——”

“激活。”文格洛夫说。

这个词激活了个某样东西，某样在他失去意识时被安装进神经处理器中的东西。一行代码迅速从他的眼前闪过。汤姆知道那是什么，他就要被重编程了，他就要失去自我了。愤怒、恐惧瞬时涌上心头，他知道自己束手无策……但负面的感受如潮水般迅速消退下来，取而代之的是一种镇静、平和的感觉。

“雷恩斯先生。”

汤姆看了看对面的文格洛夫，敌意与不信任都消失了，巨大的信任感如潮水般涌来，没有什么可怕的。之前真是杞人忧天。约瑟夫·文格洛夫是个大好人，很好的人，他是正义一方的代表。

“现在理解我了？”文格洛夫柔声问。

汤姆感觉惊奇极了，因为他确实理解了。这整个世界都充满了无端的混乱，短视的人类做出各种愚蠢的决定。人类根本无法自我治理。最好还是由更聪明、智商更高的人来替他们做决定，比如约瑟夫·文格洛夫。

汤姆觉得自己也是愚不可及。连自己的人生都控制不了，更别提为自己做选择了。应该让约瑟夫·文格洛夫来帮他。所有这一切忽然没有那么吓人了。事实上，汤姆很高兴文格洛夫绑架了他。他很高兴自己在这儿。

“我想帮忙。”汤姆急切地说。

文格洛夫笑了笑，“很好。过来，我来把我们的神经处理器连接到一起。”

汤姆把头伸了过去，等待着。有个东西忽然出现在他心里，潜伏在他系统内的特洛伊木马被激活了。更多的代码从汤姆的眼前闪过，他忽然感觉自己又变回了自己，仿佛打碎了一层厚厚的冰。他从文格洛夫手里夺过神经导线，约束节点因此发出了剧烈的电流。汤姆跌跌撞撞地从文格洛夫身旁退开，所有和谐互信的假象都被打碎了。

汤姆竭力尖叫道：“给我滚开！”他的心在狂跳，他大口地喘着气，“你居然……你给我重编程了！你又这么干了！我要你……”他抬起手，愤怒地想要把文格洛夫撕成碎片。

文格洛夫看着他，一脸疑惑，手还举在半空，“这是怎么回事？”

一行字从汤姆眼前闪过：**检测到恶意软件，只读模式启动**。他忽然一下子都明白了。

汤姆大笑着，直到听到文格洛夫叫出“坐下”两个字，才不由自主地坐了下来。约束节点还在发挥作用。

汤姆坐在那儿，既有一种恶意的满足感，又有一些无奈。文格洛夫在自己的神经处理器里忙碌着，想要搞明白为什么汤姆摆脱了他的程序。整整一晚，他都在试图重新夺取汤姆神经处理器的控制权，但汤姆神经处理器里的某个程序让他一直处在只读模式，被完全挡在了外面。

“詹姆斯·布莱克伯恩。”文格洛夫终于开口道。

汤姆笑着说：“他打败你了。”

“你以为他是在帮你忙。”文格洛夫冷冷地说，终于放弃了努力。

“是啊，某种程度上确实是。”

文格洛夫一把揪住汤姆的头发，强迫汤姆看着他的眼睛，“按照他的设定，只要我让你退出只读模式，你的神经处理器就会过载。知道那是什么意思吗？意思就是，他宁愿你死也不让我给你重编程。”

汤姆咽了口唾沫，“我也宁愿死也不要被重编程，所以看来他还是挺为我着想的。”并不像文格洛夫以为的那样，他没有觉得吃惊或感到背叛。

布莱克伯恩的目的就是阻止文格洛夫。他想要拯救这个世界。他对汤姆说得很清楚，大局一直是他的优先选择。为了大局，他杀了海瑟。只要能阻止文格洛夫，杀掉汤姆也在所不惜。

所以，布莱克伯恩把他当作和其他人一样的可消耗品，对此，汤姆并不觉得吃惊。在某种程度上，他还挺感激的。

尽管心中还是隐隐作痛。

离开那个华丽的房间前，文格洛夫先用一根导线将汤姆颈后的约束节点连接到了墙上的端口上。等他走后，汤姆使劲拽了拽导线，想把约束节点拽下来，但是节点纹丝不动，导线也无法从墙上拔下来。

他使劲拽着，整个人的重量都压了上去，甚至用了牙齿去咬，但导线都毫发无损。代码迅速在他眼前闪过，尽管大脑经过电脑增强了，但代码闪过的速度还是快到看不清楚。

*他这是在做什么？*汤姆心想。

就在这时，布莱克伯恩出现了，“汤姆？”

汤姆被吓得叫出了声，他环顾四周，急切地想看清忽然出现在面前的布莱克伯恩。真不敢相信布莱克伯恩能过来，不过看到他真是让自己松了口气，“你来了！你找到我了。”

“我不在这儿。”

汤姆看着他，“你就站在这儿呀，就在我眼前。”

布莱克伯恩坐在了他的旁边，“雷恩斯，你的 GPS 信号几天前就消失了。我操纵了你的传感器才让你看到了我，我有你的……”

“嗯，嗯。你能那么做是因为我们俩的处理器间有神经连接。所以你能看到我有麻烦了。文格洛夫把我关起来了。我不知道我在哪儿。他什么都知道了。”

“他知道什么了？”布莱克伯恩急促地问。

“所有一切。”汤姆知道自己在发抖，“我不知道自己在哪儿。连过了多久都不知道。处理器里的计时器被关闭了。他抓了我爸。我只能告诉他一切，不然他会杀了我爸。”

布莱克伯恩轻声骂了一句，“为了弄清楚你的能力的原理，他会把你撕成碎片的。这你是知道的吧？”

“嗯，他已经让他的技术员检查过我了。他夺不走我的超能力，因为这种能力来源于我的脑子，而不是神经处理器。所以他想给我重编程，让我跟他合作，但你的反代码插入了进来，把我弄成了只读模式。是不是只要他一关闭只读模式我的脑子就会被烧焦？”

过了好长时间，布莱克伯恩才说：“是的。”

“很好。弄清楚就行。”

两个人都有种尴尬的感觉。

“那是在国会山峰会之后安装的。”布莱克伯恩说，“你的第一次国会山峰会之后。我也不想让这个机制真的启动，抱歉。”

汤姆有些奇怪他为什么要道歉。毕竟汤姆自己也不觉得这么做有什么不妥。

“现在他要把我怎么办，长官？”他的心脏又狂跳起来，“如果不能给我重编程，那么对他来说我就没用了，是不是？还有这个约束节点，他可以命令我坐下或者不准我离开，但他不能命令我帮他，是不是？不然他早就那么做了。”

布莱克伯恩点了点头，“约束节点只能通过脊髓控制肌肉神经冲动，他可以控制你的身体活动，但控制不了你的思想。你的思想只能你自己控制，我会确保这一点的。”布莱克伯恩又顿了顿，“他不能重编程你的行为，也不能抹除你的记忆，只能进入表层目录——你进入尖塔后我们植入知识、技能之类的东西。”

“知道了。”

“注意，汤姆，他不能抹除你的记忆。但他可以通过向你输入图像或大量信息来影响你。你仍然需要增加新的记忆——这种功能我不能关闭——他可以针对这一点做文章。”

汤姆感觉有些恶心，“普查呢？”

“普查器会损坏你的大脑。如果没有什么特别急切的理由，他应该不会冒险用普查器。”布莱克伯恩揉了揉下巴。汤姆知道，这是传输进他的视觉中心的布莱克伯恩的实时动作。那熟悉的动作让他心里一痛。“听说过神经主权吗，汤姆？”

汤姆摇了摇头，然后才想到布莱克伯恩只能看到他看到的东西，不能直接看到他。

布莱克伯恩的幻影跪在了汤姆的面前，那影像实在是太逼真了，汤姆都能感觉到布莱克伯恩的胳膊搭在他的腿上，“我们的神经处理器——警戒级神经处理器——需要与大脑串联运行。也就是说，你的神经处理器在植入之后，会映射你的整个大脑。它会学会接受你的意识的命令。明白吗？”

汤姆点了点头，“也就是说，我的处理器知道我发的命令。”

“确实如此。它学习服从你的大脑。刚一安装上之后就是这样。就算我们用一根神经导线将你我的处理器连接到一起——”他指了指彼此，“我也不能像操纵普通机器那样操纵你。因为你的处理器分得出哪些神经元是你的，哪些是我的。它知道命令应该来自你的神经元，而不是我的，所以所有来自我的信息它都会排斥，但有个办法可以绕过这个机制。”

“当然会有了。”汤姆疲惫地说。

“他把他的处理器连接在你的处理器上了吗？”

“连了。”汤姆说，他还记得布莱克伯恩的木马程序激活前文格洛夫所做的事。“不过他还没来得及做什么，你的代码就启动了，之后我就不再合作了。”

“这就是关键。合作。”布莱克伯恩说，“如果我把我的神经处理器和你的连接到一起，然后命令你去操纵机器，你是不会依命令行事的，因为你的处理器不认可我的神经主权。不过，如果我命令你操纵机器，而你愿意合作：那就是你选择接受命令去操纵机器。如果你这么做了，你的处理器就开始了新的学习过程。它会学会遵守来自我的神经元的命令，就像遵守你的命令一样。所以理解这一点非常重要：如果让约瑟夫·文格洛夫取得了你的处理器的神经主权，他就能通过你的处理器来控制你了。到时候，他就能像接入机器一样接入你的神经处理器发布命令。如果让他取得了神经主权，你就只能永远听他的指挥。”

汤姆笑了起来，这也太令人难以置信了。“为什么我要合作？之前是因为他用枪指着我爸的头，所以我才告诉了他一切，现在他已经没有可以要挟我的东西了。”

“你认为自己不会按他说的做，但他有很多方法可以操纵你，强迫你，或者利用你自己的需求与欲望。就连告诉你什么时候眨眼这种小事，也会启动学习过程。他可以利用心理压力来逼你就范。所以你得一直坚持住，直到我找到你。唯一的反抗方法就是随时保持警惕，识破他的目的。我可能无法像现在这样给你建议了。”

“什么意思？”汤姆忽然紧张了起来。

“这个连接，”布莱克伯恩指了指彼此，“是可以被阻塞的。也许他会在监控上看到你和空气说话，推导出真相对他来说可一点也不难。他还没有阻塞连接的唯一理由，我猜他应该希望在我们交谈的过程中听到些有趣的东西。”

汤姆这才忽然意识到，自己是在和只存在于脑子里的人说话，那个人真实的位置可能在几千里之外。

那个人现在根本帮不上他。

但有个人可以。

“听着。”汤姆忽然说，“你得帮我个忙。有个人可以帮你找到我。”

“谁？”

汤姆舔了舔嘴唇，他知道文格洛夫可能正在偷听。他不能直接说出那个名字。于是，他只是说：“穆加特罗伊德。”

“你在开玩笑吗？”

“是真的。”汤姆说，他不能说出美杜莎的名字，“你就——你就在尖塔系统里发个东西，说明我的情况，联系人写‘穆加特罗伊德’就行了，相信我。”美杜莎在五角尖塔的系统里植入了算法，她会注意到的，然后联系上布莱克伯恩，“还有，警告穆加特罗伊德不要再回复莫德雷德的信息了。还有，告诉我朋友我很好，行吗？如果我回不来的话，他们会担心的。”

布莱克伯恩看着他的眼睛，“我会的。”他伸手拍了拍汤姆的肩膀。尽管只是个幻象，但那感觉就像真的一样——这让他稍微心安了一些。“别放弃，我们会找到你的。”

“决不放弃。”汤姆宣誓道，他打心底里希望自己能够做到。

一想到文格洛夫可能会对他使用普查器，汤姆的心里就是一沉。布莱克伯恩的普查器就已经够可怕了，他都想象不出面对文格洛夫会有多惨。尽管布莱克伯恩觉得文格洛夫不会冒损伤神经的风险使用普查器，但汤姆觉得，普查器就是这个世界上最可怕的东西，而文格洛夫肯定会在他身上使用。

不过，文格洛夫却让他吃了一惊。尽管他每天让汤姆在普查器下接受扫描，有时自己在旁边看，有时不在，但那机器一直在常规设定上，这样汤姆对提取哪段记忆完全享有自主权。

虽然不敢相信，但汤姆还是松了一口气。汤姆没有放出任何一段不好的记忆，也没有泄露任何秘密，任何不能分享的东西都没有被提取。有关耀兰的一切他都避免提及，经过中级生的思维界面训练和高级生的思维界面实践之后，他发现控制整个过程比以前要容易多了。

事实上，他放出的都是文格洛夫不可能感兴趣的东西：战争游戏期间和维克在食堂里的打闹，第一节编程课上在所有人面前当狗后与伙伴们一起欢笑，尼尔和他住在同一个篷车里玩小孩的纸牌游戏，失去手指后第一次被华耶拥抱……没有什么不好的，也没有什么重要的。全是文格洛夫不会感兴趣也不会觉得有用的小事。

尽管如此，文格洛夫还是没有强迫他，汤姆不知道他葫芦里卖的是什么药。布莱克伯恩也没有再出现，汤姆怀疑是文格洛夫阻断了他们之间的连接。不过，对此汤姆一个字也没有提。

最后，终于有一天，文格洛夫宣布道："我们完事儿了。我觉得我了解的已经够多了。"

"什么就够多了？"汤姆说。

文格洛夫没有回答，"你肯定饿坏了，我知道你一直吃的都是三明治，抱歉。"

汤姆听到身后传来开门声，然后是关门声。熟悉的香气徐徐飘来，他身上的束带被解开。汤姆从椅子上挣扎着站起来，转过身，跟着文格洛夫走向远处的桌子。

他吃了一惊，桌子上打开着的盒子里放的是比萨。过去的几天，他吃的都是麦片、汤和火鸡三明治。能够不用再吃火鸡三明治，真是件令人高兴的事！

"什么意思？"他问。

"哦，我们马上要去旅行了。"

"旅行？去哪儿？"汤姆问。他连自己现在在哪儿都不知道。

"这就不需要你操心了。"

也许是南极吧。汤姆心里一沉。文格洛夫肯定会把他关在南极基地里的阴森角落……莫非他们现在就在南极？他一直没有离开过这里，走得最远的地方也不过是穿过狭窄的走廊进入普查室。约束节点不让他靠近任何一扇门。

"我在你的一条记忆里见到过这个。"文格洛夫指了指比萨，"既然我们之间即将达成建设性伙伴关系，我得表示欢迎才行。"

"我是不会帮你的。"

“这是你最喜欢的吧？”

汤姆谨慎地靠近了一些，他的肚子在咕咕叫，眼睛紧盯着那块香肠比萨饼。他嘲弄地笑了笑，“你真以为一张比萨就能买通我吗？”

要买通也该用真钱嘛。汤姆是不会上钩的。就这么一张比萨，太侮辱人了。

“这可不是贿赂。我只是以为你饿了。我错了吗？”

他没错。汤姆感觉自己可以把整张比萨都吞下去。他知道，要是文格洛夫带他去的地方是南极洲的什么监狱，那到时候这些东西就都没了。

于是，他上前拿起一片。与此同时，文格洛夫将神经导线连接在他脑后的端口上，另一头插进了自己的端口。

直到那种连接机器的感觉传来时，汤姆才意识到文格洛夫是要和他交互。他下意识地想要伸手拔掉导线，但还是没办法够到。汤姆咬紧牙关，他能感觉到文格洛夫的神经处理器在和他的传感器一起运行。

“吃吧。”文格洛夫说，他坐在桌子另一头，紧盯着汤姆，眼神就像机械警卫一样，冷酷而坚定。汤姆想起了布莱克伯恩说的关于警戒级神经处理器控制权的话，感觉好像肚子上被打了一拳。神经冲动如同穿过帷幕的命令般在他的脑中跳动。

吃吧。

汤姆知道这是怎么回事。看样子，这就是文格洛夫的方法：发布汤姆愿意遵守的命令。布莱克伯恩说过，他会欺骗神经处理器，即使是最小的妥协也会启动学习进程，让他最终失去自己的神经主权。如果不知道这是怎么回事，汤姆的麻烦就大了。

但他知道。他看了看文格洛夫的眼睛，将比萨放了下来。

“吃吧。”文格洛夫说，“我知道你饿了，已经这么久了。”

“我可不会为了一块比萨就放弃。”

文格洛夫看着他，“看来，詹姆斯·布莱克伯恩已经告诉过你神经主权的事了。他这是在帮倒忙，反抗只会让你更难受。我已经阻断了你们的神经处理器连接，他现在可没办法和你一起承受痛苦。”

汤姆咬紧了牙关，“你永远别想控制我的大脑。指望这个还不如直接杀了我。”

他们之前就进行过意志的交锋，就是文格洛夫把他锁在黑曜石集团外那次。那时候所有摄像头都对着汤姆，等着他崩溃、低头，向文格洛夫投降。但汤姆没有崩溃，这一次也不会。

“你以为他是在帮你吗？”文格洛夫忽然说，“真正仁慈的做法应该是让我给你重新编程，或者建议你尽快交出神经主权。他的做法只给了我有限的选择，而这些选择会让你后悔的。”

汤姆看着他，丝毫没有退缩。

文格洛夫转过身，“你该回屋了。”

他拍了拍门，对护送汤姆回屋的人说了点什么。汤姆只是隐隐约约地知道，他们说的是波尔雅语。

但他听不懂。

一句都听不懂。

汤姆看着那两个说波尔雅语的人，迷惑不已。从进入五角尖塔的第三周起他就精通波尔雅语了。那些内容他都从订阅源里下载过。

汤姆被关进了原来的房间，警卫又将导线的另一头固定在墙上，代码从他的眼前闪过，汤姆这才明白到底是怎么一回事。他想要回忆驾驶直升机的方法，却怎么也想不起来；他想要回忆核爆炸的原理，但那些信息也不在他的脑子里。汤姆不由得恐慌了起来。

那一切都消失了。

他所知道的一切都消失了。

他越来越紧张，想要拔掉连接在墙上的导线，却怎么也拔不下来。他感觉脑袋沉重，心里也越来越害怕。他学到的一切内容、下载的一切信息，所有这些年来通过神经处理器掌握的关于战斗、武器、语言等方面的知识都从他的脑子里抽了出去，就好像根本没有存在过一样。

如果他只是那个从罗斯伍德退学的小混蛋汤姆，那他还有什么机会逃脱？

布莱克伯恩再也没有出现，汤姆知道他不会出现了。他不知道时间过去了多久。连接在墙上的导线抽走了他的一切。

整个过程忽然停止了，导线从墙上掉了下来。

汤姆看着自己的手，急切地搜索着关于五角尖塔的记忆。他还记得那些课程的名字，但不记得克伦威尔、布莱克伯恩和马什讲过的任何内容。就连如何给步枪装弹这么简单的事也想不起来了。

都没有了。这些年习得的一切都没有了，都被文格洛夫抹除了。

文格洛夫把汤姆变回了普通的十六岁少年。

第二十一章

接下来的记忆一片空白。汤姆睁开眼睛，那些有用的技能都不见了。而现在，周围一片黑暗，他躺在一张床垫上，四面只有墙壁。幽闭恐惧感包裹了他。他伸出手摸索，但什么都没摸到。他的手臂可以打直，但想要坐起来时又被导线拽了回去。他正连在后面的神经端口上。

导线非常短。他只能在床垫上半坐起来。

他伸手拽身后的导线，却发现自己并没有戴电子手指。手上只有剩余的残肢。

一阵怒火升腾了起来。文格洛夫拿走了他的手指？他连自己的手指都不能留下来吗？

汤姆躺回到床上，做了几个深呼吸，好让自己镇静下来。他撑开双腿感觉了一下，关他的这个空间真的太小了。

他忽然意识到自己不觉得饿了。有个东西正插在他的鼻子里，通到了嗓子中。他伸手去摸……

那东西是塑料的，直接穿过了他的鼻孔。汤姆想要把它拔出来，却够不着，约束节点禁止他这么做。他不能摸自己的鼻子，不能摸自己的后颈，哪里都不能摸。汤姆沮丧地冷笑了几声。“得了吧。”他哼道。

“别想拔鼻饲管，约束节点不会让你成功的。”

文格洛夫的声音从上方传来。汤姆心里一惊，看着上方的黑暗。

“你不吃我给你准备的比萨。那么拒绝就要承担后果，你已经失掉了特权。”

“什么特权？”汤姆叫道。

他声音嘶哑，这让他产生了一个奇怪的念头：自己是不是已经很久没有说过话了。“我在这儿还有特权？”

“你拥有所有的特权，除非你主动放弃。之前你放弃的就是吃的特权。”

“你开玩笑吗？”

突然间，周围的墙壁都打开了。汤姆抬起手，遮挡射入眼睛的炫目光芒。他看到文格洛夫的身影，那家伙正凝视着他。

“我希望你过得舒服。从现在起，你就住在这儿了。”

汤姆尽量坐起来。文格洛夫的视线大概与他齐平。

“只要愿意，我就可以看到你；只要愿意，我就可以听到你的声音。”文格洛夫说，“但是只有在我愿意的时候你才能见到我。同样，只有在我愿意的时候你才能听到我的声音。当然，我不会常来，但我来的时候，会给你机会证明你比现在更易于合作。”

面对强光，汤姆眯着眼睛，“你打算把我一直关在这里面？”

“别怕，你的生理需求都会被满足。”文格洛夫绕着圈，拍了拍那几面墙，“这是照顾昏迷病人的医疗舱的改装版。在你愿意合作以换取更多活动空间之前，这里足够满足你的需求。”

汤姆注意到医疗舱顶部有一些面板。汤姆还记得，尤里昏迷的时候就被放在了这种机器里，它会在他不能吃饭的时候喂他，给他插管，帮他擦洗、翻身。这种机器服务的对象不是完全清醒的人，而是昏迷的人。

汤姆感觉到墙壁又收拢了过来。

“别，别，等一下。你不能把我关在这儿。”汤姆说，尽管他知道文格洛夫完全可以这么做。

“为什么不能呢，雷恩斯先生？过去几周你在里面过得挺好的。”

汤姆看着文格洛夫，“几周？”他大吃一惊，“我没有……没有睡好几周。你骗人。”

他那吃惊的样子似乎让文格洛夫感觉很困扰，“我掌管着这个世界上最有权势的两家公司，不可能每天都陪你玩。有时间的话，我就会亲自来看你，但这样的机会少之又少。今天凑巧是最近我头一次有时间。”

汤姆盯着文格洛夫，一副目瞪口呆的表情。几周？几周？真的已经过了那么久吗？

“别害怕，我不在的绝大多数时间是不会让你处在昏迷状态的。我觉得我应该在你第一次醒来时解释一下，否则你会很害怕的。”

汤姆的脑子里嗡了一下，就这样清醒几周听起来比昏迷还要可怕。“你不能……”他支吾道。

文格洛夫挥了挥手，墙壁完全合拢，黑暗把汤姆包裹起来。愤怒的汤姆一拳向墙壁打去，但约束节点拦住了他。

“哦，别忘了，”文格洛夫的声音再次从上方传来，“我不在的时候，约束节点会阻止你伤害自己的。如果你自己崩溃了，那就太不幸了。”

汤姆绝望了，周围安静下来。他伸手想要摸颈后，不知道能不能通过某种方法绕过约束节点。但他的手根本伸不到那里，连自己的脖子都不能摸。

没有别的事情可想，汤姆只能在脑海里反复思考文格洛夫说的话。不可能已经几周了。不可能。不可能……几周了他都没有被救出来。

但他在说话的时候嗓音嘶哑，四肢感觉也很僵硬，全身虚弱，确实很像是几周都没有动过。

汤姆不敢再想下去了。

时间还在流逝，但在这个封闭空间里却没有什么感觉。每次在黑暗中醒来后，汤姆才意识到自己之前睡着了。

汤姆隐约觉得，这个医疗舱的时间点是混乱的，让他无规律地入睡又醒来。有时候醒来后，他感觉好像已经过了几个星期，有时候又觉得好像只睡了几秒。

他在脑子里一遍又一遍地重复着布莱克伯恩的警告。

“他想把我拖垮。”汤姆大声对自己说。有时候，听到自己的声音，听到任何声音都能让他感觉舒服一些。可是今天，这些话听起来似乎刚一出口就被黑暗吞没了。

经过比萨的事，文格洛夫已经认识到，汤姆知道他的把戏，利用“个人需求”达不到目的。所以他改用心理压力。这个隔离装置就是一个心理压力器。

汤姆尽量克服对密闭空间的恐惧感，活动身体，好保持体力不退化，尽管他并不能把腿抬很高，也不能把手伸多远。

被禁闭在这里的感觉真的非常恐怖——不仅仅是无所事事的时候，还有喂食的时候。通过神经导线直接传入处理器的信号会让他忽然全身麻痹，像昏迷病人一样躺在那里，然后喂食管就会伸出来，连接到插在他鼻子里的鼻饲管上。汤姆会感觉胃里发热，接着一切就结束了，喂食管会缩进医疗舱顶部，过几个小时再下来。喂水的方法也是一样的。不过，最糟糕的还是上厕所——除了全身麻痹，还得插导尿管。

汤姆不知道鼻饲管喂进来的食物有多少，不过肯定不够吃。他总是感觉很饿，想要咬个什么东西，嚼一嚼。他感觉嘴里干得要死，脑子里想的全是以前吃过的东西。眼睛也开始跟他开起了玩笑。他会看到细小的光点在眼前飞，接着光点就会变成屏幕，显示出他在食堂里和朋友们在一起的情景。那画面真是太生动了，每当画面消失，汤姆都会有一种若有所失的感觉，痛彻心扉的孤独感立刻包裹了他。

他开始自言自语，开始假装和朋友们聊天，并在脑子里想象他们的回答。他会对自己唱歌，会高声咒骂文格洛夫，尽管文格洛夫并不在场。

不过，无论怎么折腾，汤姆都只是孤单一人。

他没有办法计量时间的流逝，一点办法都没有，只是感觉时间过了很久。一天，汤姆又在无尽的黑暗中醒来，终于意识到了冰冷的事实——他的性命完全掌握在那个人手中，只要那个人念头一动，就能决定他的下半生是不是都要在这个黑匣子里度过。约瑟夫·文格洛夫在汤姆的心里变得越来越大，占据了整个空间，挤走了其他所有的一切。整个宇宙似乎都消失了。前所未有的恐惧攥住了汤姆的心。

“对不起。”他在黑暗中说，“是因为比萨的事吗？很抱歉我没有吃。真的。对不起。只不过，只不过……求你了。已经够了。我懂你的意思了。真的懂了。”

因为自己刚才说的话，因为自己彻底投降了，巨大的羞耻感占据了他的心。不过等到再次醒来时，奖赏就到了。单元舱一下子亮了起来，上次看到亮光感觉都是很久以前的事了。

“啊，汤姆。”文格洛夫说。汤姆眯起眼睛，看着文格洛夫的背影。“我原谅你。”

文格洛夫终于放开了汤姆。初获自由的瞬间感觉真是太爽了，令人头晕目眩，尽管汤姆的活动空间只是扩展到了医疗舱外的房间——应该是书房之类的地方。房间的所有细节都吸引着汤姆——噼啪作响的全息壁炉、巨大的真皮沙发，远处还有一扇被厚厚的蓝色窗帘挡住的窗户。

他想要走一走，但两条腿一下子弯了。因为躺了太久没运动，他的双腿肌肉都萎缩了。

还好文格洛夫赶在他摔倒前扶住了他。感激之情从汤姆的心底升起，他觉得自己好像神经错乱了，不由自主地背叛了自己。汤姆立刻又愤怒起来。毕竟，文格洛夫正是使他双腿肌肉萎缩的人。

“要看看窗外的风景吗？”文格洛夫在他的耳边低声说。

汤姆压抑着心里的冲动。他太想看看外面的情况了，太想看看外面的蓝天了。哪怕只是为了知道这里到底是哪儿也好。

文格洛夫把神经导线插进自己的端口，另一端插在汤姆的端口上。汤姆心头一痛，所有的一切都是有代价的。

“看看窗外。”文格洛夫说，他的意识触到了汤姆的意识，命令着：*看看窗外*。

汤姆知道自己不该这么做，他的心里很清楚，接受这条命令就是失去神经主权的开始……

但如果不接受，如果只是呆呆地站着，他就会再次被关进舱室，那是他无法忍受的。只要能看看蓝天，看看那天空上的白云，他就能再坚持一段时间，他打心底里确信这一点。

文格洛夫带着汤姆穿过房间，窗帘就在眼前，随时准备着被他拉开。那种诱惑简直就像太阳一样，散发着光芒。

来吧，打开它。文格洛夫的命令在他的脑子里响起。

“机不可失。”文格洛夫在他的耳边低声说。

绝望感充斥了汤姆的脑海。他不顾一切地拉开窗帘，那条命令还在他的耳边不断地回荡：*打开，打开*。

然而看着窗外的景象，汤姆的脑子却蒙了。他看到的是太空。一片黑暗中，远方的星星在缓缓旋转。周围散落着亚轨道飞机、无人机，全都停止运行。他无法理解自己看到的一切。

“整艘飞船利用自转来模拟重力。”文格洛夫说，“两个绕着彼此旋转的同等舱室，够创新吧？”

“我们在太空里。”汤姆黯然道。

“对啊。围绕地球旋转的小飞船，专为你打造的。”

汤姆看着他，“专为我？”

文格洛夫笑着摸了摸他的脸，“怎么，你没发现我不在的时候，天上只有你一个人吗？”

汤姆感觉像是被打了一拳，“这里只有我一个？”

“对啊。只有你和一个机械警卫，以防万一有人不小心闯进来。当然，这种可能性极小。别担心。”文格洛夫对医疗舱点了下头，“就算我出了点什么事来不了，这设备也能让你活个几十年。”

汤姆被吓得说不出话来了，脑子一片空白。这里只有他一个人，一旦哪天文格洛夫不回来了，那他就得在此度过余生。

他的呼吸急促了起来，“没有人知道我在这儿？”

文格洛夫揉了揉脖子，“如果别人知道，这就不叫秘密了。员工有可能会说漏嘴，数据库也有可能被泄露——我杜绝了这类可能。可以这么说，你被从这个世界上抹掉了。”

抹掉了，抹掉了。

“就连这艘飞船也没有联网。”文格洛夫继续道，“都是为了安全。只有我来的时候这里才会联网。其他时候，这里只是幽灵袭击后被我停用的众多空间设备中的一个。你想再次看看它们吗？”

汤姆喘不上气了。

“我觉得你会喜欢的。”文格洛夫看着远方的亚轨道飞机，“多亏了你，它们都退役了。你可以把这里看作宇宙中只有你居住的一个角落。每过几周我都会来一次，如果你有合作的意愿，我就会多过来几次。”

每，过，几，周。

汤姆看着窗外黑色织锦似的太空，感觉眼泪都快流了出来。他们正背对着地球，就连能让他安心的地球的画面也看不到，这里的自转与公转速度是同步的，所以只能看到太空，永远不可能看到地球。他的神经处理器并没有自动使用外面的星星来计算自己的位置，因为文格洛夫已经删除了他下载的星图，而他的人类有机大脑认识的星座太少，无法辨认外面的图景。他认出了北斗星，但也仅此而已。这里远离一切人，远离一切事。没有网络，美杜莎也找不到。如果只有文格洛夫知道他在哪儿，那就不会有人找得到他，永远不会。

拉上窗帘吧。命令在他的心里响起。

汤姆知道自己应该反抗，不应该这么做，但他还是拉上了窗帘，因为他再也受不了面对那虚无的黑暗了。

第二十二章

第一次屈从于文格洛夫的意志，虽然只是小小的一步，却是通往万劫不复的开始。如果文格洛夫激怒了汤姆，汤姆很可能会全力反击，但文格洛夫比那阴险得多。他在一步一步通过迂回的方式达到目的。文格洛夫只是让他去面对心魔，自己再来充当那唯一的解脱方式。他的语调总是平和的，尽管邪恶但却装作是善良的样子，就像一只推动汤姆前进的友爱的手。汤姆不由得怀疑起了自己说的每一句话，做的每一个决定。

他失去了所有的时间感和空间感，封闭的空间让他绝望，万一文格洛夫哪天决定不再回来……汤姆害怕极了。每次看到文格洛夫的到来，他都感觉自己长出了一口气。这种感觉渐渐转化成了感激，转化成了期望。每当文格洛夫打开舱室，整个世界似乎都又活了过来。只有在这种时候，他才觉得自己还活着，还没有被从宇宙里抹掉。

他已经忘记了去恨文格洛夫。文格洛夫已经不是最糟糕的东西了——没有文格洛夫更糟，什么都没有更糟。无所事事的时候，汤姆做起了新的白日梦：他想象着，下次文格洛夫来的时候会再放他出来。他在脑子里一遍又一遍地这么想着，只有偶尔才会为自己的这种想法感觉羞耻。

文格洛夫已经成了他的希望之源。没有其他救援，没有其他希望，只有文格洛夫，文格洛夫。

奇怪的事情发生了。在他待在舱室里的时候，所有被文格洛夫通过普查器看到的记忆又通过连接在端口上的神经导线传输了回来。那些记忆各就各位，和汤姆大脑原先的记忆统合到了一起，感觉非常真实，但又有些不同。

布莱克伯恩用病毒让他以为自己是一条狗的时候，朋友们一脸恶心的表情……亲吻华耶后被尤里狠狠地踢在肋骨和后背上……从道尔顿的重编程中清醒过来后想要报仇，维克却嘲笑他自己活该……失去手指后，华耶在宿舍告诉他："难看死了，汤姆。"

怒火在汤姆的心底升起，文格洛夫回来的时候，他大吼了起来："这不可能！我知道我的朋友们是什么样。你别想骗我相信这些东西！"

"这种语气可不招人喜欢。"说完，文格洛夫就关上了医疗舱。这一次，汤姆独处的时间非常之长，他都害怕文格洛夫再也不会来了。他为自己说的话而后悔起来。要是能穿越时间收回那些话，让他做什么他都愿意。所以，等到文格洛夫再次出现的时候，汤姆吓得一个字都不敢说。

被修改过的记忆源源不断地涌入他的处理器，汤姆开始分不清哪个版本是真实的了。尤里并没有把杠铃按在他的胸口，没有一边看着杠铃越降越低一边微笑，华耶也没有带着一脸恶毒的笑站在旁边看着他——一开始，他还能轻易判断这段记忆是虚假的，因为大部分记忆中他的朋友们都很关心他。

但是，虚假记忆越来越多，污点故事越来越多，毒液开始渗透进文格洛夫没有篡改过的那些记忆。他们到底是在与他同乐呢，还是在取笑他？也许维克每次说他蠢的时候心里真是这么想的，其中一点友善的意思都没有……所有一切都变了，都不一样了。

只有很少的时候，汤姆的脑子会非常清醒，在面对四周的黑暗时能清楚地意识到自己遭受了什么，如何被残酷压迫、扭曲操纵。

他会在心里想，早知道当初就把那些可怕的、阴暗的、最坏的记忆给文格洛夫，反正那些记忆已经够可怕了，不可能再造成什么新的伤害。

汤姆生命中最美好的部分就是他的朋友们。是他们成就了他，让他活得有意义，给了他力量。给出这些记忆，其实就是把杀伤力最大的武器给了文格洛夫。

现在已经没办法补救了。什么也做不了。随着这无止境的拘禁一天天过去，汤姆的自我认知也在一点点消退。他感觉自己就好像是坐在一艘小船里，漂浮在海上，距离海岸线越来越远，直到一切都变得遥不可及，变得微小到无法分辨。

这天，文格洛夫又将两个人的神经处理器连接到一起，并命令汤姆举起左臂，汤姆的左臂抬了起来，就好像那根本不是他自己身体的一部分，不需要受他的意识控制一样。看到文格洛夫脸上喜悦的表情，汤姆自己也感觉非常欣慰。

文格洛夫一次又一次地与他的大脑互动，汤姆感觉自己好像成了自己意识的旁观者。文格洛夫命令他坐下，向左看，向右看，他全都照做了。他的大脑甚至都没有专门去想。

接下来，文格洛夫让汤姆连接上一台机器。文格洛夫的大脑稍一催动，他们就和机器交互了。他们这样试了一次又一次。之后，文格洛夫命令他们前进，汤姆的意识就带着他们在系统里从一艘船跳到另一艘。

文格洛夫开始待得越来越久，来的次数越来越多，汤姆被拘禁的时间也越来越短。他的双腿渐渐恢复了力气，那种永远打不直的感觉也消失了。他知道自己犯了大错，应该为此而羞愧。他的意识深处也确实感到了羞耻，但欣慰的感觉却更强烈。他感觉整个人都轻松了。

这天，文格洛夫突然说："我不高兴。"

汤姆的心抽搐了一下，"为什么？"

文格洛夫摸了摸汤姆的脖子，"用你和机器交互的时候，你的存在感太强了。如果你的意识总是干扰我，我是没办法好好利用你的能力的。"

汤姆不知道这话是什么意思。他低下头，知道自己是否理解文格洛夫的话并不重要。不论他做什么，都不会再改变他的处境。

"利用你来交互的时候，我不希望感觉到你的意识。"文格洛夫说，"只需要听到我自己的就好。我希望镜子里只看得见我自己。"

"我不知道该怎么做。"汤姆小声说，"你已经掌握一切了。"

"不，还没有。"文格洛夫又摸了摸他的脖子，"不过我们很快就会纠正这一点的，是不是？"

这一次，文格洛夫又将汤姆从医疗舱里放出来。等待眼睛逐渐适应光亮时，汤姆感觉到一股不祥的气氛。两个人静静地坐在沙发上，汤姆看了看靠垫，不知道接下来会发生什么。

"我一直在琢磨……"文格洛夫一边连接他们之间的神经导线一边说，"看屏幕。"他把平板电脑递给汤姆。

看屏幕，这个声音在汤姆的脑海里回荡。

汤姆看着屏幕，上面的图像都是他自己——通过文格洛夫的眼睛看到的他。一开始他甚至都没认出来自己。他看上去是那么弱小。认出来后，巨大的厌恶感淹没了他，他赶紧移开视线。

"请关掉。"

"你的朋友们肯定在奇怪，你到底跑哪儿去了。也许我应该把你的最新情况发过去。"

汤姆的意识清醒过来，惊恐异常，"不要。"

“不想让他们知道你还活着吗？而且活得挺好。真的非常好。”文格洛夫用意识命令他再看屏幕，汤姆又看到了自己。他的眼睛湿润了，整个人畏缩成一团，真希望自己能够钻回壳里，钻回黑暗中，躲到远离这一切的地方去。“不要，不要，不要。别告诉他们，千万别。”绝不能让他的朋友们看到他现在的样子——无用、惊恐、可悲，这是他绝对不能忍受的。

“哦，可是他们肯定很想知道你现在变成了什么样。”

“别！”汤姆尖叫了起来，“别让他们看到。千万别。”眼泪从他的眼睛里流了出来，他感觉自己整个人都被撕成了两半。

文格洛夫抓住他的肩膀，抬起他的头，直到两个人的眼睛只相距几英寸。*看着我*。声音在汤姆的脑海中响起，他不由自主地睁开眼，泪眼蒙眬地迎上文格洛夫近在咫尺的目光。

“理由。只要给我一个不把这些发给他们的理由，那我就收回。”

“因为……”汤姆哽咽道。

“只要一个理由。”

“因为他们会以为我……我……”

“你什么？”文格洛夫的手抓得更紧了，“他们会以为你什么？”

汤姆别过脸。

文格洛夫从后面抓住他的脖子，“告诉我，不然我现在就发送。”

“恶心。”

“大声说。”

“他们会觉得我恶心！”

汤姆再也忍不住了，他全身颤抖，呜咽起来。他知道自己完蛋了。他的眼前闪过的只有维克、华耶和尤里如何鄙视他的记忆，其他一切都没有了。文格洛夫抱住了他，而汤姆连挣扎的力气都没有了。

“好啦，好啦。”文格洛夫抚摸着他的头发，“他们当然会那么想了。看看你，还会有谁关心你呢？你的朋友们肯定不会。你的父母从来就没有关心过你。你父亲还求我把你弄走。看到你在自己的这个小笼子里度过余生，他们都会高兴的。”

汤姆全身发抖，无助地哭泣着。他所有的骄傲，所有的力量都没有了，消失了。他现在什么都不是。从前那个汤姆已经不在了。文格洛夫松开他，又抓住他的颈部。他只能任由文格洛夫在他的耳边低语，就好像是亲密好友在分享秘密，“这可真累啊，用所谓的骄傲来隐藏真正的自己——可悲、孤独、没人爱的小屁孩儿。不过呢，那只是托马斯·雷恩斯。他必须被抛弃。他遭遇的一切都是活该。但凡尼亚不一样，是不是？”文格洛夫用手指擦掉汤姆脸上的眼泪，“我永远都不会抛弃凡尼亚，永远都不会。还记得你的小兔子吗，凡尼亚？”

汤姆抬起头，疑惑地看着文格洛夫，泪眼婆娑，“什……什么？”

“不记得你的小兔子了吗，凡尼亚？”文格洛夫又问，灰蓝色的眼睛紧盯着汤姆的眼睛。

文格洛夫的话似乎触发了什么，唤起了汤姆意识深处一个模糊的梦境：圣诞节，他全家都在乡间别墅度假。他的大哥约瑟夫给了他一只小兔子作为圣诞礼物。他记得那柔软绒毛的触感，记得那双机警的小眼睛……

汤姆摇了摇头，又摇了摇头。文格洛夫还抱着他，就像捧着一件心爱的玩物。不，那不是他的记忆。

“那不是……不该在那儿。你……那不是我。”

文格洛夫笑着摸了摸他的后背，“你记错了，小凡尼亚。恐怕你把自己给弄糊涂了。不过别担心，还有我呢。”

医疗舱再次打开时，汤姆看到斜上方有个奇怪的东西，是一行大字：**伊凡的房间**。

“不。”汤姆轻声说。尽管有些怀疑，但抚摸着那些字，他还是想起了自己小时候住在这里的情景。他记得自己就是凡尼亚，伊凡，小凡尼亚。和大哥哥约瑟夫住在一起。

可这不是真的。

不，那不是他，这不可能。

是吗?

约瑟夫几乎每天都让汤姆出来。现在，他几乎在这里一待就是几周，因为他已经不需要回地球去监管自己的事务了，在这里通过汤姆就能弄好。他还在研究汤姆能力的原理，研究汤姆如何能够通过一颗卫星跳到另一颗。汤姆已经习惯了做自己意识的旁观者。只要文格洛夫用手从后面抓住他的脖子，他就会自动关闭心灵。

约瑟夫对凡尼亚很好。但汤姆知道，他不该是凡尼亚，尽管越来越多凡尼亚的记忆出现在了他的脑中。凡尼亚总是感到孤独、感到迷惑，也看不懂单词的意思。其他孩子拿着书的时候，他只能藏在窗帘后，以免挨打……只有他的大哥约瑟夫能够拯救他。他的保护神约瑟夫。

一次，汤姆看着浴室镜子里的自己，非常确信自己看到的是别人，可是如果那不是他，那么又是谁?镜子里的孩子一头卷曲的金色长发，一直垂到下巴，身材瘦小，缩成一团，看起来比汤姆小好几岁。汤姆赶紧扭过头，不敢再看。那个曾经的汤姆，那个太阳系部队的战斗员，那个自信的汤姆，那个不论在心理上还是生理上都很强大的汤姆，已经褪色得几不可见了。

这天，他坐在地上，等待约瑟夫连接两人间的神经导线。他思索着，不知道是不是该做些什么，不知道自己是不是还算是个人，或者自己只是一样东西？周围的一切都是真实的吗？他的大脑抛出一个又一个问题，不论怎么使劲想，都想不出答案……最后，他只得疲惫地放弃，但又害怕自己永远也想不明白。

他只好求助于他生命中唯一的那个人。那个人可能知道答案，因为那个人无所不知。

“后来呢？”他问文格洛夫。

“后来什么？”文格洛夫低头问。

“那只兔子，小兔子。”他连舌头都不太听使唤了，“我不……不记得后来的事了。它死了吗？还是跑掉了？我不记得了。”

文格洛夫忽然蹲在他身后，汤姆不由得畏缩了起来。“真的？”文格洛夫的声音在房间里回荡，他那挥动的双手在微微颤抖，“你居然问我这个？真的？你……这是真的吗？”

“我不记得了。”凡尼亚说，“为什么不记得了？”

文格洛夫大笑着抱起他。凡尼亚低下头，一脸茫然。约瑟夫·文格洛夫把他放在沙发上，自己也坐了下来，露出自豪的笑容。

“那时候你病得很重，我的小凡尼亚。”文格洛夫说，“你没办法照顾小兔子了，所以我只能把它给拿走。不过以后就不会这样了。全都会不一样的。”

第二十三章

不久之后的一天，凡尼亚醒来发现医疗舱已经打开了。外面放着一个笼子，关着一只小兔子，笼里垫着木屑。小兔子的鼻子在不断地抽动，眼睛紧盯着他。

“我把它给你带回来了。你还没给它起过名字呢。”文格洛夫说，“愿意现在就起吗？”

不管凡尼亚愿不愿意，他不能这么做。他做不了决定，因为他知道，不管自己挑什么名字都会是错的。“能……能……能帮我起一个吗？”他颤抖了起来，不知道为什么，那颤抖似乎怎么都停不下来。

很显然，这个答案让文格洛夫相当满意，“很好。这种小动物起什么名字好呢？嗯……我觉得它……”文格洛夫看了一会儿，笑着说，“就叫乌珊卡吧。”

文格洛夫把笼子放在医疗舱的另一端，紧挨着凡尼亚的脚。他的脚后跟都能感受到冰凉的金属笼子。凡尼亚在黑暗中听着乌珊卡在笼子里挪动的声音，足足听了几个小时。再次醒来时，他真害怕乌珊卡已经不在了，不过他又听到了那沙沙沙的挪动声——乌珊卡还在。喜悦如同炎热沙漠中的清风一样从他心头拂过。

凡尼亚的脑子里想的都是乌珊卡。医疗舱打开后，他花了几个小时看着小兔子在笼子里挪动，抽动鼻子，转动圆眼珠。他们俩都被放出来时，文格洛夫允许他戴上手指，清理乌珊卡的笼子。文格洛夫用他和机器交互的时候，他的心思都在小兔子上，满脑子想的都是抱着自己的宠物。他喜欢乌珊卡吃东西的样子。抱起乌珊卡时，他的心里不由得感叹，这小东西真脆弱啊，一不小心骨头就能被弄断，但他不会如此粗心的。

乌珊卡是他唯一能控制的东西了。他的整个人生都建立在这唯一的价值上。每天他都在做白日梦，梦想着给小兔子换个更好的笼子，梦想着给它弄个转轮。凡尼亚可以利用房间里闲置的现成材料，约瑟夫对此并不在意。事实上，凡尼亚这么关心小兔子让约瑟夫很是高兴，约瑟夫甚至给了凡尼亚一本小册子，学习如何更好地照顾兔子。凡尼亚把小册子看了一遍又一遍。看完后又从头再看，恨不得把每个字都记在心里。

与此同时，文格洛夫开始破坏敌人的系统。他穿过联盟内敌对公司的防火墙，劫掠他们的财务信息。他采取了类似布莱克伯恩的手段，选择操控不是黑曜石集团和 LM 莱默舰队公司设计的自动安全设备，并利用那些设备发动致命的袭击。

布莱克伯恩只攻击他精心选定的目标。文格洛夫则会斩草除根，连目标的子女和整栋建筑物里所有的无辜者都一起消灭，眼睛都不眨一下。有时候，他还会在事后留下假装是幽灵写的信息，而这只不过是为了找乐子。

“现在，只有其他高管是我真正的敌人了。”他告诉凡尼亚，“我没有忘记他们的背叛。既然机器里的幽灵是匿名的，那么就把这当成是克鲁特尼事件之前的猎杀行动的后续吧……幽灵回来完成他的工作。我的纳米机器已经进入了他们的食物，很快他们就没什么反抗的余地了。”

凡尼亚本不想听，但还是一字不落地听了进去。有时候，文格洛夫的话会戳到凡尼亚的痛点，让他想起从前的生活——那时他的生活还不是只有乌珊卡、这个房间和文格洛夫——这让他感觉想吐。

他不愿再想。他不敢去想。现在，只有乌珊卡最重要。

又一次长时间和宠物独自待在房中的时候，他重读了饲养手册。不知为何，上面的一句话在他的脑海里挥之不去：

……平均生存周期七到十年……

凡尼亚想要将视线从这句话上移开，想要不再关注这句话，想要阻止大脑唤起关于乌珊卡的最初记忆，那时候他还是个小孩子。

他用脑子计算着。比起那年圣诞节，他已经长大很多了。

他的心狂跳起来，他想要阻止这种想法，但那个念头却不断侵入他的脑海，就像一把戳中要害的匕首。

七到十年。

如果约瑟夫给他兔子的时候他六岁，最大也就是七岁，之后他因为生病不能照顾乌珊卡，那就是说，乌珊卡应该已经很老了，或者已经老死了。但是约瑟夫给凡尼亚乌珊卡的时候，乌珊卡还在长个儿呢，还很小的样子……太小了。

凡尼亚的呼吸急促起来，他把脸埋在床垫上，感觉天旋地转，却怎么也摆脱不了那个念头。那只兔子应该已经死了才对，但乌珊卡还很小。也就是说，约瑟夫骗了他，这只兔子不是他在圣诞节时收到的那只，他从来都没有收到过兔子。他不是凡尼亚，不是伊凡，什么都不是，他只是个被囚禁在这里快要被逼疯了的囚犯，他是汤姆·雷恩斯。汤姆·雷恩斯。汤姆·雷恩斯。

“停下！”他抱着脑袋哀号道。

但这个念头在他的脑子里挥之不去。他是汤姆·雷恩斯。不是凡尼亚。他不该在这儿。文格洛夫是敌人。文格洛夫夺走了他的一切。他现在又虚弱又可悲。他恨自己，太恨自己了，恨这个言听计从的家伙。文格洛夫在利用他接管全世界，而他却对一只小兔子着迷不已，可笑。

“停下。停下。停下。停下。走开。走开。”凡尼亚一遍又一遍地念叨着。他受不了了，不敢再想下去。汤姆不应该在这儿，汤姆不属于这儿。汤姆必须走开。

可是汤姆就在这儿，而且愤怒、恐惧、羞耻难当。

随着一道光亮，通往外面的门打开了，文格洛夫把手伸到他的脖子后面，把装置插了进去。可怕的念头已经在凡尼亚的脑子里翻卷成了一朵蘑菇云。

“伊凡，怎么了？”

凡尼亚感觉到了约束节点上的压力，一种银幕般的感觉又包围了他的意识，整个宇宙又变成了有确定界限的安全空间。

文格洛夫摸了摸凡尼亚的脖子，凡尼亚的感觉更加迷蒙了。接着，文格洛夫拔掉了一直限制他活动范围的神经导线。“出来吧。今天还有很多事情要做呢。”

文格洛夫连接上了凡尼亚的意识，凡尼亚又成为自己意识的旁观者。他脑子里想的只有乌珊卡——他昨天没给乌珊卡清理笼子，因为他没有手指，但他不敢向约瑟夫要，真希望约瑟夫能让他用一下啊。他的意识跟着文格洛夫穿过互联网，进入监控摄像头。脑中冒出的那种期待并不是他的，但这种事经常发生，而且也不该凡尼亚管。不过不知怎么回事，凡尼亚内心深处感觉眼前的画面非常熟悉。

这种感觉越来越强烈，就好像有人在他的胃上打了个洞。眼前的画面是五角尖塔食堂，艾琳·弗雷恩正带着两队海豹突击队员穿过人群，候补军官们都睁大了眼睛，赶紧让开一条路。

文格洛夫的意识连接着凡尼亚，开始放出为了消灭他在联盟内最后的敌人而植入的代码……这是最后仅剩的可以对抗他的敌人了。

该这个了。

突击队员继续向前，包围了正坐在角落里喝着咖啡看着他们的詹姆斯·布莱克伯恩。艾琳·弗雷恩走在最前面，身材虽小但目光严厉，神态也异常坚定。

布莱克伯恩懒懒地喝着咖啡，只有通过制服下紧绷的肩膀和他的坐姿才能看出他有些紧张，“有什么可以为你效劳的吗？”

“你知道我的目的。”弗雷恩的声音冰冷，“你因为大屠杀而被捕了。”

“大屠杀？”

“我知道你就是机器里的幽灵，詹姆斯。你大意了。”

“是……也不是。”布莱克伯恩看了看距离最近的摄像头，嘴唇微微一动，似乎是在和对面的人讲一个心照不宣的笑话，“很聪明嘛，文格洛夫。我还奇怪你怎么花了这么长时间呢。”

“你疯了。”弗雷恩边说边示意突击队员抓住他。

文格洛夫心思微微一动，凡尼亚感觉他们俩换了视点，进入了一个士兵的质朴级处理器。那个士兵正用枪指着布莱克伯恩，越走越近。文格洛夫正在想，要不要就这么干掉他。现在就消灭掉他，还是把他先控制起来，等整个世界改变？究竟怎么做才最好？现在，质朴级处理器已经在整个世界上传播开了，只有少数人还没有他的处理器。

文格洛夫不愿意冒险。他命令士兵开火。

汤姆醒了。

不。这个念头从他的脑中清晰地闪过。士兵扣动了扳机。

文格洛夫的视线转向了体内，冷酷地看着他。凡尼亚被那怒火吓得缩成了一团。文格洛夫的力量比他强太多了，想要毁灭他真是小菜一碟。不过，这一分神却让文格洛夫浪费了宝贵的几秒钟。

前一秒钟布莱克伯恩还坐在那儿，被枪指着，下一秒钟整个五角尖塔就陷入了一片黑暗。

海豹突击队员立刻换上了夜视眼镜，弗雷恩大叫着要他们别让布莱克伯恩跑了，但布莱克伯恩发射了病毒，所有太阳系部队的候补军官都癫狂了起来。他们到处乱跑，立刻将突击队员们冲散了，只有最远处几个未受影响的突击队员还在高声喊着话。

“我被尖塔的系统踢出来了……”

“我也是！进不去。”

墙上的应急显示屏都亮了起来，海豹突击队员们纷纷摘下夜视眼镜，被墙上大笑的骷髅头像闪得头晕目眩。

文格洛夫查看四周，锁定了正跑向门口的布莱克伯恩。他让受他控制的士兵举起枪——就在这时，布莱克伯恩被一道金属闪光包围，一下子跳到了空中。士兵们惊叫了起来，意识到自己被无头的强化机甲抓住了。更多的强化机甲从空中闪过，冲向头晕眼花的人群。

强化机甲被植入的病毒控制了。弗雷恩一边弯腰抱头躲避，一边四处寻找布莱克伯恩。周围的候补军官们还在疯狂地乱跑。

文格洛夫跳出士兵的大脑进入了监控摄像头，看到詹姆斯·布莱克伯恩穿上了强化机甲。文格洛夫沮丧地怒吼起来。

不，不能让他这么容易就跑掉！

文格洛夫立刻进入另一名海豹突击队员的质朴级处理器，不顾人群，直接命令那名士兵开火。即使穿着强化机甲，布莱克伯恩也躲不过子弹。一颗子弹击中了他的腿，血都爆了出来，但布莱克伯恩用强化机甲的手臂抓起一把椅子扔了出去，砸碎了那名士兵的脑袋。他们的视野变黑了。

文格洛夫再次穿越网络，进入电梯井。布莱克伯恩释放进尖塔的病毒已经侵入了监控网络，文格洛夫花了很长时间才找到一个能用的摄像头。终于，他发现了正在上楼的布莱克伯恩。

六楼，门一下子打开了，汤姆感觉像被刀子戳中了心脏。

华耶！布莱克伯恩在脑中叫道。

“需要我做什么？”华耶叫道。

“别跟我说话，别掺和这事。”布莱克伯恩指了指监控摄像头，“你知道他的手段。”

“我能帮忙。让我帮忙！”

文格洛夫控制的士兵如潮水一般涌入下面的楼梯间，布莱克伯恩忽然停步，浪费了宝贵的时间。他看了看楼下追击的人，然后又看了看文格洛夫用来紧盯他的监控摄像头。

金属铁拳一拳砸了上去。

视野又黑了。

文格洛夫感觉很满意，因为布莱克伯恩没有发现他隐藏的监视设备，那是几个月前就暗地里安置好了的。不一会儿，他就发现了一台没有被布莱克伯恩的病毒侵入的设备，并将镜头对准了布莱克伯恩和华耶。与此同时，套着强化机甲的布莱克伯恩小心翼翼地抓住华耶的肩膀，“没多少时间了，我长话短说。短短几年时间，你就进步了这么多……”

“别说得好像你就要死了一样！”华耶叫道。

“克鲁特尼快要撞上地球的时候，我曾想要想出点什么，想出点我这些年做过的实实在在的好事，结果我只想到了一件事：教你。看着你突飞猛进，超越我的能力，看着你变成一个能力出众的姑娘……这么些年来，我第一次感觉到内心的平静。为了这个，我要谢谢你。”

他亲吻了一下华耶的额头，说完就沿着楼梯间冲了上去。

华耶捂着嘴，颤抖了起来。听到不断传来的喊叫，她惊恐地看了看楼下，然后跑进了最近的一扇门。文格洛夫没打算让她逃走——他跳入了一台无人机，迅速飞了过去。第一枪打在了墙上，留下了一个锯齿状的孔。使用这姑娘的尖叫来吸引詹姆斯·布莱克伯恩，这应该是个好主意……

“不！”汤姆叫道，在华耶被无人机撕成两半前成功偏转了无人机的方向。他的恼怒传了过来，但文格洛夫的优先级更高，他们的无人机又不顾一切地穿过楼梯间，追逐穿着强化机甲的布莱克伯恩。无人机飞上了十四楼，那是战斗员们居住的地方，巨大的房间安着落地玻璃窗。

布莱克伯恩正站在窗前。他猛地转身，瞪着文格洛夫控制的无人机驶入视线。他举起强化机甲的手，“退后，阿斯旺。”维克正端着枪，一脸震惊地盯着驶近的无人机。

维克！汤姆想。

忽然间，那些扭曲的记忆都失去了意义——它们在汤姆对自己真正的朋友的感觉面前完全不堪一击。他挣扎着，反抗着文格洛夫想要开火的意愿……

窗外又升起两架百夫长级无人机，看上去犹如两把巨大的镰刀。无人机开火了，文格洛夫吃了一惊。激光射穿了玻璃，文格洛夫的无人机一个急转，躲到了一边。布莱克伯恩从破碎的窗口跳了出去，一架百夫长级无人机迅速降低高度接住了他。

弗雷恩的小队端着枪冲出电梯时，文格洛夫正在给无人机转向。弗雷恩看了看文格洛夫的无人机和破碎的窗户，又看了看外面的百夫长级无人机。“这是怎么……”她开口问道。

文格洛夫的无人机根本没有理会这位国安局特工，立刻冲了出去。弗雷恩瞬间身首异处。

汤姆大吃一惊，文格洛夫却一点感情波动也没有。

就在无人机扫描到布莱克伯恩的瞬间，文格洛夫锁定了目标——穿着强化机甲的布莱克伯恩正紧抓着百夫长级无人机。文格洛夫想要开火，但汤姆又反抗起来，他关闭了他们的目标扫描仪，尽管之前面对弗雷恩的时候他并没有那样做。一丝恼怒从文格洛夫心头掠过。这是他最接近愤怒的情感了。引发他的情绪简直就像用刀子捅石头还希望能见到血一样难，但汤姆仍然能敏锐地感受到他情绪的微妙变化。尽管沉浸在文格洛夫的感受中，但这一次，汤姆拒绝让自己心里凡尼亚的部分出来保护自己。就在这时，另一架百夫长级无人机飞了过来，将他们炸成了碎片。

文格洛夫裹挟着两个人的意识，穿梭在尖塔附近的一架架无人机之间，扫描着整个区域，急切地寻找着带走布莱克伯恩的那架无人机——一旦跟丢，他就会失去干掉布莱克伯恩的机会。看到眼前这一切，汤姆心里升起了一阵恶意的快感。

*这是怎么回事？*文格洛夫想，*百夫长级无人机不是布莱克伯恩叫来的，肯定还有其他人……*

就在这时，耀兰又发动了进攻。她的意识像电流一样直冲他们的无人机而来，进入他们的意识，烧坏了约束节点，击退了文格洛夫的意识。尽管没办法杀死文格洛夫，但耀兰还是用强电流刺激了文格洛夫，文格洛夫迅速退出了他和汤姆的连接，昏倒在地。美杜莎的意识接触到了汤姆。

*汤姆，看得到吗？*这行字显示在他的网信上。

汤姆花了几分钟时间才想起该如何回复。*美杜莎，对不起。真对不起。*他的心里充满了恐惧。*我阻止不了这一切。*

*汤姆。*她就像温润的香脂一样包裹了汤姆，汤姆感觉除了美杜莎外，所有的一切都远离了自己。*我知道发生了什么事。我们都在找你，你在哪儿呢？*

他又想起了投向窗外的一瞥和那片陌生的星空。耀兰推着他一直回到了他的飞船的系统里。飞船的结构图在他的神经处理器中闪过。

抱歉，这里没有定位装置。我把飞船的结构图给你。也许我们可以……

汤姆忽然感觉到两只手按在了他的肩膀上——他现实中的肩膀——他感觉自己被按倒在地，脸紧贴着地毯。文格洛夫的手正在拔那条神经导线。美杜莎急切地保证道：我们会找到你的，我保证！

连接中断了。美杜莎的文字消失在了汤姆的处理器里。

文格洛夫压在汤姆的身上，就像一尊威严的石像。愤怒从汤姆的内心不断喷涌而出。

“一时疏忽啊，凡尼亚。你对我隐瞒了另一个幽灵的存在……”

汤姆朝文格洛夫脸上吐了一口唾沫，“别叫我凡尼亚，我是汤姆，汤姆！”

文格洛夫用手背轻轻地将脸上的口水抹掉，目光就像冰川一样冰冷。他一把抓住汤姆的脖子，想要唤起汤姆平常那种心理撤退机制，“凡尼亚……”

汤姆对抗着心头的迷雾和深入骨髓的无助感。他故意大笑起来，“我不是凡尼亚！你输了！你赢不了。你已经输了。”

文格洛夫松开手。汤姆瘫倒在地毯上，大笑着，恶意的快感滋润着他的心。文格洛夫走到医疗舱前，打开舱门，里面传来一阵窸窣。汤姆笑不下去了，他的心里一冷。

文格洛夫捏住乌珊卡的脖子，把兔子提了起来。乌珊卡双腿在空中乱蹬，汤姆感觉气都喘不上来了。

“凡尼亚必须告诉我另一个机器里的幽灵的一切。”

“别。不要……”凡尼亚颤抖着，心中痛苦纠结，但汤姆不让他说下去。他不能让凡尼亚抽泣、祈求，求文格洛夫放乌珊卡一马。脖子上的约束节点热乎乎的，已经短路烧焦，而这是他长久以来第一次体会到自由的滋味。现在决不能退回成凡尼亚。

但现在的他比做汤姆时痛苦得多。看到乌珊卡那乱蹬的小腿，他不禁眼泪直流——在这里的悲惨生活中，乌珊卡是他生存下去的唯一价值，没有什么能比得过他对乌珊卡的爱。

除了美杜莎。

汤姆忽然想到了这一点。直到此时此刻，他才意识到自己的感受，但那感觉就像超新星爆发一样明显——他爱美杜莎，那女孩儿就像磁石一样紧贴在他心里。是她定义了汤姆的存在，因为只有她能代表汤姆还没有背叛的那一部分自我，代表汤姆还没有被玷污的那一部分内心。如果放弃了美杜莎，那么他就只能是凡尼亚了。

他爱她。

这让汤姆吃了一惊。那感觉美妙极了，力量重新回到了他体内。他感觉自己又变成了那个站在五角尖塔之巅炸毁天空广告牌的人，那个为了她可以放弃全世界的人。

和文格洛夫在一起的这段时间所受的折磨都有了新的意义——至少，被抓的是他。至少那不是美杜莎。他之所以在这里，并不是因为没有隐藏好，并不是因为他被打败了。

他之所以在这儿，是因为他代替了美杜莎。他的命运本不该如此，但为了不让文格洛夫发现美杜莎，他承认了机器里的幽灵的身份。而这一招奏效了。谢天谢地。

即使要在太空中孤独千年，用几千种悲惨的方式死去，他也不会放弃美杜莎。

他看着文格洛夫的眼睛，“我再也不会做你的凡尼亚了。”

他的耳中传来了骨头喀喀作响的声音。

绝望感穿透了他的身体，但他还是强迫自己看着文格洛夫，心中所有的仇恨和苦涩都喷涌而出。

看到汤姆并没有就范，波尔雅寡头似乎忽然不知道该怎么办了。很显然，他陷入了两难的境地：不能用程序强迫汤姆回到医疗舱中，因为汤姆的神经处理器还处在只读状态；也不能使用约束节点来压迫汤姆，而且凡尼亚现在也指望不上。

汤姆等待文格洛夫亲自动手把他塞进医疗舱。他的肾上腺素正在飙升。尽管饥饿和缺乏运动令他的身体像孩子一样虚弱，但他感觉自己已经做好了摧毁这个世界的准备。

但文格洛夫并没有上前。汤姆几乎可以看到，文格洛夫脑子里的电脑正在计算自己受伤的可能性，并最后得出结论：强迫汤姆并不是最好的办法。于是，文格洛夫漫步到窗边，一把拉开窗帘，让汤姆好好看了看窗外孤寂的黑暗和失灵的亚轨道飞机——那些飞船就像是在银河的另一端一样。他这么做，大概是想让汤姆意识到自己所处的地方有多偏僻吧。

“你对我已经没有什么用了。”文格洛夫说，星光映照着他灰白的头发，“我的大部分工作都已经完成，把你关几年也没什么不可以。”

“既然不需要我，为什么不直接把我杀掉？”

文格洛夫微微转过身，脸上带着吃惊的表情，“我之所以几乎无人超越，就是我杜绝了粗心和浪费。为了训练凡尼亚，我已经投入了大量的时间和精力，因此，我也要最大限度地取得回报。”他将乌珊卡扔到汤姆面前，“愿意的话，就和你的死兔子待在这儿吧。你的朋友们现在还没有办法找到你，就连另一个幽灵也不行，因为我切断了飞船的网络连接。等我带着新的约束节点和普查器回来时，你还是会在这里。到时候，我一定会把另一个幽灵的身份从你脑子里榨出来。不过，不得不说，我已经有候选人了。”

汤姆看着乌珊卡的尸体，心里一阵恶心。

“那之后，我向你保证，你会回到自己的医疗舱。我相信，只要你一个人在黑暗中孤独地待着，不用太久，我的凡尼亚就会回来的。这只不过是一个小挫折，我们还没完呢。”

文格洛夫静静地走开了，门打开又关上。汤姆看着那具小小的尸体，知道自己必须做点什么。不管代价是什么，他都必须采取行动，打破这个囚笼。

第二十四章

汤姆静静地听着，随着轻轻地颤动，文格洛夫的飞船离开了。汤姆看着窗外远处的星星，怀抱中的乌珊卡渐渐变得僵硬、冰冷。他知道，那些星星的光芒需要几百万年才能到达这里。不知道那些星星当中有多少现在仍然存在，又有多少已经燃烧殆尽。美杜莎发过来的简图上说，这艘飞船只有一扇窗户。他们肯定还在距离地球很近的轨道上，不然文格洛夫是不可能经常来的。

只要能再看地球一眼，汤姆愿意付出任何代价。

他知道，文格洛夫下次来时一定能从他脑子里把美杜莎给挖出来。普查器会把他脑子里仅剩的那点东西撕成碎片。最终，文格洛夫肯定能找到自己想要的东西。

不能让这种事情发生。

*你会怎么做呢？*汤姆想象着美杜莎在说这句话。转瞬之间，他似乎真的看到了美杜莎，他真是太想见到她了。他甚至都能想象出美杜莎那抱着胳膊、眼中充满挑战神色的样子。

“我不会让他赢的。”汤姆发誓道。

美杜莎笑得很灿烂，“那就别让他赢呗。”

汤姆下定了决心。他把乌珊卡轻轻地放在舱室里，盖上盖子，考虑下一步的选择。有一件事忽然出现在他的脑子里——他的手指。手指和神经处理器无线连接，即使没有连在手上时也是。每次文格洛夫容许他使用手指的时候，都是直接把手指递给他的，从来不让他看到手指藏在哪里。

忽然间，尤里又出现在了他的眼前，“托马斯，你可以的。想想办法，我相信你。”

汤姆想起了他在他的下级生面前展示电子手指如何弯曲的情景。

尤里笑着点了点头，“对，就是这样。”

“当然了！”汤姆大笑了起来。

他在心里命令手指弯曲，然后敲打，不管它们现在在哪儿。他仔细听着响动，一直走到了屋子的一角。他使劲踩了踩地面，又踢了下墙壁——墙上有一处打开了，露出了一个暗格。汤姆用长些的残肢将手指一根一根地夹了出来，然后用嘴咬着，笨手笨脚地接了上去。

一股成就感油然而生，令人兴奋。他又有手指了。这下他想做什么就都可以了。

必须快。在文格洛夫回来之前就得行动。做什么呢？做什么呢？他没有武器，什么都没有。

这次出现的是华耶，华耶就蹲在他的旁边，“你有武器。”

汤姆想了起来。

这里只有我一个？他问文格洛夫。

对啊。文格洛夫回答，只有你和一个机械警卫。

看到汤姆想了起来，华耶坏笑了一下。汤姆又想起了华耶在弥尔顿庄园使用机械警卫的火力装置的情景。他有武器。他有。他得离开这里。

下一步更麻烦一些。汤姆用牙把一根电子手指上的人造皮肤扯下来，仔细地撕开橡胶，露出里面的电线。文格洛夫移除了他下载的所有技术知识，但实践经验可不是那么容易就能去除的。他想起了小时候新墨西哥突发霜冻，尼尔就是用短路的法子打开车锁，带他闯入一辆空车避寒的。

“你能行的，汤米。别电着自己就行。”尼尔站在他的身边说。

“不会的。”汤姆保证道，他让父亲看着自己剥开控制面板上的电线。随着一道火花，门锁因为短路而失效了。

“这才是我儿子。”尼尔骄傲地说。

机械警卫就在门外的走廊里。机器自动启动，并朝他开了过来。

汤姆恶狠狠地笑着，那机器杀不了他。他怒吼一声，用双手掐住机器脖子，将其扳倒，骑在了上面。警告电击不时从机器的脖子上传来，但根本不足以对他造成伤害，只会让他暂时肌肉僵硬而已。汤姆手脚并用，下定决心摧毁机械警卫。机械警卫的程序要求它不得伤害汤姆，因此，机器一直也没有用强力将他摔下来。

汤姆关上房门，整个身子的重量都压在机器上，前后扭动机器的脖子，肆意地发泄着。

“蠢头。”维克在他的额头上拍了一把。维克正站在他的面前，越过机械警卫的头看着他，“好好想想，我们以前也这么干过。”

他们确实干过！汤姆大笑了起来，“伙计，我真是太蠢了。”他一把拔出警卫的控制芯片，机器关闭了。

“这还差不多。”维克说。

汤姆回忆着尤里在弥尔顿庄园拆卸机械警卫火力装置的情景，然后依葫芦画瓢。维克、华耶还有尤里都在他身旁看着，在他感觉挫败的时候给他加油打气。终于，他开怀大笑着转向朋友们，手中握着拆卸下来的武器。

“你知道它的电力支持不了多久的。”华耶说。

“一定得用好了。”维克说。

“我会用这东西杀了他的。”汤姆发誓道。

布莱克伯恩摇着头出现在他眼前，“不会成功的，雷恩斯。你知道这不行。”

汤姆咬紧牙关。他没办法用这东西杀掉文格洛夫。没办法向文格洛夫开枪。就算美杜莎烧坏了约束节点，就算他现在可以随心所欲地行动，神经处理器里的保险装置也还是会阻止他杀死文格洛夫。任何一个有神经处理器的人都不能对文格洛夫下手。

汤姆的视线飘向了窗外。

“我用它打窗户。”汤姆说，“等他进来后我就开枪。”

“如果安全装置还是会阻止你呢？”华耶说，“尽管你不是要直接杀他，但还是要杀死他呀。”

“你怎么知道保险装置会连间接谋杀也管？”

“如果他还没上飞船就发现你已经把机械警卫拆掉了呢？”华耶继续道，“如果那扇门会悄悄给他发警报呢？他有时间准备。也许他在回来时会先把无色无味的气体充入循环系统。不接近你就让你失去行动能力的方法多得是。也许他不会亲自动手，让他的手下来打理就行。那样的话你连唯一的机会都会失去。”

汤姆颤抖了起来，“你说的对，这样不行。”

美杜莎又出现在他的身旁，用黑色的眼珠看着他，目光坚定，“还是有办法的，你知道是什么。”

汤姆确实知道。他的视线不由得飘向了远处黑暗中的亚轨道飞机。

就在那儿。

他唯一的机会就在那儿。

“我真是疯了，想这些。”他轻声对自己说。

“对啊，你可是在和想象的朋友说话。”维克说，“都是想象的。”

汤姆笑了起来，“是哦。这对我可没什么帮助。”

“不过你知道该怎么做的。”维克的眼中闪烁着笑意。

汤姆看了看维克，又看了看华耶、尤里、美杜莎、父亲，还有布莱克伯恩。他们都一脸期待地看着他。他真是太想他们了，想得心都疼了，就连对布莱克伯恩也是。

他点了点头，知道自己该怎么做了，“我要回家了。”

时间一分一秒地过去，文格洛夫随时都可能回来。汤姆穿过走廊，仔细体验了一下重力的变化，然后走进了另一个舱室。那里的大小和他一直待着的舱室一样大，里面却是空的，而且没有窗户。汤姆把门开到最大，好让空气流动，然后又回到自己一直待的舱室。他取下盥洗室墙上的镜子，走到窗前，看着远方那失灵的亚轨道飞机。

尽管现在是最需要朋友的时候，但他实在是无法再假装下去了。现在的他只能孤身一人，面对几乎确定的残酷结局。

他又回头看了一眼这个舱室，这个可悲的、放着可怕医疗舱的狭小空间。如果现在退缩，他的余生就只能在这里度过了。想到这点，最后的一丝疑虑一扫而光。他曾告诉弗雷恩，他宁愿死也不愿意不自由地活。

是时候行动了。

尽管文格洛夫移除了汤姆通过神经处理器下载的知识，但汤姆对接下来要做的事还是心头有数的。经过海瑟的事情之后，他阅读了很多关于人暴露在真空中的资料。在变态的好奇心的驱使下，他了解了比神经处理器里的概略信息更详细的内容。现在，那些信息都派上了用场。还好他是自己阅读的而不是下载的，不然这部分信息肯定也被文格洛夫抹除了。

如果能在九十秒内找到重新加压的地方，他就有机会活下来。如果先把肺里的气都呼出去，那么他保持清醒的时间会比不呼出去还要长。十五秒，或者三十秒。

尽管知道外面的温度肯定接近绝对零度，但他也没有什么法子能阻止热量散失。当然，在冻死之前，他肯定已经先死于窒息了。汤姆微微一笑，看起来他会死在一个比南极洲还要冷的地方。

他想象着美杜莎——耀兰——正和他一起。美杜莎一脸邪笑。汤姆知道，换作她的话，她决不会害怕冒险。

汤姆知道，自己必须跟她说清楚。“第一次看到你时，我……我确实被吓了一跳，因为你长得确实丑。”撒谎是没有用的，“我一直想象着你的形象，我可没想过会是那样，不过这都无所谓了。美杜莎，真正的你……耀兰，你比我想象中的那个虚幻的女孩儿要厉害一千倍，一万倍。”

“要是我没受伤。”美杜莎开玩笑道，“估计你连一点儿机会都没有。”

汤姆笑了起来，“是啊，那样的话大家就都会像我这么喜欢你的。我还得好好争取一番。”

“无论如何你都得争取。”美杜莎笑着说，“不争取我是不会同意的。”

“我爱你。”汤姆说。

“证明给我看。”

汤姆一手拿着浴室里的镜子，一手举起机械警卫的武器。一开始他颤抖得厉害，心里害怕得要死。

“胆小鬼，快行动吧。”美杜莎对他吼道。

汤姆呼出了肺里所有的空气，对着窗户扣下了扳机。

效果真是立竿见影，窗户朝外飞了出去，舱内的空气在后面推着他。从安全的舱室进入未知的真空时，他的大脑本能地拉响了警报。

一开始的几秒钟至关重要，只有这时有空气从后面推他。大脑里的神经处理器飞速计算着，身体摆成怎样的姿势才能有效利用动量以合适的角度飞向目标。更多的空气从他的肺里冲了出去，比他想象的要多，感觉就好像一直在呼气一样。他的肺还在不断地从血液中抽取氧气，不断地排出到真空里。周围寂静得可怕，只有他自己的心跳声越来越响。

身上的每一寸肌肤都紧绷了起来，心跳声敲击着他紧绷的鼓膜。黑暗的虚空包裹了他。他扭过头，看到了舱室另一侧的地球。那颗巨大的、充满生气的星球，半掩在阴影中，太阳的光芒在他的身后强烈地闪耀着。

他的手已经冻僵，同时膨胀起来，但电子手指未受影响，照样能在真空中工作。美杜莎的舱室图纸也为他指明了目标。汤姆发射了激光，最后一点能量穿过真空，射入了舱室的氧气罐。激光的另一端爆出了火花，变成了火柱，汤姆把镜子放在身后，好阻隔身后的热量，同时缓冲冲击的力度。神经处理器抓紧最后关头又调整了一下，汤姆就朝着真空冲了出去。

时间一秒一秒地过去，汤姆感觉嘴里的口水都开始冒泡沸腾了起来。未经大气层过滤的阳光烧烤着他的皮肤、衣服。随着氧气不断地从血液中进入肺部，汤姆感觉全身刺痛难忍、眼前发黑、意识模糊。但亚轨道飞机看上去还是那么遥不可及，在黑暗阴冷的太空里若隐若现。他害怕了——到达时必须要保持清醒，不然只有死路一条。心跳声在耳中怦怦作响。他绝望地挥舞着双手，手臂都膨胀了起来，血液在血管中翻涌。难以忍受的压力吞噬着他、压迫着他，仿佛要从体内爆炸。尽管全身冻僵肿胀，但只要还有意识，他就能使用电子手指。他的视野慢慢坍缩，绝望的感觉似乎怎么也甩不掉。

就算他能进入亚轨道飞机，就算能打开舱门……

但万一亚轨道飞机没有自动加压呢。

那样的话他就死定了。黑暗越来越重，脑子越来越模糊，只有神经处理器还清醒着，计算着，时刻保持着警惕。

“汤姆？”

这声音……不可能啊。耳朵里的声音让汤姆不由得想到，为什么首先出现的是布莱克伯恩，而不是他的朋友们。周围的一切越来越模糊，越来越暗，亚轨道飞机真是太远、太远了……

“汤姆，你这是……天啊。”

黑暗压垮了他。

汤姆首先感觉到的是疼痛。全身上下、四肢、脸上，到处都疼。布莱克伯恩的声音又响了起来。

“能听到的话，就说句话吧。”

汤姆呻吟了一声。他的肺很疼。他想要坐起来。

“别，待着别动。”

汤姆正漂浮着。他强迫自己睁开眼睛，眼前只有一片模糊。他乱蹬着腿，感觉既害怕又迷惑。忽然，布莱克伯恩出现在了眼前，打着手势，“别动，放松。”

汤姆不动了，周围一片天旋地转，只有这个在零重力条件下站得稳如泰山的男人是清晰的。

“别动。”布莱克伯恩又说了一遍，“你大概感觉不太舒服。”他摇了摇头，“我可不会建议你这样逃脱，不过你确实逃出了阻隔信号的区域。也许我应该恭喜你一下。”

汤姆一下子都想了起来。他扫视着自己的身体，尽管视线模糊，但还是看得出自己身上伤痕累累，两条胳膊被晒得好像烤焦了一样，红彤彤的。

“你没穿宇航服，在太空中坚持了四十七秒，雷恩斯。”布莱克伯恩也看到了他身上的伤，“我需要你查看一下亚轨道飞机里的情况。让我看看你所处的环境。”

汤姆强迫自己观察四周。这里是亚轨道飞机的无菌尾舱。然后他又看着布莱克伯恩的方向，将自己固定在椅子上。

“很好，我们可不想在恢复重力的时候让你受伤。”

“这是怎么回事？”汤姆问，感觉嗓子很疼。

“刚一连接上你的神经处理器，看到你的情况，我就联系了美杜莎。考虑到最近的情势，嗯，你也看得出，我和美杜莎每天都保持着密切的联系。她控制了亚轨道飞机，在你到达前打开了气闸门——你瞄准的技术非常不错，顺便说一句——然后给飞船加压。我都怕你挺不过来了，不过你还是让我吃了一惊。她正载着你回地球呢。你一落地，我就亲自去接你。你得等我过来。”

后面的话汤姆都没听进去。确认自己还活着后，他唯一听进去的就是美杜莎也在，而且正控制着飞船。她就在这儿。

汤姆闭上眼睛，感觉自己漂浮在飞船里，想象着将美杜莎抱在怀中。

他终于能告诉她自己的想法了，告诉她自己爱她。

再醒过来时，亚轨道飞机已经降落在了地球上。

“等着我，先等等。”说完，布莱克伯恩就从他的眼前消失了。

汤姆挣扎着站起来，不敢相信自己又回到了地球上。一定得亲眼看看才行。他摇摇晃晃地朝舱口走去，整个世界呈现在他的眼前。

他下了飞机。头上是广阔的蓝天，脚下是无边的大地。他感到一种难以置信的敬畏。

青草的香味、潮湿的大地、风吹过树枝的沙沙声……所有这一切冲击着他的感官，让他感觉好像来到了一个全新的世界。

他双腿瘫软，不由自主地坐在地上，双手抚摸着潮湿黏腻的泥土，小草轻抚过他的掌心。这真是个奇迹。直到今天他才意识到大地的神奇。尽管皮肤还因强烈的日晒而红肿，肌肉也因为穿越真空而紧绷，但这些疼痛似乎都退到了意识的边缘。

他活了下来，他又回到了地球。

地球！

汤姆不住地眨着眼，似乎下一秒钟自己就会从这个美梦中醒来。那样把自己发射到太空中怎么可能活下来……

他又听到了声音，但他动不了，大脑似乎也不听使唤了。他只能呆呆地坐在那儿，听着那家露营的人渐渐走近亚轨道飞机，话语不断飘来。

“你觉得这玩意儿是哪来的？”

“坠毁了吗？不知道飞行员怎么样了？”

“没看到烟。紧急迫降吗？”

汤姆坐在那儿，有一种奇怪的疏离感。他们看到了他。那是一对中年男女，头发卷曲，穿着质地厚实的衣服，看到他时一脸吃惊。他们的孩子正躲在他们身后，偷偷地看着他。

“你没事吧？”那个女人问，“你是乘客吗？你的父母呢？”

汤姆花了好长时间才想起该怎么说话。

“我们的人都在附近露营呢。”男人说，“那里有医生。里面有人受伤了吗？”

汤姆费了好大劲才摇了摇头。

那人犹豫不决地看着他，“你的情况看上去不太好啊。也许我们能帮上忙。”

“我得……”汤姆发觉自己的声音听起来就像是在说悄悄话，于是不得不使劲提高了音量，“我在等人。”

那人向家人打了个手势，让他们退后，然后自己走向汤姆。不过刚走两步他就又突然停了下来。他的表情从关切变成了空洞，盯着汤姆的眼睛好长时间都一眨不眨。

接着他说：“凡尼亚？”

汤姆的心头一紧，好像气都喘不上来了。他抬起头盯着那个人。周围的一切似乎都静止了。

“你怎么在这儿，凡尼亚？”那人问。

汤姆赶紧站了起来，跌跌撞撞地靠在了飞船壁上，他的心里害怕极了。他看了看那个女人，女人的表情和眼神突然也变得空洞了起来。

“你逃走了。真有趣。”女人评论道，“真不敢想象你是怎么做到的。”

汤姆不明白这是怎么回事，完全不明白。他听到的是文格洛夫的语调，就连那些人的表情也像极了文格洛夫。但说话的又不是文格洛夫。他准备逃跑，其中一个孩子又用文格洛夫的语调警告他：“逃跑是没用的，凡尼亚。”

“别说了！”汤姆尖叫道。他看着那些人的脸，心中惊恐万分，“走开！”

他根本不知道该干什么，该去哪儿，只是一味地从那些人身边逃开。他的腿下意识地迈着步，就好像是被本能的恐惧所驱动一样。他打碎窗户，冒着生命危险逃脱，最后不知为何却还是被文格洛夫发现。不，不能这样……

等到停下脚步大口喘气时，他才意识到自己已经跑到了其他露营者之中。他的周围足有几十个人，有的三五成群，有的独自一人，有的在小木屋里，有的在营火旁。

一开始，汤姆还觉得自己已经逃脱了。他觉得自己已经没事了，因为好像没有什么人注意到他，也许自己可以溜进个帐篷什么的。

但整个营地一下子安静下来。所有人都同时停止了动作。

所有人的脑袋都扭到了汤姆所在的方向，所有人都在用同样的语调说话。

“凡尼亚。”

“凡尼亚。凡尼亚。”

汤姆跌跌撞撞地后退，抓着头发，感觉自己就要疯了。真的，就快要失去理智了。也许他已经死了，已经死在了太空中，现在的他只是处在可怕的地狱，被阴魂不散的文格洛夫追赶。不论做什么，他都摆脱不了凡尼亚的命运……

汤姆碰到了某个温暖而坚硬的东西，接着就像疯子一样尖叫了起来。有人摇晃着他，他还在尖叫，停不下来，直到一个声音打破了他的癫狂。那个声音非常低沉，听起来很熟悉。

“安静！安静！是我！”

汤姆站在那儿，感觉都动不了了。过了好久，他才意识到是布莱克伯恩正用双臂抱着他，而他正大口地喘着气，心中充满恐惧。他知道布莱克伯恩就要开口了，随时都会开口，而他将要听到，听到布莱克伯恩说……

“汤姆，是我，听到了吗？”布莱克伯恩的大手抚摸着他的头发。

汤姆冷静了下来，他说的是“汤姆”，不是“凡尼亚”，是“汤姆”。

要不是布莱克伯恩扶着他，这会儿他肯定已经瘫倒在地了。汤姆感觉全身的力量都消失了。营地里的人正在接近他们，很多人。布莱克伯恩咒骂了一句，从口袋中掏出个东西扔了过去，周围一下子被烟雾笼罩起来。

汤姆感觉自己被拽了起来，拖上了崎岖不平的土地。

“我们得离开这儿。不能被人看到。”布莱克伯恩低声说，“美杜莎把你降到了距离我很近的地方，不过我们只能转移。文格洛夫的无人机肯定已经朝这边飞过来了。”

“她得藏起来。”汤姆喘息道，“你得告诉她，文格洛夫已经知道还有一个幽灵了。他会猜到是她的。只有她也接受过神经移植。”

“放松。美杜莎已经知道了。现在需要照顾的是你。”

汤姆闭上了眼睛，整个世界都在他的周围摇晃，“我连现在是几月都不知道。”

“三月。”

“三个月？我已经失踪三个月了？”

“是一年零三个月，汤姆。”

汤姆惊呆了，任由布莱克伯恩拖着他前进，他的大脑已经因为过度刺激而死机了。

他已经快十八岁了。

他睁开眼睛，看了看笼罩在身后露营者的那片迷雾，心里渐渐明白过来。记忆回到了他的脑中——之前文格洛夫曾多次利用他的意识，检查那些纳米机器人的进展，从一个人的心灵跳到另一个人的心灵，看那些处理器渗透进人体，越来越多，到达临界状态，开始连接黑曜石集团的中央数据库，发送信号……

绝望感吞没了汤姆。他忽然希望自己根本没有逃脱，就那么死在太空里多好……

什么结局都比看到自己造成的这种后果好。抗争了半天，结果却什么也没有做到。

质朴级处理器已经到处都是了，每个人体内都有。

约瑟夫·文格洛夫已经掌握了整个世界。

第二十五章

在那之后的一切汤姆都记不清了。他失去了时间感，就好像又被关进了医疗舱一样。全身的晒伤感如同火烤一样，布莱克伯恩的声音像是从很远很远的地方传来对他说，还有很多机器没有感染文格洛夫的病毒，包括这台混合动力直升机。

“我们现在不在监控网络上。”

“下面去哪儿？”汤姆声音嘶哑地问。

“有个地方是安全的。我们去那里组织抵抗。”

“抵抗？所有人都在他的手里。”

“我们有两样武器是他没有的：你，还有美杜莎。”

“我已经没用了。他把我从尖塔里下载的所有资料都弄走了。”

“你要是真没用了，他会杀掉你的。但他没有。他让你活着，是因为你有他没有的能力。我们可以利用这一点。”

汤姆歇斯底里地大笑了起来，“是啊，工具、武器。就像你在把海瑟扔进真空前跟她说的一样。这回轮到你来用了是吧，哈？”

布莱克伯恩什么也没说。汤姆扭过头，发觉布莱克伯恩正看着他，一脸怪异的、若有所思的表情。直升机起飞了，汤姆忽然感觉整个身体都因为刺骨的寒冷而颤抖起来，牙齿也在不住地发颤。他的手掌湿乎乎的，全身皮肤感觉刺痛，被晒伤的地方都已经起了水泡。扭过头时，他看到玻璃上自己那模糊的影像。他的头发乱糟糟的，真不知道自己现在看上去是不是像个神志不清的疯子。

布莱克伯恩似乎做出了决定，改变了飞行的方向，“不过我们不用马上开始，我们得……得先用几天时间，中途停一下。”

汤姆没有问为什么。所有这一切都不在他的控制范围之内。对此，他已经习惯了。

他不记得布莱克伯恩是什么时候降落的，也不记得自己是如何睡在了床上。他坐了起来，被太阳灼伤的皮肤疼痛难忍。他看了看这间破败小屋脏兮兮的地板，眼睛感觉也有些刺痛。

外面传来一声刮擦的声音，汤姆全身肌肉一僵。他掀开被子，穿上叠放在椅子上的过大的T恤和裤子，一口喝光了桌上玻璃杯里的温水。

汤姆的脑子还没有完全恢复。他打开摇摇欲坠的木门，看到布莱克伯恩正跪在焦黑的沙地上，切割着一种颜色灰暗的材料，给直升机套上伪装，好让机器和周围的景色融为一体。

他眯起眼睛看了看汤姆。外面的阳光非常强，他的皮肤在阳光下就像发皱的皮革一样，“你醒了？”

汤姆看着布莱克伯恩，目光呆滞，脑子里一片空白。他身上满是晒伤，到处都是水泡。

“我们在墨西哥。”布莱克伯恩说，尽管汤姆并没有问，“这种人迹罕至的地方。他们绝对想不到我们在这儿。”

汤姆就那么静静地站着，一言不发，脑子似乎也停止了运作。

“马什将军安排的。”

“马什？”汤姆终于有了点反应。

“刚一发现质朴级处理器正在到处传播，他就建立起了一套安全屋[①]体系，并藏匿了一些军火，还有船只。凡是他能弄到手的东西都有。”布莱克伯恩咬了咬牙，“他命令我在他的处理器上线前删除了他有关这一切的所有记忆。”

汤姆想起了马什，眼前模糊起来。就和那些露营者一样，马什将军也成了文格洛夫的玩偶。一股寒意穿过他的身体。

布莱克伯恩站了起来。汤姆注意到他走起路来一瘸一拐的，一条腿似乎承担不了体重。汤姆想起来，他在尖塔被枪击中过。

“你的腿怎么样了？”

“很疼，不过没伤到要害。”

“抱歉。”

“不是你的错。”

头发遮住了汤姆的眼睛。他烦躁地拨开眼前的头发，额头上的皮肤也火辣辣地疼。

“你得避免日晒。”布莱克伯恩说，“你需要睡眠。”

“我没事。”汤姆说，他的头发刺入了眼睛里。

“我可以帮你剪一下。”布莱克伯恩的提议吓了他一跳。

汤姆看着他，看了好久，似乎无法理解刚才听到的话，“你……剪头发？”不知为何，那感觉就是非常不自然，“你的神经处理器里有相关知识吗？”

布莱克伯恩哼了一声，拿过身后的工具箱，从里面取出几把剪子，“又不是发射火箭，只要有个碗就成。”

---

① 作为某组织的成员（如秘密谍报人员或地下恐怖主义者团体）的藏身地或安全避难所的房子或公寓。

“天啊，还是算了。”汤姆伸手抢过剪子，退到一边，“我自己就能很快搞定。”

不知为何，布莱克伯恩看着汤姆剪头发时的眼神，就像是在等待着严重事故发生。汤姆剪断了长长的头发，这种事他小时候做过几千次了。

他突然想起了一件事。

“我爸！”汤姆叫道。他冲向布莱克伯恩，根本不理会后者抓住他的手腕想要夺过剪刀的动作，“哦，不。文格洛夫知道我跑了，他肯定会利用我爸……”

“他不会的。”布莱克伯恩手里一使劲，扳开了汤姆的拳头，拿走了剪刀。

“为什么？你怎么知道？他看了我关于我爸的所有记忆。我爸甚至都不知道该提高警惕！”

“上次得逞是因为你孤单一人，而且不愿意牺牲你父亲。约瑟夫·文格洛夫知道你这次在我的控制之下，而我是愿意牺牲你父亲的。”

“不！他不能死！你不能……”

“我没说他就会杀你父亲。”布莱克伯恩说，“我只是说约瑟夫·文格洛夫知道我不在乎你父亲的死活。想一想，汤姆，这反而意味着你父亲不会死。文格洛夫是不会杀他的。你在我手里，而他没有什么把柄逼我就范。他会留着你父亲，以便将来要挟你——万一将来我不在了的时候。”

这些话让汤姆平静了一些，但也仅仅是一些。他抬头看了看冰冷的蓝天，阳光照在皮肤上的感觉还是刺痛难忍，他的头还是晕晕的，每一次呼吸都灼烧着他的肺部。

“真有意思，你说的好像还有选择一样。”汤姆低声说，“他已经控制了全世界，你以为我们可以永远躲藏下去吗？”

布莱克伯恩看了看他，目光严厉，“还没结束呢。”

“他已经赢了。”汤姆用拳头抵着太阳穴，“我帮他赢的。”

“不是你的错，而且他也还没有赢。也许他用质朴级处理器控制了大部分人，但我们这些拥有警戒级处理器的人他控制不了。”布莱克伯恩指了指自己的太阳穴，“还没完呢。”

“等到他决定给我们都重编程的时候就都完了。”

“等到那时候，嗯，他会赢的。”布莱克伯恩的目光很坚定，“但我们是不会让这种事发生的。”

“我们？”

“我知道他抹除了你下载的知识。”布莱克伯恩笑着眨了眨眼，“不过小子，你忘了你在尖塔里下载的那些东西都是谁写的吗？”

汤姆低下头，当然了，是布莱克伯恩。

“那些都是我的知识，储存在我的处理器里，只不过是以可下载资料的形式呈现在了你们的面前。只要几天的时间，我就能把大部分关键信息给你。我们现在就可以开始。”

说着，布莱克伯恩朝汤姆走了过去，汤姆条件反射地后退了一步。

“放松。”布莱克伯恩安慰道，“我先解锁你的神经处理器，然后……”他不说话了，眼睛紧盯着汤姆的脖子。汤姆一开始并不确定他在看什么，直到布莱克伯恩开口说：“约束节点还在你的脖子上，卡住了吗？”

奇怪，直到布莱克伯恩这么说之前，他都没有意识到约束节点还在。它烧坏了，失去了功能，但还连接在他的神经端口上。他已经戴那东西太长时间了，早就习惯了它的存在。他下意识地伸手去拔，手却停在了半空，伸不过去。

汤姆心里一沉，感觉自己就要被吸进内心里的黑洞了。他汗如雨下——自己还是不敢去碰约束节点。

“我来看看……”布莱克伯恩把手伸到汤姆的脖子后面。

他把手伸到了汤姆的脖子后面。

汤姆猛地转过身，靠在小屋的破门上，几乎都没有意识到自己在说什么，“别碰我！”

布莱克伯恩站在那儿，手还抬在半空。汤姆的心在狂跳，感觉就要从胸口跳出来了。

“走开！”汤姆上气不接下气地警告道。自己似乎快要爆炸了，不逃离这里不行，“不要，千万不要！”

“汤姆……”布莱克伯恩走进了一步。

“走开，不然我把你撕碎，我发誓！”

布莱克伯恩举起双手做投降状，同时近距离观察着汤姆。

汤姆感觉喘不上气。他无法忍受布莱克伯恩关切的目光，那目光就好像要把他活剥了一样，让他无法思考。

沙漠的炎热包围着他，让他感觉窒息，把他的脑子弄得一团糟，数十亿个念头一下子冲进他的脑海，全都是高声警报。他用手捂住耳朵，希望能把那越来越大的轰鸣挡在外面，他感觉自己都快要聋了，忽然间，需要担忧的事就只剩下了一件。

“你撒谎！”汤姆忽然明白过来，“你撒谎！我爸不安全。我不管你怎么认为，反正他不安全！”

“他很安全。除非能确认我不参与其中，否则文格洛夫是不会利用你父亲的。”

“不行！不行，我不能冒这个险。”汤姆脱口而出，“我得去找他。我要找到他。”

“你现在的身体状况不适合外出。说实话，我也不适合。”

“你要是不帮我去找他，我就自己去。我自己去。我会找到他的。

我得找到他。我必须要找到他。我得去见他！”汤姆的脑子里想的都是尼尔。尼尔受伤了，尼尔有危险，有人用枪指着尼尔……

布莱克伯恩疑惑地看了看他，“只要外面有一个人看到你，黑曜石集团就会知道你在哪儿，你就会被抓住。我猜你冒险进入真空并不是为了再次被关进牢笼吧。我救你也不是为了再把你交回去。而且我敢打赌，你父亲也不希望那样。”

尽管他们正面对着旷野，但汤姆感觉四面都有墙壁向自己压过来——自己毫无选择，也无法逃脱。阳光似乎更强烈了，肆意撕扯着他的皮肤，在外太空被强光晃过的眼睛还在隐隐作痛。

他的眼前又闪过了各种画面：露营者们看他的样子，朋友们鄙夷的目光，文格洛夫对凡尼亚的笑，扫射道明·阿格拉公司董事会的武器……过去一年的种种都在灼热的阳光下冲进他的脑海，而他已经习惯了文格洛夫舱室里恒定的温度，这里的高温让他窒息。

我们有两样武器是他没有的：你，还有美杜莎。

汤姆歇斯底里地笑了起来，笑得胃都疼了，就好像是听到了最好笑的笑话。布莱克伯恩皱起眉。汤姆只是隐约觉得布莱克伯恩还站在那儿，问了句他听不懂的话。

事实上，汤姆根本没有办法收拾这个烂摊子。他找不到出路。这一切太复杂了，整个天似乎都要塌下来了。

“汤姆……”

汤姆又后退一步，钻进了木屋，可是感觉还是不对。他感觉自己随时都会爆炸，会发疯，会失去理智。他已经不笑了，只是喘不上气。

他跌跌撞撞地跑进盥洗室。那是一间小屋子，只有一盏灯。关上门，阴暗的封闭空间，感觉好些了，但也只是好了一点，还是有些不对。坐在浴缸里，感觉又好了些。拉紧窗帘，遮蔽最后一点光亮，靠在墙上，周围伸手不见五指，氧气终于又回到了他的肺里，他的心终于平静下来了。

自从醒来之后，他头一次感觉一切又都正常了。

中间有几次，门吱呀一声打开。汤姆屏住呼吸，希望布莱克伯恩赶紧离开。黑暗中，他都能听到布莱克伯恩的呼吸声。

走开，走开，走开。他急切地盼望着。

木地板上传来吱呀吱呀的脚步声，灯光渐渐远去。

布莱克伯恩走了。

汤姆不知道时间过去了多久，感觉就像回到了医疗舱里。有时候，他会听到一声响动，然后在浴缸旁的地上发现一杯水。有时候是一块三明治。有一次醒来时，他发觉自己的脑袋下垫了个枕头，身上盖了张薄毯。他的脑子一团糨糊，只是不断地昏睡过去又醒来。

不知道什么时候，灯开了，照亮了屋子。

“我知道，这应该是创伤后应激反应。”布莱克伯恩说，“你现在急需心理咨询，汤姆，但我们现在没有那个条件，也没有时间。我们得赶紧让你摆脱这种状态。”

肯定会有不好的事情发生。这一点汤姆非常确信。就像以前医疗舱嗡嗡启动时一样，后面紧跟着的总是有损尊严的、屈辱的事，于是他伸手遮住眼睛，只希望这一切快些过去。

听到浴帘被拉开的声音，他一下子跳了起来，在另一头缩成了一团，扭动着脑袋，牙齿打战。

“看着我。”

汤姆不动了。说话的不是布莱克伯恩。

他睁开了眼睛。刺眼的光芒中，单膝跪在浴缸边的并不是布莱克伯恩中尉。

而是尼尔。

尼尔!

汤姆脑中明白过来。布莱克伯恩能够接入他的视觉系统。是布莱克伯恩操纵的。是他弄出了父亲的形象，好……好刺激汤姆，欺骗他。布莱克伯恩竟敢这么做。汤姆愤怒起来。他想要揍人。他想……想……

他想自己的父亲。

渴望如同决堤的洪水般吞没了汤姆，吞没了他的理智、他的常识，以及自己在哪儿、这是怎么回事的疑问。他所能做的，只是低声叫道："爸？"

尼尔先是一惊，然后迅速恢复了神智，"是……是……是我。"

"爸！"汤姆扑了上去。尼尔把他抱出浴缸，搂进怀里。

那感觉就像忽然又回到了小时候。那个他唯一可以依靠的人就在他身边，告诉他一切都会好的。

"告诉我都出了什么事。"尼尔低声说。

汤姆说了。他说出了一切。约束节点、医疗舱、凡尼亚，以及他对这个世界造成的破坏。

"听着。"尼尔对着他的耳朵说，"这都不是你的错。"

"不，就是我的错，你知道的。"

"不对，汤姆，听着——"尼尔拉开他，抓着他的肩膀，目光坚定地看着他，"你只是个普通人，只是几百万年进化的产物。你的每个细胞、每个器官，都是为了让你能够活下去而存在的。当时的情境就是那样，你的大脑只是做出了正常的反应：它会形成一套机制，让一切都变得可以忍受。凡尼亚就是这种古老机制的产物。有了他，你才能与当时的情境分离，你才能活下去，保持心智健全。你不是第一个有这种反应的人，也不是最后一个。"

“我差点杀掉了华耶。”

“不，是约瑟夫·文格洛夫差点杀掉了华耶，但你阻止了他。关键时刻，是你战胜了凡尼亚，你阻止了他的行动。接下来你做的事情更惊人——你还成功逃脱了。凡尼亚不是你的敌人，他只是在你需要的时候出来保护你而已。不过，我打心底里希望我们当初能早点找到你。”

汤姆情绪低落，闭上了眼睛，“文格洛夫被挡在了我的处理器之外，一开始我还很高兴呢，以为自己坚持得住。”

尼尔紧紧地抱住了他，“所以他才这么对你的，是不是？”

汤姆没有回答。

尼尔的声音沙哑了起来，“早知道……我是不会让这种事发生的。”停了好长时间之后，他才继续说道，“汤姆，对不起，真的对不起。”

这听起来一点也不像尼尔。汤姆赶紧回答：“没事的，爸。不是你的错。”

“我知道我已经不是第一次伤害到你了，可是不管我做什么，说什么……”尼尔说不下去了。他抚摸着汤姆的头发，不知为何，这让汤姆想起了南极洲。“你知道我对我自己的孩子做了什么。那天我失去了一切。一旦成为怪物，生存也就失去了意义。我的死活都无所谓。这么多年来，我的生命就只剩下一个意义、一个目标：用我脑子里的强力武器，带约瑟夫·文格洛夫一起下地狱。其他人会怎么样我从没有考虑过。所以我要对你说：对不起。”

汤姆忽然明白了过来，自己是在哪里，正在和谁说话。

“我杀不了他。”布莱克伯恩说，“所以就想尽一切办法消灭他存在的意义。我研究他已经很多年了。他什么也不爱。对他来说，唯一有价值的东西就是他眼中的世界。所以我才要去五角尖塔任职。这个职位可以帮我尽可能多地感染他的无人机。我原打算用他自己的机器将他的乌托邦扼杀在摇篮中。”

汤姆知道，布莱克伯恩本来有可能毁掉文格洛夫的梦想。他已经杀掉了足够多的企业高管，破坏了他们对于文格洛夫技术的信任。要不是因为克鲁特尼事件，质朴级处理器根本没有上市的机会。联盟内其他首席执行官完全有可能联合起来让文格洛夫下台。

“这么多年了，我想的都是如何让他完蛋。”布莱克伯恩说，“至于其他人……对我来说没有什么比搞垮文格洛夫更重要——这样最好。其他东西都不重要时，我更容易集中精力。”

汤姆想起了华耶。不管布莱克伯恩怎么说，华耶对他来说还是重要的。但他总是一有机会就拒华耶于千里之外。也许，是因为华耶让他想起了某些不像布莱克伯恩风格的东西。

“所以，如果你奇怪为什么我之前那么对你……”布莱克伯恩说，“请明白，并不是因为你，汤姆。之前，我的眼里几乎都没有你。一开始，你只是个不懂听从命令、不懂回避冲突的下级新生。不仅是你，对待任何一个不知道何时闭嘴的下级生我都会那样。我以为我只是在教会你指挥链的道理，我以为你的行为只是因为傲慢……”

“也许是的。”汤姆低声说。所有人都觉得他非常张狂。

“不，不是。看到你被尼格尔·哈里森的病毒击中撞到了头后却只想着离开，我就明白了——你的人生中从来没有指导你成长的权威人物，所谓权力结构、指挥链，对你来说都是全新的东西。在更了解你之后，我应该采取不同的方式来教导你，不过你也知道后来又发生了什么。”

汤姆确实知道。普查室。就是在那里，他让布莱克伯恩看到了他能用机器做到什么。就因为布莱克伯恩在他的记忆片段中看到了文格洛夫，并因此而得出了武断的结论。

那次意外之后，他从尖塔里无足轻重的新兵变成了布莱克伯恩黑暗复仇计划里的棋子。

但情况也并不是一直都这么糟。布莱克伯恩在南极救过他。就在他因为愚蠢鲁莽而命悬一线的时候，是布莱克伯恩帮他暖和了起来。布莱克伯恩本可以像对待海瑟那样让他死在真空中。但布莱克伯恩没有那样做。他并不像汤姆以为的那样，是个十足的怪物。

汤姆甚至都没有发觉，布莱克伯恩已经伸手拔下了他的约束节点，那个他都不敢伸手去碰的东西。

“你看！”布莱克伯恩把残片放到汤姆面前，“只不过是一块金属而已。”

汤姆看着那个吓人的东西。那是文格洛夫专门定制的，一看就花了大价钱。上面镶着金，还用优雅的线条描画着黑曜石集团的商标——一只看起来很阴险的眼睛。看到这东西，汤姆就想到了约瑟夫·文格洛夫，那家伙看着这东西时，心里一定充满了对戴着这个东西的财产的骄傲。

“用锤子砸烂怎么样？”布莱克伯恩问。

“我想烧了它。”

“也行。”

沙漠中，约束节点在铝热剂的作用下熔化成一摊液体。汤姆一直盯着那摊液体，感觉视网膜都快被刺目的光亮照射出了洞来。他抬起头，看了看广袤的荒漠天空下站在身旁的布莱克伯恩，“接下来呢？”

“这就要看你了。”布莱克伯恩低声说，“我们还有地方要去，不过得等你准备好之后。其他事都可以等。”

“可文格洛夫……”

“文格洛夫也可以等。”

但是，对于一个已经全身心投入这个复仇计划十八年的人来说，再多等待一秒都像是某种“牺牲”。汤姆知道，已经不能再等下去了。他直起身子，不再看那摊液体，并在心里安慰着自己，脖子上没有那玩意儿，也不会感觉有什么不舒服。

“你知道……”他对布莱克伯恩说，“如果一开始你没有对文格洛夫封锁我的处理器……”

布莱克伯恩全身僵硬了起来。

“如果你没有那么做，他就会给我重编程。”汤姆抬起头，看着布莱克伯恩的眼睛说，“如果一开始他就控制了我的心灵，那对我来说确实会容易得多。我根本就没办法反抗，受到的伤害也会最小。但那样的话，我就会供出美杜莎，而且根本没办法逃脱。我会杀掉更多的人，让情况变得更糟。但正因为你，我才没有走到这一步。”

布莱克伯恩一脸惊讶的表情。

“正因为你，我才活了下来。”汤姆说，“而且这也不是第一次了。对我来说，你已经变得……我不知道该怎么说，很可靠了吧。我知道这听起来没什么大不了的，但对我来说这很重要，因为我想不出太多能听我说这番话的对象。所以，你之前说的那些……我们就让它过去吧……”

“过去。”布莱克伯恩轻声附和道。

“还有，谢谢——你做的一切。”汤姆伸出手。

布莱克伯恩握了握他的手。夕阳渐渐沉没到荒漠的地平线之下。一种无形的谅解在他们中间达成。

第二十六章

“就这儿？”汤姆难以置信地说。

布莱克伯恩点了点头，“就这儿。”

“这儿就是世界上最安全的用来组织抵抗的地方？你开玩笑的吧？”

“没有。”

他们正站在五角尖塔的食堂里，见习军官、士兵和偶尔出现的平民从他们身边经过时都对他们视而不见，因为他们正处在隐身模式。

“想想看。”布莱克伯恩离开汤姆，走过那对他们视而不见的人群，“比起世界上其他服务器，我对这里的服务器最了解。这座建筑里的每部机器、每个警戒级和质朴级处理器，所有一切都直接从服务器接收指令。我们可以用隐身模式待在这里。只要是建筑里的地方，我们想去哪儿去哪儿。既然这里人人都有神经处理器，那么我们就可以说是真正隐身了。就连监控摄像头也拍不到我们。”

“你不是让这里充满了大笑的骷髅头吗？”

“系统崩溃，不过不是完全崩溃。”布莱克伯恩说，“只要有足够的时间就能弄好。重置一下。就是你逃走那天的事，时机……很微妙。”

汤姆看着一个士兵从他们身旁走了过去，那人的目光就像僵尸一样虚无。

“仔细想想，约瑟夫·文格洛夫还算帮了我们一个忙。”布莱克伯恩说，“因为所有人都安上了他的神经处理器。毕竟，只要有一个人没安装，我们就会暴露。”

汤姆看到维克、华耶和尤里一起走进食堂，他的心跳都要停止了。他们都是他的朋友。

布莱克伯恩打量着他，“我先检查一下系统。你一个人待在这儿没事吧？”

汤姆双手抄兜，“会有事吗，长官？”

“好孩子，雷恩斯。”说着，布莱克伯恩拍了拍他的肩膀。一时间，汤姆又想起了盥洗室里尼尔抓着他肩膀的情景，不由得扭过了头去。

“我去检查一下服务器，确保我们能继续隐身。”布莱克伯恩说，“你的朋友们知道你已经逃走了，他们也知道你会来这儿。由你来决定他们什么时候能见到你。你随时都可以授权给他们，不过你自己做好判断。如果他们在别人面前表现出令人可疑的样子，好像看到了什么不该看到的东西，那总是不太好的。”

汤姆点了点头。

布莱克伯恩离开了，留下汤姆像个回来骚扰旧友的鬼魂一样站在食堂里。他穿过食堂，脚下的步子有些不稳，又抬起手，准备敲前臂键盘，但突然生出一股奇怪的恶心感。他觉得自己就像是个在观察自己生活的陌生人。

他下意识地跟着维克来到华耶和尤里坐的桌子旁，他们的说话声就像背景噪声一样带着他回到了一年半以前，但他的感觉已经和被文格洛夫抓住前不一样了。他的大脑还在那些真真假假的记忆间纠结着。

汤姆注意到维克的领口，太阳系部队鹰徽上鹰的下方有两道交叉线。

下级生是一道杠，中级生两道杠，高级生三道，战斗员才是交叉线。他又看了看华耶的衣领，也是如此。很显然，尤里也已经是高级生了。

太多的事情都错过了。

他还没有做好准备。

汤姆只觉得自己得离开，得赶紧逃离。

就在他跑到食堂外的走廊时，一声低沉的呼唤传入了他的耳朵：“嘿！”

汤姆全身一僵，整个人都动不了了。

“嗯，蠢头？”听华耶说出这两个字感觉很荒谬。华耶全身颤抖，就好像是通了电一样，她的脸颊通红，眼睛大睁，“抱歉，我不能叫你的名字，可能会触发安全警报。我敢说他们已经在全网搜查你了。”

汤姆咽了口唾沫，“你能看到我？”

“嗯。”华耶嘴唇微翘，“自从弗雷恩的事情之后我就调整了自己的神经处理器，这样别人隐身从我身旁经过时我也能看到。布莱克伯恩告诉我们他找到了你，说你就要回来了。我以为……我以为你再也不会回来了呢。”

两个人就这么尴尬地看着彼此。过了好一会儿，华耶才上前抱住了他。华耶也减了肥，这让她看上去更像一只警觉的食肉动物了。忽然，她哭了起来，汤姆把她抱得更紧了，真高兴他们又见面了。

华耶带来的熟悉感粉碎了文格洛夫给他留下的最后一丝扭曲的回忆。汤姆的心很疼，他太想华耶了。天啊，真是太想他们了。

“我一直找不到你，真对不起。我们到处都找了，汤姆，我们还侵入了……”

“我知道，没事的。”

“我努力了，对不起，我真的努力了……”

“没事。”汤姆亲了亲她的额头，“好啦，没事啦。”这种安慰华耶的感觉是如此熟悉，真奇怪，就好像时隔多日终于又做回了自己一样。他感觉自己更强大、更从容。他松开华耶，想让华耶知道自己真的没事，见到她自己真的很开心，“你已经是战斗员了呀？谁在赞助你呢？”

“都无所谓了。”

“对我来说有所谓。告诉我吧。”

“是诺布瑞迪斯。”

“祝贺你！”

“哦，真的无所谓了。”

“不，有所谓。”

“不是的，真的是无所谓了。反正他们的高层差不多都死光了，而且因为半途杀进了质朴级处理器，战争差不多也中止了。”

汤姆低着头，“其他战斗员了解内情吗？”

“他们说的不多，不过我敢说他们肯定注意到了有什么事情不对，牵涉到世界上的每一个人。犯罪率降到了零，这真是……吓人。连横穿马路的都没有了。维克、尤里，还有我，我们几个月都没离开过尖塔了。看到其他人都这么井然有序，感觉太吓人了。”

一想到之前那些同时扭过头看着他的露营者，汤姆就感到一阵战栗。

“既然你已经回来了，我们就有办法改变这一切。”华耶看着他，眼中充满了信任，她打心底里相信着汤姆，“我不知道该怎么做，但我们肯定能想出办法。只要有你在，我们总能做点什么。”

这可以说是他听到的最好听的话了，真希望这都是真的。汤姆头一次觉得，自己真像是个大骗子，不过华耶笑着拉着他的手，那笑容让他几乎都相信自己真的能改变一切了。

华耶让汤姆先授权给了尤里，因为她知道尤里很小心，不会在大庭广众之下做出什么引起他人不必要注意的举动，尤其是在她先对尤里低声交代了一番之后。尤里在食堂里露出了喜气洋洋的笑容。接着，他换了个座位，谨慎地用伸懒腰作为掩饰，搂住汤姆的肩膀。

“看到你安然无恙我真是太高兴了。”尤里说。

“嗯，我好多了。”维克在对面说，以为那些话是对他说的，“消化不良已经好了。”

汤姆笑了笑，“维克的肚肚出问题了？”说完他才想起，自己最好的朋友听不到自己在说什么。

也就是说，想要戏弄他的话办法简直多到数不胜数。维克起身离开时，华耶和尤里都点头示意汤姆跟上，于是汤姆也就照做了。在让汤姆离开前的最后时刻，尤里决定给他一个大大的拥抱。

维克转过身时正好看到尤里大笑着，两臂绕着一个他看不到的人。

“干什么呢，伙计？”

尤里被吓了一跳，和汤姆对视了一眼。

“跳舞？”尤里说。

“快别了。”维克说，“难看死了。”说着他就走进了电梯。

汤姆笑了起来，“哈哈，看来维克的肚肚真出了问题？”

“不是的。”尤里把手搭在汤姆的肩膀上轻声说，“维克这么不开心不是由于这个原因。自从你失踪后他就这样了。布莱克伯恩中尉告诉我们你会回来，不过我觉得他应该还是很担心。”

这些话让汤姆心里一沉。他握了握尤里的手臂，然后就和尤里分手跟上了维克。

维克十四楼的新宿舍又大又宽敞。他洗澡时汤姆就在查看宿舍的陈设。然后，汤姆钻进了维克的被子里。听到维克走出浴室的声音，汤姆就像个觉醒的僵尸一样慢慢地坐了起来。

维克尖叫了一声，一把拉开被单，想要看看下面到底是谁。看到眼前什么都没有，维克一脸不可思议的表情。

汤姆笑了起来，上前几步，用手撩了下维克的头发。

维克张大了嘴，“汤……呃，博士？”

汤姆授权给了维克，“对，我刚才隐身了。”

维克欢呼着一把抱住了他。汤姆大笑着，维克则大叫着，就像个疯子一样抱着他在屋里跳来跳去。汤姆忽然觉得高兴极了，真高兴自己回来了。

“你没事！”维克上气不接下气地叫道，“我真是太想你了，伙计。你可不能再那样了。不能再那样玩消失了。”

“不会了。”汤姆向他保证，“再也不会了。”

“我还以为你死了。”

“我没有。”

维克挠着自己的头发，一脸的快乐。

汤姆忽然躲闪了一下，因为维克的手接近了他的脖子——这个动作还是会让他起一身的鸡皮疙瘩。“看来，你在我之前就成为战斗员了？我欠你的钱更多了呀，哈？”汤姆玩笑道。

维克似乎没有料到他会忽然这么说，笑得有些难看，“呃，我们都以为你会先晋级的嘛，要是没有……”他的声音低了下去，“啊，我的赞助商是温德姆·哈克斯，呼号‘阿育王’。”

“阿育王？”

“天竺英雄，你应该不认识的。”

汤姆看了看这间自己没有机会入住的巨大的战斗员宿舍。屋子里摆着各种不同风格的艺术品、一条长沙发，还有一些显然是维克的父母从天竺寄来的东西。甚至有一顶很大的波尔雅皮帽。汤姆把它捡了起来，软毛似乎刺痛了他的手掌，让他想起了……

“尤里送的圣诞礼物。”维克咕哝道，显然不太确定这时候应该说什么，“他回波尔雅探亲了。哦，嘿，你应该去问他要你的礼物。他那儿各种乌珊卡都有。”

帽子从汤姆的手中落到了地上。一时间，他不知道该说什么了。

“怎么了？”维克警觉地问。

“乌珊卡是毛帽子的意思？这就是它的意思？”汤姆问道，声音有些刺耳。

“哈？”维克说。

汤姆又想起了挑选这个名字时文格洛夫脸上那奇怪的笑容。这么长时间以来，汤姆一直都把那只兔子叫作……毛帽子。汤姆忽然很想笑，但又笑不出来。他感觉整个人都要裂开了。

“嘿，嘿，博士。”维克伸手拍了拍他的肩膀，汤姆一下子跳到了一边。维克一脸严肃，还混杂着警醒和关心，就好像他们是第一次见面一样，“你……没事吧？我是说……他……呃，你受伤了吗？”

汤姆感觉口干舌燥，一个字也说不出来。

维克把头扭到一边，“我知道他……呃，你被重编程了吧？”

这么说，布莱克伯恩对他们撒了个谎。他没有告诉他们文格洛夫没有给他重编程，而是从心理上打垮了他，“是啊。”汤姆释然道，感觉像挣脱了束缚。

“嘿，没关系的。”维克不停地轻拍着汤姆的肩膀，但慢慢地手停了下来，不知放哪里是好。“不管你想不想说，都没关系的，伙计。重要的是你回来了。”

“大多数时候，文格洛夫都留我一个人。”汤姆说的是实话，而且听起来安全无害。

维克放下了心，然后流露出坚定的眼神，“等到某天你决定报复的时候，一定要叫上我。”

汤姆挤出一个微笑，“我知道，伙计。”

就在这时，门打开了一条缝，华耶和尤里溜了进来，几个人欢天喜地地将汤姆围在中间。华耶又紧紧地抱住了汤姆，他都有点疼了。尤里拍了拍他的肩膀，又拍了拍他的后背，把能够到的地方几乎都拍了个遍。

伙伴的温暖包围了汤姆，融化了他心里的坚冰。汤姆闭上眼睛，享受着此刻重回集体的温暖和亲切的感觉。

绝不能忘记这种感觉。

第二十七章

时间一天天过去，汤姆在五角尖塔里一直以奇怪的状态存在着——安全系统看不到他，身旁经过的人也看不到他。他的朋友们还是这个世界的一部分，仍然不得不去参加诸如培训之类的活动，尽管这些训练所针对的战争已经不存在了。

外面到处都是纳米机器，世界上的绝大多数人变成了黑曜石集团会走会说话的监控设备，能够与汤姆他们结盟的后备人选相当有限，所以他们只考虑安装着警戒级神经处理器的人。

幸运的是，世界上仅有四个基地的年轻人安装了警戒级神经处理器，而尖塔基地则是其中之一。维克有个表弟就在孟买的那个基地里。于是维克偷偷联系了他。汤姆也知道，耀兰正在太庙里寻找可靠的人选。她曾告诉过布莱克伯恩，他和内宫基地的斯凡特拉娜·莫利亚科娃达成了共识。斯凡特拉娜已经联系了一些波尔雅、非洲和南美洲的战斗员，组成了一个松散联盟，准备在合适的时候开展行动。

华耶建议他们去把忠诚度测试的录像找出来，从里面寻找愿意挑战文格洛夫的战斗员。那个周日，他们带着爆米花来到了华耶位于十四楼的奢华宿舍，一起看录像。

“博士，我真的觉得你把我们都给搞惨了。”维克说。

汤姆心里一惊，屏住了呼吸。

“你把这个实景结束得太早了。”维克说，汤姆终于放下了心，因为维克提到的并不是汤姆真正把他们搞惨了——顺便还把全世界搞惨了那一次。“看看，都快结束了，我们还在食堂里。”

镜头摇过枪口下不安分的学员。朱塞佩抱怨说自己脚疼，但因为害怕被枪打而不敢抠。卡尔不断用拳头击打手掌，好像随时准备着海扁什么人。

“我觉得卡尔就算了。”维克说，“他曾经和文格洛夫一起对付你。”

“我还不太确定。”汤姆说，“我觉得我们得跟他谈谈。”

整整一周时间，他们都在逐个审查见习军官。每一次他们都先警告见习军官不要叫出任何人的名字，然后让汤姆忽然出现在他们面前，观察他们的表情。

“你不是死了吗？”克林特叫道。

“是啊，克林特，我是鬼。”

克林特又看了看他，汤姆也看着克林特。

凭空出现在沃尔顿·考夫纳面前时，沃尔顿只是眨了眨眼，很随意地说：“嗨，伙计，好久不见。”

伊曼·阿塔尔则流着泪一把抱住了他，“我还以为你出事了！哦，呜……”她的嘴唇接触到了汤姆的嘴唇。显然，分离让两颗心变得更近了。“真对不起，希望你不是因为我和你分手才离开的。”

汤姆赶紧一把把她推开，“伊曼，不是因为那个。”

“我知道你真的很喜欢我，但是……”

“在你说话之前，我得先告诉你，我亲了另一个姑娘，不对，是两个姑娘。所以不要觉得这是你的问题。”

维克和尤里盯着他，一脸的狐疑。

“嘿，真的不用担心。”汤姆向她保证道。

伊曼皱起了眉头。

布莱克伯恩挥手示意汤姆继续前进，华耶则对他翻起了白眼。伊曼最后还是认定，分离并没有让两颗心靠得更近，不过她还是听了他们的话，决定帮忙。

至于莱拉·马丁：“哦，是你啊，你从哪儿冒出来的？维克和我分手了。”

“你们经常分手的。”汤姆说。

“这次是最后一次。你是叛变了还是怎么着？”莱拉问，“就因为我告诉别人你可能叛变了，维克生气得很。他不原谅我。”

汤姆看了看维克，“等一下，你们是因为这个分手的？”

维克生气了，“我最好的朋友失踪了，她却在诽谤他。我对此很有意见。”他和莱拉看了看彼此。

汤姆不敢笑，尽管刚才的话让他非常开心。他最好的朋友真的很支持他。

等到汤姆让他们习惯了自己在房间里的存在之后，布莱克伯恩也给了那些见习军官们授权。有布莱克伯恩在，学员们通常都会更紧张一些。不过，由他来解释质朴级处理器、纳米机器人和五角尖塔外那些人行为的忽然转变的话，他们更容易相信。

这是一个关键的考查点。有些人，比如莱拉和沃尔顿，立刻就愤怒了起来，跃跃欲试想要反击。有些人，像朱塞佩和詹妮弗·阮，则害怕了起来，不想和这种事沾上任何关系。还有些人，比如斯沃登·盖尼，让他们吓了一跳——这个平常看起来非常温顺的战斗员爽快地答应他们要和文格洛夫做斗争。还有一些人在替文格洛夫的行为辩护。卡登斯·格雷和克林特就觉得，这是人类进化的必然结果，没什么好不满的。

“每个人的脑子里都有电脑跟每个人的脑子里都有约瑟夫·文格洛夫控制的电脑，这里面区别很大。”华耶反驳道。

“总得有人控制啊。”克林特说，“为什么就不能让个成功商人上？而且这人还是我老爹的顶级竞选赞助商。”

克林特绝对得排除。

卡尔·马斯特斯让除了汤姆之外的所有人都吃了一惊。看到汤姆时，卡尔握住他的手说：“很高兴你还活着。”听了他们的解释后，卡尔握紧了拳头发誓道：“你是说，克鲁特尼事件也是他干的？他杀了我妹妹。我要把他的头拧下来。”

“你杀不了他。”汤姆惋惜道，“我们的处理器里有代码，不容许我们伤害他。这就是问题所在。”

卡尔皱了皱浓密的眉毛，“那我们就把代码干掉！”

“说起来容易做起来难。”华耶说。

事后，布莱克伯恩立刻消掉了所有候补军官的这段记忆。汤姆说得很明白：“我们把这段记忆拿掉对你们来说更安全。必要的时候，我们会把这段记忆还给你们的。”

审查过所有候补军官后，维克——整场审查的观察员——提出了问题。

“嗯，我们已经知道了谁会和我们一起，谁不会……然后呢？”

所有人都在看汤姆，汤姆则在看布莱克伯恩。

“不知道。”布莱克伯恩说。

“什么？”维克叫道。

“我说了，我不知道。如果有什么简单的法子，那我们早就动手了。我的想法是，用电磁脉冲扫荡所有纳米机器。质朴级处理器不会让大脑产生依赖性，和我们的不一样，大部分人应该都活得下来。”

“不能这么干！”华耶叫道，“你也看到克鲁特尼在高空爆炸所造成的伤害了。我们不能用电磁脉冲扫荡所有地方，那会把整个人类文明都带回到中世纪的。”

尤里点了点头，“我同意。后果太严重了，肯定会死人。”

“电磁脉冲会损坏所有的授粉机。道明·阿格拉已经把蜜蜂都灭绝了，到时候会发生大饥荒的。而且几乎所有的核电站都会发生故障，长远来看，会死几十亿人。”

“确实不是很理想。”布莱克伯恩的嗓音干涩，“但至少能给人们一个反抗的机会。他们现在缺少的就是机会。”

整个房间里都没有人说话了。

“这就是我们的最后一招了？”维克说，“肯定还有其他法子的。”

“我就不明白了。”汤姆忽然开口道，“你和华耶对神经处理器那么在行，就不能造出一种电脑病毒之类的东西传播开，突破文格洛夫的控制吗？”

“我能。”布莱克伯恩说，“给我一年、两年，或者十年的时间，专门研究纳米机器。然后我们就可以把病毒散播开，一边看着病毒传播，一边在心里祈祷约瑟夫·文格洛夫没有搞出什么安全补丁来反击。不过，他肯定是会搞出来的。也许几分钟，也许几小时，之后他肯定能夺回控制权。与此同时，我们也给了他找到我们的线索。”

“那你呢？”汤姆看着华耶，“你肯定能更快搞出来。你是我见过的最聪明的人。”

华耶皱了皱眉，“你认识的人可不多。外面比我聪明的人可能还有很多。”她点了点头，似乎不太确定，“我也不一定是世界上最聪明的人。”

“你怎么能确定呢？”尤里一边轻声说，一边深情地吻了吻华耶的额头。

“只要我们有所行动，文格洛夫就能追根溯源，找到发起抵抗的地方。”维克指出。

剩下的话就不用说了，所有人都明白其中的含义。文格洛夫还没有控制住安装着警戒级处理器的人，但这只是暂时的。他随时都可以改变主意，立刻动手，写个程序，就像控制其他人那样控制住他们——只要他觉得他们构成了威胁。

等到采取行动的时候——如果他们要采取行动的话——只能一击毙命。任何失败都会让文格洛夫一举消灭他们。

“还有一个人要谈。”布莱克伯恩说。

看到被关在普查室隔壁小间里的埃利奥特·拉米雷斯，汤姆感到一阵惊喜。埃利奥特则不解地眨着眼睛，因为在他看来，房门自己打开又关上了。

汤姆授权给了埃利奥特，埃利奥特一下子跳了起来。

“嘿，伙计，别叫我的名字哦。”

“啊，是你！”埃利奥特叫道，深色的眼珠不断打量着汤姆，目光中充满关切。汤姆知道，自己看起来一定很糟糕。“真是个惊喜。”

“布莱克伯恩中尉告诉我你被捕了，还被带到了这儿。”

埃利奥特嘴角微扬，“我享受了九个月的自由。当了个活动家，还谈了场恋爱。然后《国防授权法》就把我搞定了。我被拘留了，截至目前都是无限期拘留。我以为如果我的行动够公开、够高调，我就会很安全。”他的表情暗淡了下去，“不过看起来，他们抓我那天根本没有人在意，就连托尼也只是站在那里。所有人似乎都聋哑了。看来我对他们的信心太过头了。”

“不是的。他们没帮你是有原因的。”汤姆告诉他，“文格洛夫已经控制了公众。藏木于林已经不管用了，因为整个树林都被控制住了。”他简要地向埃利奥特解释了质朴级处理器的事。埃利奥特坐在了床上，一脸懊恼。

“我真是离开圈子太久了。”他打量着汤姆，“你……还在这里训练吗？”

“我现在是逃犯。没人能看到我。布莱克伯恩也看不到。”汤姆耸了耸肩，“哦，天空广告牌也是我炸掉的。”

埃利奥特睁大了眼睛看着他。每次汤姆扔出重磅炸弹，其他人都是一副这样的表情。

汤姆叹了口气，坐在床边，把一切都向埃利奥特详详细细解释了一遍——他利用机器的能力、天空广告牌的事，以及文格洛夫对其他高管的袭击。

听完解释，埃利奥特挠了挠头，“这么说，国会山峰会上的那个人是你了。”

“抱歉，伙计。我当时是想把海瑟拉下水，没有考虑对你的影响。”

埃利奥特只是笑了笑，“那可是发生在我身上最好的事了。”他的视线飘向了远方，“我还记得，温德姆·哈克斯公司的高管们告诉我，我要按照他们塑造的形象行事的时候，其中一个高管引用了一句他喜欢的话：‘我们现在就是一个帝国，我们的行动将创造我们自己的现实。’他的意思可不是我可以创造我自己的现实。他说的是他们——他们那种人、那些大人物——他们的行动才是重要的，是他们在为我们剩下的人创造现实，剩下的人只能服从，按照他们的想法各就各位。我也得就位。而且我已经那样做太久了。”

汤姆点了点头，好像是听懂了。

“不过，在你向他们开第一枪的时候，我终于看到了另一条出路。”

埃利奥特看着汤姆的眼睛说，“当然，我不知道是你干的，但那让我想起了你，想起了你对我说的每一句话。”

“我真是受宠若惊。”汤姆说。

“所以我才起来反抗他们的。我终于明白了，只要我反抗，他们就没有办法为我创造现实。他们没有权力为我的存在设置条件。”他的眼中一闪，“就算他们把我永远关起来，或者给我重编程，强迫我遵守规矩，我也曾经反抗过，这一点他们无法改变。”

埃利奥特的反叛思想让汤姆放下了心，凑拢上去说：“你不会被继续关起来的，埃利奥特。我们打算改变这个世界，一劳永逸。”

“我加入。”埃利奥特立刻说。

“你还没听我们的计划呢……”

埃利奥特笑了起来，“我的一个下级生要拯救全世界了。这种事我当然要参与。告诉我该做什么。”

第二十八章

汤姆回到了布莱克伯恩的房间。自从布莱克伯恩逃脱后，军队差不多清空了这间屋子里的物品，不过看起来和以前也没有太大的区别。反正这里以前就没有多少私人物品。沙发还在，汤姆之前就是在这儿睡觉的。

沙发上还放着一卷神经导线。

汤姆感觉心里一沉。他已经同意开始下载之前丢失的信息，布莱克伯恩肯定已经为他准备好了。

该开始了。

汤姆不愿意连接导线。他原打算在维克屋里借宿一晚，却忽然想到了一个可怕的场景——如果他在维克漆黑的宿舍里连接上神经导线，却发现自己不记得自己是在哪儿了，那该怎么办？

他有好多东西想跟朋友们分享，却不愿意让他们看到自己那副怂样——文格洛夫给他留下的心理阴影使他不敢连接神经导线，即使是为了找回自己失去的战斗技能也不行。他还是坐在那儿，注视着神经导线。这时，他的身后传来了靴子的声音。昏暗的灯光照进了屋内，是布莱克伯恩。

“和拉米雷斯聊过了吗？”

“嗯，他愿意加入。”汤姆用指尖玩弄着神经导线，心里充满了焦虑。

布莱克伯恩立刻注意到他有心事，“你能自己完成吗？”

“我没事。”汤姆下意识地回答，过了一会儿，他又承认道，“我不能连接到系统里去。我是说，我有这个能力。我都做过几千次了，但我就是做不到。你明白我的意思吧？”

“你的思考方式不对。”布莱克伯恩对他说，“这个——”布莱克伯恩指了指神经导线，“还有无力感，你把这两者联系起来了，这是不对的。这条线能让你发挥超能力，而你的超能力正是你的强大之处。”

热血涌入汤姆的大脑。他的超能力正是他的强大之处，但文格洛夫很清楚地让他明白，这也是他的弱点所在。文格洛夫把汤姆的优势一样一样地拿来对付他——他的超能力、他的朋友、他的记忆，所有的一切，除了美杜莎。

布莱克伯恩摸了摸下巴，“不过呢，我可以给你提供点动力。”

“啊？”

“有人要访问我们的系统。她想见你。”

汤姆心里一惊，“她来了？”

“我让美杜莎来的。”布莱克伯恩说，“我一直和她保持着联系，告诉她我们的最新进展。我觉得，今天是你联系她的好日子，因为她能帮你更快地克服心理障碍。在你和她见面的同时，我会帮你开始下载。”布莱克伯恩笑道，“除非你想让我告诉她你今天不宜见客。”

这个混蛋知道汤姆是不会拒绝的，“没门。”汤姆一把抓过神经导线，一端插在墙上的端口上，一端插在自己的端口上。

他的意识渐渐模糊，只听到布莱克伯恩在说：“好孩子。”

汤姆立刻放出自己的意识，加入一股数据流中。一开始，他惊恐万分，感觉自己又失去了控制，但他知道她在。接着，他出现在了一个程序里，那是一座郁郁葱葱、流水潺潺的花园。那里的水非常清澈，映出了明亮的蓝天和树木的倒影。

“这是哪儿呀？”汤姆问。

“你已经离开地球太久了，我觉得应该给你看看美景。”

汤姆转过身，美杜莎正站在旁边的一块石头上，黑色的长发松散地搭在肩上。

汤姆看着美杜莎，胸口一阵激荡，太久了，真的已经太久了。“嗨。”他笨笨地说。

美杜莎笑了起来，“嗨。”

“美杜莎。”

“是耀兰。”她提醒道。

“耀兰。”眼前的女孩儿吸引了汤姆的全部目光。就是为了救这个女孩儿，他才被囚禁在太空。这个女孩儿，是他做所有事情的动力。

“我想你了。”说着，美杜莎上前一步，手指划过汤姆的手掌。汤姆一把抓住那只小手，将她的手掌贴在自己的胸口。他轻轻拨开她的头发。此刻的他只觉得各种情绪都涌到了胸口，无法发泄。他不知道该怎么告诉美杜莎，她就是自己逃脱的原因，她就是隧道尽头的那道光亮。

能说、该说的事情太多了，但他最后只是蹦出了一句：“我爱上你了。”

美杜莎浑身一僵，“啊，你说什么？”

“我知道这么说让你有些措手不及。”汤姆解释道，“但我必须得说出来。我在那里就想明白了。我爱你。我知道你曾说过，我需要的是你需要我，但那不是真的。”

美杜莎的手指和他的手指交缠在一起。汤姆忽然觉得自己不敢直视她的目光了。

“我还明白了一件事。我需要你，而不是相反。我以前一直以为，我自己一个人也很好，不管发生什么，我都能应付。但那时候，在上面，我孤单一人，那感觉就像……”汤姆说不下去了，他又想起了自己的人格支离破碎的感觉。自己一个人待了那么久，汤姆·雷恩斯都已经不存在了。他已经不存在了。直到再次找回他的朋友们后，他的存在感才得以维系下去。他不想让美杜莎因为他的坦白而有什么负担，于是他只是说：“你的感受不一样也没关系，我就是想告诉你。”

“汤姆。”

他抬起头，美杜莎揽着他的脖子，亲了他一下。汤姆紧紧地抱住她，美杜莎却后退了几步，保持距离，“汤姆，我知道你走了有一年多。你被关了起来。我不知道你都经历了些什么，但……但我觉得现在不是发表爱情宣言的好时机。”

汤姆不好意思地笑了笑，“我发表爱情宣言了？”

美杜莎笑道：“还记得夏威夷吗，你告诉我，你觉得利用我的感受是不对的？”

“可你……”

“我那时候脑子不清楚，状态很不好。你不觉得现在的情况和当时一样吗？”她转过身，头发在微风中轻舞，“如果现在接受，我就成了那个做错事的人了。”

汤姆把虚拟的手插进了虚拟的口袋，“那你觉得什么时候合适？”

美杜莎扭头看了看他，“以后某个合适的时候吧。”

“合适的时候。”

“如果还有那种时候的话。”美杜莎补充道。

汤姆注视着她，“出什么事了？”

美杜莎的表情有些激动，“说不清楚，我让你看看吧。”

说完，他们一下子脱离了尖塔的系统，穿过了整个网络。汤姆注视着她，不让她远离自己的意识。他们出现在一个向神经处理器发射指令的网络中继器里。美杜莎调出了一条又一条算法，展示在汤姆面前。看到文格洛夫的“成果”，汤姆只觉得恶心。

那些算法在人群中搜寻，将他们分门别类。凡是被标记为可消耗的那些人——老弱病残——木马都会被植入他们的神经处理器，随时准备触发命令，关闭他们的大脑功能。

汤姆想起文格洛夫想给他重编程时，自己也曾觉得，这个世界上资源太少，人太多，从总人口中抹去一大片完全合情合理。

文格洛夫就是要这么做。

他们又回到了尖塔的系统里，进入了花园程序。这一次，花园看上去没有之前那么宁静了。两个人心头都笼上了不祥的预感。

“我们得采取行动了，赶在他开始人口削减行动之前。”美杜莎淡淡地说，“在他注意到五角尖塔和太庙，注意到两方的所有候补军官和战斗员之前——只有我们还能采取行动。现在我们已经有一个计划。”

“太好了。”汤姆说，他和他的朋友们现在还停留在想法的阶段，“你跟我说说。”

“我们打算袭击文格洛夫用来给质朴级处理器传送信号的中继器。”

汤姆神经处理器里的知识几乎都被文格洛夫抹掉了。他很尴尬地承认道：“我下载的知识几乎都丢失了，你能……你能从什么是中继器开始解释吗？”

美杜莎面不改色地说：“中继器就是……就好像是数据中心一类的东西。它们是处在网络中心的超级电脑，质朴级处理器就在网络的末端。如果说文格洛夫控制了一些相互连接的蜘蛛网，那么中继器就是蛛丝连接的地方。所有输入给神经处理器里的信息都是从中继器里发出的。信息沿着蛛丝传播。举个例子，如果有人知道要注意提防机器里的幽灵，那他们就是通过中继器传过来的命令知道的。”

“所以你们觉得只要摧毁中继器，他们就不能控制质朴级处理器了——一切就都没问题了？”汤姆总结道。

“我敢打包票，他还有备用的中继器，以及备用的备用。我们发现一个摧毁一个，然后再散播病毒，扰乱剩余中继器发送的信息。但愿通过这两个行动，我们能最大限度地削弱黑曜石集团的力量。”她的唇边闪过一丝微笑，“安装了质朴级处理器的有几十亿人，处理器里有个子程序，要求他们完全遵守当地法律。”

汤姆点了点头，回忆起了泽恩和他的其他下级生——他们完全遵守尖塔的规章，一丝一毫都没有触犯。

“他们不是主动遵守，而是像被迫遵守。”美杜莎的眼中闪过了一道光，“我们要做的，就是发给他们对法律的新解释，让所有安装有质朴级处理器的人都觉得，杀死黑曜石集团或者 LM 莱默舰队公司的人，毁坏这两家公司的设备是他们的天职。幸运的话，如果约瑟夫·文格洛夫身边恰好有这样的人，他就死定了。”

“行不通的。”汤姆淡淡地说，“处理器中有种保险之类的东西。所有安装了他的处理器的人都杀不了他。而且，我朋友的父亲就在黑曜石集团上班，他不是个坏人，只不过是为了生活才为文格洛夫工作的。据我们的了解，文格洛夫的员工也安装了质朴级处理器。也许在处理器普及之前，他们就已经安装了。”

“我为你的朋友感到遗憾。”美杜莎说，“可这是我们所能拿出的最好的计划了。在最短的时间里给他的公司最大打击。在文格洛夫意识到发生了什么并采取行动之前，我们只有几分钟的时间。他会想到是我们做的，并把手头所有的飞船都派来对付我们，到时候我们就死定了。

我们唯一的机会就是一次性给他造成足够的伤害，让他无法还击。”

汤姆还在想自己和朋友们以及布莱克伯恩商量策略时的谈话。他很清楚，一旦美杜莎和她的人行动，那么这就是他们的最后机会。不管他们做什么，他们都得和美杜莎那边的战斗员同时行动。

汤姆思考着这个计划的可行性。所有安装了质朴级处理器的人都被调到反抗黑曜石集团的状态，哪怕只有很短的一段时间，那也是几十亿人的力量。那么多人可以造成很大的损害。也许耀兰和她的人的这个计划确实可行。也许能起作用。如果这是他们唯一的机会的话，那他们必须一击即中。

至少在文格洛夫报复之前。

文格洛夫肯定会报复，狠狠地报复。他就是这样的人。汤姆又想起了很久之前的某一天，布莱克伯恩曾说，只有用暴力才能制伏文格洛夫这种人。但他说的并不对，因为文格洛夫手里有布莱克伯恩没有的王牌：为了维护自己的统治地位，文格洛夫能把整个地球的安危都当作筹码。单凭这一点，他就有其他人都没有的优势。一旦美杜莎发动袭击，文格洛夫把各种核武器射向五角尖塔和太庙时眼睛都不会眨一下。他对附带损伤可是一点也不在乎。

对他来说，人都是可消耗品，最多就是用完可弃的资源。所谓人的潜在价值在他眼中没有任何意义。他只在乎他们对他的目标的直接作用。文格洛夫在汤姆的身上看到了利用价值，把汤姆当作武器。倘若没有这点价值，倘若汤姆只是个在虚拟现实厅里玩游戏的十六岁男孩，那文格洛夫就会毫不犹豫地将其毁灭。文格洛夫认为自己是一个富有远见的人，但事实上他太短视了，根本看不到人的潜能。

华耶曾说过，世界上最聪明的那个人也许就在外面，而文格洛夫会将其白白浪费。地球上有一百一十亿人，如果给他们机会，他们一定能干出许多事情来。

也许，某个安装了质朴级处理器的人就是世界上最聪明的人，比华耶聪明，比约瑟夫·文格洛夫聪明，也比布莱克伯恩聪明。也许聪明人不止一个，也许世上有一百个、一千个、一百万个天才。即使一百一十亿人里只有一小部分是真正的聪明人，那也相当于几千个华耶呢。如果给这些人一个机会，一个文格洛夫那种人才有的机会，这些人会取得多大的成就呢？

忽然间，汤姆想到该怎么做了。他知道了。这个完美的主意让他笑出了声。

“怎么了？”美杜莎说。

“我忽然想到，原来我的朋友华耶并不是世界上最聪明的人。”

美杜莎皱了皱眉，“什么意思？”

“我的意思是，我知道如何拯救世界了。”汤姆说，感觉心中充满了希望。

第二十九章

有一次，汤姆和维克愉快地发现，尤里·希瑟维奇这个几乎样样精通的人，对电子游戏却一窍不通。他们是在玩格斗游戏的时候发现这一点的，当时尤里悄悄地加入了他们的对战，结果却一点也没伤害到他们。

“为什么你们都没受伤啊？”他看着汤姆、维克和华耶痛宰对方，而自己的角色却飘在半空中插不上手，“我都用手发射火球了。”

“切，只不过是些小火星而已。”维克说。

“为什么我手上的火星没有伤到你们？”

汤姆一边撕下华耶角色的脑袋，一边窃笑道：“因为你一下子把所有按钮都按下去了，所以只能看到火花。懂了吗？”汤姆模仿着尤里的动作，他自己的角色手中也冒出了火花。

维克想要借机杀掉汤姆，但汤姆一拳把他的脑袋打了个稀烂，然后又给尤里来了个安乐死。

维克嘲笑了尤里好长时间——每次上网游戏时都用尤里的外形，并取名小花手，然后在别人想要严肃对战的时候冒些火花出来，扰乱其他玩家。汤姆也很喜欢这么干。他们把尤里的游戏记录搞成了0比998，而且发现好多游戏论坛里都在猜测这个脑残的小花手到底是什么人。

自从汤姆失去手指，也失去了对电子游戏的热情后，他开玩笑的热情也跟着丧失了大半。不过回到尖塔后，那些曾经困扰他的事都变得不值一提。想想自己曾经那么在乎，真是可笑。准备行动那天，他们又玩了那个游戏，算是对汤姆十七岁生日迟到的庆祝，或者对十八岁生日的提前庆祝。

“至少在我们死的时候，我们都是成年人了——忽略几个月的误差的话。”华耶说。

维克笑了起来，“真是个鼓舞士气的好方法，恶妇。”

“积极思维是很重要的。”尤里说。他正皱着眉头，他的角色手里又冒着火星。

“总之先谢谢了。”汤姆笑着说。

“我得承认，我还挺想赢一次的。”维克边说边狠狠地揍了汤姆的角色几拳，“你的手指头早几年没了该多好。”

“少废话。”汤姆轻声说。他躲过了接下来的几拳。真奇怪，自己居然并没有记忆里那么差。也许之前都是心理原因吧。人脑真是个有趣的东西。

华耶非常冷静地一遍又一遍地做着同一个回旋踢。她不喜欢格斗游戏，她玩游戏的唯一原因就是汤姆和维克在玩。她的策略每次都是一样的：一个有效的完美杀招从头用到尾。虽然恼人，但却非常有效。

至于尤里，他只是沮丧地吼叫着，因为他的手还在冒火花。

“一旦约瑟夫·文格洛夫明白过来我们在干什么，他就会把所有的招数都使出来对付我们。”华耶一边来回踢着维克的角色一边说，“那样的话，今天可能就是我们活着的最后一天了。”

维克呻吟了一声，“恶妇，你真是太会鼓舞士气了。自杀任务前的早晨游戏规则一：不许提那该死的自杀任务，蠢头！”

汤姆笑了起来，他的角色手里正握着刚从维克的胸口抓出来的心脏，“借用你的话，我觉得你该亲吻我的戒指了。”

“凭什么，除非你……”维克说，不过汤姆已经撕下了尤里的脑袋，折断了华耶的脖子。最后，维克只能一边咕哝一边亲了一下汤姆那并不存在的戒指，作为投降的表示。他们脱下游戏手套，维克的宿舍骤然安静了下来。

一开始，四个人面面相觑。汤姆真希望他们能一直待在这儿，永远停留在此刻，和他生命里最重要的人待在这个一直被他当作家的地方。

但时间还在流逝。流走的时光无法挽回。

汤姆深吸了一口气，“我们走吧。”

走出宿舍时，汤姆说：“我们出来了。”布莱克伯恩可能正在通过神经连接查看呢。

“祝你们好运。”布莱克伯恩的声音响了起来。

汤姆伸手从口袋里取出远程接入传输器，插入端口。美杜莎的意识和他在系统里相遇，“是时候了。”

明白，美杜莎回答。

汤姆对华耶点了点头，华耶在前臂键盘上敲打了起来，放出了她和布莱克伯恩合写的病毒。

五角尖塔里的灯光暗淡了下来，警告信息出现在所有人眼前。

警告：裂变—聚变反应堆融毁中。非关键人员撤离。

他们来到十四楼的公共休息室，战斗员们匆匆起床，准备撤离。所有人都看不到他们，因为他们都处在隐身状态。他们走下楼梯，士兵和候补军官从他们身旁匆匆跑过。神经处理器帮那些人下意识地避开了他们——那些人大脑的某些部分能感觉到这些空间是被占据了的。

熟悉的脸庞从他们身旁经过。汤姆对可信的候补军官启动了记忆恢复程序。他看到沃尔顿·考夫纳和莱拉·马丁立刻在楼梯上停下了脚步，被删除的记忆连同新的指令涌入了他们的大脑。

按照神经处理器里的指示行动。我们只有一次机会，如果失败，立刻撤离，并帮助其他候补军官逃离。黑曜石集团会利用一切资源打击五角尖塔，里面的所有候补军官都将被杀死或重编程。

汤姆看到沃尔顿和莱拉对视了一眼后转身朝十二楼的神经端口跑去，看到卡尔和尤素福也跑了过去，看到越来越多曾经答应加入反抗的候补军官各就各位。汤姆不由得心潮澎湃。融毁警报差不多赶走了尖塔内所有可能站在文格洛夫一边的人——那些人被锁在了外面，这样他们就不能阻止汤姆的同盟实施计划了。

汤姆、维克、华耶和尤里溜进亚轨道飞机，飞上天空。汤姆低头察看布莱克伯恩在下面静候的飞船，由衷地希望自己还能再看到陆地。

身下的五角尖塔越来越小，几个肩负重任的勇士朝南极飞去。汤姆掉转方向，后面另一架飞机中的维克和尤里跟了上去。

“一定能行。”汤姆轻声说。引擎的轰鸣中，旁边的华耶都没听到他的声音，“这次绝不能搞砸。”

不过还是有人能够听到，“你不会失败的。”布莱克伯恩的声音在他的耳边响起，“你会安全回来的。”

“我就是这么打算的，长官。”

“还有，汤姆，我就在你的身边，这次你不是孤军奋战。”

汤姆知道这一点，但一想到即将面临的艰险，他还是不由得焦虑了起来。

亚轨道飞机重新进入大气层，南极洲的海岸线浮现在眼前。汤姆来过这里两次，两次都差点死在这儿。第三次一定要活着回去。

“在哪儿降落？”华耶问，她的声音听起来很紧张，“我们速度太快了。”

“必须得快。”汤姆对她说，“慢了就死定了。相信我，我们能行的。”

“我知道你能行，可是维克呢？”说着，华耶焦虑地看了看窗外的另一架亚轨道飞机。这种分组也是计划的一部分，因为汤姆和华耶在计划中的作用至关重要，而且他是他们当中飞行技术最好的。维克的技术也不错，不过他和尤里的任务是保护汤姆和华耶的安全。

“我们会没事的。”汤姆安慰着华耶，“一分钟之内，我们就能降落在黑曜石集团里。”文格洛夫的机械警卫在那片建筑集结还需要一段时间。汤姆对此很有把握，因为就在他们出发的同时，好几辆真空管列车也朝黑曜石集团进发了。

如果计算精准，三十秒前，文格洛夫就收到了有入侵者将通过真空管列车进入黑曜石集团的警报。他很可能已经派机械警卫去那边了。

然而，那边并不是他们的目标。

但等建筑群映入眼帘的时候，华耶又紧张了起来，“美杜莎还没来呢。哦，不，汤姆，她没来。房顶还是完整的！”

汤姆扫描着眼前的建筑。他们的距离越来越近，已经来不及掉头了。他们没有能够射穿屋顶的武器，“啊，啊，我没……”

就在此时，一串导弹从天而降，炸开了屋顶。汤姆和华耶下意识地畏缩了一下，与此同时，他们也进入了建筑，但推进器还在喷射，推动他们不断向前。飞机面临坠毁燃烧的危险，汤姆紧抓控制杆，操纵飞机穿过被炸穿的层层楼板，进入了黑曜石集团内部深入大陆的部分。

随着剧烈的颤动，他们终于降落了下来。汤姆解开安全带，跑进尾舱放强化机甲的地方。

华耶也赶紧跳进自己的机甲，调整好面具、护甲、夜视镜、离心钳和光学迷彩。她忽然停了一下，“哦，还有靴子！不能忘了……”

“我知道！”汤姆穿上自己的胶底靴。对于黑曜石集团的通电地板来说，这是必备的装备。

上一次，约瑟夫·文格洛夫并没有预料到有人会侵入这里。按照文格洛夫自己的说法，没人会入侵“位于南极大陆中央、满是杀人机器的建筑”。这一次，警报立刻响了起来。汤姆和华耶还没离开亚轨道飞机，机械警卫的激光就射了过来。

汤姆用穿着强化机甲的脚踢开逃生舱门，力道之大，直接将舱门踢飞了出去，射进距离最近的机械警卫。

他扭头拉住华耶的胳膊，将华耶扔过周围的机械警卫。华耶启动光学迷彩，消失在空气中。汤姆跳到了天花板上，警卫的炮火射向他刚才所在的地方。在机械警卫还没锁定他之前，汤姆就开火射中了自动喷水灭火系统，水立刻倾泻下来。机械警卫和强化机甲都是防水的，但地面不是。地板上火花四射，迸出了裂纹，站在地上的机械警卫突然都短路了，身上爆出了火花。

“没事吧？”汤姆对华耶叫道，心都提到了嗓子眼儿。

“没事。”华耶的声音传了过来，“我在墙上。”

“我们走。”

他们就这样前进，汤姆用他的强化机甲和离心钳待在天花板上，华耶用她的强化机甲和离心钳待在墙上，出现在走廊里的机械警卫在地上短路。头顶上方的内部通信装置被激活了，维克那快活的声音从扬声器里传了出来。

“黑曜石集团员工全体请注意：请立刻撤离。我们带来了足够多的真空管列车。如果你们不能立刻全部撤离，就会面临死亡。这一点我们可以保证。相信我们，这是善意警告。”说完，他的声音就被此起彼伏的尖叫盖了过去。

维克的警告肯定是起了作用，因为华耶和汤姆在前进的路上看到本该挤满黑曜石集团员工的各个大厅空无一人。他们没时间进一步确认，因为一大群无人机从建筑被炸毁着火的地方飞了进来。汤姆和华耶反应速度比预估的慢了半拍，好在尤里和维克出现在走廊的另一头，用火箭发射器将无人机炸了个粉碎，碎片飞得到处都是。

汤姆一个大步跳了过去，“咣当”一声落在他们身旁，“伙计们？”他对周围的虚空叫道。

“这儿。”维克说。

华耶的脚步声在旁边响起，“这边。”

“我在这儿。”尤里说。

几个人一起沿着走廊前进，不时趴在墙上，躲避新进来的机械警卫。汤姆和他的朋友们从十四岁起就在学习这一类的战斗技巧，这是他们第一次有机会实战。这次他们不是偷偷潜入黑曜石集团，而是强力突破进来的。机械警卫都被他们击毁了。

尽管有一个机械警卫朝走廊里释放了氟气，他们还是安然无恙——所有人都戴着防毒面具。到达神经端口后，他们准备进入黑曜石集团的内网。

“这个和上次的不一样。”维克注意到了不同。

“上一个被我们烧坏了。”汤姆一边准备神经导线一边叫道，“这次我们必须成功。”

尤里点了点头，“最好能成功。”

“他要是把端口关了该怎么办？”华耶突然说，“他肯定能通过主机知道我们在通过这里连接。”

汤姆摇了摇头，文格洛夫肯定会猜到他们的目的，但他是不会关闭端口的，汤姆知道其中的原因，但他不能告诉华耶。汤姆就是文格洛夫不会关闭端口的原因。

这个念头给他造成的冲击比不断飞进来想要杀死他们的无人机造成的冲击还要大，“你们掩护我！”汤姆叫道，他的声音有些颤抖。

“一如既往。”维克说。

尤里捏了捏汤姆的肩膀，华耶拍了拍汤姆的脑袋。

汤姆忍住笑意，回头最后看了眼火光中他们那端着枪随时准备反击的身影，感觉自己的心又放下了一些。接着，他插上神经导线，进入了系统。

那感觉让人窒息。就好像被吸进真空一样，他的意识进入了系统，这个他再也不想进入的地方。这时，另一个意识触摸到了他，压制住了他的意识，那突如其来的感觉让他不由得倒吸一口凉气，握紧了拳头。他的胃一沉，那种熟悉的感觉让他惊恐万分。

你好啊，凡尼亚。

“不，不，不，不。”汤姆呻吟着，想要撤出系统。

待在这儿。

他的神经处理器立刻接受了这条命令，就好像命令是他自己发出来的一样——比他自己发的还管用。恐惧感让那个声音盖过了他自己的声音，即使现在也是如此。

你拿真空管列车耍的把戏调走了我的大部分机械警卫。文格洛夫说，不过我很清楚，在系统里一定能等到你。这不就来了吗，终于又回到我身边了，我就知道你是会回来的。

汤姆想要说服自己，文格洛夫并不真的在自己身边，他还在很远的地方，他们只是通过网络联系在一起。但文格洛夫一直在系统里等他，而他的神经处理器已经习惯了屈从于文格洛夫的神经主权，所以立刻对文格洛夫的测试信号产生了回应。接着，对他意识的全面入侵就开始了。

那个意识像捏住了他的意识，汤姆下意识地伸出手，想把神经导线拔下来。他觉得这就是个错误，一个巨大的错误。但文格洛夫告诉他，*别这样*。而汤姆确实就不能那样了，他的手指都动不了了。

他感觉自己就好像正在通过一根麦秆呼吸。文格洛夫的声音又在他的脑海里响了起来。

你的计划是什么？

“不！”汤姆大叫道，使劲睁开眼睛，想看到自己的朋友们。眼前隐约有人在交火，耳中传来一阵枪声，感觉很遥远，似乎又有更多的机械警卫进来了。

别看他们。他们很快就会成为过去，马上就会只剩下你我二人了。本来就该这样。马上就会这样。

“不……不可能……我不会让……”汤姆惊恐地意识到自己口吃了，就像凡尼亚一样，仿佛凡尼亚的意识还残留在他的脑海中。

*你想干什么呢？*文格洛夫的意识再次发话，扭曲、操纵着他的思想。汤姆想要反抗，但文格洛夫在汤姆思考时已抓住了计划的内容。

他们想要摧毁的中继器。

汤姆想要用来感染剩余中继器的文件。

文格洛夫的笑意就像一剂毒药。*咱们来看看这些文件……*他的意识扫过汤姆处理器中的文件，*这个怎么样？*

这是他们为这次行动写的一个数据文件，是美杜莎出的点子：修正法律代码，迫使质朴级处理器去破坏黑曜石集团。

这可不够文明啊。你肯定知道我的人类雇员都是无关紧要的。单靠机器就能维持我的公司完美运转。尽管如此，这还是会造成一些不便。

说完，他就把这份文件从汤姆的处理器里删掉了。

“不要！”汤姆叫道，他的手又伸向了神经导线。

别动。文格洛夫厉声命令道。他的声音让汤姆想起了那只从后面伸向他的脖子、给他插上约束节点的手。他的大脑里，这段场景就像刚刚发生的一样，无助感随之而来。汤姆喘不上气了，感觉就好像又回到了医疗舱，他感觉就要窒息了。

他想要回头，想要看他的朋友们。他们似乎正在向靠近他们的什么东西射击，但文格洛夫强迫他闭上了眼睛，把他当作人质，扣留在他的意识里，威胁他要把他带回到之前那可怕的时期。

你想把这个放进我的中继器啊，是吗？不过你的计划肯定不止这些。

他们又一起穿过网络，汤姆和文格洛夫的意识又合到了一起。他们进入了文格洛夫阿姆斯特丹中继器的监控摄像头，战斗员控制的第一批飞船正准备向那里发起袭击。汤姆感觉到了文格洛夫心里的笑声，文格洛夫已经完全获知了他们的计划，美杜莎的计划。

使用战斗员来破坏一部分控制质朴级处理器的中继器，将他们的恶意代码插入剩余的中继器中，让文格洛夫控制的安装了质朴级处理器的人反过来对付他。文格洛夫心念一动，就迫使汤姆和他一起进入了文格洛夫的防空系统，两个人一起调动文格洛夫的机器进行防御。

真便捷啊。文格洛夫对汤姆想道，你们只不过是把所有不在我控制之下的无人机都发动起来攻击我的网络中继器而已。倒给我省下了追查那些无人机下落的时间。

“去死！”汤姆叫道。

真怀念啊。文格洛夫想道，你为我提供了一条捷径，只用几秒钟的时间，我们就完成了通常几个小时才能完成的工作。

“我恨你！”汤姆叫道，捏紧了拳头，双手都颤抖了起来，整个人被怒火包围。

但文格洛夫逼迫着他又进入下一个中继器。一个接一个，文格洛夫察看着哪些中继器受到了攻击，并发动机器进行防御。

*为什么你的朋友们没有中断你的连接呢？*文格洛夫好奇地问道，*他们肯定知道已经出问题了……难道他们已经死了？*

汤姆没有想到这一点。他的意识一直被困在文格洛夫的意识里，和系统交互，根本没有意识到维克、华耶和尤里可能已经死了。

文格洛夫又强迫汤姆睁开眼睛，汤姆挣扎着想要闭眼。汤姆头一次感觉到约瑟夫·文格洛夫产生了怀疑。

文格洛夫又用意识强迫汤姆睁开了眼睛，他通过汤姆的眼睛看到华耶正抓着连接汤姆端口的神经导线，“完事了吗？”她低声问，“他带你去看那些玩意儿了吗？”

*什么？*文格洛夫想。

汤姆忍不住了，他真的忍不住了，于是一下子笑了出来，心里充满了欢乐。他大声说：“是你告诉他还是我来？”

另一个连接在汤姆意识里的意识浮现在文格洛夫的面前。布莱克伯恩中尉的声音在汤姆耳边响起：“说真的，约瑟夫，你真该花时间看看你真正的监控摄像头，而不是依赖一个大脑和我的意识连接在一起的孩子的感官知觉。”

文格洛夫越发疑惑。他通过汤姆的眼睛看到华耶正在敲击代码，运行程序的最后部分。

汤姆不害怕了，也不再抵抗，因为体验文格洛夫的焦虑的感觉真是太爽了。透过阿姆斯特丹网络中继器的外部监控摄像头，他看到他的飞船飞到了天空，遭遇了美杜莎的飞船……

接着，布莱克伯恩停止了对汤姆视像的操纵，移除了来犯飞船的幻象，画面上根本没有准备袭击中继器的飞船，只有文格洛夫那些准备反击的飞船。

汤姆感觉到文格洛夫正在消化眼前的一切，并终于明白了过来——汤姆的视野被修改了，那些过来袭击中继器的飞船都是骗人的，而他相信了。

汤姆头一次想要尽可能地和文格洛夫连接在一起。文格洛夫已经失去了部署压倒性空军力量的优势，他的飞船都散布到了世界各地，远离尖塔和太庙。

文格洛夫又意识到一个事实：他让汤姆在网络里穿过一个又一个中继器的时候，华耶事先安装在汤姆神经处理器里的病毒也随之传开。

汤姆大笑着，没有阻止文格洛夫在阿姆斯特丹中继器里疯狂搜寻病毒。

病毒已经散播到了连接那台中继器的所有质朴级处理器上。文格洛夫看到了埃利奥特·拉米雷斯那段喜气洋洋的视频，视频的声音被自动转换成观看者的母语。

视频是汤姆看着埃利奥特录制的。汤姆知道埃利奥特说了什么。

“你好啊！你也许知道，我叫埃利奥特·拉米雷斯，合众国太阳系部队的前战斗员。”埃利奥特严肃地点了点头，“你也许很奇怪这个消息怎么会出现在你的意识里。你可能会奇怪为什么自己忽然意识到，有人在你的脑子里安装了一台电脑，而你却不知道。你没有疯，因为每个人都在看和你一样的东西。事实是，你的脑子里确实有一台电脑，一台神经处理器。”

他们都觉得，让埃利奥特来录是个好主意。世界上绝大多数人都知道他是谁。

“我知道你有很多问题要问。”埃利奥特说，“在适当的时候你会知道答案的，不过首先，我们需要你们。那台电脑是黑曜石集团的约瑟夫·文格洛夫未经你们的同意安装的，他想要控制你们的意识。与此同时，还有一些人在努力解放你们。为了实现这个目标，我们需要找到我们的处理器的源代码里的漏洞，好关闭某项特殊功能。”

听到埃利奥特提到某项特殊功能，文格洛夫吃了一惊。他立刻就想到，那项所谓的特殊功能，就是阻止安装有警戒级处理器的人伤害他的保险装置。

安装有质朴级处理器的人不能违反任何法律，一丁点儿的违反也不行。这将防止他们威胁到他，或者杀他。而那些安装有警戒级处理器的人对他也没有威胁，因为处理器的一段源代码阻止他们这么做。

但没有任何东西能够阻止安装有质朴级处理器的人帮安装有警戒级处理器的人关闭那段源代码。安装有质朴级处理器的人不能亲手杀掉文格洛夫，但可以让安装警戒级处理器的人获得那么做的自由。

“如果你们不能帮我们在我们的代码里找到漏洞，那就帮我们把这条消息扩散给任何你能联系到的人。”埃利奥特继续道，“我们不可能连接上世界上所有的中继器，但你们可以把消息传给你们认识的人。操作方法就在你们的处理器里，把它发送给你们认识的所有人，尤其是在不同地区的人。告诉他们，让他们也继续发送。我们是世界上有史以来最伟大的头脑军团。我们会给所有人有关佐藤 II 编程语言的应用知识。如果你找到了能帮我们破除保险装置的办法，把它发给我们——你知道该怎么发，你的处理器里有——到时候，我们就能结束这一切。”

埃利奥特的消息结束了，文格洛夫惊呆了。汤姆能够感受到，文格洛夫的意识正在疯狂地思考着这一切意味着什么。如果有人发现了代码中能够关闭保险装置的漏洞——有那么多人在找，难免有人会找到——那么所有安装有警戒级处理器的人都将是他的威胁。

得先把他们都杀掉。

得毁掉五角尖塔，毁掉太庙，毁掉内宫，杀死孟买的学员。还有黑曜石集团里的这四个……他们肯定已经预料到他要杀光安装警戒级神经处理器的人，所以才把他的武装力量都分散到世界各地，以便争取时间。

汤姆听得到文格洛夫脑子里的所有想法。就在这时，布莱克伯恩的声音提醒了他：“汤姆，他在哪里？”

汤姆想都不用想就知道他问的是什么。文格洛夫还没反应过来，汤姆就穿过与文格洛夫意识的连接，瞬间透过文格洛夫的眼睛看到——文格洛夫正在一艘飞船上，最近的舷窗外还有星星。

不一会儿，三个人都意识到了这一发现的重要性——文格洛夫立刻想到布莱克伯恩肯定会找到他的位置，布莱克伯恩觉得自己一定能破译出文格洛夫的位置，汤姆则知道事情马上就要有结果了。

文格洛夫中断了与汤姆的连接。汤姆发觉自己正站在黑曜石集团当中，一时间，他忽然觉得自己好像跌入了地狱，周围飘散着毒气，警铃还在大响。亮光从他们炸开的天花板射进来，墙上闪烁着火光，尤里的机枪发出阵阵咆哮，击落了从烟尘中冒出的一架无人机。烟雾散去，眼前是更多的机械警卫和自动机器，它们源源不断地涌进走廊，被击毁的机器的金属碎片在通了电的地板上散落得到处都是。

“够了吗？”汤姆对布莱克伯恩叫道，希望他从神经连接里已经获得了足够的信息。他确信窗外的那些星星的方位已经足够他分辨文格洛夫的坐标了。

“够了，撤离。”布莱克伯恩命令道。

就在这时，天花板塌落了下来，又一大波无人机像金属洪流一样涌了进来。汤姆通过神经导线进入了黑曜石集团的系统，命令那些机械警卫把无人机当作新的靶标。趁着文格洛夫的机器相互攻击，汤姆和他的伙伴们穿着强化机甲撤了出来。

耀兰的两艘大陆同盟飞船正等在冰面上。汤姆和华耶的飞船刚一出发，维克和尤里的飞船就超了过去。汤姆用网信向维克发射出信号：*就是现在*。

真空管列车并不仅仅是分散兵力用的，其中一辆车上还偷运进了一样东西：黑曜石集团的地下现在有一颗氢弹了。另一艘飞船上的维克引爆了氢弹。

核弹爆炸的地方在地底深层，所以看不到最初的光亮，但很快，火光像花朵盛开一样在冰原上传播开来。飞船越飞越高，火光照亮了冰原。黑曜石集团周围的南极冰原塌陷了下去，地底深处的火焰吞噬了集团建筑的废墟。

第三十章

约瑟夫·文格洛夫想要报复。维克和尤里的飞船消失在南极洲蔚蓝的天空中，但汤姆和华耶发现，一连串导弹从文格洛夫远程操纵的导弹发射架上发射，正在向他们飞来。

汤姆来了个急转弯避让，却发现重力加速度太强。驾驶笨重的亚轨道飞机可不像用神经处理器操纵无人机那么轻松。

“飞高些！”华耶催促道，声音里充满了惊恐。

汤姆飞上蓝天。文格洛夫在轨道上的军备更多，所以汤姆还不敢飞出大气层。

“我没看到维克和尤里。”华耶说。

汤姆不敢去想那些，但愿这表明他们已经逃走了，但愿文格洛夫的炮火只对准了他——这个向所有安装有质朴级处理器的人散播佐藤II语言的元凶。

说到这儿……

随着火力的减弱，汤姆把飞船的控制权交给华耶，通过网信问布莱克伯恩：**有人回复吗？**

通过神经连接，一幅画面浮现在他的眼前，让他肃然起敬——信息正源源不断地从世界各地涌来，孟加拉国、日本、巴西、田纳西、苏丹……

“有人不仅声称找到了零日漏洞，而且提出了解除保险装置的具体方法。我正在虚拟处理器上测试代码。”布莱克伯恩的声音在他耳边响起，“不过有没有用还有待检验。你在哪儿？”

汤姆俯身看了看舷窗外远处的景色。飞船正在大气层高层飞行，天空的颜色介于黑蓝与黑色之间。

“别来这里。”布莱克伯恩警告道，“他的攻击都集中在尖塔和太庙。”

画面出现在汤姆眼前，文格洛夫控制的无人机包围了尖塔。布莱克伯恩这些年来通过安插代码控制的无人机都出动了，由十四楼的战斗员和太阳系部队候补军官控制。

汤姆看着交火在五角尖塔、在美军的心脏地带展开。他觉得双方目前旗鼓相当。要是没有用中继器的花招分散文格洛夫的兵力，他们现在面临的肯定会是敌军压倒性的火力。那样的话他们就完全没有获胜的机会了。

现在，胜率至少是一半对一半。

一旦交火，这艘毫无武装的飞船里的汤姆和华耶必死无疑。“我们藏起来？”汤姆问。

“藏起来。”布莱克伯恩同意道，“嗯……有了。”

汤姆集中注意力，看到布莱克伯恩正在测试代码。他那嘶哑的笑声传进了汤姆的耳中。某个阿根廷人传来的代码破解了文格洛夫的自保算法。

“就是这个？”汤姆喘了口气。

“对，送你个礼物。”

代码传送进了汤姆的神经处理器。随着一阵眩晕，汤姆忽然意识到，如果约瑟夫·文格洛夫就站在他的眼前，那么他可以一枪爆了文格洛夫的头——再也没有算法阻止他了。

“发给所有人，以防万一。”

“万一？”

“你知道的。”布莱克伯恩说，“我不能操纵无人机杀死他。必须是安装有警戒级处理器的人亲自动手。”

汤姆知道，布莱克伯恩为此专门准备了一艘飞船，打算在其他飞船都忙于战斗时溜出去，将亲手杀死文格洛夫的理想付诸实践。但这个理想也有可能实现不了，他可能会失败。

“你一定要成功。”汤姆对他说。

还没来得及祝他好运，两人间的神经连接就断开了。汤姆看了看一脸担忧的华耶，然后在前臂键盘上点了几下，把代码发给了她。

他们的飞船穿过云层，开始下降，“我觉得维克和尤里可能牺牲了。”华耶说。过了一会儿，她又说，“布莱克伯恩中尉要亲自去，是吗？去杀文格洛夫，我是说。”

汤姆又想起了那艘在五角尖塔整装待发的飞船，想起了他们在前一天装到飞船上的导弹，“嗯，是的。我们还没出生前他就在准备这事了，华耶。”

“真可悲。”

“什么？你同情文格洛夫？”汤姆厉声说，“几颗导弹真是便宜他了。”

“我是说，活着的意义只是为了让某人去死，这很可悲。这么多年了，却还没有找到能让生命更有意义的东西。”华耶把脑袋靠到舷窗上，“这真可悲。”

汤姆不知道该怎么回答，“至少我们……”

华耶没有注意听他在说什么。屏幕上的某样东西让她一下子坐直了身子，“来了！”

整个世界都爆成了一团火。

空气像混凝土一样将汤姆牢牢地压在了座位上，他的尖叫淹没在了失控引擎的轰鸣、金属碎裂的声音和呼啸的风声中。汤姆的心都提到了嗓子眼儿，他强迫自己在强风中睁大眼睛，好看清机舱顶上锯齿状的大洞和洞口的火光。天空在疯狂地旋转，文格洛夫控制的百夫长级无人机掉转航向，再次向他们发起了进攻。

汤姆感觉到华耶抓住了他的手。他和华耶对视着彼此，下方的热带雨林瞬间变成了一片直冲他们而来的模糊的绿色。

依靠身上所穿的强化机甲带来的超人般的强力，汤姆使劲举起手臂，连接上神经导线，强迫自己的意识进入飞船将崩溃的系统，开足马力，让飞船减速，争取最后的机会……

巨大的轰鸣几乎要将他震聋。剧烈的冲击力下，他的脑袋撞上了前方的控制台……

“汤姆！汤姆！汤姆！汤姆·雷恩斯！醒醒！”

汤姆感觉快要窒息了，喘不上气来。肺里的水使他不能呼吸。他咳嗽着，呕吐着。

“汤姆，汤姆，汤姆，睁开眼睛。”

他强迫自己睁开眼睛，只觉得天旋地转，连眼睛都在疼，吐出来的东西里有血。

“汤姆，集中注意力，你得赶紧行动。”

汤姆抬起头，看到布莱克伯恩正弯腰看着飞机残骸中的他。他感觉自己的脑袋好像被打开了一样，光线强得刺眼。

“听我说。”布莱克伯恩的声音听起来充满忧虑，“去看看华耶怎么样了。”

汤姆感觉自己的脑袋足有千斤重。他呻吟了一声，扭头的时候疼痛感一直顺着脖子延伸下去。一看到华耶，他就惊慌了起来。华耶瘫坐在座位里，深色的长发披散在毫无知觉的身体上。

“华……”他又剧烈地咳嗽了起来。

“脉搏，看看她的脉搏。汤姆，她还活着吗？”

抬起手臂的感觉也很疼。他的胸口仿佛被人捅了一刀。他疼得眼泪都流了出来，但他的电子手指不够敏感，无法感知脉搏。

“哦，不，哦，不，天啊……”

“快，握起拳头，用指关节压她的锁骨。”布莱克伯恩命令道。

汤姆照做了。华耶呻吟一声，但没有睁眼。汤姆笑了起来，又引发了疼痛。“她还活着！她还活着！”

“听着，你们得赶紧离开这儿。强化机甲已经烧坏了，马上脱掉。”

汤姆这时才意识到，刚才移动的时候，机甲似乎一直都在拖他的后腿。他颤抖着手臂，把机甲的端子从神经端口上拔了下来。机甲噼啪爆响了几下，还好最后还是打开了。

但没有完全打开，只能勉强够他挪动身子。从里面爬出来就是另一回事了。抬起右腿时，剧烈的疼痛沿着腿部传了上来。

汤姆叫了一声，布莱克伯恩立刻发来了一段代码，从他的眼前闪过。疼痛似乎减轻了，但每动一下仍然感觉好像有剃刀在摩擦他的大腿。

“把她的强化机甲也脱掉。不然就太重了，背不动。”布莱克伯恩说，汤姆尽量集中注意力听着。

“背？”

“你做得到，必须做到。”

汤姆感觉自己的双手都在发抖，但他必须把华耶弄出去。每动一下，华耶都会因为疼痛而呻吟几声。汤姆怕极了，生怕自己又弄伤了她，但布莱克伯恩一直在催促他，让他不要那么瞻前顾后，“你要是不把她弄出去，她会伤得更重！”

把华耶弄出来后，汤姆累得全身发抖。他想要睡觉，但布莱克伯恩的眼神让他感觉抓狂。

“你能过来帮帮我们吗？”汤姆对他说，“我感觉很不好。”

似乎过了好久，布莱克伯恩才说：“你的情况确实不好，我看得出来，但你只能靠自己。而且你们得快——火烧到飞船燃料箱就来不及了。”

火。火？汤姆闻到了。燃料。燃烧的金属。很浓。“火！有火！”

“注意华耶。你能做到的，你能救她。”

汤姆双手发冷，但他的电子手指丝毫没有受到影响，远比他身体的其他部分灵活。他很快就帮华耶解开了安全带。华耶的脑袋无意识地摇晃着。汤姆隐约想起了一件事，“我不能移动她，万一我弄断了她脖子呢。”

“反正待在这儿只有死路一条。这个险可以冒。”

汤姆把华耶从强化机甲里拉了出来。他尽量不理会华耶的痛苦呻吟，一遍又一遍地踹着舱门，直到腿部感觉像灌了铅一样无力。舱门终于打开了。

看到他们距离地面还有至少十英尺，汤姆犹豫了一下。飞船正卡在树枝当中。他抱紧华耶跳了下去，两个人翻滚着落在了丛林湿软的地面上。头顶的树冠隐约可见，空气潮湿，周围满是昆虫的鸣叫，枝蔓缠绕着他的腿。

尽管树木茂密，但在树冠外的一丝蓝天上，汤姆还是看到了那架把他们打下来的百夫长级无人机正像秃鹫一样巡游着。无人机掉转航向，即将锁定他们的位置，结果他们。汤姆的心跳都快因为害怕而停止了。他的手里没有武器、没有枪、没有飞船，连强化机甲也没有。

“起来。”布莱克伯恩说，“你们得躲到安全的地方去。”

“你的飞船在哪儿？”汤姆问布莱克伯恩。他的太阳穴还在跳，说话的声音含混不清，“我们能坐你的飞船离开吗？你离这里远不远？顺便问一句，为什么不现在就把文格洛夫杀掉？”

布莱克伯恩跳到了他们身旁，示意汤姆起来，带上华耶，“我在离开尖塔时被击中了。准备发射导弹的时候才发现我的发射器失灵了。我没办法干掉他。”

“等一下，你的意思是说，你真的到达了距离文格洛夫很近的地方，结果却没能干掉他？”

“我距离他的飞船非常近，都能透过舷窗看到他。”布莱克伯恩的声音异常空洞。

“那时候你才发现你没武器？”不知为何，汤姆忽然想要笑。看来连老天都青睐文格洛夫。

“我刚进入飞船不久，”布莱克伯恩的声音紧绷，“就发现你们坠毁了。附近没有其他人，只有我。”

所以他放弃了杀死文格洛夫的使命过来帮忙。“你迟早会搞定他的。迟早。用更好的船，更好的导弹发射器。下一次整个世界都会帮你的。”

“起来，汤姆。”

汤姆扛起华耶，但马上就觉得支撑不住了。布莱克伯恩在他准备放弃前又呵斥了起来。

“救援马上就到。现在马上撤到安全的地方，快！”

汤姆懊丧极了。他全身疼痛，累得要死，只想坐下来。哪里才是安全的地方呢？他能听到天上百夫长级无人机的轰鸣，声音正变得越来越近。一旦无人机发现了残骸，发现了他们的热信号，那就没有所谓安全的地方了。无人机的武器杀死他们易如反掌。

但布莱克伯恩还在催促他向前，向前，直到汤姆终于筋疲力尽，瘫坐在长满苔藓的粗大树干旁。他感觉自己都要碎了。华耶靠在他的身上，呻吟着。他抱紧华耶，心里害怕极了，因为华耶还没有醒来。

“我走不动了。”汤姆对布莱克伯恩说。他实在是累极了，眼泪都流了出来，“我们只能停在这儿了。”

“够远了。”布莱克伯恩蹲在他的身旁，“按我说的做，注意听。”他在汤姆眼前伸出两根手指。

但汤姆集中不了注意力。百夫长级无人机的引擎声震耳欲聋，头顶的树叶都被吹了下来。无人机巡航的圈子越来越小，机身遮住了阳光，武器闪烁着耀眼的光芒，逐渐进入射程。

“很抱歉你没有报成仇。”汤姆说。临死前才知道不能带着文格洛夫一起，这感觉真糟。

“汤姆，听着，你得保持清醒，等人找到你。你得包扎一下腿上的伤，保证在救援到来前不要失血而亡。”

汤姆感觉有些迷惑，脑子晕晕乎乎的。他不知道保持清醒有什么重要的。他们根本没有足够的时间失血而亡。他们马上就要死了，头顶上的无人机正在瞄准，引擎就像雷鸣一样。

“跟我保证你要保持清醒。一定要保持清醒。”

“我保证，好了吧？我保证！”汤姆闭上眼睛，全身紧绷起来。无人机就要开火了。

他感觉到额头上的亲吻，“谢谢。”

空气中传来巨大的轰鸣。汤姆睁开眼睛，看到另一艘飞船穿过云层，隔热罩上火光四溢，就像一颗流星。飞船如闪电般撞向百夫长级无人机。两艘飞船爆出了巨大的火团，坠落地面，剧烈的爆炸震得汤姆的耳朵生疼。他下意识地用身体护住华耶，再次抬起头时，只见远处的丛林燃起了熊熊烈火，燃烧的金属碎片如雨点般散落。

等到一切平静下来后，昆虫的叫声又变得清晰可闻。汤姆站起来，肾上腺素让他的心脏剧烈跳动，大脑飞速运转，想要弄明白这是怎么回事。他们活下来了，他们得救了。

汤姆大笑了起来。头顶的天空一片蔚蓝，危险已经消失了。“上帝啊。你看到了吗？”他对布莱克伯恩说，“百夫长级无人机正要开火，另一艘飞船砰的一下！你看到……”他扭过头去看布莱克伯恩之前所在的地方。

布莱克伯恩不在了。

汤姆环顾丛林。灌木丛中只有自己刚才通过的痕迹。

他一下子明白了过来。

布莱克伯恩只有一样武器——他的飞船。

金属燃烧的气味让空气变得无法呼吸，坠毁地的树木都被荡平了。即使布莱克伯恩被弹射出来也活不了了——这么高的速度根本不行。汤姆喉头发紧，空虚感一下子充盈了他的身体。

两年来头一次，他在自己的脑子里孤单一人了。

第三十一章

尽管像个自大狂一样给整个世界造成了重创，但到头来文格洛夫却是个懦夫。当两个阵营的太阳系部队候补军官击败他的武装，源代码又让他安装在他们神经处理器里的保险装置失效后，他就失踪了。

没人知道他躲到哪儿去了。唯一有机会杀死文格洛夫的人是布莱克伯恩，他曾在太空中找到了文格洛夫的飞船。汤姆不时会想，要是布莱克伯恩的导弹发射器没有因为命运的捉弄而损坏，那么情况又该是个什么样子？布莱克伯恩本可以摧毁文格洛夫的飞船，然后掉转航向，摧毁想要杀掉汤姆和华耶的无人机。但那并没有发生。事实上，布莱克伯恩只有一艘飞船可用，也只有一个靶标可以摧毁。于是，他最后决定不和文格洛夫同归于尽，而是去拯救两个被击落在亚马孙丛林中的孩子。

看着眼前燃烧的树木，汤姆知道布莱克伯恩牺牲了什么。不是生命。不论如何，布莱克伯恩都已经决定要献出生命了，要么摧毁文格洛夫的飞船，要么摧毁那艘无人机。他牺牲的是更重要的东西——一直作为他存在意义的复仇目标。汤姆哀伤不已，他知道自己做出了必须践行的承诺，这是他对布莱克伯恩的最后承诺。他包扎好自己和华耶身上最明显的伤口，努力保持清醒。尤里和维克的飞船飞过头顶时，他及时通过网信发出了信息，指引他们降落。华耶被抱上亚轨道飞机，在一脸焦急的尤里怀里醒来时，汤姆仍然保持着清醒。

“我们坠毁了？”华耶低声问。

“你们被打下来了。”尤里说，“但我们找到了你们。”

华耶微微一笑，“我就知道你会来的。我爱你。”

汤姆看到尤里立刻开心了起来。尽管心里还在悲伤，身体还在疼痛，但他终于可以闭上眼睛休息一会儿了。毕竟，这个世界终于可以暂归平静了。

他在五角尖塔的医务室里睡了三周，华耶的时间更长。这期间，世界局势也发生了变化。

随着文格洛夫反人类的秘密战争以及神经处理器的事情被公开，其他秘密也进入了公众的视野。所有人都知道了两个阵营的战斗员联合起来摧毁文格洛夫的自动机器的事。每个人都知道了被偷偷安进他们脑子里的电脑的各种细节。

等到汤姆出院时，全球性的反抗进行得如火如荼，像海啸一样砸在那些旧精英的头上。他返回曼哈顿时，就亲身感受到了群众的怒火。

高级住宅小区的保安都不见了。小区里的窗户被砸碎，窗后的人惊恐地窥视着躁动不安的人群。

过去一直被压抑的对统治阶级的不满一下子爆发了出来，感染了整个世界。人们开始编制信息数据库，收录那些有罪者的姓名、长相，以及他们的罪行和错误。名单在大众中散播，被翻译成各种语言，任何政府组织都不敢对其进行审查。

多亏了神经处理器，旧世界的掠食者们都被踩到了食物链的底端。不管走到哪儿，那些联盟的高管都会被认出来，就连那些花大价钱多年保持低调、只在幕后操纵的人也是如此。

没人卖给他们东西，他们的钱不值一文。没人愿意保护他们的房屋。全社会的人都拒绝为他们提供帮助和服务。汤姆听说，救护车将他们抛弃在街头，技工破坏他们的汽车，消防员也任由他们的房屋燃烧。

在这个他们曾经试图征服的社会里，他们已经变成了过街的老鼠。

进入母亲的公寓后，汤姆发觉房子里连电都没有。肯定有人发现了这里是道尔顿·普雷斯特维克——协助纳米机器扩散的道明·阿格拉公司的首席执行官的公寓。显然，任何一个电工都并不会过来帮他修理。也许就是他们当中的某个人故意把电路切断的。

汤姆的母亲坐在黑暗中，看着窗外。远处的街道挤满了车辆，到处都是人，整个世界还在前进，一切都还在继续。

“妈。”

蒂莱拉回过头，眼神空洞。她的一言一行，都是调节大脑化学过程的神经处理器激发出来的。“你好。”她脑子里的机器说，用词准确无误，“托马斯，我的儿子，你怎么来了？”

汤姆深吸了一口气，努力回想着记忆中母亲的样子。但母亲的形象太遥远了——那个美丽的、大笑着的姑娘，那个年纪轻轻就当了母亲、在他还小时就离开了他的人。

“我是来放你自由的。”

汤姆取出神经导线，拨开她的金发，插入她脑干上的端口，蒂莱拉只是毫无兴趣地看着这一切。汤姆将另一端插在自己的神经端口上。

那双蓝眼睛看着他，每十五秒眨一次，汤姆和她的神经处理器交互着，连接上她的意识，寻找残存的人性，但那里什么都没有。汤姆深感遗憾。他心念一动，关闭了蒂莱拉的处理器。

汤姆在蒂莱拉倒地前扶住她。没有了脑中电脑指示的蒂莱拉看着他的眼睛，目光迷蒙。汤姆小心翼翼地将母亲扶坐在椅子上。

“我爱你，我还记得。”汤姆对她说，心里又想起了还是女孩的母亲，“我觉得你也爱我。很抱歉我以前没有意识到。很抱歉我没有更早些这么做。我以前太害怕了。”

蒂莱拉抬起头看着他，眼神越来越模糊，呼吸渐渐停止。电脑注入她神经系统里的那股力量终于松开了控制，放开了那个在很久以前就被摧毁了的人。

汤姆轻轻地扶着母亲躺好，合上了她的眼睛。

公寓深处传来叫声：“你在干什么？”

汤姆没有回头看道尔顿，“干我早就该干的事。她曾经是个活人，不是你的玩物。”

他转过头，看到道尔顿瘫坐在地上，眼中充满了泪水，“可我爱她。除了她，我没爱过任何人。”

汤姆看着道尔顿，不知道道尔顿爱的到底是什么。他爱的是那个对他言听计从、他说什么就做什么的女人。那不是爱，不是真正的爱。那是文格洛夫对他的造物凡尼亚所抱的感情。那是占有欲，是自我陶醉。

不过，汤姆已经不像以前那么恨道尔顿了，他现在对道尔顿什么感觉也没有，“我知道你是那么认为的。”

道尔顿揉着额头，“我不知道没有她我该怎么办。我没有地方可去。因为那些抗议的人，我妻子带着孩子离开了……人们在街上连最起码的尊重都不给我。我可是最早安上神经处理器的，我也没得选啊！”

“很惊讶吗？”汤姆冷冷地说，“你和我们其他人一样，都只不过是文格洛夫随时可以丢弃的玩偶而已。”

“在街上，人们冲着我大叫。还有人用酒瓶砸我的头。警察就站在旁边，假装什么都没看见！我去了医院，但是没人愿意给我治疗！医生和护士都好像看不见我一样就那么走了过去。我想雇保镖，他们把我的钱诈走之后就消失了。每次我给律师打电话，他的前台都挂我的电话……汤姆，你没那么残忍。大家都把你和你的朋友们当作英雄……求你了，汤姆，我一直在照顾你母亲，爱着她。不管你怎么看我，我肯定还是有点用的。我都没地方可去了。”

汤姆看了看他，“我知道你该去哪儿。”

道尔顿跟着他走出了公寓，一脸感激地傻笑着，想弄清楚汤姆究竟要带他去哪儿。汤姆叫了辆出租车，道尔顿遮住了脸，以免别人认出自己。等到出租车到达汤姆所指的地方后，道尔顿终于不再满口感谢了——那里是警察局。

“什么意思？”

“你想找个可去的地方。”汤姆说，“这里就是了。”

道尔顿瞪着他。很显然，他以为汤姆要带他去机场之类的地方，或者帮他偷渡国外。

“自首吧。”汤姆说，“把你在道明·阿格拉做的一切都供出来。就从纳米机器开始，还有你是如何利用那些地位比你低的人，再详细谈谈你是如何贿赂公职人员的……都告诉他们。”

“我不要蹲监狱！”

“道尔顿。”汤姆探过身子，“不管去哪儿，别人都会认出你。有些人还会骚扰你，其他人则会袖手旁观。没人愿意帮你。这个世界已经不是你的了。”

“我知道他们想要什么。”道尔顿歇斯底里地叫道，“他们想要把我的一切都偷走！他们嫉妒我，因为我成功了而他们没有！”

“不。”汤姆淡淡地说，“他们不是嫉妒。他们从来都没有嫉妒。绝大多数人都不在乎你有多少钱，他们也不想要你的钱。如果你的钱不是用坑蒙拐骗的手段挣来的，而是靠创意和辛勤劳动获得的，他们还会羡慕你的成功。他们想要的不是别的，就是他们一直在追寻的、他们一生都没有得到的东西——公平。”

“没那么简单。”

“就这么简单。他们想要你承担你的行为所造成的后果。如果你去自首，你会得到公平的审判，也许会在监狱里蹲一段时间，但结果呢？结果是大家就都满意了，也许之后你还能出来过上正常人的生活。”汤姆耸耸肩，“或者，你也可以就这么离开，赌一把，看看自己在外面到底能过得怎么样，不过最终你还是要面对审判的，只不过形式不同而已。看你怎么选择了，要么和我们其他人一样遵守同一套规则，要么自己跑出去，等着哪一天撞上真正的恶棍。”

“可是……可是……”道尔顿结巴道。

“我说完了。”汤姆说，“下车，不然我就告诉司机你是谁。接下来你要做什么都和我无关。”

道尔顿下了车。汤姆关上车门，留他独自去面对自己的命运。道尔顿·普雷斯特维克接下来会怎么样，已经不是汤姆需要考虑的事了。

汤姆知道，这将是他最后一次看到这个人了。

知道汤姆在一年半前的圣诞假期里失踪后居然还活着，军方吃了一惊。

公开听证会只是个开始，全世界都想弄明白约瑟夫·文格洛夫、纳米机器以及五角尖塔到底发生了什么。调查人员已经从汤姆的朋友那里了解到，他和约瑟夫·文格洛夫的所作所为有关系。汤姆发现自己毫无准备地掉进了旋风中心。他无法说明、无法解释，更不愿意将记忆暴露在普查器下。

他没有被正式逮捕，但他也不清楚该用什么词来形容自己现在的处境。第一个来向他说明情况的士兵一脸沮丧，第二个则出口不逊。汤姆一开始还表现得很坚强，但很快就陷入了沉默。

再次与世隔绝的感觉让他害怕起来。时间似乎又变得没有尽头，失去了度量的意义。这一次，他的父亲没有出现，布莱克伯恩也没有。因为布莱克伯恩已经死了。一想到这一点，汤姆的心里就感到一阵抽痛。

不过这一天，他的牢门打开了，奥莉维亚·奥萨雷走了进来。

“汤姆，我已经获得了你的案子的代理权。”她对汤姆说。

汤姆木然地看着她，想起了她是谁。

“很高兴看到你没事。”她轻声说，“愿意和我谈谈吗？”

汤姆一个字也说不出来。

奥莉维亚笑了笑，“没关系，我们也可以就这么坐着。”

直到几次探访后，汤姆才又恢复了体力和理智，“我有麻烦了吗？”

“我觉得你可能得回答几个问题，但现在不必。”

“我的朋友们呢？”

“他们都没事。他们现在很忙。”奥莉维亚冷静地说，“忙着参加各种听证会。”

“我也需要吗？”

“等你感觉好些了之后。”

不过很快他就感觉好些了，因为调查员再也没来——奥莉维亚请他签同意书，公开部分信息，这样就不需要调查员了。汤姆向她一点点吐露了真相。

几个月后，汤姆开始在过渡议会上做证。这届议会全部由新选举的代表组成，汤姆的神经处理器一个也不认识。他们都是临时任职的，他们的前任都进了监狱。他们没有问他和文格洛夫在一起时的事。奥莉维亚·奥萨雷和马什将军不知道用了什么手段，把那些信息列成了保密病史，不对外公开。而他则成了审判约瑟夫·文格洛夫时的不在场证人。

汤姆一百个愿意。

他的朋友们都在等他。结束后，他们把他围在当中，排成方阵走下了国会山，周围闪光灯闪成一片。一开始，汤姆完全不知所措，只想在人群中缩成一团。安保人员似乎都向他这边压了过来，人们大叫着他的名字，大声呼喊着问题。就在这时，汤姆在人群中看到了一头熟悉的橙发，不由得停下了脚步。

维克也看到了，直接大笑起来。

“比默？”维克叫道，“斯蒂芬·比默！”

“嘿！”比默挥手叫道。

焦虑感立刻被汤姆抛到了脑后，剩下的只有惊喜。他和维克立刻跑向了他们刚入学那年的老友。

比默对尖塔里的时光所剩的记忆不多，因为其中的绝大部分都随着他的警戒级处理器一起被移除了。但他还认得他们的长相，尽管想不起他们的名字了。比默之所以早早地离开了五角尖塔，部分原因是他不喜欢在脑子里安电脑，还有他想念他的女朋友。

不过最后，他的脑子里还是安了电脑。

“回家后两周，我女朋友就把我甩了。”比默承认道。这时候，他们已经来到了餐馆，准备好好叙叙旧。

一开始，气氛很尴尬。大家都不知道如何开场，只有维克微微翘了翘嘴角。比默先笑了起来，几个人一下子都笑了起来，眼泪都笑出来了。

又过了一会儿，比默和他的新女友先离开了，留下他们四个在餐馆。现在已经没有宵禁了，太阳系部队的项目也被取消，整个五角尖塔已经成了一座鬼城，新政府还没决定该拿之前投入战争中的资源怎么办。汤姆看了看四周，这里只有他们几个，于是他向朋友们承认了一件事。

“我正在……”他感觉自己的脸都红了，但他觉得应该让他们知道，“我在接受治疗。军方带我一周做五次。不做的话，我就会因为违反合同而拿不到这几年的薪水。”

几个人都没说话。汤姆来回打量着其他人，感觉非常尴尬。

“等一下，这事儿我们不该知道吗？”维克问。

汤姆看了看他，“你早就知道了？”

“托马斯，你被关了一年多呢。”尤里说，“对你作深入评估再正常不过了。”

“对啊。”华耶说，“你以为我三个月不说话的时候都干什么去了？那可是标准程序。”

“可是尤里的事情之后，我们就都被指派到奥莉维亚那里去了。”汤姆说，“很快就结束了呀。”

“对你们来说是很快就结束了。我可没有。”华耶说，“我一直都没收到结束心理咨询的命令。”

“这么说，不只是我一个人了？”汤姆好奇道。

“就你一个人？”维克笑道，“你可别忘了那个在黑曜石集团地底放了颗核弹的黝黑小子啊。”他指了指自己，“有些人非常担心我，一定要百分之百地确定我的心理正常。”

所有人都看着尤里。

尤里眨了眨眼，笑了起来，“我和其他人一样，接受了初步评估。”

他巧妙地省略了剩余的部分：经过评估，他被认为是几个人当中心智最正常的，不需要接受强制治疗。

“所以我们都疯了，只有尤里例外。”汤姆总结道。

“基本上就是这样。”华耶同意道。

尤里拍了拍他的肩膀，“你回忆一下就知道，情况一直就是这样的嘛。”

确实。汤姆笑了起来，感觉一副重担从身上卸了下来。此时此刻，被朋友们包围着，参议院听证会也已经结束，未来一片光明，他忽然觉得，一切都会好起来。

第三十二章

接下来的几个月，随着越来越多的人开始尝试给自己的神经处理器编程，整个世界发生了翻天覆地的变化。自我编程不再是违法行为，事实上，神经处理器软件的基本要求就包含了可以重编程。每个人都通过下载学会了自我编程。

知识的大范围传播开始了。和汤姆与他的朋友们在尖塔里接受的那种每日下载不同，这些下载项是可选的，全都储存在公共数据库里，供有兴趣的人学习。新的语言，新的技术，五花八门，不一而足。由此带来的改变也是非凡的——从没有学会阅读的人，从没有受过教育的人，通过几次下载就能弥补知识缺陷。

新的突破紧随而至。有些是小发明，如消弭质朴级处理器与警戒级处理器功能差异的系统更新；还有一些就是重大变革了，如冷聚变、反重力工作平台和可以推进飞船在四天内从地球飞到火星的高能离子引擎等。

人们开始把这个时代称作是奇点时代——无限的科技进步终于可能变成现实的时代。曾经被局限住的人类的所有潜能都被发挥了出来，没有任何旧有的权力阶层能够阻止。

在这个光明伟大的新世界里，汤姆终于下定了决心，准备好去面对自己以前就应该面对的老问题。他和奥莉维亚·奥萨雷谈过了，他已经准备好了。

至少，在几分钟前他觉得自己是准备好了的。现在，他坐在酒吧里，想说的话都堵在了喉咙，他的父亲先开了口。

“你看上去很眼熟。”

汤姆抬头看着那个和他隔了几个座位的人，假装自己不是在过去的一个多小时里一直准备着想和他说话。

尼尔看着他，揉了揉下巴，“你上过电视？”

“嗯，对，上过。”汤姆不知道自己是不是该觉得失望。

尼尔笑了笑，招呼酒保给汤姆上了杯苏打水。

“我就觉得我见过你。”尼尔坐到了他旁边，“你和另外那些太阳系部队学员，是你们干掉了黑曜石集团——团队行动，哈？”酒保刚递过汤姆的酒杯，尼尔就笑着用自己的酒杯碰了一下，“干得真漂亮。”

汤姆举起酒杯，喝了一小口。整整一天他都在跟踪尼尔。他的父亲现在有工作了。很显然，他给自己编了程，纠正了自己滥用酒精的毛病。汤姆是来帮他恢复记忆的，取消文格洛夫的记忆删除，但他有些下不了手。也许是因为他又想起了道尔顿说过的那些话，说他如何毁了自己父亲的生活……也许是因为尼尔脸上的表情，他看起来可真年轻，而且，很开心。

“你们接下来打算做什么呢？”尼尔问，“听说你们打算转型成国际武装……”

“银河军团。”汤姆说，“目前的计划是这样。”

之前，他就在电视上看到过埃利奥特不遗余力地倡导这个主意：将所有投入战争中的飞船转为探索之用。很快，这个主意就成为人类团结一致迈向未来的象征——世界各国共同参与，探索太阳系之外的宇宙，将人类再次送到外太空。奇点时代，事情发展的速度比以前快多了。培训机构在旧金山建立了起来。马什将军成了探险计划的负责人。首批宇航员将从太阳系部队的候补军官当中选出，不考虑国家出身。

作为奖励，参与了从约瑟夫·文格洛夫手中解放全世界的行动的候补军官，都享有成为宇航员的优先权。所以，维克、耀兰、尤里还有汤姆都加入了。有史以来第一次，汤姆和美杜莎——和耀兰生活在了同一个半球，而且两个人只隔着一条三十秒就能走过的走廊。

至于华耶……

她也获得了参与项目的邀请，但最近的她让人难以捉摸。汤姆不清楚她最近在干什么，不过每次见到她时，她似乎都很兴奋，好像随时都会吐露一个不能与汤姆分享的秘密。汤姆知道，她现在有许多新同事，他们正在某个地方共同协作，进行开发。那些人至少都和她一样聪明，都是航空工程师，或者天体物理学家。她只肯透露说，她正在干非常重要的事。不管那事是什么，汤姆都很高兴，她终于找到了自己感兴趣的事业。自从布莱克伯恩死后，这是她头一次对某件事表现得这么兴奋。

汤姆不太敢看父亲这张友善而纯真的脸。于是，他扭头看了看头顶上的屏幕，上面的电视节目正在讨论约瑟夫·文格洛夫的过去。记者们挖出了他的家族史：父母离婚，有个小弟弟名叫伊凡，据说是个智障。第一次知道真实的伊凡存在时，汤姆感觉自己就好像被狠狠地揍了一拳。约瑟夫·文格洛夫的这个弟弟很多年前就死了。现在的汤姆尽量避免看任何跟文格洛夫有关的东西。

不过，这种事并不是想避免就能避免的。今天的电视节目就在谈论伊凡和他父亲阿列克谢的悲惨死亡。在那之后，年轻的约瑟夫继承了LM莱默舰队公司的多数股权，并自任首席执行官。现在，人们怀疑这两起死亡同约瑟夫有关。这预示了约瑟夫将走上残忍嗜杀的不归路吗？电视节目做得耸人听闻，很娱乐化。如今的文格洛夫已经变成了被全世界人民病态迷恋的对象。

汤姆扭过头。他受不了这个形象在自己眼前晃悠，那种对文格洛夫的厌恶总是挥之不去，就像毒药一样浸透了他。

“很多年前，我认识这个混蛋。”尼尔看着屏幕说。

汤姆看了他一眼，目光中带着惊讶，不知道他为什么还会记得文格洛夫。

“他曾经雇过我。”尼尔说，“他赢不了任何一个像样的赌客，因为你可以看到他的头脑在算计，概率啊可能性啊之类的……他总是挑最符合数学逻辑的解决方案。这让他变得很好预测。所以他雇了我，帮他找出他到底错在了哪儿。不过这不是他的问题。他就是不知道该怎样表现得像个正常人。他骗不了任何人。教他学会不出牌是我的错。我以为我是在教他虚张声势，教他不要那么生硬，玩牌时不要只靠计算，但实际上，我是在教他如何做个正常人。”

汤姆抬起头，看了看屏幕上文格洛夫的那张脸，不祥的感觉涌上心头：刚一失败，文格洛夫就消失了。没人发现他。现在，他是全世界头号通缉犯，却如同人间蒸发了一般。

“那时候，我还不知道他有什么毛病，现在我明白了。”尼尔说，“只要把他当作电脑，而不是人，当作是一个想要表现得像人的机器就好了。所以他才会有那些行为，当然，这只是我的看法。他观察了我们社会的运行方式，发现了是谁在负责，谁在领导。如果之前统治世界的是甘地，那么他脑子里的电脑肯定会计算如何更有效地散播和平。可惜统治我们的都是些反社会的家伙，所以他也就学会了那一套，变成了恶棍中的恶棍，权欲狂中的权欲狂。所以他才对权力那么不满足，尽管他已经拥有了那么多的权力和财富。他想要控制整个世界、控制每一个人。”

汤姆的胃里翻江倒海。他不愿去想文格洛夫，更不愿和父亲谈论这个人。他站起身，意识到来帮父亲恢复记忆不是个好主意。他做不到。他就是做不到。

尼尔拉住了他的胳膊，皱着眉，“你真的确定我不认识你吗，伙计？”

难以言语的爱意包围了汤姆。尼尔为他放弃了那么多，帮父亲获得自由，这是他欠父亲的。

“嗯。”汤姆斩钉截铁地说，“不认识。”

他差一点就走出了酒吧。只差一点。因为当他走到耀兰身旁并低声告诉耀兰自己要走了的时候，耀兰叹了口气，从吧台椅上站了起来，朝尼尔走了过去。“你也太扯了，汤姆。”

说完，耀兰一把抽出神经导线，连接在了尼尔的后颈上，开始自己导入程序。

“嘿！”汤姆抗议道。

“怪不得你带我一起来。我就是来帮你把事儿搞定的。”

“可我不是这么计划的，不是！”

“那你就该庆幸我也来了。”说着，耀兰踮起脚尖亲了他一口，“坐你父亲旁边吧。我在外面等你。用不了多久你就会明白，我是对的。”

汤姆现在对耀兰的了解比以前丰富多了，比如她小时候，整所学校在地震中变成了废墟，她从燃烧的废墟中爬出来，多次接受康复和整容手术，最终康复。她曾拒绝战斗员的任命，因为东亚联合体军方坚持要她接受手术修复脸上的疤痕，但她多年来一直坚守立场，毫不妥协。她个头矮小，但聪明而且专横。汤姆觉得她魅力四射，尽管他们有时候也会惹恼对方。

而现在，汤姆已别无选择。他站在父亲面前，心里百感交集。他看着程序发挥作用——尼尔的表情从轻松无忧又变得严肃沉重了起来。尼尔拔下神经导线，站了起来，一把抓住汤姆的肩膀，把他从头到脚打量了个遍。

“你就打算那么离开？”尼尔说。

汤姆避开了他的目光，“嗯。”

“汤米，天啊，为什么？”

“因为……”汤姆不敢看他，“我知道真相了，爸。所有的真相。”

“你知道了？”

汤姆看着父亲的眼睛，“对，妈妈的事我都知道了。我知道你不是故意的。道尔顿都告诉我了。”

他的父亲低下头，瘫坐在沙发上。汤姆站在旁边，木然地看着他。

“你不必……”他说不下去了。汤姆忽然意识到，自己抗拒的并不是再见到父亲，而是那些最可怕的怀疑都得到了确认，确认自己给这个家带来了多大的负担。

但尼尔一把抓住他的胳膊。汤姆下意识地想要躲闪，尼尔又抓住了他的另一只胳膊，把他拉到了近前。

“我犯了个巨大的错误。”尼尔对他说，“有些人适合有孩子，有些人不适合。我和你妈就是不适合的人。等到我们意识到错误时已经太迟了。”

“她已经有症状了？”

“在那之前，我以为整个世界都在我的掌控之中。我能看懂任何人。但我没有料到她会出那种事。她就好像……好像是处在暴风雨中一样，汤米。平静的时候令人着迷，可一旦发作，那就只能求上帝保佑了。”

汤姆看着他。有生以来头一次，汤姆开始理解自己的父亲了。

“那天，她带着你离开。事前毫无预兆，一点儿也没有。你们俩是在晚上我不在的时候出走的。”尼尔注意到汤姆的表情，“我取出了银行里所有的钱，就为了找到她，但最后找到她的是警察——她把他父亲的房子点着了，还连累了许多邻居。你们俩都差点丧生火海。而事后，她对自己做了什么一点概念都没有。”

汤姆不由得回忆起来。他猛吸一口冷气，忽然记起了布莱克伯恩用普查器从他的脑子里抽出的那些记忆——母亲无比兴奋地带着他走在黑暗的街道上。就在烧毁普查器前，他曾看到了火。那火花不是普查器上的，是记忆里的。

“我再也受不了了。”尼尔低声说，“文格洛夫出现的正是时候。他是受人尊敬的成功商人，控制着一个商业帝国，而他说他会把她接走，把她治好。他说他们有新技术，实验性的技术，能够……我就相信了。我知道我一个人照顾不了你，而他说会帮你找个好人家。一时间，我迷上了这个主意，感觉好像能让时间倒流，甩掉所有的包袱。这就是我的错误。我不知道他要把她怎么样。至于你，我要是知道……一看到他对你母亲做的事，我就想把你弄回来，就是毁了整个世界也不能让他们伤害你。这个你一定得知道。”

“你从来都没有告诉过我这些。”

“文格洛夫给你的大脑动过手术后，你好像不认识你母亲了，所有一切都记不得了。我改变不了已经发生了的事，于是决定不告诉你为好。随着你越长越大，我也越来越难开口。因为我，你失去了母亲。我不知道你还会不会原谅我，汤米。”

“没有我，你看上去更开心。”汤姆低声说。

“为你担心确实让我老了许多，但我是不会拿你去交换我的年轻。我不会拿你去交换任何东西。如果你恨我，我不会怪你，汤米。一直以来我自己也恨我自己。”

“我不恨你，只是……”

“只是什么？”

“妈妈死了。”

尼尔倒吸一口凉气。

“我关掉了她的神经处理器。”汤姆的声音几不可闻，“对不起。”

尼尔看着他，看了好长时间，“那已经不是你妈了。如果她的意识还在，哪怕只有一点点，你真觉得……”尼尔抽噎了一下，“如果那具躯壳里还有哪怕一点点你母亲的意识，我都不会让他们留着她的。你关掉了她脑子里的机器，做得很对。至少，我们俩中有一个人对她做了一件好事，谢天谢地。”

尼尔伸出手抱住汤姆。手拂过脖颈时，汤姆浑身一僵，接着又放松了下来。过去的阴影终于消退了。

“对不起，汤米。我们回家，我会把你母亲的一切都告诉你，我早就该这么做了。告诉你她好着的时候的样子，那个我爱的女人的样子。她也爱你，她是那么爱你……对了，我还想见见你的小女朋友。”

汤姆抽开身。听到父亲这么称呼耀兰，他突然感觉到一丝自豪。这时，他忽然想起了一件事。

“等一下。”汤姆叫道，“你说回‘家’？”

第三十三章

尼尔在一家当地赌场负责巡查，看有没有人用新神经处理器作弊。

“我已经戒酒了，还有了工作，但总觉得心里有个洞，空落落的。”尼尔一边向汤姆介绍自己租的这间两居室公寓一边说，“总感觉少了点什么。现在我知道少的是什么了。”

“你自己的地方。”

“不是。”尼尔揉了揉汤姆的头发，“你知道我少的是什么。”

那天晚些时候，汤姆就躺在自己的床上。这是他自己的屋子，他们家自己的公寓，这可是有生以来的头一次。他自己的女朋友就在旁边，下巴靠在他的肩膀上，“我睡在这儿，你爸没意见？”

“我说过了，我爸基本上对什么都没意见。”汤姆睁眼看了看她，“不管你信不信，我比他可负责任多了。”

“我不信。”耀兰逗笑道，“去我家的时候，你得睡在离我最远的地方。”

“只要你的家人睡得沉，办法总是有的。”汤姆笑了起来。

耀兰翻身趴在汤姆身上。汤姆就这么看着她，看了好久好久。在太空中的那天，他就意识到自己爱耀兰，尽管耀兰一直没有说出那几个字，但汤姆的感觉一直没有变。

自从……离开文格洛夫后，嗯，一直没有变。

汤姆一直避免想起约瑟夫·文格洛夫。即使现在，那些记忆也还像刀子一样锋利。他抬起头，看着眼前的黑暗。那个寡头仍然下落不明。尽管全世界联合了起来，使用了最先进的技术，但仍然找不到他。

不知不觉，父亲的话又在耳边响了起来：只要把他当作电脑，而不是人，当作是一个想要表现得像人的机器就好了。

汤姆心头一惊。

那些记忆都回来了。文格洛夫为了塑造他的另一个身份，为了塑造凡尼亚而硬塞给他的记忆，全部都活了过来。

那些记忆中，凡尼亚，也就是伊凡，是个受到排斥，无法理解任何东西，无法与人沟通的角色。他只仰慕他的哥哥约瑟夫。约瑟夫是混乱世界中近乎神一般的存在。汤姆一直没有注意这些，他以为凡尼亚的记忆都是假的，编造出来的，因为所有那些记忆里，凡尼亚的大哥约瑟夫都是个温柔优雅的人。汤姆一直以为，那是约瑟夫为他编造出来的。

就连奥莉维亚也认为，文格洛夫编出凡尼亚的记忆完全是为了操纵汤姆，营造“孤独无助”的感觉，骗汤姆认为自己是个废人，是没人要的弃儿……所有一切都只能靠约瑟夫·文格洛夫。

但伊凡是真实存在的，伊凡是现实中存在的人物。也许那些记忆也是伊凡的真实记忆。

汤姆出了一身的冷汗。不。伊凡可能是真实存在的，但伊凡已经死了。文格洛夫怎么可能把伊凡的记忆弄出来用在他身上？

汤姆忽然想了起来。

为什么约瑟夫·文格洛夫，这个完美无缺的儿子，要在自己的脑子里安装第一颗神经处理器？为什么阿列克谢·文格洛夫要在自己的儿子身上冒这种毫无必要的风险？

答案出现在汤姆的脑中。

因为他不是约瑟夫。他不是。

伊凡·文格洛夫确实一直受人排斥。他是他父亲的耻辱，但他无法理解这是为什么，无法理解他到底做错了什么，他到底有什么不同，为什么这个世界在他面前根本说不通。

直到他安装了神经处理器。

安装第一枚神经处理器的是伊凡·文格洛夫，不是约瑟夫，是伊凡。

汤姆想象着安装了神经处理器的伊凡的样子，想象着凡尼亚获得超级智力后的样子。有生以来头一次，凡尼亚理解了这个世界，但用的是机器那种冰冷的理解方式。他观察着别人对待他的方式，观察着身为智障儿的他所受到的蔑视、残忍和排斥。凡尼亚肯定接受了这样的观念：人类就是一种对比自己弱势的人毫无同情心的动物。

尼尔已经发现了。文格洛夫的神经处理器一直在计算，计算如何才能成为最好的人。而他最初的目标并不是成为世界上最具权势的首席执行官，而是成为家里最好的儿子。

他成了约瑟夫·文格洛夫。

死的不是伊凡，而是约瑟夫。

汤姆以为是约瑟夫·文格洛夫的那个人其实是伊凡，真正的、现实生活中的凡尼亚，拥有了神经处理器的凡尼亚。那些记忆就是从那里来的。它们都是真实的。全部都是。文格洛夫知道那些记忆能让汤姆感觉无助，因为那都是他亲身经历过的。

想到这一层后，汤姆更加确信他能找到文格洛夫的藏身之地了。这么长时间以来，答案都在他的脑子里，只不过他一直都没有发现。耀兰还睡在他的胸前，汤姆忽然有了主意。

他要和维克谈谈。

“汤姆？”维克透过可视电话睡眼惺忪地说，深色的头发纠结成一团。看到汤姆的表情，维克一下子直起了身子，一脸的警觉，“嘿，汤姆，怎么了？出什么事了？”

汤姆这才意识到自己正在发抖，“我知道他在哪儿了。我知道。”

“你知道？”

“我确定。”

“你想怎么样？”

汤姆揉了揉头发，“我要亲手解决，我自己来。”

“那我们一起去。”汤姆打心底里感激维克没有说出什么“光荣复仇”之类的话，这一点也不光荣，只不过是一件需要完成的事而已。

凡尼亚的家人曾经住过一座远离城市文明的乡间别墅。它既没有被列在家族财产清单上，也不在黑曜石集团的名下。那里地处偏远，既没有网络，也没有电话。

只有通过这种手段，文格洛夫才有可能在现代社会中消失。

汤姆还记得凡尼亚有多喜欢那个地方。伊凡的宠物兔子就是在那里得到的。

当然，汤姆大步走进前门时，文格洛夫并没有料到他会来，“你好啊，伊凡。”

文格洛夫从堆满图纸的桌前抬起头，就像看到了鬼一样。汤姆微微转过身，让文格洛夫看到了自己手中的电击枪。毕竟，他并不打算杀死文格洛夫。这里可没有机器能保护他，也没有他的走狗，更没法连上网。在这里，他只是个普通人而已。

而汤姆有维克做搭档。

文格洛夫拔腿就朝后门跑，打开门却发现维克正站在外面，满脸堆笑。

“近来可好？”维克边问边堵住他的去路，“汤姆的十字军复仇怎么能少了我的帮忙。”

“正因如此，他才是我的好朋友。”汤姆说。

文格洛夫考虑了一下局势，然后面向汤姆举起了双手，脸上丝毫没有惊慌的表情，他在冷静地计算，“恭喜，雷恩斯先生。你找到我了。你是来杀我的吗？”

“其实不是。”汤姆淡淡地说，“我是来抓你的，带你去受审。你要是反抗的话，我可是会改主意的哦，伊凡。”

文格洛夫的眼中射出一道寒光，“为什么叫我那个名字？”

“和我知道你藏在这儿是一个理由。”汤姆看了看这座房子。房内陈设奢华，但也难掩那令人不安的氛围——这就是凡尼亚记忆中的那座房子。全世界的人都在拉网搜查太空飞船，以为文格洛夫藏到了空间轨道上。没有人怀疑他可能只是切断了与网络的连接，隐藏在地球上的偏僻角落。

“凡尼亚的记忆并不是你造出来弄乱我的脑子用的。”汤姆若有所思地说，“它们都是真实的。都是你的。你的记忆。你就是伊凡。因为我有了你的记忆，所以我才找得到这个藏身地。看来，我还得说一声：谢谢，伊凡。是你带我来的。现在该走啦。”

文格洛夫没有反抗。很久以前，汤姆就知道文格洛夫和他的手下在用机器帮他们做事。只要脑子里的电脑算出他的身体可能会受到伤害，他就不会亲自动手。现在，在这个荒郊野外，没有任何电子设备能够侦察到他，将他的行踪透露给外面正在搜寻他的那个世界。但与此同时，他也没有一个盟友。唯一合理的选择就是合作，等待逃跑的合适时机，而汤姆深知这点。

所以，文格洛夫选择了合作。他在汤姆的注视下，摇摇晃晃地走上汤姆和维克临时调用的亚轨道飞机。他们把他锁在后舱，维克操纵飞机飞上太空。

“你应该知道的吧，雷恩斯先生？”文格洛夫的声音从通信器里传了过来，“如果我要受审，那么我和你在一起时的记忆都将通过普查器公之于众。”

汤姆坐直了身子，“那又如何？我不在乎。”

“曾经,你对此似乎是非常在乎的。”文格洛夫说,语气甚至带着戏谑，“我还记得你求我不要把它分享给你的朋友们的样子。”

维克按下按钮，关闭了内部通信，“不需要听他胡扯。”

“你不用这么做。”汤姆盯着控制台说。

“别管他。我们抓住了这个混蛋，这才是关键。”

汤姆看着维克。他最好的朋友给了他无条件的支持。他终于说出了事实：“其实，他并没有给我重编程。我知道我之前是这么说的，但那不是事实。布莱克伯恩锁定了我的处理器。”

长时间的静默后，维克开口道：“我知道。”

汤姆心头一愣。这么说，维克早就知道了。布莱克伯恩并没有骗他们。他的好朋友们一直假装不知道他被完全击垮了，只是为了让他感觉好受些。汤姆感觉仿佛被一只手卡住了脖子。真好笑，这么长时间以来，文格洛夫用让他的朋友们看到他的耻辱和弱点来威胁他、打垮他……他真是杞人忧天了。根本没有必要向他们隐藏这些。维克能够接受他最糟糕的一面。

汤姆这才意识到,不论文格洛夫再说什么,对他都不会有任何效果了。

这时，屏幕显示文格洛夫在搞小动作。维克指了指，汤姆点了下头。

尾舱里有两个摄像头，文格洛夫弄坏了一个他知道的。汤姆和维克对视了一眼，他们知道接下来会发生什么。

文格洛夫做出了选择——到底接不接受公正审判的选择。他们看着他翻出太空服，穿在身上，看了一眼隔开他和机头座舱的门，然后穿着宇航服走向舱门，拧开了把手。

汤姆和维克看着他被气流冲出舱门。显然，文格洛夫打算使用宇航服的推进系统把他送到他的一艘还没有被人发现的飞船上。

但他没有意识到，汤姆和维克已经移除了宇航服的推进系统。

汤姆给了文格洛夫足够的时间，让他意识到自己根本无法控制宇航服前进的方向，又给了他足够的时间去打开通信器，然后发现通信器也被移除了。就连使用神经处理器里的网信发送信息他也做不到——宇航服里缝进了一枚信号干扰器，想要挖出那东西只能弄破宇航服。

汤姆打开单向通信，文格洛夫能够在头盔里听到他的声音。“嗨，伊凡。我想你现在应该已经清楚了，你对自己的宇航服一点控制力都没有，你只能这么漫无目的地漂着。我给了你一个选择，就像你曾给我过选择一样。你可以选择去接受审判，或者不接受。显然，你已经选择了不接受。”

维克掉转航向，机头的传感器传来了那个穿着宇航服独自漂浮在黑暗星空下的人的信号。按照现在的轨道，文格洛夫将渐渐漂离地球。他背对着地球，也就是说，再也看不到这颗星球了。

“真是可惜。”汤姆对文格洛夫说，“你有能够改变全世界的技术。神经处理器已经带来了奇点时代。我们本可以一起提升，但你就是不满足。唯一能让你感受到力量的方式就是用你的技术去压制其他人。如果一开始你就去帮助人类，那么你肯定会成为有史以来最伟大的人，成为让这个世界变得更加美好的催化剂。人人都会尊敬你。可是现在啊，看看你，只不过是个即将孤独死去的自大狂，人们很快就会忘记你。但你还有最后一个选择，伊凡——和你给我的选择一样。没人会来救你。你可以选择就这么漂着，直到氧气耗尽，或者自己摘下头盔。”

说完，汤姆就关闭了通信。

维克握紧了拳头，“要不要绕一圈好好看看他的表情？”他恶狠狠地说，“我现在很想仔细瞧瞧他的怂样。”

汤姆拍了拍维克的肩膀，“不了，伙计，我们回家吧。”

他不需要去看文格洛夫那吃惊、难以置信和惊恐的表情。任由他一遍遍地计算，都找不出逃脱的方法——意识到自己只有死路一条后，他一定是那样的表情。对死亡的原始恐惧可能是文格洛夫安装上神经处理器后感受到的第一种感情，但汤姆一点也不想去欣赏。那个让全世界人民承受了那么多痛苦的家伙，原来只是饱受虐待的凡尼亚的扭曲产物。

他只想要文格洛夫消失。从他的记忆里消失，从这个世界上消失，从整个宇宙里消失。汤姆和维克驾驶飞机离开了那个漂浮在虚空中渐渐远去的穿宇航服的小人。小人越漂越远，孤独地消失在遥远的群星当中。

文格洛夫永远也看不到的地球出现在汤姆和维克眼前，表面散发着微光，明亮而优雅。人类已经进入了黄金时代，最后的寡头终将被人们遗忘。

尾　声

“说真的，你现在感觉怎么样？”

“维克，我无所谓的。”汤姆安慰道，“你先下去。不会伤感情的。”

时间距离他们把文格洛夫抛到外太空已经过去了几个月。今天，汤姆和维克又上了一艘飞船，不过这次的任务要重要得多。维克对着汤姆一笑，眼中闪过恶作剧的光芒。接着，他首先走出了着陆器的舱门，靴子踏上火星暗红色的沙土。

于是，维克兰·阿斯旺，这个天竺血统的银河军团宇航员，成了踏上另外一颗行星的第一人。

在被选为执行第一次载人火星探测项目的候选人后，维克和汤姆接受了几个月的训练。新技术大幅提高了星际旅行的效率，身体不会受到伤害，而且成本也低，而这只是今年晚些时候的大计划的前奏。不过，现在整个世界都在关注他们。

维克先走了下去，汤姆紧随其后，眼前的景色让他惊讶极了。头顶的天空是猩红色的，生动而鲜明，铁红色的陆地一望无际。

维克站在那儿，眼前的景象让他肃然起敬。汤姆也迈出了踏上火星的第一步。这里正是他作为太阳系部队学员在第一次虚拟实景训练时征服的地方。现在，他真的来到了这里。当年那个住在虚拟现实厅里的十四岁小孩儿怎么也不会想到这一切会变成现实。

他笑了起来，眼前的现实让他欣喜若狂。“哦，耶！”他叫道，“我登上火星了！”

“啊，不！汤姆！”维克举起双手，抱着头盔叫了起来。

“怎么了，伙计？”

维克踢起一圈红土，暗红色的光芒下，一脸愤怒的神色，“‘这是我个人的一小步，却是人类的一大步。’记得这话吗？尼尔·阿姆斯特朗登上月球时说的第一句话。第一句话很重要。那可是具有历史意义的。意义非凡！我们可是登上地球以外的行星的第一批人类，但你说的却是……”

“哦，耶。我登上火星了。”汤姆这才意识到了问题。

维克伤心地点了点头。

“这句话能收回吗？”汤姆小声说。

“这可是现场直播。我觉得收不回来了。”

“抱歉。”汤姆对维克说。这时，他忽然意识到全世界的人都在看他们，于是又补充了一句，“抱歉，地球！通话完毕！”

“我们真是太不专业了。”维克边说边把摄像机在火星车上固定好，然后竖起大拇指，“我爱你，斯凡塔！”

汤姆笑了起来，维克刚才叫的是他的新女朋友的名字，也是他们在银河军团里的同事，斯凡特拉娜·莫利亚科娃。她肯定会表现得很尴尬，但实际上开心极了。

他们开始工作，提取土壤样本。维克把一面小小的天竺国旗插在一片坚硬的红色岩石中，“我宣布这颗星球归天竺所有。”

汤姆知道他是故意的，但还是抗议道：“你不能那么干。我是合众国人，我的国家也要一份。”

“在天竺，我们可不这么认为，汤姆。”

“对半分，不然我们就决一胜负。”

“你真打算用第一次火星世界大战作为这一天竺历史新篇章的开篇吗？”

汤姆想要开个玩笑，轻推维克一把，不过穿着宇航服可完不成这动作。

维克睁大了眼睛，“嘿，博士！”

“怎么了？”

“我们可是在火星上呢，注意点儿。”

“我们的确在火星上。”

两个人都忍不住笑了起来。

回到地球后的庆祝活动盛大而热烈，尽管这次火星任务的目的只是在年底的大计划执行前测试一次新的着陆技术而已。华耶的秘密项目也崭露了真容——可以实现曲率航行的超光速引擎。华耶所在的小组推导出了制造这一装置的最终公式。将人类散播到地球之外——这一次，她终于有机会来实现自己在克鲁特尼撞击前许下的心愿了。

自然，年轻宇航员中的最优秀者被选为执行首次任务的候选人，他们的目标是半人马座阿尔法星系，科学家相信那里有适合人类生存的行星。火星任务由汤姆和维克承担，星际旅行的执行者则是耀兰和尤里。

星际任务前的几天，他们又聚到了一起，查看关于汤姆和维克火星任务的新闻。那条批判性的新闻标题让汤姆很不好意思——《哦，耶！我登上火星了——少年宇航员的反面教材》——不过他的朋友们都觉得这事儿太好笑了，所以他也很快释怀了。

“我不得不向马什将军保证，到时候会想出更好的词来。”坐在汤姆身边的耀兰说。最近，汤姆每次看到耀兰都会突然产生惊讶的感觉。后奇点时代的干细胞研究带来的技术突破让耀兰的皮肤可以再生，只需要每周使用几次喷雾就好。考虑到更有利于公共关系的形象将进一步稳固她作为星际任务候选人的地位，耀兰最后勉强同意了接受治疗。

汤姆曾向奥莉维亚·奥萨雷承认，他担心一旦疤痕都没了，耀兰就会不喜欢他了。他感觉自己就像是个混蛋一样，居然会这么想，但他打心底里确信，一旦其他人开始注意到耀兰，耀兰一定会和他分手找个更好的。

“你其实不是在担心耀兰，而是对你自己没信心，汤姆。”奥莉维亚对他说，“你得相信她对你的感觉。”

奥莉维亚说的对。汤姆的恐惧感消退了。什么也没有改变，只不过耀兰的高回头率现在有了个完全不同的理由。

“那么，耀兰。”维克在桌子对面举了举酒杯，“紧张不？”

“怎么可能。”耀兰哼了一声。

“我现在很紧张。”尤里安慰着维克，尽管一点儿也看不出他对即将到来的大任务有什么紧张的地方。

维克对耀兰说：“你得保证，如果在那里遇到了帅气的外星人，和汤姆分手拜拜前至少先发条信息告知一下。”

“如果有时间的话。”耀兰玩笑道，“到时候我肯定在忙着学习如何跟帅气的外星生命调情呢。”

“也许神经处理器里有相关内容的更新。”尤里建议道。

“你最近更新处理器了，是不是？”华耶突然插话道，意有所指。她半靠在桌子上说，“我每次跟汤姆说应该更新的时候，他都爱理不理的。”

“我的软件都有自动更新，但一更新硬件，软件还得重新更新。”汤姆辩驳道。

华耶摇了摇头，“所谓指数级技术进步，这名词可不是白叫的。跟上奇点时代的脚步吧，汤姆。”

耀兰的眼角闪过一丝笑意，“华耶，我可不想在飞出太阳系的时候还带着过时的硬件。”她意有所指地用胳膊肘轻轻捅了捅汤姆，汤姆笑了起来。“尤里也不会的。”

“尤里当然不会了。”华耶看着尤里，满眼的笑意。

华耶的笑脸让尤里也着迷地笑了，“另一个太阳系。”他一脸痴迷，“我们会睁大眼睛，从不同的角度观看满天的星星。”他抬起头，看着远方。汤姆也不由得激动起来，不知道这一去该有多远。

他注意到了神经处理器里的时间，“嘿，既然我们都在这儿，想不想去看看新纪念馆？”

维克皱了皱眉，华耶坚定地点了点头，尤里犹豫地点了下头。汤姆看了看耀兰——尽管耀兰没有什么放不下的东西，但她知道汤姆有。耀兰拉住了他的手，“我们走吧。”

维克一脸的不满，“他看上去就像个疯狂的独裁者。”

五个人站在詹姆斯·布莱克伯恩的塑像前，塑像耸立于华盛顿特区各位前总统纪念雕塑之间。

“机器里的幽灵”——这个称号现在不属于汤姆这个炸毁天空广告牌的幽灵，也不属于约瑟夫·文格洛夫那个制造混乱、发动纳米机器追寻权力的家伙，它只属于它真正的主人，那个最先开始反击寡头、真正推动了历史进程、改变了这个世界的人。

“我觉得他不会喜欢的。”尤里玩笑道，“他肯定会觉得这玩意儿太土豪了。”

“我喜欢。”说完，华耶和汤姆意味深长地看了看彼此。

“如果能让他看到现在的世界，你觉得他会怎么说？”汤姆环顾四周，看了看远处升上天空的飞船——真正的飞船，里面坐着人的飞船，而不是用来监视的无人机。

寡头的时代已经终结，整个宇宙的无限可能都展现在他们的面前。当然，未来也会有坏人，但与旧时代相比，奇点时代的敌人肯定都算不上什么。

“我觉得他会觉得难以置信。”耀兰猜测道，“我自己就不敢相信，这么短的时间内世界会改变这么多。”

汤姆又看了看雕塑。布莱克伯恩说自己是个怪物，从失去家人那一刻起，他生命的唯一意义就是摧毁他的敌人。

可是你错了，汤姆在心里对那个再也不会在神经连接的另一端回答他的人说，**这一切能够发生都是因为你**。布莱克伯恩存在的意义比他自己一直以为的要大得多。不仅仅是对汤姆和华耶，对全人类来说都是如此。

汤姆只希望他能明白这一点。

耀兰前往星际飞船前的那晚，汤姆和她乘坐最新的太空电梯来到轨道上。他们俩搭乘一艘飞船，绕着地球飞行，消磨耀兰出发前的最后时光。过不了多久，她就会到达新的星球，探索新的星系，但现在他们俩还在一起，观看太阳在蔚蓝的地球的大气层中投下美丽的极光。

“告诉我。”耀兰说。

他们关闭了重力，两个人都飘浮在空中，看着窗外。她的头枕在汤姆的胸口，他的手抚弄着耀兰的黑发，“什么？”

“为什么你让维克先上火星？你们俩什么都赌，我还以为你们还会赌谁先登上火星呢，但你直接让他先上了。”

“因为他更想要。”汤姆笑了笑，“嘿，能当巴兹·奥尔德林[①]我就很满足了。”

“我知道你也参与了星际任务的选拔。”耀兰继续道，“可最后你却要求参加火星任务。你明知道星际任务才是重头戏，而且你也跟我一样兴奋。”

“也许我只是理智地退出。长时间在与世隔绝的太空航行？他们得疯到什么程度才会选我，我自己都不会选。”

“可你连试都没试，这可一点都不像你。”耀兰抬起头看着他，“你曾跟我说你喜欢拯救世界，你会为此吹嘘一辈子。可现在你已经拯救了世界，但是一点也没吹嘘。”

汤姆抚摸着她的脸颊，“你是在担心我吗？”

“我要离开很长时间，我只是想确定你没事，汤姆。”

“耀兰，我没有抑郁。”汤姆看着窗外的地球，感觉无比满足，“小时候，我会奋不顾身地抓住一切机会，创造历史，当第一个离开太阳系的人。我想出人头地，想变得重要。但那并不是我真正想要的。我觉得，我打心底里希望的，是在这个世界上有自己的位置。我是说，小时候，我一无所有，在哪儿都格格不入。如果能做出点名堂，做出别人都无法忽视的事，那么一切就都不一样了，我就能找到自己的归宿。一直以来，我真正的目标其实是这个。”

“驾驶飞船吗？”耀兰玩笑道。

汤姆笑了起来，“这个也不错。不过，我真正想要的，是你，是维克，是华耶，是尤里，是我所属的群体，是一个找到归宿的机会，成为群体一部分的机会。你没发现吗？我现在很开心。我已经拥有了这么多。有时候，我真不敢相信这一切都是真的。”汤姆看着耀兰的眼睛，“你知

① 紧随阿姆斯特朗第二个踏上月球的宇航员。

道我是爱你的，对吧？我说的是真的。第一次说爱你的时候我就是认真的，现在也是认真的。”

“我也爱你，汤姆。”

这是耀兰第一次对汤姆说这些话，汤姆开心极了。

耀兰俯身吻了下汤姆，她的黑发如黑纱般飘浮在空中。舷窗外，一层金色的光芒浮现在地球的边缘。汤姆的心简直都要停止跳动了。此时此刻，他感觉一切都完美极了。

汤姆和他的朋友们——不，是他的家人们——共同经历了人类历史上最黑暗的时代，一个前所未有的技术专制的时代。不过，希望一直都存在，等待着有勇气站出来反抗最后的寡头的人。正是他们这样的人改变了历史的走向，将人类带入了新的黄金时代。

汤姆感觉异常平静。那个躁动不安的孩子已经成长为一个内心坚强而平静的男人，一个独立自主的人，一个他自己欣赏的人。

“你呀，”汤姆在耀兰的耳边轻声说，“要是真和英俊的外星人跑了，我一定会穿过整个银河去追你，发动人类第一场星际战争，把你赢回来。”

耀兰笑了起来，“那你就来吧。”

汤姆抱住耀兰。飞船漂浮在太空中，太阳从地球背后升起。人类即将迎来充满无限可能的未来。

本卷完

致　谢

小时候，我一直以为未来会像《星际迷航》一样。我们会探索整个宇宙，与外星人接触，不断向外扩张，了解整个宇宙。成年后，我看到的却是NASA和其他在政治上不容易出成绩的机构的预算被不断削减。人类扩展到各个星系的希望越来越渺茫，但我却相信，这一切终将改变。

人们经常问我，是什么让我产生了写作“烽火游戏”系列的灵感。我一直都觉得，不能在讲完整个故事之前说出真正的答案。而现在，我终于可以说了：我想要探索一下，一个和我们的现在相类似的近未来有没有可能变成《星际迷航》那样的未来。

你可以说我天真，也可以说我傻。

但请不要告诉我这一切都不可能。

在这里，我要谢谢：

我的妈妈，因为你那无与伦比的决心和力量，你那双敏锐的眼睛总是能看到我视而不见的东西，而且你从不容许我放弃自己，我的力量都来自你。

还有爸爸，你在我小时候让我知道了什么是科幻，是你给了我穿透现实局限的能力，是你在我成长的过程中与我讨论了各种各样千奇百怪的假设，也是你在我需要的时候为我解释清楚了各种概念。

梅尔狄斯，是你在现实生活中指引了我，也是你指引我进入了出版界。在我怀疑自己的时候，在我反应过度的时候，是你给了我理智；在我们都是孩子的时候，让我不被人欺负的也是你。

罗布，这本书就是献给你的。你总是富有幽默感。你还用独特的方法帮我避免了生活中的许多陷阱。

杰西卡·“耀兰”，谢谢你让我用你的中文名命名了书中这个几乎和你一样出色的角色，也谢谢你在我四岁的时候就让我知道什么是最好的朋友。没有现实中的牢固友谊，我是写不出故事中的那种友情的。

杰米·“博森”，我们之间的蠢笑话说也说不完，是你和我一起写了第一篇故事，你也是我最好的朋友，是你每天都在提醒我有个真正了解自己的人是件多么棒的事。

还有贝齐、斯特拉、麦德林、格雷西、简姨妈、马克辛姨妈、艾丽丝姨妈，以及我的其他亲戚。

还有朱迪和帕索福斯，以及海滕斯家的几位，巴布·安迪瑟维奇、杰基、莱斯利、海蒂、斯蒂芬、雅埃、邓肯、艾丽丝和提姆、克里斯蒂，以及其他很多朋友、亲戚、朋友的亲戚、亲戚的朋友，所有在整个过程中支持我、支持这本书的人。

所有与他们的孩子分享本书的书商、教师和图书馆管理员。

大卫·道顿，我的版权代理。谢谢你与我一道共享这趟旅程，谢谢你把“烽火游戏”系列介绍给了它的编辑们。你读了这套书的每一个版本，尽管这没有必要。也是你，对我有问必答。谢谢你的耐心和善良，谢谢你所做的一切。

还有萨莎·克劳和哈维·柯灵格，是你们在负责这套书的海外版权。

感谢我的编辑们：首先是莫莉·奥尼尔，是你选择了“烽火游戏”系列并阅读了《战争终曲》的初稿，很遗憾我们没能一起走完整个过程。

莎拉·沙姆维，谢谢你接手了这本书，完成了其余的工作。我和你只共事了一小段时间，不过，你对节奏的把握和你赋予手稿的人性元素确实大大增强了故事的力量。谢谢你为这个故事所做的一切，尽管它不是你所挑选的作品。在和你共事的那一小段时间里，我真的感觉非常愉快。

劳伦·西蒙斯，从第一稿起你就一直在，后来你又成了我在凯萨琳·特根出版公司的第三位编辑。谢谢你在危急时刻接手。你对我真是有求必应，也谢谢你从另一个视角为这本书提出的建设性意见。

还有很多凯萨琳·特根出版公司和哈珀·柯林斯出版集团的工作人员需要感谢，从出色的出版团队到负责图书馆和书商的营销人员。不过，我想你们应该都不希望我一路列举下去，所以我们还是就此打住吧。感谢购买并续签了本书电影版权的二十世纪福克斯公司，以及为这笔交易牵线的凯西·伊瓦舍夫斯基。谢谢我们的海外出版商 V&R Editoras 还有 Hot Key Books，以及所有在各个国家出版这本书的出版商。如果漏掉了你们当中的什么人，那我也只能说声抱歉了，写这段话时我正在发奋赶稿呢。

感谢加来道雄、雷·克兹威尔，还有尼尔·德·格雷斯·泰森。谢谢你们让大家记得如何梦想。

谢谢约翰·罗伯茨，美国联邦最高法院的首席大法官。你在公民联合会诉联邦选举委员会案[①]中打破僵局的那一票，让跨国企业统治世界的反乌托邦出现在我的脑中，所以这个故事的设定是你给我的。

最后，感谢所有出色的博客作者和读者，是你们让我的创作过程充满了意义。谢谢你们与我分享你们在“烽火游戏”中的感受。

① 由美国联邦最高法院判决的一场具有重要意义的诉讼案。美国最高法院于2010年1月21日做出判决，认定限制商业机构资助联邦选举候选人的两党选举改革法案（又称麦凯恩－费恩古尔德法案，由共和党议员约翰·麦凯恩与民主党议员拉斯·费恩古尔德于2002年提出）的条款违反宪法中的言论自由原则。